U0453525

雪乡

XUE XIANG

杨文阁 著

黑龙江人民出版社

前　言
Foreword

中国有四大平原,东北平原最大,而由松花江和嫩江两江相拥冲积而成的松嫩平原土地最为肥美,她辽阔无边,一目千里,上苍又赋予了她两个字——肥沃。

遥想当年这里獐狍野兔奔走,狼狐野鸡遍地,百鸟千虫狂舞于天空,万花齐放于茫茫荒原。

于是就有了那些有心的人背井离乡,携家带眷到这块风水宝地繁衍子孙,创建家园。也才有了后来伟大祖国的大粮仓。

岁月久远,沧海桑田,先人们在这块土地上也不知留下了多少辛酸的创业故事,更不知道他们在这里吟唱了多少曲催人泪下的北国情歌。真是云高地阔一荒草,人来人去自成村。

我要讲的就是发生在一九六〇年后松嫩平原上一段爱在冬天里的故事。

有人说:真正的爱情不需要条件,而是时间……

目 录 Contents

一 马家围子

松嫩平原这一带的村屯名字大多都是以当年大地主的名字命的名,所以什么梁狗皮、李家店、陈二狗子屯、王三毛楞屯等,千奇百怪,到处都是。

这是一片黑土宝地,投籽生金,当年外来的拓荒者为公平争占来了个跑马占荒。

马家围子就是当年山东过来的一个姓马的大个子占据的。他一眼就看好了这里,仗着他人高马快,一溜烟地冲过去,一个木头橛子钉下去,这一带就跟他姓马了。

这马大个一身的好力气,每天日不出而做,日落而不息,拔草开荒,扶犁耕地。一年年下来,他就成了这里最大的地主。

马家围子这地方土地肥沃,水草丰美,大草原上野花烂漫,盛产中草药。马大个子招工揽人一来二去,马家围子就聚集了百十口子人,也成了这一带最大的屯落。为什么叫马家围子,当然是因为马大个姓马,更是因为他的大庄院有一百多米长宽,整个院墙都用一米半厚的黄土掺上麦秸垒打而成,把大院围了起来,犹如一圈坚固的古城墙。

这可能也是马家围子的最早传说。

这么围院子也是为了防那些胡子来抢劫。那年月胡子打劫有钱的大地主是家常便饭。推倒大门,枪指着头顶或绑了人去,要多少就得给多少。

马家大院的围墙厚硬不说,四个角上还各有一个炮楼子,护院的伙计拎着马枪站在上面,胡子们只能是远远地看着而不敢靠前。

马家围子的屯子西头有一棵一人腰粗的老榆树,树枝伸展三十余米,每年夏天榆树钱落地就有半尺厚,经风沐雨傲立于屯子口,它成了马家围子的镇屯之宝,六〇年挨饿时这棵老榆树上的树钱儿救了差不多全屯子人的性命。

据传这棵老榆树就是当年那个马大个子亲手栽种的,培完土后他在上面撒了一泡尿说,从今往后这棵树就是咱马家围子的神灵。

多少年来,谁家有灾有难都来这树下念叨一阵子,再拴上一根红布条,以解心疑,据说也时有灵验。

这棵树下也是马家围子人出来进去接来送往的地方。

一九四七年年底土改工作队进驻马家围子,打土豪分田地,马家所有土地被分给了过去的长工佃户,马家大院被当作了土改工作队的办公室,工作队撤走后又做了生产队的队部大院。这个院子的主人马家的接班人马金魁带着老婆和他的一双幼小儿女被安置在马家围子屯子东头的两间土坯平房里。马家的大地主名分从此有名无实,只留下"马家围子"这四个字作为当地的屯界地名。

马家围子所属土地有二十多万亩,全部都是优质粮田,分东、西、北三面环村绕屯,只有南面是一片十多万亩开阔的大草原。那里每临夏季草青花艳,鸟飞虫鸣,一片祥和景象,更为关键的是在大草原的最北端是拓荒开地以来所有死去亡人的大片墓地。马家围子人叫他乱坟岗子。

夕阳西下时落日的余晖就会把这里照耀成为一个殷红色的世界,远远相望坟地上空袅袅升起一片蓝色的雾气,再晚些时候会有点点磷光闪烁,那里很神圣也很恐怖,马家围子人轻易不到那里去,只是在逢年过节,尤其是正月十五时才云集在那里,马家围子最热闹的时候就是正月十五。屯子里一片灯火,坟地里也是灯火一片,人鬼共同欢度这元宵灯节。

马家的成分被划为大地主,但因没有血债又加上马家人历代仁义良善,屯子里的人一般都不为难他们。

时光飞逝,就这样转眼到了一九七〇年。

大地主马金魁有一儿一女,儿子叫马昌平,女儿叫马翠兰,儿子十七岁,女儿十九岁。儿子在县二中读书,女儿在生产队里劳动。两个孩子的名字是已经过世的于老先生给起的,颇有寓意,女儿翠美如兰,儿子昌盛平安。马金魁本人则在生产队的严管四类分子小组里接受重点监督改造。他十分老实从不与人争辩什么,累活重活抢着干。早来晚归,在他的心里认为这是给上中学的儿子积淀政治名分,他最害怕的就是万一有一天公社一纸令下把他的儿子从中学给退回来。

儿子是他这辈子全部的希望。

二 屯中少年

马家围子有座小学,五个班级七个老师。校长姓秦叫秦永海,他应该是马家围子文化水平最高的人。秦校长在当地很有威望,也很有思想,谁家婚丧嫁娶、大事小情都愿意找秦校长出出主意,想想办法。

秦校长在学校说了也算,大队长马永太是他的侄女婿,所以他的两个外甥牛山、牛凤都在学校当老师。

老师挣得工分一点不比社员少,是挣大队干部的平均工分,清闲文雅,还有礼拜天,一般人是当不上的,起码要有一定的文化知识,但有人就不一样了,牛山、牛凤也只上了三年小学,不过有秦校长在那也没有关系,教好教不好也并不重要。

学校在大队的最东边,十间土坯平房,后边一片白杨树林,前面是一个很大的广场,周围是一圈的杨柳树。院子中间的前方有一个很高的土坯台子,这是平日里学生们出早操时老师领队指挥的地方。

学校从一年级到五年级,老师全程教课,数学、语文、历史、政治、自然都由一人承担,另外两节副课是体育和劳动课。

学校在一星期里还有一堂课外课,是学校的老贫农上的忆苦思甜课,而老贫农每次讲的内容都是大地主当年如何剥削压迫广大贫下中农。三队的队部就是当年马家大地主的私宅大院子。有时学生们也会被带到那里去参观,那叫现场教育。而这个时候学生们都会把愤怒甚至仇恨的目光投向两个人:大地主的儿子马昌平和他的姐姐马翠兰。这个大院原来就是他们的家。

学校有三百多人,全是马家围子大队社员的孩子,有分别的是贫下中农的子女与地主富农的子女。

马昌平的父亲马金魁就是当年那个开荒立户马大个子的后代,他在马家围子成分最高:大地主。

马昌平今年十二岁了,在学校的四年级上学,姐姐十四岁在五年级。

因为成分是地主,姐弟俩在学校走路都得低着头。

即便那样,有些调皮的孩子还是追在他们的身后唱着儿歌骂他们:"大地主蹲墙根,光干活没工分。大地主靠边站,先摸脑袋后摸蛋。"

姐弟俩哪敢还嘴,忍气吞声地走进教室,悄悄地坐在最后面一张最破的学生桌前小心翼翼地学习。

然而,地主的孩子们没有贫下中农子女的家庭优势,却有贫下中农子女没有的遗传基因,他们大多聪明、上进、努力好学,所以他们的学习成绩要比这些个贫下中农子弟好得多。

马昌平就是这样,在班级六十多个学生中,每次考试都名列第一,从未第二过。

班主任老师牛山说了一句话。他说:"这些个大地主当年能成为一方地主看来也是有一定原因的。"

校长秦永海不同意他的说法,他说:"什么原因? 他们能成为地主,就是他们比贫下中农们心毒手狠。"

五年级班主任牛凤说:"这是地主阶级的本性,他们靠的就是压榨和剥削。贫下中农心太软,早就应该推翻他们的统治地位。"

十二岁的马昌平心里藏了很多事,虽然他现在还说不明白,但他清楚一点,自己和其他孩子不一样,只有努力学习,在学习成绩上压住这些贫下中农的孩子,他们才能对他好一些。再看看别的班级那些学习不好的富农子女,他们受的气更大。学习好起码考试时他们要抄他的卷子,所以平日里自然让他三分。

有求之处必让其人,这是规律。大人孩子都一样,他就借用了这一点,这就是他聪明之处。

马昌平的家在屯子最东头的两间土坯平房里,小院子用树地里捡来的树枝围扎起来,东北角一个小门,很规矩,很整洁。母亲常说:"过穷过富首先过个干净利索,让人一看是个正经过日子人家。"

晚上,在生产队里干活的父亲累了一天早早地睡了,姐弟俩躺在同一铺土炕上睡不着。房顶是巧手的母亲用旧报纸糊的棚,有时借着窗外明亮的月光姐弟俩就在棚顶上的报纸上找字,看谁找得准,找得快,看谁眼尖心灵。

有一次姐姐在白天挂东西时在房顶最边角上看见了一行字:"与天斗其乐无穷,与地斗其乐无穷,人定胜天。"这是一张报纸的大幅标题,她悄悄地记下了,晚上找字时,她闭上眼说:"我说一个大的,看你用多长时间能找着。"于是,她就说出了这幅标题,这让马昌平找了好半天,还是没有找到,姐姐把头藏在被里偷偷地笑,马昌平猜测这里面一定有问题,他就伸手去挠姐姐的腋下,痒得她笑出了声,笑声惊醒了睡着的父亲,这次他们被正在油灯下纳鞋底的母亲数落了一阵,姐弟俩对视了一眼吐了一下舌头不敢出声了。不过,他们还是睡不着,弟弟这时把脚丫伸到姐姐被里勾她的脚丫。

第二天天亮起了炕,马昌平还缠着姐姐说她骗他也许根本没有这行字,姐姐把他领站到炕上,指着角上的字时,他才明白是姐姐白天记在心里晚上让他找的。他怪姐姐耍心眼,又去挠她的痒,这回姐姐跳下炕跑走了。

这其实是许多人童年的记忆,那时候,那年代有什么呢? 这也是那年月孩子们幼小心灵里一种自慰自娱的乐趣。

也是长大以后再回味的一段美好往事。

牛山是马昌平他们的班主任,他只上过小学三年级,教四年级的学生自然会弄出许多笑话来。

他在讲历史课时讲到了秦朝,他站在讲台上手里拿着半截粉笔,故弄玄虚地说道:"秦朝就是秦家的老祖宗,因为皇帝姓秦所以叫秦朝。秦始皇是老秦家老祖宗那辈才开始有的皇帝,所以叫秦始皇。"

二队有个顽皮的学生叫马力，他问牛老师说："老师，咱秦校长的老祖宗是不是就是那个老秦家？"

牛山皱了一下眉头想了想回答说："可能是，这一笔写不出两个秦来，不过你要再瞎提问，我让你每天多带一捆柴火。"

吓得马力不敢再出声。

因为大家都对这牛家兄弟两个老师有意见。马力放学后就用粉笔在学校的东山墙上写了两句话："牛山牛凤，牛肚牛腔。"

第二天学生们看了后都笑，又一帮传一帮，一帮接一帮地去看，被学校发现了。

牛家兄弟俩气得要死，他们开始追查是谁写的，可追来追去的也没人敢承认，学生们都说没看见。

于是，牛山说："这一定是地主分子的孩子干的，起码他们也知道是谁干的。他们知道四类分子的学生一般都胆小怕事，只有在他们身上才能找到写字的人。"

马昌平自然成了首当其冲的那个人。

他被叫到了老师的办公室，牛山牛凤轮流地审问和恐吓他，可马昌平真不知道是谁写上去的。

他坚决否认，里外就一句话："老师，我真不知道。"

"那你也一定听说了，"牛山黑着一张脸吓唬他，"你要不说，明天就把你退回生产队干活去。"

"要不就是你写的。"牛凤也拍着桌子大声地吼叫。

"你不说，查出来把你送监狱去，让你蹲笆篱子。"

不管他们怎么吓唬，可马昌平就是不承认。

审不出个里外，牛家兄弟的气也出不来，他们一合计就把马昌平留在了学校，放学后不让回家。

姐姐马翠兰吓坏了，她赶忙跑回家去找父亲，父亲听了后吓得腿都软了。他能有什么办法？他是个正在劳动改造的大地主，是四类分子，但他了解自己的孩子，这两句话绝不是儿子马昌平写上去的。无奈之下他决定去找队长姜大主意。

这姜大主意在马家围子是出了名的胆子大，主意正，办事公平公道，社员们很服他，也怕他。

看到大地主马金魁那副可怜样，听他把事情的经过这么一说，姜大主意一口答应了。他说："你先回去吧，我去学校给你把孩子领回来，这是什么事啊这是，写了又怎么样?！你一个老师有什么权力留人家孩子不让回家。"说完大步流星地直奔学校，在姜大主意的心里他早就对牛家二兄弟看不惯了，正好借这个机会出出气，发发火。

来到学校人还没进屋，他的大声就传进了学校老师的办公室里，"你们还有王法没有?！凭什么把我三队社员的孩子留下不让回家?！你们管饭吃啊！"

学校里的老师包括校长秦永海平时都对这个姜大主意发怵。见他一来一喊，心里都发毛，再者说这留人在校又没个真凭实据自身也理亏。

秦校长马上站起身，笑着对大主意说："也就留一会，我们下班也就让他走了，不过姜队长你也得好好教育一下你三队社员的孩子，你看都写些什么。"

大主意也认得几个字，他一看秦永海写在纸上的两句话仰头开怀一阵大笑，可能是他的声音太大，太开怀，把老师们都笑得头皮发麻。笑完后大主意说道："我还以为什么事呢？你们两个不就是一个牛肚一个牛腔吗？这还怪人家说呀！在过去这叫哼哈二将。要不是秦校长是你们亲戚，你们两个还能当老师？纯粹误人子弟，话不说了，人我领走了。"说完手拉着站在牛山身后还在流眼泪的马昌平向门外就走。

屋里的人大眼瞪小眼地面面相觑，谁敢吱声，吱声也是再挨他一顿臭骂。

看大主意走远了,牛凤说:"怪不得屯子里有人传大主意跟那个地主老婆可能有一腿,看他这护犊子的样子像。"

校长秦永海瞪了他一眼说:"你可别瞎白话了,要是让他听到还不扒了你的皮。"

事实上马昌平的母亲长得好看远近闻名,校长秦永海当年托了不少媒人也没说成。他的年纪和地主马金魁只差一岁,马上就要退休了。

生产队的土地多,主要劳动力都从事主要的农活,玉米苗长高了,间苗打叉都是妇女劳动力干的活。因为清闲又因为生产队人少忙不过来,学校的学生常被生产队请去间玉米苗打高粱叉什么的,学校也有这种教学安排叫勤工俭学,也借此上节劳动课。

三春一秋是生产队最忙的时候。

这一天上百名学生每人一条玉米垄一字排开,班长带队,老师看管,在四队北地的大长垄开始间玉米苗。

这里远离屯子,天高地阔,微风习习,头上鸟飞虫叫,太阳升在半空光芒照耀着这些个间苗的学生们,他们都很高兴。

天气不太热,但因为垄长,间到一半他们就各个汗流满面了。

直直腰向前看一看,这垄老远才能看到头,心里面不免有点厌烦。

这劳动课虽然热闹比上文化课活跃,可是累呀!

马昌平和班子的胡伟东垄挨垄,他俩在班里学习都挺好,可干活他俩都不行,间着间着就落在了其他同学的后面。

这时胡伟东眼前突然一亮,他在自己的垄台下一块土坷垃旁发现了一个鸟窝,一个灰色小鸟被胡伟东上前一扑扣在了窝里边。当他把鸟抓起来时发现窝里还有四个鸟蛋,他非常高兴,这种鸟肉很香,回家让母亲用这只鸟肉炒盘咸菜一定不错。他想。

而马昌平却对他说:"胡伟东你放了它吧,这三春鸟正在抱窝,你杀了它等于杀了它一家。它大老远地从南方飞来就是为了生蛋抱窝的,你看它吓得胸膛子直呼扇,多可怜,放了它吧。"

"我才不呢! 好不容易才抓到的。"胡伟东说。

"你放了它我给你一块新橡皮,外加一本方字格的本行不行?"马昌平央求道。

胡伟东想了想问他:"你说话算数吗?"

马昌平说:"一定算数,否则你打我骂我都行。"

胡伟东听罢松开了手中的鸟。

仰头看着那只重获自由的小鸟飞向蓝天,马昌平的心里特别高兴,当然他也没有食言,回到学校后,他把自己新买的一块橡皮和一个新本给了胡伟东。

这事他也没敢跟父母和姐姐说,这学期他是捡了同学们一些扔了的废纸和在本的后面复习作业,而没被发现。

一天晚上姐弟俩又躺在炕上睡不着,姐姐马翠兰无意中说道:"今天我们班的刘兰芝扎了一条红绸子头绳,真好看,真鲜艳,等到今年过年的时候我也想让爸给我买一条,也不知道爸能给买不?"

姐姐说这些话时脸上充满了美好的憧憬,像是自己的头发上已扎上了那条红绸头绳,洋溢着十分幸福的微笑,那双秀丽的大眼闭着在向往中甜甜睡去。

可弟弟马昌平听了她的话却没有睡着。第二天一放学他就来到了生产队的院子里外地寻找废旧的绳子头、破铜烂铁,这些破旧废弃的东西生产队不用后一般都扔到了院里院外的土堆或壕沟里,没谁注意这些。

有一次母亲交给他一张半斤豆油供应票,他去大队供销社买豆油时看见过供销社回收这些废品,可以换钱。

一连几天,他翻遍了生产队马车拉出后扔到沟里的废铁绳头,旧书包里已装满了捡来的这些东西,他高兴得不得了,这些废品拿到供销社给姐姐换一条红绸子头绳一点问题都没有了。

当他把一条鲜艳的红绸头绳展现在姐姐面前时,姐姐高兴得面如桃花,她问弟弟:"哪来的?"

"买来的。"他说。

"哪来的钱?"姐姐又问他。

"我卖废品换的,还有一支新油笔。"马昌平说完把一支白色的油笔送到姐姐的手里。

他还是第一次看到姐姐这么高兴。姐姐高兴时那美丽的神情让他记了一辈子。

而姐姐也把弟弟给她买来的那条红绸头绳扎了好多年,旧了也没舍得扔,一直保存着。

过年的时候,屯子里各家各户门上贴的对联有一半是父亲写的,而每一年差不多都是一样的词句,什么"天增岁月人增寿,岁满乾坤福满门",什么"新年纳余庆,佳节号长春"。马昌平看了之后想了想对父亲说:"这些对联太老了,可不可以换一换新词。"父亲看了他一眼说:"换什么? 你写一副我看看。"马昌平还真不服这个劲儿,他从父亲手里接过毛笔随手写道:"新时新事新年到,春风春雨春来早。"

父亲看后点点头。从此后,屯子里过年时的许多家春联都由马昌平来写,他的字也比父亲写得好。

童年天真无邪的岁月里也不是没有风雨。政治浪潮也冲击了小学校,大字报就是证明。

有一天,上边来了一伙人给他们这些还是孩子们的学生上政治课,动员他们揭发检举老师的反动言行。五年级一个叫梁光新的学生,向干部们揭发检举说:"班主任老师在上厕所时提着裤子说毛主席也闹肚子。"结果这个老师被打成了现行"反革命",判了一年多的徒刑。

这样的事在那个年代屡见不鲜。

给老师的大字报也贴满了学校的屋里屋外。那些日子,老师们吓得各个面如土灰,他们再也不敢去呵斥学生了,牛山牛凤最害怕,他俩得罪的学生最多。

马家姐弟俩却谁也没有给老师贴过大字报。当时是怎么想的,直到今天他们自己也说不明白,反正当时就是没有写。在外人眼里他们最该写,因为他们受的不公平最多。

许多年之后,牛山牛凤和秦校长还记起,在众多写贴大字报的学生中竟没有马家姐弟。

时光飞逝,斗转星移,日子如水一般向前流淌。

这一年夏天,父亲马金魁旧病复发后生产队安排他去放养生产队闲散的老弱病马或是新下了马驹的产后母马。星期天无事的马昌平就跟着父亲去了屯子南的草甸子,这里既是马家围子先人们故去之后的坟场也是生产队放马放猪放羊的牧场。

辽阔无边的大草原天地相接,令人心旷神怡,父亲马金魁发现儿子奔跑的速度超出常人,他能追上奔跑出群的小马驹,那速度把脚下的草丛带卷形成了一波小浪,然后抱住马脖子把它带回马群。这让马金魁下定了一个决心,说什么也要让儿子把书念到中学毕业。

回到家里后,他召开了一个家庭会议,说是会议实际上也是他一个人在说。他是一家之主,他说了算。他说:"眼看着翠兰小学就毕业了,我看兰子的书就念到这里吧,不是父母不供你,而是我们一家实在是供不起两个孩子读书,不是爹妈偏心,你弟弟昌平他不但是个男孩子,而且他的学习成绩也好,所以兰子别念了,去生产队干点活,咱爷俩挣工分让你弟弟把中学念完吧。"

说完独自抽起他的旱烟袋,炕上的母亲在流泪,地下的姐姐也在流泪。弟弟马昌平则对父亲说:"爸,让我和姐姐一起念吧,我俩都省着点,放假了就去生产队里干活,我俩还可以捡点秋后的庄稼,夏天去挖药材,卖钱交学费。"

"不行，两个一起念肯定不行。"父亲磕了磕烟袋里的烟灰，狠狠心说："生产队也不会同意，咱家这成分哪能让两个孩子都念中学，别弄不好卖一个再搭上一个，两头够不着，就这么定了。"说完站起身去了院子里。

父亲的心里也难受。

马翠兰抱住了弟弟的头说："小弟，你好好念吧，姐不念了，姐去生产队干活供你把中学念完了。"

马昌平伏在姐姐的怀里哭了。

他知道姐姐也想上学，可这个家里也实在不允许姐弟两个都去念书。这也真委屈了做姐姐的，其实在父亲的心里还是重男轻女的。

从这之后马昌平对学习更加努力，学习成绩也更加优秀。

这也让一家人感到十分欣慰。

他就这样以全公社考试第一的学习成绩考入了县第二中学，开始了他的中学时代。

三　中学时代

十七岁的地主儿子马昌平是县第二中学的学习尖子。每次考试都在三个中学的年级组里名列第一。他还有一项特殊本领就是跑得快。全县的体育运动大会他连续三年百米第一,同学们都叫他百米王、飞毛腿。

他身高中等,相貌和性格遗传了父母亲的优点,父亲的精明,母亲的端庄。

可惜他是地主成分,在学校的众多女生眼里他属于可观可慕不可接近的那种人。

马昌平自己更有这个自知之明,所以他从不主动去接近哪一个女同学,在教室外面碰到了也赶紧地低下头溜溜走开,上课下课也从不拿眼去看女学生,以防人家误会生厌。

那时中学里的农村学生全都住校,他们也吃在学校里,城里的孩子则不然,他们上学时来校放学时回家。城里的学生无论在心理上还是条件上都优越于农村的学生,事实也是如此,那时的城乡差别、工农差别十分巨大。

学校有一栋三层的大楼,这也是当时县城里唯一的楼房,三层楼都是教室,学生的宿舍和食堂都在大楼西侧的砖平房里。

学校食堂每天基本上是苞米面的大饼子或者小米饭,白菜炖土豆,偶尔一顿大豆腐。一个星期里也可能有一两次白面馒头和炒土豆丝、粉条之类的。

但是,学校也有规定,家庭成分是地主和富农的四类分子学生不准买细粮,饭票也是分清楚的,成分不好的学生只卖给粗粮饭票。

学校食堂的大厅东北角没有桌子是一个空场,吃饭时学生们都挤到有桌子的地方坐下吃饭。马昌平从不去有桌子的地方，一个人买完饭就匆匆忙忙地走到这里胡乱吃完再匆匆忙忙地离开，每天如此。

他已经十七岁了，穷人的孩子早当家，苦人家的孩子早成熟。他心里十分理解在生产队劳动改造的父亲和姐姐，每天拿几个工分供他上学非常艰难，所以他尽量节省，每顿饭只吃八分饱，很少要菜，桌上的免费酱油是他长年下饭的佐料。

他心里从不埋怨父母亲，他认为他们也没有什么错处，给了他这个低人一等的成分并不重要，重要的是他们给了他宝贵的生命。

这就足够了，他这样想。

那时候学生们对待学习的热情还不如学校每年召开的体育运动大会。

这样的运动会全县每年一次，都在六月的五号左右，农村的学校也都参加。

场面宏大，气氛热烈，十分壮观。

学校之间，甚至班级之间、同学之间都对这场运动会给予了高度重视。

学生们十分崇拜这些体育健儿，而连续三年马昌平都获得了百米第一名，"百米王"就是这么来的。

他也深受同学们的崇拜和敬仰。

他自己也不知道自己为什么能跑这么快，反正跑道上浑身一使劲脚下就生风。他的脚掌下面确实有几根黑毛，有人说这就是飞毛腿。

运动会越是临近，这些年轻的心越是在期待中燃烧着。有的同学甚至兴奋得睡不好觉。他们不但盼着这一天的到来，更盼着自己的学校，自己的班级，自己的同学能拿到第一名。

这种荣誉感单纯而又美好。

一中、二中、三中、农村的各个学校都在准备着，下课后学生们便在学校的操场上训练，运动员练习比赛项目，其他同学练习集体表演。这段日子里学生们几乎没有心思上课。

在期盼和等待中这一天终于来到了,运动会的场地就设在了县第二中学的广场上,这也是全县最大的一处广场。

这天,广场上锣鼓喧天,人山人海,红旗招展,歌声如潮,全县的人们都因为这个日子的到来而兴奋不已。

广场中间杆子上的两个大喇叭反复播放着《社会主义好》和《运动员进行曲》。

比赛一项接一项的进行,而最受关注的两个项目是男子百米跑和 4×100 米接力,这也是一中和二中多年争夺的焦点项目。

去年当二中的马昌平第一个冲过男子 100 米终点时,一中、二中的学生都哭了,一中的学生是难过的,二中的学生是高兴的。

4×100 米接力三中得了第一名,农村的各个学校明显不如城里。

今年三个中学都在暗中较劲,各个学校早就放出风来。一中说今年这个百米他们非第一不可,二中说今年连 4×100 米接力也要属于二中,因为他们的学校有飞毛腿马昌平。

与马昌平同班的女同学沈佳慧有个双胞胎的哥哥叫沈佳志,哥俩虽为一胎同胞却不在一校上学。

沈佳慧在二中,沈佳志在一中。

沈家在这杨柳县可谓是高干家庭,父亲沈为民是县革委会的第一副主任,母亲陈红静是县人民医院的副院长。

两个孩子没在一校读书是因为一中理科好,二中文科好。巧的是女儿文科好,儿子理科强,所以这两个同胞的兄妹俩就分别在两个学校读书学习。

这也是他们父母商量后为他们做的选择。

世界上的事实在很奇妙,有时是人不能理解的,你不注意别人不等于别人不注意你。正所谓有心栽花花不放,无意种柳柳成荫。

人的初恋更是如此,她往往就在无意识中产生,产生得那么不可思议。

中学时代是初恋萌发的季节。

马昌平根本就没有发现班级里一直有一双大眼睛时刻注视着他，那双美丽的大眼睛里有时火辣辣的，有时悲切切的，她是随着他的遇事情况而变化的。这些他哪里能想得到，他也不敢去想，因为这双眼睛是那个女同学沈佳慧的，沈佳慧是什么人大家都知道。

有一天，他刚坐在书桌后的凳子上，一股好闻的油香味扑面而来。他的同桌徐百江今天并没有来上学，那书桌堂里的香味是怎么来的呢？下意识地伸手摸了一下，书桌堂里一包热乎乎、软绵绵的东西吓得马昌平心里一哆嗦。

他的脸刷得一下子红了，心也差点跳到了嗓子眼，捂着狂跳的心，眼睛赶紧去看站在讲台上的老师，好在老师并没有发现什么。

是谁放错了东西在他这里？这是他的第一反应，回转头偷偷地向周围张望一眼，恰好正和那双火辣辣的大眼睛碰在一起。他赶紧低下头，装作什么也没有发生，但他明明在这一瞬间看见她向他友好地点点头，似乎在告诉他什么。

难道是她放的？为什么放这个？里面是什么东西？一连串的问号让他不知所措，只有紧张和害怕，心在急跳。

老师还是发现了什么，用教鞭敲打着讲课的桌子，严肃的警告道：注意听讲，不要东张西望的，看黑板不要看别人的脸色。

两个人赶紧都挺直了身板去看前面的黑板。

黑板上老师正在写朱自清的散文，标题是《背影》。

马昌平从来没有这么盼着快点下课，下课了也许能知道结果。

终于等到下课了，同学们都站起来吵吵闹闹地往教室外面走。

这期间马昌平已经猜到这东西一定跟沈佳慧有关，大概是她放的，应该是好吃的，他本来就坐在最后一排，下课后他就站在那里没动弹。

沈佳慧不仅是班花，她还是校花，她的学习成绩一般却有张美丽的脸，还有一个特殊的家庭背景。所以在学校里同学们都另眼看待她。

这节课马昌平根本没有听进去,许多疑问纠搅着他的心。站在课桌后面,他看见前两排的沈佳慧也没有动。

同学和老师都走了,空荡荡的教室里就剩下他们两个人。

马昌平的心快跳到了嗓子眼儿,他紧张得直咽口水。

而沈佳慧却微笑着走近他,来到他的课桌前她大大方方地说:"我知道你一定觉得很奇怪,看你那惊慌失措的样子很好笑,也没有什么,听同学说你每天在食堂就吃几个玉米饼子,连个菜都舍不得买一点。我就发了个善心,给你从家里拿了几张豆油葱花饼。我早晨来的时候偷偷地放在了你的书桌里,本想写张字条告诉你一声,有人进来我就没写成。慌什么呀!一点吃的又不咬人。"说完,她就咯咯地笑了起来,她是在笑当时马昌平窘迫的样子。

"这多不好"。他说:"吃什么还不一样,我们农村人粗茶淡饭的惯了,你看我不也长得身强体壮的吗,但不管怎么说还是要谢谢你的关心,沈佳慧同学。"

"谢什么,哪来那么多的客气"。她说:"马上要召开运动会了,也算给你补一补。你吃吧,如果好吃,我可以天天带给你,带得起的。"

"不,不,不",听了她的话,他一下子涨红了脸,手忙脚乱,不知如何是好,连忙说:"千万不要,不要,这要是让老师和同学们知道了,你的名声可就完了,不要因为我坏了你的名声。"

"怎么个完法,我心甘情愿送人点吃的与我的名声有什么关系,谁能管得着"。她生气了,脸放了下来,她说:"我还就真不信了。"

"沈佳慧同学"。马昌平严肃起来,他觉得应该马上把话说清楚,同学们马上就会回来的。他说:"我是地主成分,你是革命干部的子女,我是黑你是红,我不想因为我抹黑你。"

"什么话,我只知道你是我的同学,我不知道你是黑的红的,如果你的心黑了,你就把它扔到厕所去吧,算我自作多情,有眼无珠看错了人。"沈佳慧说完,眼泪在眼眶里转了一圈没有掉下来,转身急匆匆地跑出了教室。

望着沈佳慧跑走的背影,马昌平愣怔在那里好半天,不知如何是好。

不过,他怎么能舍得把东西扔进厕所,而是一个人偷偷地在中午饭时溜到了学校后边的杨树林里,狼吞虎咽地吃掉了。"真香啊",他心里这样说,这可能是他长这么大吃的最香的一次饭,可他却不想再有第二次。

他更不会知道,此时正有一双大眼睛从始至终一直在盯着他。看到他吃光了一叠葱花油饼,她笑得十分开心,之后,蹦蹦跳跳地回家吃午饭去了。

当一个女孩子为另一个男孩子设身处地地去着想时,初恋就发生了。当一个男人为另一个女人去着想时,爱情就发生了。爱就是一个人为另一个人心甘情愿地付出。

年轻的爱情一般很幼稚,容易昙花一现。

年轻的爱情有时也会萌发一种执着,有的至死不渝,忠贞到底。

沈佳慧爱恋马昌平很久了,这个年龄的少女要比少男成熟得多,她知道去考虑后果,她也一次次地问过自己,这可能吗? 她也一次次地对照了两个人的自身条件,正如马昌平跟他说得一样,一黑一红。

可是爱情是不顾这些的,在马昌平的身上她看到了一种东西,一个女人终生需要的最宝贵的品质和坚强的意志。她相信他绝不是一般的男生,他将是一个顶天立地的男人。越想越好,越好越爱,于是这个女孩子便有了一颗铁了的心,她决定和他厮守,不管以后怎样,将来怎样。

城里也好,农村也罢,有什么呢? 不过是苦点累点,如果能和他在一起,这些她都不怕。

最重要的是谁也没有他好。

在这一点上她的性格极像她的父亲坚硬而执着,一旦认准绝不回头,又像母亲因爱而不顾其他。

马昌平没这么认为,他连想也没多想,他认为这充其量也是同学间的一种关照,或是一种怜悯。

　　说心里话,他还不愿意别人这么认为,更不愿意别人可怜他什么,他不需要这个,尤其是沈佳慧这样的女同学。

　　这之后,沈佳慧又给他带了几回好吃的。尽管马昌平很不乐意接受并百般推脱,但他拧不过她,最后还是吃掉了。不过吃这些东西的时候他感觉自己像是偷了别人的东西一样不自在。

　　沈佳慧却说:"别人要我还不给呢,我非常愿意看你吃东西时候的样子。嘻嘻,好玩又可爱。"

　　弄得马昌平无可奈何。

四　清纯校园

沈佳慧的哥哥沈佳志一中有个同班同学叫房子明。他的学习在一中也是数一数二的,体育活动也十分出色,连续三年的百米跑他都输给了二中的马昌平,名列第二。在他的心里有了一种既生瑜何生亮的感触。可没有办法,各学校的联考他也排在这个马昌平之后,想起来他真是又气又恼。

房子明的父亲跟沈佳志的父亲也是同事加朋友,他是县农工部的部长,母亲是县食品公司副经理,在杨柳县这也是高干家庭。

两家人平日里走得非常近,逢年过节的谁家有个大事小情,另一家子也一准参加。

沈佳志和房子明同龄,从小玩到大,又一起上学还在同一个学校同一班级,照现在的话讲,两人是铁杆哥们,吃的穿的几乎不分你我。

两个人也打过架骂过仗,但打完骂完就好,谁也不愿离开谁。

渐渐地都长大了,在房子明的心目中,沈佳志的妹妹沈佳慧是他终生渴望的女孩子。他认为全县同龄人中没有人能够比得上沈佳慧,如果这辈子能娶她做媳妇那他就知足了。

房家人也这么认为,房子明的母亲当着他和他父亲的面就说过,"如果咱家子明能娶了沈佳慧当媳妇,那是房家的祖坟三辈子都冒了青烟的。"

房子明也算是一表人才,学习又好,家庭条件优越,他最大的特点是自信,在他看来,娶沈佳慧进门当媳妇应该不是问题。现在想这事为时还尚早,他现在最上心的是这次全县运动会的百米决赛。

娶沈佳慧他有这个自信,但跟二中那个马昌平跑这个百米他可是一点信心都没有,从前三次的比赛中他认为他是跑不过马昌平的。"那小子可能真是飞毛腿,太快了。"他想。

可这个百米也太重要了,它不但关系到一中的名誉,还有学校同学对他寄予的厚望。能在万千人的关注下和喝彩声中拿到这个第一那将是多么大的荣誉啊,他做梦都想得这个第一。

可是他知道有这个马昌平,那简直是不可能的事情。

思来想去,他有了一个主意,只有一个办法能让他如愿以偿,那就是让马昌平不参加这次比赛,但转念一想也不行,没有马昌平参加,他属于胜之不武,人们也会议论他得这个第一是因为马昌平没在,况且马昌平也不可能不参加这个比赛,那就只有一个办法了,让马昌平故意输给他,让赛。

是个好办法可又怎么能做得到呢? 这不是在做白日梦吗?

人生总不负有心的人,成功人士的背后总有一个人支着,失败者的后面也总有那么一个人拖着。他一下子想到了他的好朋友沈佳志,只有他才能对付得了这个地主的儿子,大不了把自己的那双心爱的白色回力鞋送给他。再者说,让他让这个步也算是给他的面子,他是什么成分?

想到沈佳志他还是有这个把握的,从小到大,他都对他所求有求必应,这个朋友和可能未来的大舅哥为人仗义、心地善良,尤其对他这个兄弟加朋友,并且他也是希望他拿这个第一的,他能拿第一,作为好朋友的他脸上也光彩不是。

于是,他决定去找沈佳志商量怎么才能让马昌平让他一步。

县城里有几家国营食堂,饭馆并不多,有特色的更加不多。上个月在朝鲜族人居多的东南街,政府为了体现民族团结和照顾少数民族,破例开了一家国营狗肉馆。据说这里有两个朝鲜族的师傅,狗肉做得十分好吃,沈佳志有好几次念叨着有机会去尝尝那里的狗肉,沈佳志对狗肉情有独钟。

他们去年还一起去农村偷过狗,不过什么也没偷回来,还差点让狗给咬了。这之后沈佳志说:"我今后是只吃,不干这偷的事了,我怕肉没吃到嘴,把自个吓死了。"所以房子明再找他,他说什么也不去了。

有求于这个朋友加同学，房子明找在食品公司当副经理的母亲跟这个狗肉馆的经理打了声招呼，在人少的时候特意给他们留了一个单间。食品公司在职能上正管着饭馆，副经理说了话还能不好使？

这天刚放学，两个人一起走出了一中的大门，房子明抢过沈佳志的书包自己背上，然后说："哥们，今天去东南街狗肉馆子，我请客。"

听到有狗肉吃，又是房子明请，沈佳志想都没想就大声说，"行啊！但我不知今天太阳打哪边出来，真请还是假请。"他不太相信房子明的话，房子明平日说谎跟吃面条似的，随口一秃噜，很少兑现。

"什么话，跟我走就是，早晨我妈就跟那的经理说好了，给咱俩预留下了一个单间雅座外加一条今天新烀的狗腿。"

沈佳志看看房子明今天不像在说谎，他笑着说："好，好哇！今天解解馋，早想吃那的狗肉了，就是我爸不让我去，说那不是我们应去的地方。"

"听我二叔说那个馆子里的师傅是朝鲜族人，不知是真是假。"沈佳志又说。

"到了就知道了，"房子明说。两人边说边往东南街走。

坐在了事先准备好的房间里，沈佳志还是觉得不对劲，他上上下下看了看房子明，问道："子明你今天不是有什么事求我吧？"

"哈哈哈，"房子明笑了起来说："知我者沈佳志也，算你聪明，不过先吃狗肉，也不是什么大不了得事，吃完再说。"

"你还是先说了吧，"沈佳志放下已经拿起的筷子说，"你不说了这狗肉我也吃不进去，心里没底。"

听沈佳志这么说，房子明略一沉吟很干脆地说道："也好，把话说完了吃得也痛快。"

他也放下了手里的筷子，抬头看着沈佳志片刻问他。

房子明："佳志，你说我俩的关系好不好？"

沈佳志："当然，那还用说吗？"

房子明:"铁不铁?"

沈佳志:"当然铁。"

房子明:"所以这个事我才能跟你商量,让你帮我出主意,想办法解决。"

沈佳志:"哎呀!什么时候学得这么婆婆妈妈的了,这也不是你房子明的性格呀!"

房子明:"好吧,那我也不绕圈子了。"

这时候,服务员用一个大瓷盘子端上来一条热气腾腾的狗腿,狗肉的香气让两个人都禁不住吸了一下鼻子。

房子明像下了很大决心,又不好意思地摸了一下脑袋说:"佳志,你说这每年的运动会,百米跑我总是跑不过二中的那个马昌平,今年的运动会马上又要召开了,全县人民可能都在议论我和那个马昌平今年谁能得第一。"

"哦!"沈佳志好像明白了一点,"你是为这事啊?"他说。

"是啊"!房子明愁容满面地皱起眉,心情沉重地说:"如果今年我再跑不过他,明年咱就毕业了,想跑也没有机会了,所以这些天我都快烦死了,才请你来想想办法。"

沈佳志听后不以为然地拎起了半条狗大腿,咔嚓咬了一大口,边嚼边说:"这可没有办法,你真跑不过他,这每年他都超你四五米远。"房子明也把一块狗肉放在了嘴里,嚼了几口说:"我没面子不说,学校也没面子,陈校长为这事跟我不是个好脸,我也不想第二呀。"

"这事有啥办法,跑不过就是跑不过,第二就已经很了不起了,有能耐他去跑呀!"沈佳志替房子明打了个抱不平。

"话可以这么说,事也是这么回事,但我自己这心里也不服这个气。"房子明说道。

"这事和别的事不一样,不服也不行,你真就没有他跑得快。"沈佳志边吃边说。

房子明不动筷子了,他吃不下去。愁眉苦脸地看着沈佳志大吃大嚼。

"所以才让你来想个办法。"房子明要入主题了。

"那能有啥办法，"沈佳志说："除非比赛那天让那小子跑肚拉稀，可这也做不到呀！哪有那么巧的事儿。"

"我倒有个办法，"房子明犹豫了一下说："但必须得你帮忙。"

沈佳志这时放下了拿在手里的狗肉，问他："你有办法？让我帮忙？说说看。"

"让他让一让，他第二，我第一。"房子明说得很坚决，并放下了手中的筷子。

"可能吗？他听你的呀？"沈佳志不相信自己耳朵似的问房子明。

"给他点好处，再吓唬吓唬他，他一个地主成分敢怎么样？换句话说，咱俩求他也是给他一个面子。"房子明阴着脸说。

"不行吧，"沈佳志把身子靠在椅子的后背上，皱起浓眉摇着头，"这么做也不仗义呀！这不是欺负人吗？"

"什么仗义不仗义的，他都三年第一了，风头也让他出尽了，也该让我第一一把了。佳志，咱俩是好朋友，从小到大就咱俩好，这个事我也没法跟别人讲，我把我那双回力鞋给他，你再去找他说一下成破利害，他要让了，以后咱就是朋友，不让就是仇人，我想他应该同意。"

"你是让我去说呀！"这下沈佳志彻底明白了房子明为什么请他来吃狗肉了。

"你说我还能信得过谁？这事弄不好要传播出去，还不把大家大牙笑掉了。"房子明说得很沉重，"只能是天知地知你知我知。"

沈佳志思考了一下，下了决心似的说："行，看在咱们从小到大的友情上，为了朋友，也为了咱学校，我去试试，不过丑话说在前面，成了你也别高兴，不成你也别怪我，这种事我可没把握。"说完拿起汽水瓶子两人碰了一下，仰脖子都喝干了。

"这满学校我就你这么一个最知心的朋友，"房子明说："我知道你一定行的,够意思,我们永远是好朋友。"

"其实我从心里也想让你能争得这个第一,这两年咱学校让他整的一点面子也没有。我家小妹还一个劲儿地气我说,一中永远也赶不上她们二中,这回让她也吃个哑巴亏,你第一也让她没话说。"沈佳志这样说道。

房子明拍了一下沈佳志的肩又把一大块狗肉放在了他面前的盘子里。

两个人高兴起来,一直吃到天黑日落才回家。

五　好友之托

回到家后,沈佳志也是半宿没睡着。这话说出去容易,办起来可就难了,那个马昌平会同意吗?这种话怎么跟人家说呢?找个什么理由去见他呢?哎!这个房子明什么馊主意都想得出来,但不管怎么,为朋友两肋插刀也得去呀,再者说把人家的狗肉也吃了,我沈佳志成不成都得去一趟。否则,今后没法见房子明了。

沈佳志决定明天放学前就去找马昌平。小妹佳慧是班长,在她的书包里他无意间曾看见过一张值日轮流表,如果没有记错的话,星期三是马昌平值日。

这是个好机会。

而让他没有想到的是,马昌平的每个值日沈佳慧都会留下来跟他一起值。

这天,沈佳志提前一节课离开了一中,他来到二中后就等在二中的大门外,等着二中的学生放学,一中和二中的距离并不太远,也就一里地,整个县城也没有多大,十分钟的路程。

当放学的铃声响起后,学生们便蜂拥着从院子里走出来,看看人走得差不多了,他就进了二中的大铁门。

这时的沈佳志心里也是忐忑不安的,毕竟这种事情并不光彩,可为了朋友也为了学校,他硬着头皮来了。

茫然四顾中他上了二楼,查着门牌找到了沈佳慧她们所在的班级。

站在教室的外面清楚地听见里面挪动桌凳的撞击声,人的说话声也一清二楚。

犹豫了一下,沈佳志想,反正来了,怎么着也得见面说说,如果不成也就让房子明死了这条心,自己也尽了力。

教室的门是半开着的,当沈佳志站在了门口时,两个正在教室里清扫教室屋地的人都吃了一惊,沈佳志和马昌平是早就认识的,只是没有交往,而最吃惊的是沈家兄妹两个。

"你怎么来了?"沈佳慧惊奇地问哥哥沈佳志。

沈佳志也没有想到妹妹沈佳慧会在教室,但他在吃惊的同时,灵机一动回答说:"妈今天晚上包饺子怕你回去晚了,特意让我来叫你。"

"早晨就知道啊!"沈佳慧说:"你真为这事来找我?"她是不太相信的。

"当然,我顺便也看看你们二中有没有你说的那么好。"望着妹妹不相信的表情,沈佳志这么回答。

"怎么样,比你们一中强不强?"沈佳慧自豪地直起腰向后拢了一下汗水打湿的头发说,"起码是楼房。"

"也强不到哪里去,叫我看都差不多。"沈佳志说着查看了一下他们的教室。"好好学习,天天向上"的图版挂在黑板上方,这和他们的教室一样。

"你今天怎么放学这么早,不是逃课了吧?"沈佳慧对哥哥的到来始终有怀疑。

"他们在训练,我们不是运动员的就少上了一节课。"沈佳志解释说。

马昌平这时一直站在那里没有出声,看着兄妹两个对话,他只笑了笑,他不知说什么好。对于沈佳慧哥哥的到来,他有点紧张,这个学期每当他值日沈佳慧就会留下来帮他清扫教室内外,他哥来了会不会为这个而责怪她?他见过沈佳志还是在去年的运动会上,那时他是一中房子明的啦啦队的助威队长。他也听说过,沈佳志和房子明两个在一中是学生头。

"我同学马昌平,我哥沈佳志在一中。"沈佳慧这时红着一张俊美的脸给他们介绍。

"认识,认识,"沈佳志说:"全年级组的学习尖子,运动健将,百米之王,谁不认识啊！"。

"可别这么说，哪有那么好，"马昌平被沈佳志夸得红了脸，他把手里的扫帚放在了垃圾箱上说，"你原来是我们班长的哥哥，你们长得都那么帅气，今天是我值日，班长帮助我打扫了卫生，我的同桌生病了。"他不知说什么好，话锋一转赶紧说："班长你快跟你哥哥回家吃饭吧，反正也都打扫清理得差不多了"。

沈佳慧这时也背起了书包，她说："行，那我们回家了，你也快去食堂吧，这会也差不多开饭了。"

还没等马昌平回答，沈佳志马上说："佳慧不如这样，你先走，我好不容易见到马昌平同学，正好跟他交流一下学习体会，也跟他学习学习。"

沈佳慧并没有多想，觉得哥哥有这样的想法是好事，反而高兴地说："好哇！那我就先走了，你们也快点。"说完背着书包走出了教室。

教室里现在只剩下他们两个人，沈佳志向后望了一眼走廊，看看妹妹沈佳慧走没走远。

"马昌平同学，我今天来还有一件事想求你。"沈佳志来了个开门见山，语速加快。

听他这么一说，马昌平现出了一脸猜疑的表情。

"求我？"他说："我能为你做什么？"

"能，"沈佳志友善地说："是这么一回事，你看你年年运动会都拿百米第一，也给你们二中挣足了面子，我在一中有个好同学叫房子明，就是年年跑不过你，总跑第二的那个。"怕马昌平记不起来，沈佳志连说带比画，引导他记起。

"他挺厉害的，"马昌平想了起来，他说："听说他的学习成绩也很好。"

"学习赶不上你，跑也跑不过你，所以才来让我求求你。"沈佳志边这么说边向门外又看了一眼，看看门外有没有人，尤其是怕妹妹佳慧再回来。

"我没有听明白你的话，"马昌平一脸的雾水，"我不知道你到底什么意思,如果有话你可以直接说。"马昌平皱着眉头跟沈佳志说。

沈佳志也觉得没必要绕圈子,咳喘了一声说道:"我们马上都高中毕业了,我的那个同学想要个百米第一,但他知道肯定跑不过你,所以让我来求求你,让他得回第一。"沈佳志说完站在那里瞪着马昌平等着他回答。

"这回算是听明白了,"马昌平一下子倒不知道怎么回答了,他张了几下嘴,又没有说出口,他不知道该怎么跟沈佳慧这个哥哥说这些。

"痛快点,行不行? 我的朋友也答应了,如果你答应让他,他给你买双标准的回力鞋,以后咱们也是好朋友了,有事可以互相帮忙。"见马昌平还没有回答,他马上又补上了一句:"一件事能交一生的朋友,也可以成为一辈子的仇敌。"这句话他实际上是不想说的,但看到马昌平犹豫不决的表情,他索性一下子说了出来,给他点心理压力。

马昌平镇定了一下自己的情绪,他说:"这第一第二的我是不在意的,你也别让他给我什么东西,只是这种事怎么个让法,也可能今年的运动会上还有比我们俩跑得都快的人呢。"他问他:"这事有那么重要吗?"

"当然重要,"沈佳志说:"别人跑得怎么样不用你管,你只要让了他就行了,那咱们今后就是好朋友了。"见马昌平这么说,沈佳志心里特别高兴,他觉得这事有门,这人很爽快。

马昌平怎么也没有想到沈佳志会为这个事来找他。第一第二在他心里真没想那么多,更没有认为有什么重要的,既然是沈佳慧的哥哥来找,还那么诚恳热情,那让他一让又有什么了不起的呢?

略略思考了一下,马昌平问沈佳志:"你们让我怎么个让法? 我不参加行吗?"他问沈佳志不参加行不行,沈佳志说:"不参加不好,你只要在终点让他一小步,让他得一回第一,你就够意思了。"听马昌平这么一说,沈佳志更加兴奋起来。

"好吧。"他说:"到时我会看情况决定怎么做。"说到这,马昌平忽然觉得心里有一种酸酸的感觉,他觉得这事很别扭。

"太好了,够哥们,我替房子明谢谢你。"沈佳志高兴地说道,"回力鞋我明天就送给你。"

"我有言在先,如果你给我送什么,到时候我一定不会让的,我什么都不要。"马昌平说道,"我可不是为了这个。"

这个人还真有个性,沈佳志这样想,不过这些都不重要,重要的是他答应了他。他心里特别开心,能为朋友做成一件事,比自己做成一件事都高兴。

"好!"他说:"来日方长,够不够朋友咱们以后见,你讲究我们也不差事儿。"

听着沈佳志急匆匆的脚步声消失在走廊里,马昌平站在那里一动不动很长时间。

"怎么会有这种事?"他想。

六　年轻的心

回到家的沈佳慧心里惦记着在学校跟马昌平交流的哥哥沈佳志。

等了半天也不见沈佳志回家,她突然脑袋里划了个魂儿,哥哥今天怎么这么奇怪,跑去学校找我回家吃饭,还跟同学马昌平交流学习,这不是他的性格呀!可又想不出其他别的什么来。

也不能有别的事啊!她想。

这顿晚饭沈佳志没有回来吃,就因为这个,沈佳慧断定沈佳志今天去她们学校一定有别的事,明天她一定要找马昌平问个清楚。

这天晚上,沈佳志回来得非常晚,看得出来他非常高兴,沈佳慧问他什么他只是笑,最后只说了一句没头没脑的话,他说:"八百年风水轮流转,我们一中也该风光风光了"。然后就关门睡觉了。

这让沈佳慧更加疑惑。

这一年来,马昌平被动地接受了沈佳慧的许多关照,他刻意地与沈佳慧保持一定距离,但沈佳慧却不在乎这些,仍然不管不顾地去关心马昌平,这也引起了个别同学的嫉妒与猜疑,有的还去老师那里去告状,说马昌平与沈佳慧搞对象。老师说:"不可能的事,不要瞎传播。"他们认为没有这种可能,即便真有,她是谁呀?睁一只眼闭一只眼最好。

这一天上午,沈佳慧连老师讲什么都没有听进去,她的心里一直想着昨天哥哥沈佳志来找马昌平到底什么事,她一次次地拿眼去看他,可马昌平就像什么也没看见似的,不去搭理她。这也让她十分恼火。她心里想:"等中午的时候非好好问问你不可。"

终于盼到了中午,她不顾其他同学还在场,硬拽着马昌平的胳膊向操场那边走,那边清净无人。

马昌平红着脸说:"怎么了? 发生了什么事吗?"

她也不回答,气呼呼地拉着他来到了操场篮球架子下面。两只水汪汪的大眼睛直视着马昌平,"跟我说,我哥昨天来学校找你干什么? 不许说谎。"她把红红的小嘴拧成了挤压的花瓣似的对着他问。

马昌平一时不知道如何回答她,他转过身去看了一眼教室方向,那里还有几个同学看着这里,好像在议论什么。

他说:"咱们别在这里了,同学们指手画脚地好像议论咱们呢,这样不好。"

"有什么不好的,"她说:"让他们随便议论好了,没做亏心事,不怕鬼叫门,我问你,昨天我哥来这里干什么来了?"

"他不是说了嘛,我们两个交流了一下学习体会,其他的也没什么呀。"他故作镇定地反问她说:"他说什么了吗? 反正我不知道,他跟我就说了毕业前要学习考试的事。"

"不对,"她非常坚定地反驳道:"他对学习没那么上心,更不可能为了学习的事跑到这来跟你交流,马昌平你马上跟我说实话,我哥他来这里到底什么事?"

"不信算了,"马昌平不想让沈佳慧看穿他撒谎时不自然的脸色。"要不你回去问他好了"。他想既然答应了就不能去告诉别人,尤其是不能告诉沈佳慧。

"马昌平,你骗不了我,你明明在撒谎,你不会撒谎你知不知道,原来我还拿不定,现在你已经告诉我你分明在说谎话,马昌平别让我看不起你,今天你必须得跟我说实话。"沈佳慧急的,气得声音大了起来,看向这里的同学又多了不少。

马昌平急出了一脑袋汗,他东看一眼西看一眼地惊慌不定,说道:"小点声,你小点声行不行。"

"不行!"沈佳慧更急了,"今天你不讲实话我一会儿哭给你看,你信不信?"说完眼泪真在她的眼眶里打起了转转,她的声音里也带有了哭腔。

这把马昌平吓坏了,他赶忙说:"那好,你千万别喊了,我告诉你,但有一点,你必须保证不再传,否则说什么我也不告诉你。"

听马昌平这么一说,沈佳慧收敛了许多,她冲他点了点头说:"那好,我答应你,你说吧。"

马昌平出了口长气,咽了口吐沫,他害怕似的又回头看了看四周,吞吞吐吐地说了句,"其实也没有什么,你哥让我在运动会百米跑的时候让一让一中的那个房子明,他说房子明人很好的,就是想得一回这个百米第一。"

"你答应了?"沈佳慧睁大双眼,很吃惊地问他。

他点点头,"这有什么呢?第一第二有什么可争的,不就是个跑赛吗。"他故意把事情轻描淡写。

"你笨哪?你还是傻呀?"她被他的话气得不知道骂他什么好,举起手在他的肩上狠狠地打了一下,他疼得一咧嘴。

马昌平你给我听好了,沈佳慧的声音严肃起来,语气也放慢了。她说:"做人做事都是要有原则有底线的,是的,这第一第二的当不了饭吃,可它是一个启示,是一个证明,是一个体现。如果你真的没有这个能耐那也没有什么,跑过跑不过的也只是一个比较,可现在不同了,他们为什么要让你让给他们,你怎么那么好欺负?你有没有想过在比赛那天有多少双眼睛看着你,有多少颗心为你悬着,你第一他们高兴,你第二他们失望,因为这关系到我们全学校的荣誉,关系到全校几千人对你的期望你明不明白?不能让,坚决不能让给他们,这个想法也只有房子明能想出来,我哥更是傻狗不识臭地来找你,卑鄙又无耻。"她越说越激动。

"哪有那么严重?"他说:"不就是个比赛吗?你哥他来找我,那么坦诚,那么友好,再说今年也还不知道谁拿这个第一呢?"

"马昌平啊马昌平,你叫我说你什么好呢?你聪明绝顶又怎么这么愚昧无知,我说了这件事本身没什么,但它关系到我们二中,关系到我们二中的两千多师生,你知不知道两个学校的师生为了这个第一早就叫上劲了,你千万不要让同学和老师们失望,也别让我失望。"沈佳慧说着说着眼泪就流下来了。

"我再问你一句,你到底让不让这个比赛?"沈佳慧流着眼泪看着他,等着他回话。

爱情是甜蜜的,也是酸楚的,同时也是包容的,几年的时间她已经深深地爱上了这个意志坚强、多才又多艺的地主的儿子。她把自己比作了古时的祝英台,越看越他像那个梁山伯。但在她的心里他比梁山伯坚强,比他有头脑,比他有才华。他出身卑微,寄世篱下,但他依然脊梁坚挺,目光坚定,目标明确,坚毅果敢透着一种英气,他有着挡不住的迷人风情,令她神往,让她着迷。

看着她急迫和较真儿的样子,他一时语塞,不知如何是好,半天他说:"那你让我想一想。"

她沉默了,一声也不吭地看着他,脸由红变青再变红,她生气的样子也很好看,马昌平这样想。

"好,"她说:"随你的便,但有一点我先说清楚,如果比赛那天你要让了这个百米第一,我会在广场上揭穿这件事,到那时看你们怎么下这个台,也让所有同学们看看你马昌平到底是人还是个鬼。"她说完了一转身流着眼泪跑走了。

望着她跑走的身影,他心里很难过,沈佳慧可能并不清楚这个时候的马昌平也已深深地爱上了她,只是在他的心里,他觉得自己不配拥有这份爱。

虽然是生他的气,但气一会儿又原谅了他,这就是年轻恋爱的心。为了让他清醒,沈佳慧决定给他写封信,把心里面的话说给他。

这天中午沈佳慧没有回家吃饭,一个人在班级的教室里伏桌写信,晚上放学的时候,她趁人不备悄悄地把信塞进了他的书包。

晚饭后，马昌平怀着一颗激动的心，一个人来到了学校操场那盏昏黄的路灯下，急不可耐地打开了她写给他的信，那早已熟悉的字迹清晰映入了他的眼中。

　　马昌平，别怪我这样称呼你，说心里话我现在都不知道怎么称呼你才合适。

　　时间就像河里流过的水，一转眼我们一起学习五年多了，这五年里你是什么样的一个人，我自认为我是看得透、认得清的，所以才有了我和你之间的一切，我对你怎么样？我为什么这样对你？你应该也是心知肚明。

　　马上就要毕业了，说句心里话，我好害怕这个毕业，害怕自己长大，更害怕的是与你的离别。

　　五年，人生的长河中不长也不算短，人这一辈子能有几个五年呢？这五年的光阴对于你我是何等的重要，时光一去不复返哪！

　　我承认你有一个让人生畏的成分，又有一个各方面都比别人优秀的地方，可能这就是事物的两重性吧。

　　别人歧视你，你忍着，别人看不起你，你不在乎，别人吃馒头你躲在一边吃窝头，别人吃菜你蘸酱油，可没有人在你的脸上能看到一点点的对世事的不恭。其实你这是胸怀万丈雄心，你对每一个同学都不服在心里，你其实是在用你的聪明和才赋证明你的存在，你外收内敛，独自清净，不放弃，抱希望，心里守护着自己的那份世界，把心里的苦全都用在了学习上，这些别人不知道而我都看在眼里。

　　我明白你的心，我知道你自己也清楚你改变不了这个世界，但你要让这个世界上的人认识你，你在另一面有别人没有的东西。

　　我坦然地告诉你，我爱你，但我也清楚，我是县革委会副主任的女儿，你是马家围子地主的儿子，你是农村户口，我吃的是国家供应粮，这些我比谁都清楚明白，但我还告诉你，在我的心里，你是天下最优秀的人。

我不看未来怎么样，我只知道我现在离不开你，我知道我要走的路充满坎坷与沼泽，可我心意已决，将来如何绝不后悔。

别怪我今天对你的态度，那是因为我爱你，我要让我爱的人不要把自己糟蹋了。体育是一种竞技比赛，是一个人意志和体能的展现，也是一种自我价值的展示。因为我希望我爱的人一切都优于他人。

这虽然不是一个人命关天、能解决温饱生活的事，可它是一种精神的张扬，都说友谊第一比赛第二，可为什么大家都争着拿这个第一，许多事说是一回事做起来又是另一回事。人们看重的是事实和现实。

昌平，证明自己，充分地展示自己，把一切都证明给别人，不要给他们机会，包括我哥哥，把机会留给自己。

不要辜负了学校，不要辜负了同学们，还有我……

看了沈佳慧写给他的这封信，马昌平的心一阵大乱，纠结得让他心口疼。

运动会的日子来到了，比赛开始了。

二中偌大一个广场被各个学校的上万名学生层层围了起来，每个学校的位置前都有各学校的牌子，最前面是一排学生桌子，红旗漫卷了整个广场，各学校之间在比赛开始前进行了没有组织的歌咏竞赛，你一首我一支，比的就是谁声音大，气势高。

主席台在最北端，台下就是百米跑道，一条条白灰打成的白色斑马跑线在阳光下显得格外分明。

跑道的起点在东侧，紧挨着二中，终点在西侧，紧挨着一中。

一中的学生早就放出话来，今年的百米王必是他们一中的房子明无疑。其实这个风也是沈佳志先放的。

当广场中央的大喇叭宣布男子百米赛跑马上开始,运动员入场后,上万人的广场上立刻鸦雀无声,学生们都站起来翘首瞪大两眼,看向北边的百米赛道。

一中的五六个男生在沈佳志的带领下簇拥着穿着一身雪白色短裤背心的房子明入场,他抽签排在第三条跑道上。他的背心前面印着两个大大的红字——一中。

喊到他的名字后,他转着圈向周围招手。一中那边便传来一阵呐喊声和锣鼓的助威声。

相比之下,二中的马昌平出场就低调多了,他只一个人来到跑道前,他排在十三条跑道的第九条。

二中的同学都用充满期待的眼神看着他们的男神,尤其是沈佳慧,她激动得要哭了,她的心里一点也不踏实。

这个百米怎么跑,当发令员举起发令的鼓槌时,马昌平还没有做最后的决定,当他下意识地向周围扫一眼时,他发现他的身后很远处有一双美丽的大眼正充满期待地凝视着他,那是沈佳慧的眼睛,像是在说:"就看你的了,别忘了我说的话,我爱你。"

砰的一声,大鼓震响,全场一阵欢腾,十三名运动员向离弦的箭冲出跑道,尤其是房子明更快。

在其他人冲出起跑线三米之后,马昌平还站在原地犹豫,那一刻二中学生的心都要碎了。

沈佳慧失望了,含在眼睛里的泪水一下子夺眶而出,她很伤心,恨他不争气,可就在她闭眼独自伤心的一刹那,那个身影突然向一只受惊的野兔蹿出起跑线,飞一般地追向其他运动员,在六十米左右的地方他已追平了其他运动员,前面两米只有房子明一人。这时他浑身较劲,上下发力,脚下如风似电般地向前方猛冲过去,临近终点前的十米,他突然大吼一声,身子几乎飞出了跑道,硬把房子明抛下了一米左右。

这情形让全场一下子出现了短暂的平静,接着便是欢声雷动,当然一中那面的学生一片沉寂,有的学生伤心得哭了起来。

房子明喘着粗气,弯腰双手扶着两个膝盖喘息着,他的心里复杂极了。

抬眼望一下二中的那个马昌平,他此时也在大口地喘息。

那一边,沈佳慧哇地一下哭出了声,她拼命地奔跑过来,什么也不顾地拥抱住了马昌平。这更让房子明又气、又恼、又恨,也让全场人目瞪口呆,这也太大胆了。

"为什么偏偏遇上你?"房子明这样想,"你可能是我这辈子的克星。"

沈佳志这时也是气愤异常,看见小妹那个样子他更加恼怒,无奈地站在那里发呆了好一会工夫,可如今木已成舟,又有什么办法,又待了一会,他生气地走了,嘴里轻轻地骂了句:"言而无信的小人,地主的儿子。"

"沈佳慧,看我回去不把今天看到的告诉爸妈才怪。"

七　毕业还乡

运动会之后,毕业的日期也临近了。应届的学生们都开始紧锣密鼓地复习准备考试,虽说考的结果也不影响什么,但读了这么些年的书大家都还是想有个好成绩。

许多人在这个时候才后悔要是平常日子里好好学学就好了。

一中的房子明如何能咽下这口窝囊气,他咬碎了后牙发誓,一定要好好收拾收拾这个马昌平。于是他又来找沈佳志商量。

沈佳志这时想起一件事,他说:"这小子也不算食言,他在起跑前是让了你三步的。"

房子明气恼异常地说:"这是他更加让人可恨的地方,他这是在羞辱我,全场人谁看不明白。"

"也不能这么讲,"沈佳志说:"这说明他也是考虑过了,让了这三步他心里实际是没有底的,怨只怨你快到终点让他给追上了。"

"行了,你去不去吧?"房子明不想再听他说下去,没有好气地问他说:"你不去拉倒,人我找好了。"沈佳志略微迟疑了一下说:"告诉你找来的人下手可轻点,千万别打坏了,让他鼻青脸肿就行了,不就出个气嘛。"

在二中百米比赛的事马昌平早忘了,他现在所有的心思都集中在考试上。让他忘不了的是在一个没人的地方,沈佳慧第一次给了他一个深深的吻。那香气至今还在他肺腑里散发着,让他心旷神怡,给他力量,让他幸福。

沈佳慧还送给了他一支很好的钢笔,这支笔漂亮又好用,使起来非常顺手,他也十分珍惜喜爱,因为这是沈佳慧送的。只是近来写的字太多,笔水用完了。

学校的门外有一个小商店专门经营学生用品,复习的很晚了,他一个人走出了校门,准备去买一瓶钢笔水,回来再复习一会。

这个小商店是开门到晚上十一点多的。

他哪里知道,校门外胡同的黑影里几个一中的学生正等在那里,他们已经在这一连等了他好几天了,今天终于等到了报仇出气的时候。

看见马昌平一个人走进了小店,几个人立即围了上去,在阴影里等着他走出来。

马昌平根本没有防备,也没有想到会有人暗算他,买了瓶钢笔水,他边看瓶上的字边往学校大门里走。突然间四五个人一拥而上,还没等他反应过来,一阵拳打脚踢就把他打倒在地。

晕头转向的马昌平本能地抱紧了头,倒在地上蜷曲身子不反抗,他知道反抗也是没有用的,索性躺在地上任由他们一顿乱脚踢身,心里却在想:"这是为什么? 这些人是谁呢?"

其间,从他们边打边骂的口气里,他一下子明白了。

那几个人骂道:"你个地主狗崽子,逞什么英雄,发什么狂。"

"你以为你真是什么百米王啊? 今天打断你的狗腿,看你还跑不跑了?"

"回去告诉你们二中学生,一中不是好惹的,听到了吗?"

马昌平也不敢出声,他躺在地上不动,他知道这顿打说来也是应该的,有了这顿打,他也算是对沈佳志有个交代了,有了这顿打,自己的心里反而好受些,身子疼,心轻松。

几个人又打了一阵,骂骂咧咧地消失在胡同的黑影里,临走时有一个又在他的屁股后面狠狠地踢了一脚,骂道:"长点记性,我们大哥的名字叫房子明,不服来一中找我们。"

这下子,马昌平心里就更清楚了。

等了好一会见没有动静,马昌平才慢慢地从地上爬起来,还好手里的钢笔水还在,瓶子没有被打碎。

　　鼻子出了很多的血,湿湿地黏黏地淌了一嘴,动一动胳膊、腿、脚,除了疼别的没有问题。于是,他咬着牙一瘸一拐地向学校的宿舍走去,没有心思再去复习而是悄悄地打了一盆子水把脸上手上的血洗个干净。

　　"明天上学时可千万别让同学们看出来,"他心里想,"怎么跟别人解释呢?"他更怕沈佳慧知道。

　　天都要亮了,马昌平还没有睡着,浑身到处都疼,好在他有一副强健的身体,这些皮外伤也只是让他受点罪。

　　睡不着他就去乱想,想这些年在学校里的学习,想沈佳慧对他的好,想的最多的还是马家围子的家里,父母和姐姐为了他这个学所付出的辛劳。有时他的心里学不下去的时候,他就去想家里的父母,想姐姐,这样他就有了动力,他就特别努力,如果自己学了个半斤八两怎么跟家里的父母和姐姐交代。万事有开端,凡事有动力,人的奋斗和努力总是为了谁,总要有个理由。

　　他知道他的这个学和那些干部子女、贫下中农的子弟不一样,他上得好辛苦,好不容易呀!

　　记得上学走的那天晚上,父亲马金魁语重心长地跟他说的那些个话,如今想来犹在耳畔。

　　父亲说:"孩子,我们这个家庭真是让你和你的姐姐受委屈了,你姐是个女孩子也就这样了,你是小子,是咱家的希望,送你去县里念书,这公社大队爹也不知跑了多少回,咱家这成分能让你去念高中也算是人家开恩哪!"父亲长叹了一声,抽起那根旱烟袋,吸了一口又吐出一口烟来,接着说:"虽说咱这成分定下了是个大地主,可说来咱也是凭力气和血汗一点点积攒下来的,你大太爷爷那辈咱就没干过一点缺德的事,咱没偷谁也没抢谁,心里还算踏实,老老实实地改造也没有话说。谁的错呢?"父亲落下了两滴混浊的老泪悲怆地又说:"要说错也是你爹你妈的错,你和你姐都是孩子,你们没有错。孩子,这农活不会可以现学,这文化可不是现学能行的,所以我和你妈商量着说什么也让你把这高中念完，或许以后用得上。学费你不用惦记，全家吃糠腌菜也能供得上你，你在小学学习就好，到了中学你千万可别不争气，咱和人家不一样，县里头花花绿绿的啥都有可千万别学坏了。有些事能忍则忍，能让则让，挨几句骂挨几下打坏不了，学习好了才对得起我和你妈还有你姐。"

抽着那杆老旱烟，满屋子辣人的烟味，这烟味如今想来特别地好闻，很久没有闻到了，他都想它了。

那天晚上，父子俩也是很久都没有睡，马昌平没有对父亲许什么愿下什么决心，他只跟父亲点点头，说了句"知道了"。

父亲相信他，知子莫若父。

眼泪流落在眼角下方破了皮的地方特别地疼，马昌平用手轻轻地擦了擦，这时候做饭老师傅东墙脚下养的几只大公鸡开始叫个不停了。

天快亮了，他也稀里糊涂地睡着了，梦里他梦到了房子明和沈佳志冲着他笑。房子明还用手指着他问："怎么样？还疼吗？记住了，这是说话不算数的后果，得罪我没好处，地主崽子。"

书上的课早就学完了，现在是复习准备考试阶段，而考好考不好对于一些有特殊家庭的孩子来说也并不重要，重要的是他们有个好爸爸。

学好数理化，不如有个好爸爸，就是那时学生中最流行的一句话。

而有个地主爸爸的马昌平当时的内心处境可想而知了。

没有希望也就没有妄想，心反而平静。

这个阶段学生们本身是放纵的，学校也是任由学生去放纵，班主任布置完复习题就走。这是学生离开学校前最开心快乐轻松的日子，这日子今后不会再有。

他们聚会、喝酒，有钱的吃馆子照相，玩个痛快。

马昌平可没有这些，他专心的复习，他感受到了平日里从来没有过的压力，这些年的学习马上就要得到验证，他非常害怕这个结果不如意而没法向家里的亲人交代,也没法跟自己交代,更没法向沈佳慧交代。

有用没用的也要个好结果。

班级里现在只剩下了为数不多的几个学生在复习,他伏在最后一排自己用了快一年的学生桌上拼命地写呀,看哪,想啊!身上的疼都忘记了。

沈佳慧本来在学习上就一般化,又有那样一个家庭,她完全可以轻松地去玩耍,但是因为马昌平在学校,她就拒绝了所有同学的邀请,来到班级里陪着他,尽管她自己现在是什么也学不进去。

早上,兴高采烈地站在他面前,她一下子惊呆了,面前的马昌平和昨天的马昌平判若两人,他鼻青脸肿不说,连手上都是青一块紫一块的,没个好地方。

见了她,他还故意掩饰地给她一个笑,明明是装的。

"怎么了?这是怎么了?"她心疼地上前去忘情地抓住了他的一双手。他疼得一哆嗦。

明天就是最后的考试,两天后就要毕业离校,这个时候沈佳慧已经不在乎谁怎么看怎么说了,她要的是自己怎么做。

"没事,昨晚出去买东西摔了一跤。"他轻描淡写地说道。

她仔细地察看了一下他,轻轻地摇头说:"不对,这根本不是摔的,难道你会出去跟人打架。"她盯着他的眼睛等着他回答。

"想哪去了,"他说:"我跟谁打架啊,我打过架吗?"

是啊!她也认为这不太可能,而这一身的伤又是哪来的?她又上前去掀起他的上衣袖子,她发现他胳膊上基本都是青的。

"这么重?!"她说,她抢过他手里的笔扔在桌子上不容分说地说:"走,先跟我去县医院包扎一下,上点药水也行,明天可要考试了。"

马昌平抽回了胳膊说:"我是什么体格你又不是不知道,这点皮里肉外的伤算什么,小时候我被镰刀割了一个二寸长的口子抓把土捂在伤口上照样割麦子。"

"胡说，"她急了，"这满身到处都是伤到底怎么来的？马昌平你什么时候能跟我说句实话呀。"她心疼得坐在他前面的空凳子上哭了起来。

其他几个同学也都看过来，马昌平急出了汗，这一出汗杀得头皮都疼，他咧了一下嘴，赶忙小声说："别哭，待会告诉你行了吧？"

沈佳慧这才止住了哭声，转身站起就走，离开时扔了一句："我去给你拿药。"马昌平也没说什么。半小时后，她就跑了回来，手里拿了许多药，脑袋头发间全是汗。

涂完了沈佳慧从医院里拿来的红药水果然好多了，可沈佳慧要的还不是这些，她要知道这伤到底是怎么来的？

"说吧，"她坐在他的面前等着他回答。

"说什么？"他问她。

"伤，"她的声音大了起来，"你的伤怎么来的？"

"摔的，"他说。

"马昌平，"沈佳慧气得大叫起来，吓得他赶忙制止她。"别叫，别喊，我说还不行吗？"

沈佳慧不吱声了，马昌平又犹豫了。

沈佳慧又要叫喊，他赶紧说："可能是一中的几个学生，昨晚我去校外买钢笔水，也可能是他们认错人了。"

"什么认错人了？"

她一下子明白了，分明是她哥和房子明他们干的，她气愤地站了起来说："我这就去找他们算账。"

"别，别，"他急忙挥着手说："不太像，好像是街上的流氓。"

"你别自欺欺人了好不好？街上的流氓打你干什么？你怎么这么软弱，你比我更知道是谁干的。"她坐下来嘤嘤地哭泣起来。

"算了。"他说，"谁打的也都过去了，过几天也就好了，现在抓紧复习才是最关键的。"

"学,学,就知道学,你就是考一百个第一又有什么用。"她心里难过地数落他。

"我们现在是学生,当然学习最重要,有没有用那是以后的事,我也知道我学习可能没用。"他说着又拿起了桌上的钢笔,"但我必须学,"他说。

沈佳慧心里明白,跟他说再多也没有用,说多了反而更让他心里有负担,不如不去说了,让他专心复习。于是,她站了起来说道:"你复习吧,我出去一趟,对了,这是吃的,你这两天就别去食堂了。"这时,他才看见她把手里拎着的一包东西放在了前面的学习桌上。

其实这时在沈佳慧的心里已经打定主意,她气坏了,准备回家跟哥哥沈佳志算了这笔账。

沈家住的是县里的公房,一趟砖房的最西边,大约四间左右,院子里三面是两米左右的院墙,一面是仓房,这也是县领导当中住房比较宽敞的一座。

院子打扫得干干净净。正房中间开门进门是客厅,两侧是卧室,客厅后面是厨房。

沈为民和妻子陈红静住东间,这也是北方人住宅东大西小的意思,西边一间大一些的被分成了两个卧室,中间是用砖墙隔砌起来的,沈佳慧和沈佳志各居一室。

沈家家里是哥哥怕父亲,父亲怕母亲,母亲怕女儿,全家都宠着这个沈佳慧。

两个孩子马上就要中学毕业了,沈佳志已铁定被保送去上大学,房子明也在县里领导子女的保送名额里。因为怕影响,沈家只保送儿子,女儿已落实在县教委工作,就等着毕业了分配。

晚饭时,沈佳慧没有急着跟哥哥算这笔账,她在等父亲回来,她知道哥哥最害怕的人是父亲沈为民。

父亲下班回来了,一家人围着客厅里的圆桌准备吃晚饭。

沈佳志进门就发现今天沈佳慧的脸色不对劲儿,他心里边直打鼓,猜测是不是因为马昌平的事,妹妹和这个地主的儿子在搞对象的传言他早就听说了。如果让他取舍,他一定会是选择房子明做妹夫的。

那天运动会后,他也没敢和父母说她和那个马昌平在广场上拥抱的事。

他心里犯着嘀咕,心想:"可别是打马昌平的事啊!"转念一想这事十有八九,还不如先走为妙,要不是昨天父亲骂了他,今晚他原本和房子明他们去吃馆子的。

想到这,沈佳志站起来,拎起椅子背上的衣服说:"不吃了,我忘了有几个同学要聚一聚了。"

"不能走,"沈佳慧从他进门来一直没用好眼神看他。见他要走,她心里也估计了个大概差不多,他这是想溜。

坏了。沈佳志身上出了一层冷汗,他说:"有事明个说,我有急事出去一趟。"

"不许走,"沈佳慧跑过去一把抱住了沈佳志的腰不让他走。

事实上,沈佳志心里也是非常喜欢他这个同胎妹妹的,平日里什么事也都让着她。她这样拦腰一抱真就走不了了。对这个妹妹有时他是一点办法都没有。

"小妹,你就看在平时哥保护你的份上让哥走行不?"沈佳志央求她。

"不行,今天话不说明白你别想走了。"沈佳慧十分坚决又气愤地说。

"完了,一定是那个事让她知道了。"沈佳志心里想。他更明白父亲要是知道了非要狠狠地骂他一顿不可。他这样想急着用力去掰她的手想挣脱开。

"沈佳志,"佳慧被他掰得手疼了,她仍不肯放手,冲着父母大声喊道:"这是个非常严重的问题,今天你非在爸妈面前说清楚不行。"

"松开,"父亲这时说话了,"都快中学毕业了,撕撕扯扯得不像话,有什么事坐下来说。"

父亲说了话,沈佳志是不敢走的,只好放下衣服气鼓鼓地坐在椅子上,两眼狠狠地瞪了沈佳慧一眼。

母亲陈红静正好端上饭菜来,边放菜盘边说:"这外面的饭怎么着也不如家里的卫生干净,以后别老到外面吃那些杂七杂八的东西,不利于健康。"

"妈,"沈佳慧这时说:"我哥他哪是去外面吃饭哪,他是心里有亏心事怕我告诉你们。"

听她这么一说,父亲沈为民和母亲陈红静都放下了手中的筷子。

"什么亏心事?"沈为民严肃的一张脸让沈佳志害怕得心里直打哆嗦。

"别听她瞎白话,我有什么亏心事。"沈佳志冲着妹妹高喊。

"怎么不亏心? 你们干的那些事也太卑鄙太无耻太缺德了。"沈佳慧快要哭了,在屋地中间直跺脚。

"是房子明他们干的,我又没参加。"见躲不过去,沈佳志干脆说出来并为自己辩解。

"你怎么能不知道? 当初就是你去找的他。"沈佳慧眼泪掉下来,声音更高了。

"关你什么事,你少管闲事行不行,要不外面传言说你跟那个地主的儿子搞对象,看样子还真有这事。"沈佳志气急了,他把听到的话说了出来,后又小声地嘟囔道:"我没把运动会那天的事告诉爸妈就不错了。"

"搞了,我就搞了,你管得着吗?"沈佳慧气得边哭边跺脚,"你告诉,告诉吧……"

"那你也别管我。"沈佳志低着头又嘟囔一句。

"怎么回事?"父亲的声音很大,"什么乱七八糟的。"

"小慧你别哭,慢点跟你爸说说。"陈红静说着心疼地抱住了宝贝女儿的肩劝说她。

"爸,妈,"这时的沈佳慧擦了一下眼泪,边哭边说:"我们班里有个男同学叫马昌平,他成分不好,父亲是马家围子的地主,但他非常有才华,人品又好,每年的运动会百米都拿第一名,为我们二中争了光。今年我哥和房子明他们要争这个第一就来我们学校找他,让他把今年的第一让给一中的房子明。也不知道他们是怎么说的,马昌平这个人在学校从不与人争锋斗气的,什么事都忍着让着,我估计我哥他们也是连哄带吓唬的,他就同意了让了这个第一。"

沈佳慧拿过母亲递来的毛巾擦了擦鼻涕和眼泪,接着说:"我知道了这事不对劲儿就追问他,他才勉强告诉了我,我告诉他这个第一是绝对不能让的,这是做人的原则。即便这样在正式比赛的时候他还是让了房子明三步远,可还是得了第一。跑不过是你没有本事,应该也就算了,可我哥他们恼羞成怒地找了一伙流氓,晚上在我们学校门口把人家打得鼻青脸肿的,浑身上下都是伤。"

"你今天去医院找药就是为了他?"陈红静问女儿。

沈佳慧哭着点点头说:"可不就是嘛。"

"妈,爸,你们说说这是什么事? 这也欺人太甚了吧。"沈佳慧仍然在哭。"还有没有个公理?"她说。

听完了女儿的讲述,沈为民全明白了,他很生气,脸色阴沉沉的让沈佳志心里直发毛。

"佳志,"他说话了,"我问你,佳慧说的是不是真的。"说着又放下了拿起的筷子。

这个时候沈佳志是不敢说谎的。他说:"有是有,但他们打人我可没参加,这主意也是房子明出的。"

"那你知道不知道?"父亲问他。

犹豫了一会,沈佳志小声说:"我知道。"

"这和参加有什么区别!"父亲的声音大了起来,也更加严厉起来。"你不觉得这事做得很可耻吗? 跑不过人家求人家让,人家不让打人家,这是什么行为? 是流氓行为。你们都读了这么多年的书,怎么学的? 老师怎么教的？你们这样做人将来会给社会带来一种什么风气？不良之风。"沈为民拍了桌子。

"那个房子明看上去像模像样的，骨子里也是一肚子坏水，亏他也想得出来，我明天要找他爸爸说说这个事，让他也好好管管他这个儿子，你们都是要上大学的人了，这么做怎么对得起组织对你们的关心和照顾吗？党的事业需要的是优良人才，不是像你们这样的下流小人。"

"爸，我知道错了，当时只是想我们一中总是第二。"沈佳志轻轻地说，"也没想那么多。"

"要第一本身没错但也要公平去争，"沈为民见儿子认了错，气消了不少，"搞对象的事怎么回事？"他回头问女儿。

"他瞎说，"沈佳慧解释道："爸，你又不是不知道学校那点事，女生对男生好一点就乱传，再说，我要真有这个对象还真求之不得呢，说我搞我就搞了？"

"行了，"父亲不高兴地说她："他那个成分，你也离他远一点。"父亲的话让沈佳慧心里一激灵。

"佳志，"父亲又说："明天去看看人家，给人家赔礼道歉，把人家的医药费给付了。"

"这倒不用了，我来解决吧。"见父亲这么一说，沈佳慧马上把话接了过来，她的气也算出了。

沈佳志瞪了妹妹一眼，没好气地说："好人坏人都是你，以后谁欺负你，我可不管了。"

沈佳慧冲他一伸舌头，做了个鬼脸。

中学的毕业考试两天就结束了。

考试的成绩在第二天就贴在了学校院子中央的黑板报上。

一排排的大红纸上是一排排黑压压的学生名字，马昌平三个字排在了几千名学生的第一个。

三所中学联考第一名,七科考试六科第一,一科第三,总分与第二名竟然相差 89 分之高。

考试结束,成绩公布,他们就毕业了。

拿着联考第一名的奖状和这些年来一摞子的各种荣誉证书,马昌平背着来时的小小行李卷要离开他读了五年多书的学校。

学校已于昨天下午下发了今天所有毕业学生离校的通知。

杨柳二中是他的母校,也是他人生路上的里程碑,走出学校很远,他停住了脚步,禁不住回头遥望城中的学校,一股酸酸的东西涌上了他的心头。

那是留恋和不舍,今后他将怀揣着对她的怀念去开始他的新生活。

"二中,我会想你的。"他这样默默地说了一句。

上午十点,学校的毕业典礼正式结束,同学间一片哭声,尤其是那些女同学哭得更甚,在这一时间里,五年中的所有恩恩怨怨与摩擦都被情感化解。

这就是人性在分别时的魅力。

马昌平的行李卷里除了证书还有一瓶他买给母亲治哮喘病的药。

为了这瓶药,他去了三趟健康药店,两天没吃晚饭,口袋里现在是一分钱也没有了。

长出了一口气,转身离去,不想再回头,心里难过。

这是县城通往马家围子唯一一条土公路,弯弯曲曲,坎坎坷坷的有一百多里。天黑前他一定要到家,这一路的庄稼地和苍茫的大草原上那些野狼可不是好玩的。

七月的天气,很久没有下雨了,闷热少风,走出去不到二里路就已汗流浃背了。再向前去就出了县城,迎接他的是几个稀落的村庄和无边的庄稼地。在一棵老杨树下,他折了一根一米半长的大木棍,既能当挂棍又能防身。

再次起身时身后传来一串自行车铃的急促响声,从连续响起不停的声音上他判断这是在召唤他停下来。

他停住了脚步,回过头,看见不远处一辆自行车正风驰电掣地从县城方向土路上奔驰过来。来到了他的近前,自行车的猛力刹闸发出吱的一声,车后随即扬起一股白色的灰土。一个人着急忙慌地从自行车上跳了下来。

马昌平看清了,那是沈佳慧。

她满头汗水地喘着粗气,扶着自行车的车把看着他。她的脸由于刚才使劲蹬车婉如一只红透了的苹果。

"典礼刚结束,一转眼就找不见你了,你怎么走得这么快,我把学校到处都找遍了,要不是陈国玉告诉我你已经走了,我还不知道找到什么时候呢!"

"找我?还有什么事吗?"他疑惑地问她。

"当然有了,你就这么走了?"她支起自行车,不停地喘息着,掏出随身的手绢擦着脸上的汗说。

"这县里离你家有一百多里的路,你一个人这么走回去,黑天也到不了家,还不让狼给吃了。"她说。

"学校已经通知离校了,我觉得天黑前我差不多能到家,再者说了,我这一根大木棍,一两只狼也不能把我怎么样。"他说得十分轻松。

"那要十只八只呢?前几天,我就听说有狼群吃了一头老牛,武装部的人都拿枪去打了。"

"哪有那么巧?我也没有那么幸运的。"他跟她开了个玩笑。

"不是幸运是倒霉。"她说。

"那怎么办?总不能让家里来人接我吧。"他说:"没事的,我快走就是了,你快回吧,谢谢你的关心,我跑起来狼未必能追上我。"

"别贫了,骑我的自行车走,东西我都给你买好了,出来这么长时间空着两手回去你爹妈怎么看。"她说着指着她的自行车给他看,他才发现这辆崭新的自行车后座上还有一大包东西。

一股热流迅速传遍了他的全身,很少流泪的他眼睛霎时湿润了,他想起这几年来她对他的好。他不是没长心,更不是没有心,正因为他有心他才不能去多想什么,每每想起他便立即告诫自己:停住,停住,千万不要去乱想,有那么句话叫癞蛤蟆想吃天鹅肉,那是妄想。

现在他就亭亭玉立地站在他的面前,也就是在这一刻,他才认真地,正经八百地去看看她到底长得什么模样。过去的沈佳慧在他眼里只是一个轮廓,他不敢正眼去瞧她。

原来她真的是那样的美丽,瓜子一样的脸蛋上一双水汪汪的杏核大眼睛被长长的黑色睫毛掩映着。高高挺立着的鼻子下是一张圆圆的小嘴。雪白的脖子还流着汗水,急促的呼吸让她高耸的前胸犹如群山,起伏不定。

"没看过?"她让他看得害羞了,伸出一双小巧的手把一头浓密乌发拢向脑后。她说:"不待这么看人的,一眼睛的火光像流氓一样。"

他被她说得一下子红了脸,他说:"这些年,我还从没敢认真地去看看你,同学们都说你长得美,今天才信。"

"哼,"她装作生气嘟起小嘴,说:"狗眼看人低,今天才发现,那些年你的心让狗吃了?"

他笑了笑说:"是想看不敢看。"

"怕什么?"她追着他问。

"你是白天鹅,我是癞蛤蟆。"他认真地说。

"哈哈哈,"她听完他说的大笑起来。

"我说马昌平,你真的到什么时候才能自信一点呀,我今天告诉你,你不是癞蛤蟆,你在我沈佳慧的眼睛里是郭沫若,是梁启超,是顶天立地的男子汉。"她突然停住了笑,说得十分认真。

"那又能怎么样? 我还是要回马家围子去的,我们可能再也不能见面了。"他十分忧伤地接着说:"所以才认真地看一眼,想记在心里。"说完眼里充满了泪。

"所以我才来见你,就是想告诉你,马家围子也可能会是我的家,那里什么样我一次也没见过,我只知道那里有个马昌平,我沈佳慧今生最爱的男人,你听好了,这些年你也应该知道我是一个什么性格的人,我是一个说到做到的人,我赶来也是要告诉你,我沈佳慧这辈子就认定你了,是好是坏都跟着你,绝不后悔。"她说完这些话自己都流眼泪了。

他更加感动,看着她,他轻轻地擦擦自己的眼睛说:"别傻了,你忘了我不单单是个农民,还是个地主的儿子。你是什么?是红色后代,是国家的接班人,我不能害了你的,你对我的好我记住了,可能这一生都没有机会还给你,算是欠你的。"他说这些时也泪流满面。"如果有来生,下辈子还你。"他说。

她听完他的话,忘情地一下子扑过去紧紧地抱住他,她抽泣着,双肩在抽泣中颤抖着。她说:"你别这么说,这些我都不管,没有什么规定我不可以嫁给一个成分不好的人,我只知道没有你在身边,我会生不如死,我爱你,我不能没有你,这些日子你知道我是怎么过来的吗?"她大哭起来,"我是害怕毕业你走啊!"

七月太阳的光芒照耀着神州大地,也照耀着这两个拥抱在一起的年轻人,在这一望无际的原野上,两颗年轻的心在碰撞,激情四溢,万物尽失。

紧紧地抱着他,哽咽连声,她又说:"我们都不能选择家庭的出身,可我们可以选择未来走的路,我不怕苦更不怕难,我怕的是失去我的爱情,那样我就如同一具行尸走肉,记得有一回你跟我讲过,你们马家围子的大草原特别美,你家的祖坟就在那片大草原上。我沈佳慧今天就告诉你,我死后一定要埋在那里,生与你同甘共苦,死与你同坟共穴。"

马昌平无比激动,他用力抱紧她,生怕她在这一刻飞走。她身上的清香和她说的话让他几度心碎,心潮如浪。

他说:"我马昌平何德何能,能让你如此看重,今天在这烈烈的阳光下,我也许你一愿,如你不离我,我便不弃你,生与你在一起,死与你埋一处。天地为证,日月为凭。"说完忘情地哇哇连声大哭起来。

好像这许多年来的所有委屈与爱恋都在此时倾泻喷发。

"好!"她说,"你的话我也记住了,今天你骑车快回家去,在那里等着我,你放心我的心也从此在你那里,快走吧,否则我会更加担心。"沈佳慧放开了他,流着泪催他骑车快点上路。

他推起自行车又深深地看了她一眼,点了下头,转身骑上自行车飞快地向马家围子奔去。

看着他消失在蒸腾的地气里,隐没在绿色的远方,她的眼泪又一次地流下来。她知道她选择的这条路未来一定很坎坷,很漫长。我拿青春赌明天,我拿青春赌人生,赌社会,赌身边的人,输赢都是一辈子,但赌的决心已定。

岁月无情,人去留痕。当年那个在这里开荒拓地的马大个子说什么也不会想到他的后人会在今天被打成地主分子,他费尽心血与汗水开垦的土地会被他后来雇佣的长工佃户所瓜分。因为他不懂得在这个世界上人与人之间是平等的,人与人之间的权力是公正的,这个世界是属于世界上所有人的,不是属于哪一个人的。

马家围子也不是他马大个子的。

八　父亲心思

马家围子现在的名字叫杨柳县东方红公社马家围子大队。

马家围子大队共有四个生产小队,马昌平的家在第三小队。

全大队共有二十多万亩土地,十多万亩草原,土地按各生产小队的人口、劳动力平均分配到各生产小队。大队有大队部,小队有小队部,大队部设在三队的屯子东头,三队的小队部就是马家原来的大院子。全生产队共有一百三十七名男劳动力,九十九名妇女劳动力。一个正副队长,一个妇女队长,一个小队会计,一个出纳员,一个赶车的大老板和一个民兵排长,外加一个打头的。这就是生产队的队委会全体成员。

大队长下边有副大队长,民兵连长和会计出纳,还有一个妇女主任。

四个小队,一个大队,三千七百多口人,三十多万亩的土地和草原资源,这就是马家围子的全部。

马昌平的父亲叫马金魁,如今已经六十多岁了,他中等身材,人很瘦弱,识文达字,马昌平的相貌一半像了他的父亲,一半又像他母亲。老人很精明,又有一定的文化,年轻的时候逢年过节写对联,起人名都是他的事。他还好一口大旱烟。母亲范金花,年轻时远近貌美出名,人很瘦小,但心灵手巧,虽不识字,但会一手剪纸绝活,贴窗花剪纸人更是远近闻名。姐姐马翠兰大马昌平两岁,只念到了小学五年级,为的是能让弟弟马昌平把中学念完。

这一家人一直住在屯子东头土改时分给他们的两间小土平房里面,一铺大炕一口锅,四口人一眼井,日子也算安宁。

三队的生产队长外号姜大主意,人高腿长嗓门亮,胆子大心头软,三队他当队长人人服气,不但是因为他有主意更是因为他为人处事公平公正。

马翠兰的长相比她母亲更好看,人也好,又心灵手巧,可因为是地主成分,贫下中农的子弟是看中了不敢要,怕有了孩子今后受牵连,所以二十多岁了也没嫁人,父母都很着急,这么大的一个姑娘在农村没嫁人那是个愁事。

马翠兰却劝父母亲:"你们不要因为我找不到婆家着急上火的,嫁不出去更好,嫁不出去就在家伺候您二老一辈子。"她强装笑脸这么说为的是让父母宽心,可听了这话的父母亲早已是老泪纵横。她自己话是这么说,可在夜深人静时,一个人仰望着满天的繁星发呆臆想,眼泪也不知道有多少回打湿了枕头。

这一天,在县城里念书的弟弟回家来了,马翠兰看见弟弟长高了,也更帅气了,不再是上学时那个屯中少年而是一个结结实实的小伙子。马昌平进屋第一件事就是把一张毕业证和一摞子奖励证书放在了父母的面前。

一家人高兴得不得了,炕上生病的母亲告诉姐姐,"快去仓房里把那盆白面拿屋里来,我下地给你弟弟烙张饼。"

父亲却没有出声,蹲在屋地的一角一口接着一口地抽着他的旱烟袋。

姐姐马翠兰开始忙里忙外的。

马昌平突然想起给母亲买的哮喘药,连忙打开行李卷,拿出药来,端起炕沿边的半碗白开水递给了母亲。

"妈,"他说:"这是我在县里一个药店买的新药,专治您的哮喘老毛病,听说很好使。"

这时候,马昌平才回转头仔细地看看这个让他从小长大的家。

还是那铺南炕,一张陈旧的玉米秸编成的炕席,母亲畏缩在炕上,身上卷着一条薄被,一口陈旧的大花柜立在北墙还是老样子。这屋子几乎没什么改变,而改变最明显的是父母亲的脸。父亲明显苍老多了,满脸皱纹里夹带着无尽的忧愁,腰也弯了,拿着旱烟袋的手时不时地在抖,头顶上的头发也没有了，只有脖子上方稀疏的几根已经全白了。

看出来母亲已卧病在炕很久了，炕沿下的炕墙上有她吐时留下的脏痕。

院子里传来几声鸡叫，大花狗好像来了生人似的冲着屋子里吠了几声。

只有姐姐成熟了许多，丰满了许多，麻利地忙碌着，外屋锅台边不时传来她弄响锅碗瓢盆的声响。

他哪里会知道这个家在他回来前已是风雨飘摇了。

而这些全都是为了他上学的一年学费，那每年的三十块钱。

马家围子大队的大队长名叫马永太，说来也是马昌平的本家，如果回溯到几辈前他们还可能是一脉子孙，可如今却不同了，马永太的成分是马家围子为数不多的几个雇农之一，这成分就是他最大的政治本钱。

马永太一肚子花花肠子，他正事不多闲事有余，使个心眼，要个小手段那是他的长项。所以这马家围子大队的大队长名正言顺地就落在了他的头上。

他一字不识，一无所有，但也一不怕事二不怕人，属于根红苗正，心狠手辣的那种人，所以这个大队长他当的也是有板有眼，有滋有味。

当年他太爷爷交给他爷时还有一些家产，猪马牛羊、大车、铁犁、土地样样不少，可他爷是个好吃懒做的主，卖了点粮食手里有了点钱就去了城里的西南拐，那里是当年杨柳县的窑子窝。几年下来后，嫖了个精光，没有钱再去借高利贷，还不上就回家卖马卖牛再去吃喝嫖赌，什么样的家能架得住这份祸害，一来二去的这个家就剩下一个老房框子了，也别说这反而成全了他的子孙。

马永太在当地还有个外号叫马老客，这个外号可不是谁都能担得起的，老客的含义是能说会道，会吃会喝，拉三拐四，出了东家进西家，实际上是吃完东家喝西家，专为屯子里的家长里短平乎事。

当这个大队长，马永太最大的能耐就是汇报，在东方红公社的十三个生产大队长里，他每次汇报都会让公社领导满意，要不姜大主意形容他，汇报时那真是满嘴冒白沫子，干三分能说出十分，手脚并用，手舞足蹈，领导想听什么，愿意听什么，马老客准能说到领导心里去，那吹的是呼呼地刮大风，脸一点都不红，一点不害臊，跟真事似的。姜大主意又说："跟马大队长开会，他一发言我赶紧上厕所，浑身都起鸡皮疙瘩，没边没影的话他能说的有根有据，这不要脸的劲儿我是服了。"大主意就是这样评价他们的马大队长。

好马出在腿上，好人出在嘴上，这也是本事，就凭这，马永太在这个东方红公社甚至在杨柳县是远近闻名，连县委书记都知道马家围子有个马老客。

马永太今年五十左右，看上去要比同龄人年轻得多，他在外人面前常常自报四十刚出头。小眼睛，大鼻子，大嘴叉子，大背头，走路好背个手，派头十足。

马昌平的父亲马金魁是一个非常有经济头脑的人，早年间，家境富裕时也常做一些小买卖，用他的话说叫大从小生，财从细起，在他看来这农人要想富首先要勤快节俭，吃苦耐劳，头脑灵活，事实也是如此。

但他是改造中的地主，是四类分子之首，虽有想法但不敢乱说乱动，他明白自己的处境，老老实实地改造，勤勤恳恳地干活，少给上中学的儿子找麻烦是他最大的想法。他家这样的情况儿子能上了高中已是不幸中的万幸了，三十块钱这在当时的农村也是一个不小的数字，这年年胀肚的生产队一年有时连一块钱也分不到，还要倒贴拉饥荒，这就叫胀肚。

可这学费又从哪里来呢？

琢磨了几个晚上，旱烟抽了一袋又一袋，最后他决定铤而走险的干点小买卖，为了儿子的这点学费他实在没有了办法。

他家的房子前面有个小园子，这也是家家都有的，但种什么可是有规定的，经济作物那是绝对不许种，那是资产阶级尾巴。

马金魁想到的小买卖就是要在自家小园子里种西瓜。

马家住在屯子的最东头，又是地主成分，平日里少有人来，马金魁为了种西瓜特意用杨树枝子把小园子的围栏加了高，还在西瓜地的四周都种上了高科作物高粱,把西瓜地围在中间,一般不特意去查看是发现不了的,为了更保险,他每天早晨起来都把大花狗拴在园子东墙边,这样就更加没人靠近了。

杨柳县的东边是平安县,距离和杨柳县城差不多,过去流传话说:"西杨柳东平安,马家围子在中间。"

马金魁想好了,等西瓜熟了就背到东边的平安县去卖,这样就更没人知道了。

春种的时候他从自家的仓房顶上找到了早年留下来的四五十颗西瓜种子,在自家的小园子里开始了他的经济作物种植计划。

春去秋来也是这苍天不负有心的人,园子里三五十颗西瓜秧结下了三十五六个篮球般大的绿色西瓜,马金魁几乎是看着这些西瓜过来的。他在晚上就蹲在这西瓜地里,一口口地抽着旱烟袋,看着这些油光光的大西瓜出神,心里边直敲边鼓。种是种出来了,这卖更让他心惊肉跳,他知道要是让马老客他们抓到了,那事就大了。

发昏挡不了死,种出来就得卖,想想儿子的学费他也就不去再考虑许多了。跟队长姜大主意请了个假,谎称去公社给老伴买药。太阳还没出来就摸着黑儿用条破麻袋背着四个大西瓜去了平安县的农贸市场。

西瓜又圆又嫩,鲜得直冒浆,放在地上看了都让人眼馋流口水,马金魁不敢抬头用草帽尽量盖着自己的脸。

好东西不愁卖。

西瓜很快就卖出去了,拿着那卖了西瓜的三块七毛钱,马金魁激动得老泪顺着满是皱纹的脸往下淌。他把它们紧紧地揣在怀里,掏出带来的几个窝窝头边吃边往家里走。心里边高兴得不得了。

第一次的成功给了他信心,第二次的西瓜又顺利脱手,眼见这学费差不多了,可这第三次就没那么幸运了。

大队上几个看庄稼的民兵天亮前发现了马金魁背着很重的东西去了东

边的平安县,他们在早晨就把这个情况报告给了大队长马永太,马永太马上派民兵连长胡金发带着五个全副武装的基干民兵去了平安县,在平安县的农贸市场把正在卖西瓜的马金魁逮了个正着。

马金魁生来胆小怕事这下更是吓了个半死,但一想到儿子就什么也不顾了。他咬紧牙关,死活只认这一次,没有办法也没有其他证据,几个民兵只好把他五花大绑地绑了回来,交给大队长马永太处理。

马永太看着蹲在大队办公室地上身子瑟瑟发抖的马金魁,挠着脑袋在屋地里来回地走。最后他说:"马金魁你这是对社会主义制度严重不满哪,还要走你的资本主义老路,但我告诉你那是死路一条,你们这些个地主阶级呀就是贼心不死,毛主席说得对呀,阶级斗争这根弦得时时绷紧,若一松懈,阶级敌人就会钻了空子。"

"你就是咱们马家围子的阶级敌人,对于你们我们要毫不留情,不但要打翻在地,还要踏上一万只脚,叫你们永世不得翻身,这叫无产阶级专政下的继续革命。"

马永太命令民兵连长马上带人去他家把园子铲平了,把剩下的西瓜都摘了下来送去青年点,也算这个地主分子为上山下乡的知识青年做了贡献了,当然,大队也留下了五个尝尝鲜。

马金魁作为走资本主义道路的典型被重新戴上了重点改造对象的帽子,在三个民兵的看押下,脖子上挂着一个大纸牌子,上面画着一条大尾巴,在全大队四个生产队挨屯挨户的游街示众,走到哪里自己还要高喊:"我是资本主义尾巴,我走资本主义道路,我反动……"

可怜一个六十多岁的老人就这样在全大队四个小队游了三天街,回到家后一脑袋扎在炕上病倒了。

老伴看到了他这个情况也病情加重吐了几口血,这一铺炕上病了两个人,只剩下个马翠兰白天要到生产队去干活,回到家还要伺候病倒的父母双亲。

父亲游街的那几天,她不敢听到父亲那声嘶力竭、苍老而凄凉的叫声,他叫一声就犹如一把刀子扎了一下她的心口,眼泪都快流的干了,可她又有什么办法呢?

泪水是一种发泄,人常常在无能为力下才流泪,女人爱哭是因为她们本来就没有男人坚强。

泪水有时会让一个人减轻痛苦从而振作起来。

唯一让马金魁感到欣慰的是炕席底下前两次卖西瓜的钱还在,儿子的学费不用太愁了。

父亲病得不能去生产队干活了,因为是戴了帽的重点改造对象,小队长姜大主意说了不算,请假需要大队长批准。马翠兰就去大队部找大队长马永太为父亲请假。

那时候的农村姑娘也没有什么好的衣服穿,马翠兰更是如此,一件穿了好几年的花格上衣里面是一个旧背心,但这丝毫不影响她的女儿美。她高高隆起的前胸和白嫩的脖子相互映衬在一起,极具女人的魅力,大眼细眉小鼻子小嘴与一头短发配合着,显得干净利落。

怯怯生生地推开了大队长办公室的门,马永太正在跟民兵连长瞎扯。

见到马翠兰他眼前一亮,马上告诉民兵连长胡金发快出去,自己有事跟马翠兰说。

马永太在农村娶媳妇当年属于费劲儿找不着那一类的,后来后屯许家屯的一个病姑娘许三凤嫁给了他。因为是肺结核所以马永太至今无儿无女,他娶许三凤也是死马当成活马医,好姑娘谁又愿嫁给他呢?好歹也算是娶上了媳妇。

如今的许三凤每天病病歪歪的,马永太连家都不愿回,他一眼也不想多看见她。

而看见了马翠兰,马永太全身的血液一下子沸腾起来,过去他还没正眼的看过她,这姑娘也太水灵了,太有女人的味儿了,他禁不住两眼发直,下肢颤抖，口水自己往外流。

"翠兰大侄女，你咋这么有工夫，找叔有事说呀？"马永太殷勤地站了起来，边说边让马翠兰坐在凳子上。

"我不坐，大队长，我找你是给我爹请个假，他病得实在是干不了活了，我妈也病了。"马翠兰说这话时眼泪也跟着从眼窝流出来。

"没事，没事，我批准，我批准。"马永太的两眼紧盯着那马翠兰的前胸，想都没想就答应了。

她那条暴露在外的乳沟更加诱人，马永太忍不住地上前摸了一把，软绵绵的叫他浑身发酥。

她闻到了他身上散发出的一股汗臭味，本能地躲开了他的手，可她是来求他的，他又是大队长，她不敢发作，红着脸求他说："大队长你同意我爹在家养病了，你给开个条子吧。"

"好，好，没问题。"马永太眼睛又在马翠兰的身上扫了一圈，回到桌子前拿起一张纸，拉开抽屉拿出自己的印章按在了纸上。他说："拿着，这就好使，多少天你回去自己写。"实际上马永太不会写字，他从小就没念过书写过字，有事就按印章。

又在马翠兰的身上胡乱抓了一把，吓得马翠兰转身跑出了门。

民兵连长胡金发正扒着门缝往里看，马翠兰推门差点把他撞了个大跟头。他急忙闪开也没忘在马翠兰的屁股上拍了一下。

就这样怀揣着一颗狂乱的心，马翠兰把马永太盖章的纸交给了小队长姜大主意，大主意看了看那张纸，叹了口气说："翠兰子，以后躲着点马老客，他没那么好心。"

马翠兰感激地点了点头。

那时候，全国正掀起"工业学大庆，农业学大寨"的高潮，这大寨舞是每个生产大队社员必须学习跳的。

县里派下了一批舞蹈老师专门教这个大寨舞，各个生产小队每个生产队抽调二十名男女青年社员集中在大队,跟着县里来的舞蹈老师学习大寨舞蹈。

> 学习大寨呀赶大寨,
>
> 大寨的红花遍地开,
>
> 他们是咱公社的好榜样啊!
>
> 自力更生改变那穷和白,
>
> 坚决学习大寨人,
>
> 敢把那山山水水重呀重安排。

这舞蹈的乐曲声当年曾响彻大江南北,长城内外。

山西省昔阳县的大寨是毛主席树起的一面农业旗帜。大寨的党支部书记陈永贵和大庆的王进喜并称全国的工农两面红旗。

马家围子也不例外,县里文化剧团的三名老师被大队派去的大马车接到了马家围子。他们要在三天内教会这些农村社员学习大寨舞。

马翠兰是三队派去学习的女社员之一。

不用去干活又去大队学习舞蹈,把这些个青年男女乐坏了,既新鲜又好玩,大家在一起还热闹,所以都非常愿意去。

那时候农村的文化娱乐活动十分匮乏。

学习舞蹈的地点就在大队俱乐部里,一个小队进去学,其他小队在外面等。

年轻人学什么都快,喜欢的东西就学得更快。

三天都学会了,大马车送走了老师,四个小队的学员合在一起组成了一个舞蹈队由大队妇女主任张凤珍带着反复练习,下个月要去公社参加全公社的比赛。

练习时间越长越好,这也是这些男女青年社员的心愿。谁愿意回生产队干活呢？所以每天早早地就来到大队等着。

大队长马永太整天跟着这群男女青年，既体现了领导重视，又能和他们接近，尤其是马翠兰，他是怎么看怎么好看，怎么看怎么让他心痒痒。

在去公社会演的前一天，他把这些舞蹈队员们集中在一块训了一次话，当然眼睛一会儿也没有离开过马翠兰，吓得她低着头不敢抬起来。

晚上散场回家的时候，他特意叫妇女主任把马翠兰留下来，说："他爹的假该差不多了，也该出工干活了。"当然这些无关妇女主任的事，她负责找来就走了。

这也是马永太的本意。

马翠兰听到是父亲的事，也只好硬着头皮走进了马永太的大队长办公室，她心里很慌张，上次的事和姜大主意的告诫让她更加害怕这个马永太。

她一进来，马永太随手关上了门。

她不敢坐，低头站在门旁。

"怕什么？翠兰子，"马永太说："我又不能吃了你，你爹的病怎么样了？有人上我这里来说三道四的，反映你爹早就好了，早该去生产队上工了，还说，他这是磨洋工，装有病，就是不想去生产队干活。有的还说，一个地主分子，资产阶级典型在家躺着睡大觉这不是更资产阶级了吗？当然了，我听了把他们臭骂了一顿，我说你有病也去躺着好了，眼馋什么不行眼馋人家有病，你说我这大队长也是挺难当的。"

马永太醉翁之意不在酒，他一边说一边往马翠兰身边靠上去，右手揽住了她的腰，左手去摸她的前胸。

马翠兰吓坏了，边躲边说："谢谢你大队长，我爹的病真还没有好利索。"

马永太这时一下子抱住了她，一张气味难闻的嘴吻向了她的脸。

马翠兰尖叫了一声，这当口门外砰的一声响，吓得马永太立即松开了手，他假装镇定地回到了办公桌前面。

马翠兰借机脱身，边跑边骂了一句："流氓。"也是这句话让马永太恼羞成怒,也给马家惹了祸。

门外的响动是连长胡金发弄的。他不是在帮马翠兰而是他不想让马永太这个老家伙占了便宜。他是民兵连长,才三十一岁,也还没娶上媳妇,他也早就看好了马翠兰,就是因为她的成分而不敢娶她。

恶人自有恶人磨,恶人相磨自然成全了好人。

然而恼羞成怒的马永太自然不会放过马金魁一家的。他马上通知三小队说:"有人举报马金魁装病在家,通知他立即上工。"

马金魁的病这时根本没有好,但他违背不了大队长的命令,他是什么身份啊!

好在小队长姜大主意知道是怎么个来龙去脉,心里直骂这个马永太不是东西,他安排马金魁赶牛车积肥造肥,造多造少也不去管他,这也是生产队比较轻松的一个活计。

可年迈的马金魁还是病倒了。

就在这个时候,他上中学的儿子马昌平毕业回到了家,父亲见到儿子他的病也一下子好了许多。

而这些远在县里读书的马昌平都一无所知。

看到父母亲都病成了这个样子,马昌平连鞋都未脱,就上了炕,一手父亲一手母亲拉着一阵痛哭,"妈,爸,你们病成这个样子为什么不早点告诉我呀?"他边哭边说。

站在屋地的姐姐马翠兰边擦眼泪边说:"爸妈还不是害怕耽误了你的学习,也知道你马上要毕业了。"

这让马昌平更加难过。

大家平息下来后,姐姐马翠兰去外屋做饭,马昌平这时突然想起了什么,他跑出门去,在院子里的自行车后座上把那个大提包拎进了屋里。

提包里装的全是沈佳慧买给他的东西。

放在土炕上打开来,里面是面包、饼干、白糖、药品,还有沈佳慧给他买的几件新衣服。

这些东西别说现在的马家就是马家围子也没有谁家能买得起。

坐在炕上的父亲直起了佝偻的身子,用手指着儿子问道:"昌平,这东西哪来的? 你哪来的钱能买得起这些个东西?"

看到父亲一脸惊恐的表情,再看看母亲也是一脸猜疑地注视着他,马昌平明白父母的心思,在他们的心中,家里拿的那点学费都是问题,这些东西是不是来路不正。

马昌平笑了,赶忙解释说:"爸,妈,你们的儿子是什么样的人你们最清楚,穷死饿死我也不会去干一点儿对不起爸妈的事,这些东西是一个同学在我离校的时候送给我的,院子里的自行车也是她借给我的,你们就放心吧。"

沈佳慧在包里放了什么东西,马昌平也不清楚,他也是回到家后打开才知道的。

炕上的父母这才放下心来,他们相信自己的儿子。

一家人吃了一顿团圆饭。儿子回来,两位病重的老人一下子精神多了。

睡觉前,马昌平把沈佳慧的自行车放进仓房里,他怕夜间下雨把它给浇了,望着这辆自行车,他一下子想起了沈佳慧,这会儿她在干什么呢? 分别时她说的那些话又在他的耳畔响起。这不禁又让他心里一阵阵发酸,长出了一口气,锁上仓房走了出来。

乡村的夜晚是神秘而寂静的,那远处传来的声声狗吠在空旷的夜空回响。这声音马昌平也是许久没有听到了。

躺在家里的炕上,身边是父母翻身和睡梦中发出的梦呓。

累了一天的姐姐也睡着了。

马昌平怎么都没有睡意,他扭头看看炕上的父母和姐姐,这些年苦了他们了,自己从现在开始应该挑起家里的担子了,父母亲老了,他们干不动了,可生产队里的规定是没有劳动力就没有工分,没有工分,口粮只给一半。

听说为了能减轻点父母的负担,姐姐竟成了主要劳动力,为了多挣二分,姐姐每天都要比别的男劳动力晚下工一个多小时,早知道这样他就不该上这个学,泪水流下眼角湿了头下边的枕头。

禁不住又想到了沈佳慧,他不糊涂,沈佳慧的爱虽然灼热,但并没烧昏他的头脑。他明白他们应该是不会有结果的,社会和家庭都容不下他们。他倒无所谓只怕害了她。这辈子他都忘不了她对他的好。

长痛不如短痛,找个机会把自行车还给她,自己也死了那份心,人做什么得知足,沈佳慧能如此地对他,他知足,他想。人到啥时说啥话,到河脱鞋,一切都听老天安排,命运如此,争也没有用。

他就这样想啊想,直到听到了屋外公鸡的叫声。

九　小队会计

第二天一大早，马昌平在睡梦中听到了生产队敲响的钟声，他一骨碌爬起来，脸也没洗，一把抓起衣服直奔生产队。

干啥像啥，卖啥吆喝啥，今后他知道自己已不再是学生了，而是生产队里的社员，这个大转身是从他中学一毕业就开始了，也是在学校时就得到通知的。

马昌平全县考第一在马家围子早就传开了，大人孩子都知道，社员们教育自己的孩子都说："你好好学，看人家老马家的马昌平，真争气。"

他如今是马家围子孩子的榜样，也是马家围子的骄傲，更是三队的自豪。

小队长姜大主意早在心里打好了主意，他正等着他早点回来，一见马昌平他先是一阵哈哈大笑，粗壮的大手向空中一扬，大着嗓门说："有种，好样的，全县第一给马家围子露了多大的脸，也给咱三队争了光，你小子本来是个干大事的材料，可你是生不逢时啊，也别屈了你这块材料，你也回来的正好，咱队里的老会计胡东阳人老了，又一身的病，从今天开始你就接了他的班，当咱三队的小队会计吧。"

生产队的人事安排和任命就这么简单，生产队长让谁干什么不用跟谁商量，尤其是姜大主意，他常说："啥事都商量还要我这个队长干啥，这几头乱蒜破事有啥好商量的，干他妈啥事别藏私心，不用商量。"

就这样马昌平上工的第一天就成了马家围子第三生产小队的会计。

虽然生在这长在这儿，但真正来生产队参加集体劳动，马昌平也是第一回，看什么都十分的新鲜，他第一感觉就是，这生产队长也不简单，就像电影里指挥千军万马的司令一样,忙碌着,指挥着,一切心中都早有计划。

在他看来,农村的早晨也是富有诗情画意的,只是身在其中的社员们自己并不觉得,可能他们也没那份闲情雅致。

太阳刚刚从东方露出半个脸来,早霞就把整个天际映成了淡淡的红色,这时生产队的上工钟声便敲响了。于是整个屯子便活跃起来,马嘶,牛哞,狗吠声连成一片,公鸡也在打鸣。炊烟弥漫在房子的上空形成了薄薄的云雾,晚上藏在屋檐下的鸟儿鸣叫着飞入屯外的树林里,真是人吵马嘶鸟入林。

社员们肩扛着各种生产工具,从四面八方向生产队的大院子赶来。

大院的大门敞开着,这是喂马的老更管早晨必做的第一件事。

大院里赶车的牵马准备套车,赶牛车的用力拉着牛缰绳,保管员打开库门在分拨种子之类的。大猪圈和羊圈都在生产队的大院外边,猪倌羊倌他们各自赶着猪群和羊群从大院的后边朝屯子南边的大草原走去,赶猪赶羊的大长鞭子抽打着猪羊,他们一边吆喊一边追着不听话的猪羊。

生产队长这时高高地站在队部前面的一辆大车板子上,向院子里黑乎乎的人群发布今天各自所干活的命令。

"打头的,你今天领着你们那四十个劳力去东南地把那三十亩地高粱铲了。民兵排长你们那伙今天去西北地把黄豆再铲一遍。老贫农你们那伙今天把昨天没干完剩下在院子的土拉到大粪堆上去。大老板今天派车去东南草甸子打几车羊草拉回来。妇女队长你们还去东地间苗。你们那三个看庄稼的今天把队里的大院清理一下,乱七八糟的还像不像过日子的人家,咱这是生产队不是破大家,喂马的老陈头你们几个喂马的也别白天睡大觉,把马圈的马粪起出来都快堆成小山了,也不怕绊倒摔折了腿。"

"二老板子你明个儿去趟马市买两匹儿马子回来,别忘了看好牙口啊,老规矩,七青八白九长斑,咬断龋齿十二三,远看一张皮,近看四个蹄,上前摸一把,看看嘴巴齐不齐。还有你们那几个高温造肥的今天少去几个,净扯犊子,整些个没用的事。"布置完后,他一转身看看后边的马昌平,"来,上上边来。"

马昌平见队长叫他,刚向前一迈步,大主意一伸手拉住了他,用力一拽,马昌平就站在了大车板上。

他有了一种居高临下,目视群雄的感觉。

"这是刚从县里高中毕业回队的马昌平,"大主意声音又拔高了一节,大手向人群一挥,声音更加洪亮地说:"我不说,大伙也都听说了,考了个全县第一呀!在过去那叫状元郎,这是咱三队的骄傲,回家告诉你家孩子都跟人家学着点,状元那是人才,咱也别浪费了,我想过了,老胡会计干不动了,他也该歇歇了,从今个起马昌平就当咱三队的会计,大伙看行不行?"

"行。"台下立即一片回应声。

这就是大主意的威望。

"好,"他说:"那就这么定了,听好了,这可是大伙都同意的,到时别背后瞎嘀咕,要真有不服的,你就站出来,生产队负责买纸笔你就跟人家比试比试,你要能超过他,我每天给你记双工分。"

大主意不仅有主意也有方法。去年生产队有个妇女生了个双胞胎,生产队给加了三斤白面,有的妇女就背后说,同样生孩子为啥她多三斤面。大主意知道后也是在这早晨上工时就说了:"马井春媳妇生了双胞胎,队里多给了三斤面,听说有的人不服,好,我今个就在这说定了,今后咱三队哪个老娘们生双胞胎全都加三斤。"

台下便是一片大笑。

姜大主意这个名很响,连公社、县里的领导都知道他,听说大主意这个名还是当初一个包队的县领导给起的。

生产队会计的工作就这样开始了。马昌平看着一大摞子账本和一些小本子的记录,他还真有点懵。

工分账,粮食账,牛马猪羊账,各种车马农具账。胡会计把这些都记载在一本大小账上,要看也得一张张翻起来找。

马昌平对账暂时还是一窍不通,但他觉得应该分开来记,要马拿马,要粮拿粮,要东西拿东西账,一目了然,便捷明了。但这只是个想法,行不行他还准备请教一下老会计。现在他想先不动这些账,出来进去新发生的暂时用一个本子先记着,这种小本子原来就有。

他想找一本关于农村会计的书看看,既然队里这么信任他,早点学会了才对得起大伙和队长。他这样想。

这一天,大队看屋的老齐头来生产队里找他,说大队有他的电话,还搁着让他快去接,老头脸上一脸的不高兴,边走还边嘟囔:"刚干几天,事还不少,"转头又喊:"快点,还是个女的,挺着急。"

"女的?"马昌平的心一阵狂跳,他知道那一定是沈佳慧打来的。

全大队就一部手摇电话,大队部在屯子的东头后院,离生产队不算太远,马昌平跑得快,看屋老头刚出生产队不远,他就跑到了。

"喂,喂,"他喘息着叫了几声,那边的沈佳慧刚说了句:"昌平是你吗?"电话就断了,接着是一阵刺耳的尖叫声让马昌平赶紧把电话拿离了耳朵。

"这破电话老这样,说不定线路又连电了。"看屋的老齐头这时正一脚门里一脚门外地走进屋来说。

等了半天,还是没有弄好。没办法,马昌平失落地离开了大队部。

下午,沈佳慧又来了一遍电话,可这一回马昌平去了地里丈量土地也没接到。那边的沈佳慧几乎天天打电话来,看屋的老齐头烦了,索性就说:"下地了,找不着。"有时一听是她,马上就把电话撂了。

气得那边的沈佳慧直想哭,可天高地远的又有什么办法。于是她有了个主意,先跟老齐头说好话,又许愿给他,等有机会来马家围子,一定给他买几条大前门香烟,老齐头果然和气多了。

老齐头是个山东人,六十多岁了,无儿无女,一辈子没成过家,脾气不好,心眼好使,吃软不吃硬,连大队干部都怕他。因为光棍儿一条,他谁也不怕。

这天,队里安排民兵排长潘永德去县城拉化肥,临走前马昌平找到了他。

他说:"潘大哥,你今天带车去城里拉化肥能不能给我办件事。"

民兵排长潘永德三十六七岁,个高腰粗,大脸圆头,属于强壮型号的那种,他一个人能把一台大车掀翻了。全队摔跤谁也摔不倒他,一顿能吃六七个大饼子。这个人心地善良,家里穷,私心小,老婆长年有病,当排长很合格,对工作认真又负责任。队长姜大主意很信任他,关键的事总是交给他去办。

"啥事你说吧,"对于马昌平他也很喜欢。

"大哥,我在中学毕业回来时借了一个女同学的自行车,回来这么长时间了也没有机会还给她。今天你去城里能不能替我把车子还了。"

"这算啥事,行,"潘永德爽快地答应了。他说:"我正好会骑,你就交给我吧,不过,我一进城就找不着东西南北,你叫我去哪找她呀?"

"这没有事,我告诉你电话,进了城你先给她打电话,她会告诉你怎么走的,她叫沈佳慧,在县教委上班。"见潘永德答应了,马昌平心里很高兴。"还有,我还顺便给她带了点东西,是鸡蛋和豆角,你小心点,别把鸡蛋弄打了。"

"放心好了,"他说:"你就交给我吧。"

"这还有一封信,"马昌平最后说,"你也一并交给她。"

潘永德这时上下看了一眼马昌平,咧咧嘴说:"是情书吧?"

他叹了口气,摇摇头说:"大哥你别乱猜,不是那么回事。"

"哈哈,"潘永德笑了一下说:"保证一起给你送到,走了。"

看着大车上了去县城的路,潘永德抬脚骑上自行车一起走了。

马昌平站在那里目送着他们,心中一阵惆怅茫然。

这几天,他把沈佳慧的自行车擦了又擦,知道生产队有车去县里,家里也没什么送给她的,三十个鸡蛋,又让姐姐摘了一袋新鲜的豆角,心里默默地说:"佳慧,实在也没什么给你的,就一份心意吧,希望你理解。"

送走了潘永德一行,他赶紧回了家,父亲的病又加重了。

这时候的父亲人已起不来炕,一口饭也吃不进去,全靠喝点水维持着,咳喘起来闷得脖子上的青筋都崩起老高,真害怕啥时候一口气上不来就过去了。

他自己大概也知道离开的日子不远了。

这天,老人家突然精神起来,坐起来在炕上把马翠兰为他做的一碗鸡蛋糕吃了半碗,他让老伴给他点上了一袋旱烟使劲儿地抽了几下。虽然咳喘了一阵子,但已有了说话的力气,放下烟袋,他对老伴说:"让人把两个孩子叫来我有话要跟他们讲,别看我现在这个样子像个好人似的,我心不糊涂,这叫回光返照,坚持不了多久的,老伴也难为你了,这辈子跟着我也没过几天舒心的好日子。可我这辈子没碰过你一个手指头,没大声骂过你一句,在我这心里你是马金魁这辈子的好女人,我知足哇!"

他的话说得躺在炕上的老伴一个劲儿地哭。

她说:"他爹你别瞎说了,你死不了,要死咱俩一块死,自从嫁到你们老马家,我就没打算什么大富大贵的,这辈子跟着你吃糠吞菜我不后悔,下辈子如果你不嫌弃我,还给你当老婆,还伺候着你。"

"哎!有你这句话我走的安心了,可有一件事,我死了也闭不上眼睛,那就是翠兰的婚事,昌平高中毕业了,又当了小队会计,这书也算没有白念。"

又是一阵咳喘,之后他接着说:"昨天夜里我梦见咱爹了,他告诉我说那边的房子都给我准备好了,就等着我过去住。"

这时老伴爬起来抓住了他的一只瘦骨嶙峋的手哭着说:"他爹你别吓唬我,你可千万别瞎想,那是你病久了病的,我也做过这样的梦。"

"哎!老伴你也不用劝我了,这人那活到啥时候还不都有这一天,我不怕死,早就活够了,就是舍不下你和咱这两个孩子。"说完两滴浑浊的泪爬上他那满是沧桑的脸。

他说:"翠兰子年龄再大点就更不好找人家了,咱这成分好人家谁要呀?我害怕的是那个马永太,他一天色眯眯地像狗一样的琢磨咱兰子,我怕哪一天出个事就坏了,好在昌平回家来了,他也不太敢。但这也不是个常事,不如早点找个人家把她嫁出去,我死也闭上眼了。"

"上几天,平安那边她二姑不是给介绍一个吗?听说人家小伙都不错,人家也同意,就是小伙腿脚有点毛病,还是个木匠,我看行了,人哪有十全十美的。"

马金魁说这话时已是老泪纵横,他又让老伴帮他把旱烟点上。

这时听到信儿的马昌平和姐姐马翠兰都赶回了家。

听到爹要她找婆家嫁人,马翠兰扑在父亲的身上一阵大哭,她摇着头说:"爹,我不嫁人,我不嫁,你和妈都病成这个样子,我哪能走啊!走了我也放心不下,我不嫁。"

马金魁这时急了,他把旱烟袋一下子摔断了,拉下脸来骂道:"不孝的东西,自古道女儿不出门,愁死娘家人,你想逼死你爹吗?昌平,去给你二姑打个电话,叫男方明天就来定日子成亲。"

马翠兰哭着抱紧了父亲。

男方求之不得,女方着急出嫁。

这个婚结得十分简单,马家也不要什么彩礼,更没有其他说道。男方那边来了辆大马车把马翠兰接了过去,女方这边去辆大马车送一送,这婚就算结完了。

三天回门时马金魁仔细看了一眼女婿,人不错,看上去就忠厚朴实,又有手艺,就是腿小时候摔断过落下个跛脚的毛病,干什么力气活也不碍事。

第四天,马金魁在三更鸡叫后咽下了最后一口气,他走得十分安详。

马昌平悲痛万分,马翠兰哭得昏天暗地。

生产队派了一辆大马车,家里那口靠在北墙几十年的大花柜被生产队的木匠改装了一下,当作了他的棺材,在那片大草原的乱坟岗子马家祖坟的圈里埋葬了他。

按照当地的风俗,马昌平一身白孝,肩扛一根引魂幡磕头三里,把父亲的棺材引到了墓地,女儿马翠兰和一帮亲朋好友在后边哭嚎半里相送。正所谓"金童前引路,玉女送西方"。

令众人没有想到的是,坟地里的人刚从坟地埋完马金魁回来,就见他老伴范金花背靠东墙眼望坟地方向已溘然长逝,人见她把头梳得平整光亮,身穿老衣,面带微笑,犹如生前。众人连忙又借了一口大柜,太阳未落前把他们合葬在了一起。

屯子里的人说:"老马太太走时一点都不吓人,就像去喝喜酒似的。"

一日失双亲,马昌平更加悲痛。

父亲烧完了头七,姐姐马翠兰哭着抓着弟弟的手不肯离去,在姐夫和众亲友的再三劝导下才回了平安县的婆家。

马昌平一下子成了孤苦伶仃的一个人,不过他止住了自己的泪水,心里说:"也好,从此后一人吃饱也是全家不挨饿,出来进去无牵无挂。"

姐姐马翠兰如何放得下这个弟弟,时常托人把自己平日攒下的舍不得吃的东西带给他。还哭着带话来,叫弟弟千万照顾好自己,缺少什么千万告诉姐姐。

真是姐弟情深,句句带血。

十　爱的纠结

人和人不同,人与人的家庭也不同,相同的是好坏日子都在过。

你改变不了社会就得适应社会。

中学毕业后,沈佳志和房子明一起被县里保送上了大学。

沈佳志去的是省政工学院,房子明去的是省理工学院。

领导家的子女被保送上大学这在那个年代是正常的事。

根红苗自然正,为国家培养人才也是天经地义无可厚非,况且这也是形势,谁改变得了呢?

还有一批工农兵大学生落在了一些贫下中农子女的头上,还有一种叫社来社去,那时叫作工农兵三结合,听起来十分有道理。

沈佳慧没有去上大学,一是怕影响,一家人去两个,怕人说闲话,另外一个也是沈佳慧自己根本不想上这个学。为什么?只有她心里最清楚当然是为了马昌平,也可以这么说,如果沈佳慧非要上这个大学,身为县革委会第一副主任的父亲也是有办法的。

她成了县教委的一名国家干部,在一个最清闲的科室工作,她很满意,不满意的是屋里没有电话,给马昌平打电话要去收发室,那里人多说话不方便不说,马家围子看电话的那个老头让她烦透了,可也没办法,有机会真给他买两条烟哄哄他,让他找个人真费劲。

每天坐在办公室里一个人喝茶水看报纸发呆,心里边就一个事,想马昌平,想他干什么呢?累不累?晒黑了吧?他有没有想我呀?越想越心烦,有时烦得在办公室里直跺脚。

实在无聊闹心时她就趴在办公桌上给他写信,一封又一封地撕了写,写了撕,自己都笑话自己,“我这是怎么了?这就叫鬼迷心窍吧。”

这就是女孩子深恋一个人时的心境,而思恋是一件幸福又痛苦的事。

在这个世界上最知女儿心的是母亲。

沈佳慧的烦躁不安,时悲时愁和唉声叹气,还有她对上大学的一副漠然如何能逃过母亲陈红静的眼睛。她马上意识到女儿的心里出了问题,一种是正恋爱着,一种是失恋了。哪一种都是一个令她不安的信号,一个她所不希望看到的信号。

在母亲的心里女儿还小。

她拿不准,晚上和丈夫沈为民躺在床上,她问丈夫,"老沈,你说女儿近一阵子失魂落魄的能不能是恋爱了? 这打毕业后就整天愁眉不展的,人家的孩子都脑袋削个尖似的想办法上大学,她一点那个意思也没有,整天闷闷不乐,强装笑脸,哪出了问题? 失恋了吗?"

沈为民放下了手里的书,把身子靠在床头上认真地看了一眼妻子说:"可能的,这个年龄极容易出现这种情况,当初你不也是这个时候追的我吗,差点把你爹气死。"

"有点正事,"陈红静脸红态娇地打了丈夫一下说:"我那是什么时候,什么情况。"

"情况不一样,年龄一样,"沈为民这样说,"我看你还是找个机会跟小慧谈谈,这可是个大事,马虎不得,再说这也是当妈的责任。"他把责任推给了妻子。

"你当爹的就没责任了?"她说:"没听人家说女儿上辈子是父亲的情人,母亲是女儿的大姐吗?"

"所以才由你负责嘛,大姐和母亲也差不哪里去。"沈为民又拿起了茶几上的书。

"哎呀! 你少看一会吧,"陈红静把书抢在了手里说:"我想明天找找她小姑,她不是县妇联副主任吗? 整天跟妇女打交道,应该比我们更加有经验有办法。再说平常小慧也愿意和她说话。"

沈为民思考了一下说:"好,这个办法好,但你事先要跟她通个气,免得说到两岔去。让她说话把握点分寸,我这个妹妹啥性格我知道,别把事情办坏了。"

"把书给我,我再看一会。"他说。

陈红静把书放在了自己这边的茶几上说:"别净想着看这些破书了,干点正事。"她说完,自己的脸涨红起来。

"什么正事?"沈为民冲她一笑,一翻身抱住了她,"这是正事吗?"

陈红静随手拉灭了灯。

在这方面,沈佳慧的小姑沈丽娟当然是最好的人选。这个刚刚四十出头的女人性格开朗大方,风韵犹存,她为人热情奔放,做事干练,伶牙俐齿,有理不饶人,是全县很有名的妇女干部。

对于哥哥嫂子,她十分尊重,自己有两个儿子,没有女儿,对于侄女沈佳慧她是格外喜欢。她常对同事讲,我侄女沈佳慧全县最漂亮,最懂事,我要是有个这样的女儿多好!

而在沈佳慧的心里,她也很喜欢这个小姑,两个人特别投缘,常在一起高谈阔论。只要和小姑在一起,她准让你一个劲儿地乐,她是什么都敢说,有什么烦心的事,她也愿意跟小姑商量。而近一段时间她还真把小姑给忘了,直到小姑打电话约她去她家吃饺子,她才猛然想起来。

咋就忘了跟小姑说说呢?她想,正好,这些日子都快把人闷死了。

两个孩子在上学,沈丽娟告诉丈夫今天中午小慧来家吃饭,让他在单位吃一口,以免影响她们说悄悄话。丈夫对这个强势的妻子那也是个百依百顺。这天中午,他就在单位的食堂吃了一口。

进得门来,沈佳慧就闻到了饺子馅儿的香味。

"真香啊!"她边说边脱衣服。

"特地为你包的牛肉馅,长河大队有头大黄牛腿断了不能干活,队长让人把它杀了,知道我喜欢吃牛肉,让人特意送来几斤。"沈丽娟一边和着面一边说。

"这牛也挺可怜的,干不了活就被杀了,这人也太残酷,太狠了,这牛干了一辈子,最后还吃它的肉。"沈佳慧用筷子搅着饺子馅,一边闻着一边说。

"牛羊一刀菜,今年去了明年再回来。"沈丽娟这样解释。

沈佳慧也点点头说:"这个世界也就是这样,弱肉强食,如果它们有思想有头脑,被吃的可能就是我们人类了。"

"哎呀,我的宝贝,你什么时候学得那么怨天尤人了,该不是心里有事吧? 更不是失恋了吧?"沈丽娟是借机会往这方面引导她,套她的话。这方面她有经验也有办法。

沈佳慧抓起面板上的面在手里揉着,眼睛直直地看着面板,心事重重地说:"小姑,你最了解我了,也最疼我,所以有些事我也想跟你说一说。"

"是因为没去上大学? 你爸妈重男轻女?"沈丽娟停下手里的活问她。

"我才不在乎那个大学呢,"她嘟起小嘴嘟囔着说:"上不上的没意思。"

经验告诉沈丽娟,这个宝贝侄女恋爱了,现在她的心里除了一个人外一切都已不重要。以她对她的了解,她会告诉她一切的,所以她并不急于去问她,而话锋一转说:"大宝贝,咱娘俩先包饺子,煮好了边吃边聊,今天小姑不上班专门陪你。"

"好嘞!"沈佳慧高兴起来,一边帮小姑包饺子一边哼起了一首流行的校园歌曲:

> 我从山中来,带着兰花草。
>
> 种在小园中,希望花开早。
>
> 一日看三回,看得花时过。
>
> 兰花却依然,苞也无一个。
>
> 转眼秋天到,移兰入暖房。
>
> 朝朝频顾惜,夜夜不相忘。
>
> 期待春花开,能将凤愿偿。
>
> 满庭花簇簇,添得许多香。

听着她的歌,看着她的脸,沈丽娟明白侄女一定是在感情上遇到了大麻烦。

男愁唱女愁哭,这要倒过来更吓人。

因为女人能疯。

热气腾腾的饺子端上了饭桌,吃了一个,沈佳慧就没了胃口,痴呆呆地看着饺子出神,沈丽娟也吃不下去了,干脆放下筷子,切入了主题。

其实这也是沈佳慧希望的,她现在的心情是最想一吐为快。

"小慧,告诉小姑你是不是失恋了?"她看着她的脸问她。

眼泪刷的一下子从她那张美丽的脸上流了下来,沈佳慧用手捂着脸说:"小姑,我心里边好难受,好辛苦,不是失恋是'难恋'。"

"难恋"这个词,沈丽娟还是第一次听到,她站起身来走过去,抱住侄女的肩并疼爱地拍拍她,说道:"别哭,也别太难过,跟小姑说说,小姑给你做主。"

于是,沈佳慧把头靠在她的胸前,哭了好一阵子才停下来,接过小姑递给她的手绢,开始向她倾诉自己的心事。

"小姑,"她说:"我可能是爱上了一个不该爱的人,可我如今已无法自拔,不能不爱。"

"什么人哪?让我侄女这么纠结,这样痛苦。"沈丽娟感受到了沈佳慧心里的痛。

"他是我同学,我们一起毕的业。"她仍然在流泪,抬起头来无助地看着小姑。

"农村的?"沈丽娟问。

"马家围子的,他家的成分是地主,"她咽了口吐沫,下了很大的决心才说出口,"你不知道他人有多好,我真离不了他。"

"地主!"沈丽娟心头一惊,长长的眉毛拧成了一股绳,这成分怪吓人的。她说:"小慧,小姑明白你为什么这么难受了,其实城里农村的并不要紧,只要人优秀,以咱们家的实力安排个人还不容易,可这个成分你真要好好想想。小慧,你知道小姑也不是一个什么都看不开的人,更不是一个把门当户对当回事的人,我想你的父母也是一个开明的父母,他们年轻时也有过一段坎坷的经历,所以我想他们对于这些也能理解,可是现在的形势,你爸是什么身份地位你不是不知道,如果你真要和一个地主的儿子怎么怎么样,那社会影响可就大了。"

"我知道这些,我也明白。"沈佳慧把自己的头趴在桌子上,一个劲儿地哭。"所以我才难过,"她说。

"小慧,也不要一个劲儿地让自己痛苦,这样会哭坏了身子,你二十多岁了,高中也毕业了,也参加工作了,冷静下来好好掂量一下,权衡一下,让这事消化一下,时间会解决一些问题。"沈丽娟劝说她,"时间是世上最好的良药。"

"小姑,"沈佳慧抬起了头,用手绢擦了擦眼泪,坚决地说:"我平衡过,考虑过,挣扎过,可最后的结果都是我没有办法离开他。小姑,人这一辈子怎么都是一个过,你说要是生不如死还过的有意义吗? 我不是没有想过,我爸我妈可能还有我哥都不会同意我这么做的,我也不会让家里人为难,我也不是一个铁石心肠不忠不孝的人,我也不想做那样的人,但我可以等,我才二十岁,我等上二十年才四十岁,那时我爸我妈都退休了,那时我再跟他结婚总可以了吧?"

沈佳慧的一番话把沈丽娟说懵了,她感觉到这个侄女为了那个人快要疯了,这个时候她说多少话也都是没有用的,没有人能在这个时候安慰得了她,除非那个人。

"那个人真有那么好? 值得你为他做这些? 话再说回来,你等人家二十年,人家也等你二十年吗?"沈丽娟问她,"女人易老你知道吗?"

"小姑,在我眼里,不,是心里,他是我见过的最优秀的人,我无法确切的表达他的好,反正我是这么认为的。他做的事别人一定做不到,他能承受的别人一定承受不了。这是什么? 是责任,一个女人如果找不到一个有责任心的人,那她一生的结果只有一个,老来无助,空活半生,半世飘零,而这个人一定不会让我有这个结果的。人与人,尤其是女人对男人,最重要的是了解他。以他现在的情况我们可能会很穷,日子会很苦很难,他更没有什么大的前途和作为,但我们一定会很开心,很快乐。北京怎么了? 上海怎么了? 县城又怎么了? 马家围子不是很好吗? 我想去那里,在那里和他一起种地、养鸡,死在那儿,埋在那,还有什么比每天都笑着过好一天更好的事呢? 小姑,我最近看了一本书叫《基督山伯爵》,那里面有句话我记住了,作者大仲马说,人类的一切智慧都包括在四个字里面,等待和希望。他说得太好了,有希望才会去等待,等待才有希望,我可以等他一辈子。"

机关枪一样的话一股脑儿吐给了沈丽娟,她真不知道如何去说服她了。她的心里清楚了,现在说什么都没用了,起码短时间内不行。哥哥嫂子给的任务她完不成。

长长地叹了口气,她说:"小慧,人各有志,不能强求,小姑今天也不强迫你做什么决定,这事咱也不用急,咱慢慢来,也许过了一年二年的形势有转机什么的,那时也还来得及考虑一些事,你说是不是? 小慧,你还小,没有经历过什么磨难,现实和理想往往差得很远,理想美好,现实残酷,一时的三分钟热血有时会毁了一辈子,当然小姑不是说你们。小姑在妇联工作,每天都面对许多男人女人形形色色的婚事,其中也不少海誓山盟的。"她看见沈佳慧不愿意听她说这些,就打住了话头,用手替她拢了一下散落在额上的头发,从心里可怜这个宝贝侄女,她替代不了此时她心中的那种痛。

这个话题咱今天就谈到这,把饺子吃了,如果你能把这饺子全吃了,小姑就在背后支持你。她想哄哄她吃点东西,她想到这个侄女一定很久没有吃上一顿饱饭了,这样的心情吃什么能香啊!

"他在马家围子也能吃上饺子吗?"她看着面前的饺子喃喃地说了一句。

我的天哪! 沈丽娟无语了,她知道她的心里已经塞满了那个人。这是个什么样的人呢? 让我侄女这样神魂颠倒,有机会一定见见他。

爱情的力量如此强大,年轻的心如此美好,在这一刻无畏无惧。为了心中的爱,他们什么也不会在乎。这是沈丽娟作为妇女干部看到的,体会到的。

沈丽娟抱紧了侄女,心疼地拍着她的后背,沈丽娟决定不把事情的真实情况告诉哥哥、嫂子,她知道无论是哥哥还是嫂子都是不会同意沈佳慧这么做的,不是他们不开明,是现实摆在面前。但是如果她据实告诉了他们,势必让哥哥、嫂子形成一种心理压力,就侄女现在的心理状态,压力过大极有可能出问题,那时便一发不可收拾。

时间,现在大家都需要时间来解决问题。

晚上,她打电话告诉嫂子说:"没有什么大事情,可能是一个农村的男孩子正在追求佳慧,他们是同学,佳慧心里多少有点犹豫,所以心烦,现在大家都毕业了,过些日子自然就好了。"听她这么一说,陈红静长出了一口气,放下心来。

沈佳慧在小姑面前差不多哭了一个上午,把藏在心里的话也都说了出来,心里畅快多了。中午也没有回家,而回了单位,闲来无事便翻看昨天的报纸,看了一会报纸翻得也差不多了,她便把头靠在椅子背上闭着两只眼睛去想上午跟小姑说的那些事,一定是爸妈让小姑找的她,要不小姑怎么不上班专门在家包饺子等她呢? 这不是小姑的性格,她对她的工作是很认真的。看来爸妈对她的情绪已有所察觉。

外面响起了敲门声,她睁开眼睛,门卫老头探头进来,说道:"小沈,农村来个人说是找你的,早晨就打电话找你,你不在,我就告诉他来这了。"

"找我?"沈佳慧坐了起来,"哪里的? 什么人?"

"不认识,他说他是马家围子的。"老头说。

"马家围子?"沈佳慧一听跳了起来,"难道是他来了?"她边想边推门往外跑,在门口她见到了民兵排长潘永德,他手里还推着她的自行车。

"马昌平呢? 他在哪?"她急不可耐地东找西看的。

"他没有来,嘱咐我把自行车还给你,还有这些东西。"潘永德仔细地看了看面前的沈佳慧,在心里一阵称赞,这城里的女孩子就是不一样,又俊又干净,马昌平小子眼光不赖。

"他怎么没有来?"她失落地问道。

"生产队里的事多,我也是来给队里拉化肥的,车子、菜和鸡蛋你都收好了,我算是送到了。"

看着面前擦得油光发亮的自行车,接过他递过来的豆角和鸡蛋,眼泪禁不住又淌了下来。

潘永德似乎明白了,他突然又想起一件事,赶忙去掏上衣口袋,"我差点忘了,"他说:"他还给你写来一封信。"

"我就知道他应该跟我说点什么,"她激动地、飞快地接过了那封信,接信的手都在抖。

"我走了,车都去了化肥厂。"潘永德说着转身离去。

"谢谢,"她说:"谢谢你了。"

走到大门口他觉得也应该跟这个城里姑娘说点什么。于是,他停住脚步,回转头跟沈佳慧说:"丫头,我不知道你们是个什么关系,但我实话告诉你,我们那个马昌平可是个有才有德的好青年,我们那里好多女孩子都惦记他呢,别拿错了主意,过了这个村可没这个店喽。"

"走了。"说完大步走出了教委大门。

他的样子很好笑,但他说的话她很愿意听,他走出了很远,她还在后面说了声:"谢谢你。"

怀里抱着鸡蛋,手里拎着东西,她转身进了自己的办公室,关紧门,用一双颤抖着的手万分激动地打开了那封没有封口他写给她的信。

那字迹她再熟悉不过了,工整而流畅,俊秀而坚强,全班只有他的字才有这样的特点。

随即映入她眼帘的是这样的字句:

佳慧同学:

你好!

我不知道这样称呼你是否高兴,可我觉得这样叫你更合乎我的身份,我心里也舒服些。

时间过得真快,转眼学校一别已有半年了,知道你已参加工作,心中十分为你高兴,几次电话都想详细问一问都因为人多不方便一直没有问清楚。我们大队的那个电话你说一句我可能只听明白了半句,所以写封信给你问声好。

毕业后回到了这个生我养我的地方心里踏实多了,我现在是一名光荣的公社社员。日出而作日落而息,十分充实。

大伙信任我,队长看重我,让我当了小队会计,我也算学有所用。

上学这些年多亏了你的帮助,心中那份感激也不是说几句话就能表达完的。我生在马家围子,将来也会死在这里,哪生哪灭也符合自然规律,倒是今生欠下你的不知如何偿还给你,认识你是我今生之幸,可能也是我今生之痛。今后也可能还有机会见到你和其他同学。我现在倒有个想法,我们生产队的那些大葱、白菜、土豆的要是你们这些城里人多买一点,你们健康我们受益,也算是城乡结合,工农结合吧。

说出来你可能不信,我们这一个工分八分钱,一天十个工分,社员们的穷日子过得很苦,但也很开心,可能穷惯了,也适应了。

自行车还给你擦了很多遍,看见它也好像看见了你,送回去好像你也走了一样,心里多少有一种说不出的怅然若失。

佳慧,我算不上聪明可也算不上糊涂,我马昌平如何不知你的心,可是,你是凤凰我是乌鸦,我不敢妄想,也不能去想。人贵有自知之明,我不能害了你,人不能只想自己怎么怎么好,还要替对你好的人想想。我想得到也想得开,我知道怎么做才是正确的。

更加感谢你送给我的那些东西,它让我的父母在病重期间能有些稀奇的东西补补身体,顺便告诉你,我的父母亲在一天之内都离我而去,我现在是孑然一身,了无牵挂。

我们这里真的很美,我小的时候没有发现。那辽阔的大草原,成熟的庄稼地,朴实无华的社员们,满地的牛羊。这些都是人间的胜景,我才发现我爱我的家,爱这里的人们,爱这里的一草一木。

如果你有机会也可以来我们这里走一走,看一看,到我家的小土房里坐一坐,我杀鸡给你炖土豆,小米饭,大葱蘸大酱,很好吃。

时常在睡梦里回忆上学的岁月,可惜时光不能倒流,那美好的日子再也没有了,只能用来回忆了。

不说了,顺时祝你工作顺利,一切安好。

马昌平夜笔于马家围子

泪水打湿了手中的信纸,她把他的信读了一遍又一遍,她决定也写封信给马昌平,那个破电话啥也说不明白,她还有了一个更大胆的想法,一定要去马家围子看看他,也看看马家围子到底是个啥样子。

这天晚上她手里捏着信纸睡着了,她梦见自己在冬天里来到了马家围子,马家围子是这样的:

大雪覆盖了整个屯落,苍穹下一片银色。阳光下,雪光耀眼,闪闪发亮,屯中的房屋、仓子、鸡架、狗窝都在雪的封挂下改变了形状,如同仙界、神地,又如楼台凤阁。屯子周围的树搭银挂白宛如海市天街,狗跑如雪兔,鸡鸣似晨钟,鸟飞雪落,人行有声。抬眼遥望远天,那真是世界一统,白色雪国。夜色来临,红灯高挂,与雪辉映,斑斓如幻。

这场景就是沈佳慧梦里的雪乡——马家围子。

十一　忐忑献策

干啥像啥,卖啥吆喝啥,马昌平决心当好这个小队会计。

对于会计这一行,他是一窍不通,但他有这样的文化基础和用心,他很快就熟悉了一些常识。

俗话讲,世上无难事,只怕有心人。他每天翻着账本研究、琢磨、核对、比较,不长时间,生产队会计的大体边框他已基本掌握了。

他还决定去找一下老会计请教一些不明白的问题。

这天傍晚,吃完了晚饭,他一个人拎着从家翻找出来的两瓶罐头向老会计胡东阳家走去。

这是父亲生前留下的,老会计年事已高且又有病,他不能空着两手去请教。

老会计家在屯子北面最后一趟房的最中间,三间土坯房,土坯垒起了一个大院子,院子中间有棵大杨树,树下有一眼井。院子还有一个杨木板打的大门,大门下方有一角门,这在屯子里属于比较规矩的人家了。可进了院子里就乱套了,东边一堆土,西边一堆泥的,养的小鸡小鹅的满院跑,一条没有长大的狗先是冲着马昌平叫了几声之后就跟在他的后边嗅来嗅去的。

听到了狗叫声,老会计的老伴挂着一根木棍子从房子里边颤巍巍地走了出来。她不太认识马昌平,扬起一只手遮着眼睛问:"谁呀? 你是谁家的孩子?"

"大娘,"马昌平站在门口回答她:"我是老马家的马昌平,是生产队的新会计,我来看看我胡大爷。"

老太太好像一下子知道了,马上微笑着让开了门口,嘴里边说道:"你瞅瞅,这老眼昏花的不认人了,是昌平啊！快点进屋吧。"

屋里传来一阵咳嗽声,一阵苍老病态的声音传出来,"谁? 马昌平啊? 是马金魁的儿子吧,快点来屋里。"

马昌平说:"是我,大爷。"边回答他的问话边走进了屋里。

三间房子里空荡荡的,没有多少东西,也是一口大花柜立在北墙,西墙一堆粮食袋子,屋地乱七八糟的扔了几双破旧的布鞋,南面两铺大土炕中间一道土墙隔着,老会计胡东阳围被躺在东炕的炕东头,西头是几床叠起的棉被。

见马昌平进来,他强支起身子把褥子向里拽了拽,戴上他的老花镜仔细地看了看马昌平。

"快坐炕上吧,果然是一表人才,怪不得清子回来一个劲儿地夸赞。"清子是老会计的小儿子,叫胡福清。

马昌平也没说什么就坐在了他让出的炕沿上。把手里的两瓶罐头放在了他面前。

老太太这时也走进屋来,站在屋地中间看着马昌平。

"这孩子,来就来了,还带东西干什么。"老会计客气地说。

"大爷,我也没有什么好东西孝敬您的,就这么一点意思,您老也别怪我。"马昌平说。

"说啥呢?!"老会计摆摆手说:"谁家有啥呀? 还不是都一样,你爹他过世我也没去,我是起不来呀！我们两个年岁差不多,从小一起念过私塾,也算是同学,可没办法,我这也没几天了,到那边再跟他说说吧。"

马昌平点点头说:"没事大爷,我看您的气色不错,好好养着,一定没问题。"

"哎！"老会计叹了一声又说:"七十了,死了也不是少亡,都说这人生七十古来稀,这要不死地球还装不下了,死不死的我不怕。"

马昌平仔细地看看老会计。瘦得只剩下一把骨头了,眼窝深深地陷了下去，脖子上、手上的青筋都暴跳起来，一条条青青的像是画上去似的，口里的牙几乎掉光了，说话漏风，你得仔细听，否则听不清楚。

老会计在生产队没干过力气活，当了一辈子会计，三队几十年是只换队长没换过会计。可见老会计为人做事是受大伙信任的。

"孩子，我听清子回来说大主意让你当了队里的会计，好哇，我也算是有个接班的了，我早就跟队里提了多少回了，可队长说没这样的人，一拖再拖的就拖到了现在，你文化高，听说全县考试第一，有点大材小用了，可这小队会计也不是个好活，关系到几百口子人的吃喝拉撒和里外的来龙去脉。"老会计说到这里连声咳嗽了一阵子，一口痰上来半天才吐出口。马昌平赶紧拿起放在地下装痰的玻璃瓶子给他接了。

"好孩子，你不嫌弃我，就这一点大主意也没看错了人，马金魁有个好儿子哦。"他称赞道。他笑着，张开了一张无牙的口。

"大爷，您老也别夸我，这人谁还没有老的时候，看见您这样我就像看见了我爸，我今儿个来也是想向您老请教请教，想让您教教我怎么当好这个会计，我现在是冷手抓馒头不知道怎么下手，生怕把生产队的账给整乱了，辜负了队长和大伙的信任。"马昌平说得十分诚恳。

听马昌平这么一说，老人立即来了精神，他围被坐了起来，伸出右手手指边说边比画。

他说："说起这生产队的会计，它还真不是谁都能当的，当了也不一定能当好，我当一辈子了，没当好但也没当坏，首先大伙信你，队长信你，你自己得在心里掂量着对得起这份信任。会计过去叫管家，现在也有叫参谋长的，总之一点，你整天围着生产队那几个钱转，跟着队长屁股后边跑，你出好道他听了社员摊个好，你出坏点子他信了社员就跟着遭殃，所以这会计我说最重要的地方是心眼得放正。"

可能是说得太急了，累得老会计仰着脖子喘了一阵子，他老伴上前来替他敲了一阵子后背，半天才喘上这口气。

看着两个老人，两头白花花的头发，再看看一个低头喘，另一个敲后背，马昌平才明白人这辈子什么才叫作老来伴。

他禁不住叹了口气，脑子里一下子闪过了沈佳慧的影子。他赶紧擦了一下自己刚刚湿润的眼睛，让精神集中起来，不去胡思乱想。

上来了这口气，老会计又开始说起来。他说："公社有个副社长给几个大队编了一套嗑，三永加一全，马家围子老大难。咱这马家围子自你老祖宗开荒立户起是土肥苗壮，人丁兴旺，可后来有了生产队，这人心就没齐过，心眼儿太多的人集在一起事就多，要不老话说这一个槽子上不能拴两个叫驴。咱三队还好点，有个大主意镇着，你看一、二、四队，一年一个队长的换，换了麻子来王二，屎窝挪尿窝，那还有个好，会计更是你整一套他弄一拨，一堆乱账，没个头脑。这生产队也跟自家过日子一样，家里有个装钱的匣子，外边得有个搂钱的耙子，两处不合手那就是宝字盖加个元叫完。"

老会计说着眼睛没离开过马昌平的脸，马昌平认真地听着，不住地点头。

"这会计往近了说叫会计，往远了说叫经济管理师，记账，算账，报账外加上个监督管理，你还得沿着法律线边上走，有时候做点手脚也得科学，搭上边别进去才叫能耐，摊上个胆大的队长，他让你违法干你不干又不行的时候，这就看你水平了，这些年我也干过越格的事，但我从不越大格，我有招避开。这也叫科学管理，灵活运用会计学问。"

老会计说着从褥子地下抽出一本发黄的书，书的封面都残缺了。

"这本书跟了我多年了，我现在送给你，上面有规定的记账方法，也有我写上去的一些东西，可用可不用你自己琢磨。我早就预备好了，我想过了，你来找我我就给你，你不来找我我就烧了它。"老会计说得脸红涨起来，很激动。

"大爷，我早就想来了，从我接手的第一天起，来看您找您就在我心里边定下了。即使您不教我什么，我也会来。今天来，明天还会来。"马昌平接过老会计递过来的书又说道:"大爷,说什么我都该谢谢您这么信得过我,您说的话太有道理了,我今天也长了见识。"

"好孩子,真不赖,你一定比我强百倍,我能看出来。"老会计点头称赞道。

两个人又聊了半天,看看天也晚了,老会计也累了,马昌平跟两个老人告别,出了院子,走出门还听得见老会计一声接一声地咳喘,是他的老伴给他送出了门。

天已经黑透了,屯子里到处都能听见狗的叫声,偶尔也会听见野鸟的叫声在黑暗中从头上飞过去。

夜空万里无云,一天的星斗深邃而遥远。

说来也奇怪,第二天就传来了老会计昨晚过世的消息。生产队的社员都去了,马昌平也去了,他抬着头杠一直把老会计送到了东南坟地。他觉得冥冥中老会计似乎在等着跟他交代完才咽下了这口气,这让马昌平十分感慨。

那里也埋葬着他的父母亲和老祖宗,还有马家围子逝去的所有人。

那里是这里的人们最后的村庄。

受了老会计的启发,读完了老会计送给他的书,他又反复研究了老会计写在书上的经验和教训,再和实际比较一下,他悟出了一个道理:这小队会计还真不是好当的。

老会计说过,这会计不但是管家也是参谋长,他忽然间有个了十分大胆的想法,看看这满屯满队的一家家哪个穷得都快掉了底,这日子过得一家比一家难,那么多地撂荒了,全生产队的地一个劲儿地种些大苞米、大高粱、大黄豆,几亩小麦也是有限的,除去上交的不够吃到年底的,一个工分八分钱,老天爷一不顺心连口粮都没有。这一年又一年的不能改改吗?他想。

现在城里缺的不是主食而是副食,农村不是没有土地而是没有让这些土地发挥它们应有的价值。

思来想去,他最后决定给队长姜大主意出一主意,做回参谋长。

"他会不会听呢?会不会发火呢?这主意行不行啊?"他在犹豫间怀着一颗志忑的心早早地来到了生产队,大主意有个习惯多少年了,他总是早晨第一个来到生产队的大院子,亲手敲响那个挂在队房子东山墙上用大车钢圈做成的大钟。

一见马昌平比他还早,他一皱眉头问他:"来这么早干啥?是不是有事?"说着向东山墙走过去。

"队长你等会,"马昌平鼓起了勇气向他走近了两步。

"啥事快说,我要敲钟了。"他站住脚,顺手掏出装在上衣口袋里的旱烟,又打了个饱嗝。

"叔,"马昌平改了称呼,他觉得这样叫他更亲切更容易被接受,"你让我当了这会计我还没感谢您哪!我干的行不行您也没说过,我这心里头没个底。"

听他这么一说,大主意一咧大嘴巴,用舌头舔了一下子卷烟的纸不耐烦地说:"我还以为啥破事呢,就这个?行,干得还行,听大伙说你整得挺好,别骄傲啊。"说完又向大钟走去。

"叔,"马昌平又一次叫住了他。

"又啥事?"大主意更加不耐烦地拉长了声音。

"我有几句话想了又想,不知道该说不该说,我害怕您听了生气,可不说又觉得该说。"马昌平这回加快了语速,他怕大主意这回再走就不会回头再听他说了。

"叔,我虽然只当了几个月的会计,我感觉大伙的积极性都不高,干得都没劲,都没把生产队当成自己的家。您再看看咱仓库里除了种子没余粮,这要有个灾难什么的,全队这些人吃什么呀?您再看看这一家一家的富裕的也没个几十块钱,这样哪行啊!是不是得想个办法调动一下大家的积极性?"说完这些,马昌平紧张得出了一身的汗,他睁大一双眼睛看着队长姜大主意,等着他对自己所说的话给出个判决。

然而令他没有想到的是,大主意这会扔掉了手里刚刚点着的旱烟卷,歪着个脑袋看了他好一会儿,像是第一次认识他一样。

他半天不说话,马昌平的心就要跳出嗓子眼了。

大主意这时咽了口吐沫说:"说说,你给我接着往下说说。"

"我说错了?"马昌平害怕了,他发现大主意的脸青了。

"我让你往下边说,你就说,错了我也不骂你行了吧?"大主意声音变大了。

马昌平点了点头,接着说:"咱生产队这么多地,这么多人,按理说,要是大伙齐心拧成一股绳,这上交的,吃的,余的,应该都够用,我发现您还在账外留了一大片地,也有二百多亩。您想没想过,咱不能老种这些大苞米、大高粱啥的,咱得种点出钱的东西。这大伙心不齐不就是因为分不到钱吗,咋干都是一个样,谁还想多干,谁还有积极性,这人心也是有冷有热的时候,咱得想办法让大伙心热起来不是?"马昌平说到这不说了,他发现大主意眼睛瞪成了个大土豆似的。

"说,往下说,再往下说。"大主意不让他停下来,用手点着他的脑门。

反正也说到这了,索性就豁出去把自己想的都说了,是好是坏都一个结果。马昌平想到这也就无所顾忌地说了下去。

他说:"经济学家说国家是无农不稳,无工不富,咱这农村没有经济作物做支撑光靠这些个大粮也是富不了的,没钱花说什么也不好听啊,大伙也是不乐意听啊,那为什么不在完成给国家上交的、留够集体的之后,种一些经济作物卖钱呢? 比如你留出那一百多亩地,还有这满院子大车干闲着,闲着马也得吃草,吃料,赶车的也得每天记十分,为什么不出去找活儿干,拉脚挣钱呢? 如果这些个都结合到一起还分不到钱吗? 有了钱大伙还不使劲儿吗?"

"反正是您让我说的,对不对您也别怪我骂我。"马昌平说完加了这么几句,他是真怕大主意骂他小犊子不知天高地厚。

恰恰相反,大主意乐得张开了大嘴巴,脸红脖子粗地竖起了大拇指说:"宝贝,宝贝疙瘩,你不但是全县的状元,你还是咱三队的宝贝疙瘩呀！你说得太有道理了,我都琢磨好几年了,怎么就没有你想得全呢？"

大主意看着他点着头,又说:"这种是能种出来,这大车也能赶出去,这卖菜和找活儿的任务我交给你,吃馆子住旅店生产队花钱,我估计着你心里也早有数了。你城里那些个同学、朋友的也不会少,这事咱就这么定了。"

这天早晨的钟大主意敲得特别地响。

晚上,大主意专门召开了一个队委会,调整了今年的种植计划,在保证完成上交任务的基础上,几块好地都拿出来种土豆、大白菜和大葱,全队十五台大车抽出五台专门去城里拉脚找活儿干。他还任命马昌平为生产队对外总联络官,负责蔬菜销售和大车拉脚找活儿和结算。

马昌平一下子觉得自己更加有了用武之地,压在心底多时的阴霾也随之烟消云散,从而激发起了他的壮志雄心。他想:"天下之大,五行八卦桌,不管你处境如何但总有一部分属于你。"

话在人说,事在人为,有等待,有寻找。

当然,背后也有一部分人议论大主意,这么干可是资本主义抬头,小心割尾巴,再说这么相信和重用一个地主的儿子,小心犯错误。

大主意听了,在大会上一阵大骂,他说:"你们怕这怕那就是不怕穷是不是？你有能耐出来让大伙手里都有钱,别成事不足败事有余,竟他妈在后边捅尿窝窝,有尿年底分红你别要。"他这一骂谁还敢还嘴,说的人也就没声了。

这也说明了姜大主意在三队人中的威望高到了一定程度,他也是三队当的年头最长的一个小队长。

十二　丰衣足食

主意是自己出的,办法是自己想的,现在队长姜大主意把任务交给了他,责无旁贷,他也愿意完成这个任务。

但是他也明白这个任务的艰巨性,想了半宿,他决定去城里找沈佳慧,请她帮忙。

这期间他收到了一封沈佳慧从城里寄来的信,她还一遍遍打电话,把大队看屋的山东老头烦得不得了。

沈佳慧的信是这么写的:

昌平:

　　学校一别犹如一日十年,心中思念也是一言难尽,回忆起在学校的日子我好恨自己为什么这么快的长大,学习这么快地结束。

　　说句心里话,从我们分到一个班开始,我就对你这个地主分子有了一种特殊的感觉,所以我一直注意你,我从始至终都认为你和其他同学不一样,你有一个特别的成分,也有一个特别的头脑和为人处事的特别思想,你自卑但不自弃,你身上有别人永远都不会有的特殊本领,你聪明,多才多能,但从不以此炫耀,从不沾沾自喜,从不在人前争强好胜。从不让人觉得自己在那些方面高人一头。你从不羡慕别人的优越家庭而埋怨自己的出身。你忍耐着一切外来的打击和嘲讽,默默地学习,用自己的才智证明自己,证明给别人。马昌平除了成分什么都是最优秀的,这些都深深地吸引着我,让我着迷,让我沉醉,并让我深深地爱上你。

在我的心里你是一个值得信赖的人,女人追求一生的其实不是大富大贵,大红大紫,而是两个简单的字:安全。

图慕虚荣必定花心,称美华贵一定有始无终,女人的悲哀多半都是只看暂时的光华一面,所以才有了那么多的抛弃与分离,妻离与子散的悲哀。这是人性的悲哀也是女人的悲哀,因为最后受伤的往往是女人,女人易老,女人身后的事多,责任心比男人重。

我认定了你是一个顶天立地,有极强责任心的男人,所以才有了后来许多故事发生。

以我的家庭条件和我个人的条件,找一个门当户对、夫唱妇随的人过日子是举手之劳,可我却茫然不觉,心无所向,因为我的心里只有个你。我这辈子认定的事,一定会坚定地走下去。虽是性格所定,也应是人之所为。

我知道我也不是什么公主王后,我也只是一普通人,但我的命运我做主。

虽然你一再回避甚至回绝我对你的爱,但我知道你也爱我,你回避和拒绝正是你的可贵之处,也正是你超出常人的地方。换了别人不高兴死才怪,这也证明你爱我,为了爱,你不想连累我,但却因此让我更加爱你。

昌平,我们的爱情之路一定不会平坦,但你要有信心,像你的责任心一样,你相信我不是一个头脑一热就感冒发烧的病人。我是认真的,坚决的,一往向前的。

昌平,也请你理解我的父母,换个角度去想一想,更加能理解他们,哪个父母亲不希望自己的儿女好呢?

我们年轻,我们所想的跟他们可能不一样。他们看现在想将来,我们看现在知道将来,而我是看到现在又去想将来,我不想伤了父母的心,更不想没有你,所以我请你给我时间,给社会时间,给大家时间。我小姑说,时间会证明一切,解决一切,她的话我信。

昌平,听说你现在是小队会计了,我不知道这是个什么官,但你有事就来城里找我,不要让我去马家围子找你,把我当成你的女朋友,你未来的妻子,你一辈子的亲人好吗?顺便告诉你,有一天晚上我做了一个梦,梦见了冬天里的马家围子,好美呀!有机会再详细告诉你。

深深爱着你的沈佳慧

这封信他也不知看了多少遍,看一次掉一次眼泪,他爱沈佳慧并一直深深地爱着,这份爱有多深只有他自己知道。

马昌平背起了一个绿色的书包,这也是他上学时用的书包,这个包也是在一个寒假里沈佳慧给他买的。

里面有十多个他自己蒸的玉米面窝窝头,还有一张报纸包着的两个大咸菜疙瘩。

这便是他去城里办事的随身口粮。

虽然队长大主意说了可以吃馆子、住旅店,但他舍不得生产队那几个可怜钱,他更不会去这么做,吃的问题解决了,住的地方他心中早已有数。

坐着生产队去城里买种子的二马车一路颠颠簸簸地进了城。车去拉种子,他去教委找沈佳慧。念书几年对于县城里的各个地方他也算是轻车熟路。

时至中午,教委的人都下班了,门卫不让马昌平进院里他就坐在教委前面的几棵杨树下等着到上班的时间。

饿了吃一个带来的玉米窝窝头,渴了就去教委的东墙边上一个小卖部里要碗凉水喝了。

六月的太阳在中午是最毒的时候,天湛蓝湛蓝的没有一丝云彩,城里的风也比农村小得多,他就坐在闷热的树荫下等着沈佳慧上班来。

时间久了,迷迷糊糊地靠着杨树干睡着了,直到一阵吵闹声和自行车的铃声传来才惊醒他。教委的人上班了,干部们说说笑笑地推着自行车进了教委的大门。

沈佳慧也在其中,看见了她的背影进去,他的心跳动加速,但他并没有急着叫住她,不想惊动其他人于是他就尾随着向院里走去。

门卫老头拦住了他,"找谁?"老头很不友好,阴沉着一张脸,伸手拦住不让他往里走。

"我找沈佳慧,她刚刚进去,我们是同学。"马昌平解释说:"同志,让我进去吧。"

门卫老头上下打量了一下他,马昌平的一身衣着是一副典型的农村社员打扮。

"同学?"老头不相信地又一次上上下下打量了一下马昌平,"你们是什么同学?"一副看不起人的神情,"你在这等她出来吧,"老头说完扭头进了门卫室,并随手关上了大门。

"等她出来?"马昌平想那要等到什么时候? 下班吗? 可老头进了门卫室,门也哐当的一声关上了。

他硬着头皮去敲门卫的门,央求道:"大叔,我们真是同学,她刚刚进去,您就抬抬手让我进去吧,您看我这个样子也不是个坏人吧?"

"说不行就不行,啰唆什么,在外等着,要不就远点走着。"老头头也没抬冲着门外没有好气地说道。

马昌平长出了一口气,心里说:"这城里的看门老头也看不起农村人,什么时候能让他们看得起呢? 总有一天会的。"

没办法,他只好在外面的墙外等着,等得心焦时就来回地走,一个劲儿地向里边看,心想早知道这样不如那时叫住她好了,可现在后悔也晚了。

上班后的沈佳慧心里老是像长了草似的发慌,她惦记着寄出的那封信也不知道马昌平收到没有,收到了也不知他看完了会有什么样的感受。按照时间推算他也该回个信了。

心烦意乱的她决定去门卫查一查有没有他寄来的信,要是没有再往马家围子打个电话,也可能今天他就能接到这个电话也说不定,也可能那个看屋子的山东老头今天高兴也说不准。要是有机会去了马家围子,她真准备给那个山东老头买几条烟带过去,实际上也是真烦透他了。想到这,她抬腿就向门卫走去。

这也可能是相爱的人心有灵犀的缘故,此时的马昌平又来到门卫室,他想再求一次门卫老头。

两个人就这样不期而遇在教委的门里门外。

沈佳慧简直不敢相信自己的眼睛,她站在门里面瞪着一双美丽的大眼看着门外肩上背着她为他买的书包的马昌平。张大着嘴半天才激动地说出话来,她说:"马昌平是你吗? 真的是你吗?"看见他冲她傻傻的笑,她一下子清醒过来不顾一切地跑了出去。"真的是你呀!"声音大得惊动了门卫老头,他开开门探出脑袋来看她。马昌平在院外冲她点了点头仍然看着她微笑。

"是我,"他说:"等了很久了,你们这衙门口真严,要不是你出来我还不知道等到什么时候呢?"

"怪不得我眼皮一个劲儿地跳,我总觉得有什么人等着我,果然你就出现了。"沈佳慧兴奋得脸涨红,两手抱住了他的双肩,那亲切劲儿让门卫老头看得呆了。

"你们真是同学?"他不相信地又问了一句。

沈佳慧转头看了他一眼说:"不,他是我男朋友,老冯头,男朋友你懂吗? 今后他再来马上让他进去,听见了吗?"

"是,是,是,"老冯头鸡捡米似的点着头。他知道她是县革委副主任的女儿,所以他才不相信这个一身农民打扮的人而让他进去。

这是一个看人下菜碟的老头子。这个世界上这样的人并不少见。世界是个万花筒,正所谓人多心杂,王八多乱跑,形形色色才让这个世界丰富多彩。

沈佳慧的激动和亲昵的举止倒让马昌平紧张得红了脸,他赶忙说:"佳慧,这是你单位,注意点别让人家说你闲话。"

"我才不在乎呢,"沈佳慧松开了两手,一只手牵着马昌平说:"走,到我办公室去说,你来一定有事,绝不会单单来看我。"

他们一起走进了教委的大门,这是一个前后通透、两趟平房的大院,中间是一条过道,过道的两边墙上是教委的板报墙。沈佳慧的办公室在后边那趟房子里。

穿过一条长长的走廊,他们来到了沈佳慧的办公室,一进门,沈佳慧就把马昌平按坐在自己办公桌前的椅子上,给他倒水,她突然间想起了什么,拎着水壶问他,"你是不是还没吃中午饭哪?"

"吃了,吃过了,"马昌平赶忙说。

她看看他,点了点头,为他倒上放了茶叶的水。这个水杯是她平时自己用的,也只有马昌平能有这个机会用她的水杯喝水。

喝了一口茶,水很热,这天也不是喝开水的时候,马昌平放下烫手的杯子,四下查看了她的办公室,很简单很干净,除了书柜上的书就是两张桌子,桌子后面两把椅子,墙脚处一个脸盆架,架子上一条毛巾、一个脸盆,但一股好闻的清香味却充满了整个屋子,进来就知道是女人的办公室。

对面的同事没有上班,沈佳慧就坐在了他的对面,手拄着下巴支在桌子上,两眼含情脉脉地看着他问:"怎么来的? 事先一点音信没有。"

"坐生产队的马车,也没有办法通知你,所以就直接来了。"他说。

"瘦了,黑了,但壮实多了。"她仍然看着他的脸自言自语地说,眼里全是火辣辣的光芒,"知道我每天都在想你吗?"

"我也觉得壮实多了,"他说:"劳动锻炼人。"最后一句他没有回答。

"也累死人。"她说。

"生命在于运动,所以我们农村人都长寿结实。"他笑着说。

"你来找我是专门来看我还是一边看我一边有事?"她微笑着从桌子上抬起来了头,瞪着大眼等着他回答,一脸的顽皮样。"你想我吗?"她问他。

"说对了,一边看看你,一边有事求你。"他说,"当然也想你。"

"看我是主要还是次要?"她追问他。

"主要。"他说:"看到你比上学时胖了一点,白了一点。"

"就这些?"她紧追不舍地问他。

"也好像漂亮多了。"他补充了一句。

她笑了,说道:"你也学会说话了,这农村广阔大天地真锻炼人,你都学会说好听的了。"

"也不是,是真的。"他说,"你真的很漂亮,很美丽。"

她被他说得很高兴。

"说吧,另一边是什么事?"她用手指着他的鼻子问他,并走过来站在他的身边为他整理了一下衣领。

"我们生产队很穷,去年一个工分八分钱,我给队长出了个主意,让闲着的大车进城里拉脚挣钱,队长采纳了我的意见,可这大车有了,去哪干活挣钱呢? 队长就让我来城里联系干活的地方,所以我才来找你。"

"我说嘛,"沈佳慧故作生气地嘟起嘴巴,"你才没那么好心来看我,你都快把我想死了。"她说着,眼泪就在眼圈里头转。

"没有事哪能出得来,这一百多里地,生产队又那么多的事,我们农村社员是没有星期天和节假日的。"他解释说。

"小队会计是个什么官呀?"她好奇地问他。

"那要看怎么说,要就我们生产队里说,那也属于高干系列。"他在跟她开着玩笑。

这句话真把她说的咯咯笑起来。

笑过之后,她认真地跟他说:"你的什么大车拉脚什么的我不太懂,也不知道什么地方能用你们的车,你可以告诉我,我来想想办法,你也算找对人了,别忘了我是谁的女儿,到哪个单位不给点面子呢?"

"我也是这么想的,所以才来找你,如果这事成了,你就是我们生产队的功臣,到时请你去我们那里,我让队长给你杀头猪、宰只羊招待你。"

"那倒不用,你也不要忘了我是马家围子什么人,说不准我将来也是其中一员呢?"她亲昵地把手搭在他的肩上站在他的身后。

他闻到了她身上诱人的香气,这香气很好闻和屋子里的一样。

他拍拍她放在肩上的手说:"那都是后话咱先不说。现在最要紧的是找地方让我们的大车有活干。"

"那你说说什么地方能用得着你们的车,"她说:"我们单位可从不用这些东西。"

他想了想说:"比如各个企事业单位,各个工厂,有东西可拉的地方才用得着。"

她听完了他的话,皱起她的柳叶眉略一沉思,突然大叫起来,"有了,有地方了。"她高兴地看着他。

"什么地方?"他问。

"我二叔的磷肥厂,他们那天天用车拉东西,前几天还有人来找我爸,让我爸给我二叔打电话,让我爸拒绝了。"她兴奋得脸上一下子被红润布满,更加好看。

"你二叔是磷肥长的厂长啊!"马昌平也高兴起来,"他们那当然用车了,火车站在康泰县,我们这又不通火车,拉原料当然用车了,太好了。"他高兴地站起来直搓手,继而又收住笑容说:"就是不知道你能不能说得了。"他有些担心。

"没问题，"她胸有成竹地说道。"在我们家，我二叔和我小姑最疼我，我说的话一定行，走，我和你一起去磷肥厂找我二叔。"

马昌平点点头，跟着沈佳慧出了她的办公室，沈佳慧推着她的自行车出了教委的大门口说："来，我用自行车驮着你。"

"行了小姐，还是我驮着你吧，我怕没到地方就把你累趴下了。"马昌平说完把他的书包向后一背，从沈佳慧手中接过他还回来的那辆自行车。

县磷肥厂在县城的最西郊，出了县城的西大门还有三四里地远，他们一路上说笑着直奔那里，一路上沈佳慧坐在自行车的后座上，两只手紧紧地抱住马昌平的后腰，把头贴在他的后背上感受着他的体温，此时她感到自己是那样的幸福，她真希望磷肥厂再远一点，让她这样多抱他一会。

可是这厂子转眼就到了，在门口她跳下车来。

一股刺鼻的磷酸味扑面而来，大门口敞开着，汽车、马车、拖拉机进进出出，扬起一阵阵的白色灰土。

门口站着的厂门卫拦住了他们，听到他们要找厂长，门卫说："你叫什么名字，我给厂长打个电话确认一下，如果厂长同意见你们，你们就进去，不同意我也没有办法。"门卫的态度还算友好。

马昌平说："这个门卫比你们单位的那个老头态度可好多了。"

"我们那是机关，这是工厂。"沈佳慧解释说。

"还不都是单位，"马昌平说："不一样的是人。"

"你叫什么？"门卫在门口高声问他们，声音很大，小了也听不见。

"沈佳慧。"她大声告诉他。

"你二叔叫什么名字？"马昌平问沈佳慧。

"沈为国。"她说："可以吧，我二叔比我爸厉害，我爸为民，我二叔为国。"

她的话把马昌平逗乐了，"这名字起得真好。"他说。

"那当然。"她很自豪地冲他吐了一下舌头。

这时门卫叫他们，"厂长让你们过去，他的办公室在西边厢房往里走东边第一个屋。"门卫比刚才更加热情。

进了院子，机器的隆隆声灌入耳朵，酸味更加浓烈，让人直想打喷嚏。烟尘和磷酸的气味在工厂的上空弥漫。

按照门卫说的，他们很快就找到了厂长的办公室。在走廊里他们看见厂长的门口排着一队人，一个个地出来进去等着厂长召见。

这个磷肥厂是杨柳县唯一的生产化肥厂家，全县几百万亩种地用的化肥全部来自于这里，所以这个厂长的权力可想而知，哪个生产队不用化肥呢？用农家肥的产量要比用化肥低产得多。

那时的人们没人讲环保，甚至连概念都没有，只要能高产，用什么都行。

沈佳慧分开众人直接来到厂长的办公室门口，也不敲门就推开了厂长办公室的门。门外排队的人都用惊奇的眼神看着她。

他们一定在心里猜测这个姑娘是什么人，这么随便，这么大胆。

沈佳慧向里一探头，坐在厂长办公桌后面的沈为国和坐在办公桌前椅子上的两个人都看见了她。

沈为国一惊，转而笑容满面，他也没有想到自己的宝贝侄女会来他这里。他马上向那两个人下了逐客令："对不起，今天就说到这吧，你们的那个事情回头你们再找找县领导，然后咱们再谈，我们家的宝贝来了，我得先见见她。"

两个客人站起来往外走，沈为国向门口的沈佳慧招招手说："快点进来大侄女，哪股风把你吹到二叔这来啦？"

沈佳慧让开门口，让出来的两位客人先出去，然后向后面的马昌平招下手说："昌平，进来吧。"

沈佳慧觉得这么进去，门外的人一定会有意见。于是，她转身一抱拳，一作揖，谦逊地说道："各位同志，我不买化肥，我有急事找沈厂长，马上就得,请你们原谅。"说完随手关上了厂长办公室的门。

两个人进了屋里,坐在了对面的椅子上,沈佳慧站起来到沈为国的办公桌前翻了一下说:"二叔,有什么好茶叶贡献给侄女尝尝?"

沈为国笑着从桌子下面拿出一盒子龙井茶,说道:"新上市的西湖龙井。"边说边递给了沈佳慧。

沈佳慧也不客气地接了过来说了句:"谢谢二叔。"

马昌平则坐在那里看着叔侄俩觉得很有意思,看得出这个叔叔是宠着他这个侄女的。

"我这里烟熏火燎的,大侄女到这来有什么指示给你二叔的?"沈为国跟侄女开着玩笑说。

"无事不登三宝殿,"沈佳慧拿着茶叶盒又重新回到椅子上说:"二叔,这是我同学,最要好的那种。"她把最要好这几个字咬得很重,希望沈为国能引起重视。

马昌平这时赶紧从对面的椅子上站起来,向沈为国点了下头说:"领导,我叫马昌平,是东方红公社马家围子三队的会计,我和佳慧是同学。"

沈为国也点了点头说:"坐下吧,你们那离县里可够远的,我去过马家围子,地方不错,你们那里的土地很适合磷肥。"

"二叔,我们今天来可不是买化肥的。"沈佳慧接过了沈为国的话头,"今天来是有更重要的事情请二叔您帮帮忙。"

"哦!"沈为国端起办公桌上的茶喝了一口说:"你看我们这除了化肥还有什么忙可帮的?"

"二叔,你们厂里运送原材料,送化肥都用些什么样的车呀?用大车吗?"沈佳慧问他二叔。

"用得不多,也不算少,通常短途用马车,长途用汽车。怎么了?问车干什么?"沈为国皱了皱眉头,不解地问他的侄女。

"二叔,是这样的,我同学他们生产队有好多的大马车都闲着没活干,他们想到您的厂里帮你们运送一些材料呀,化肥呀什么的,当然你们得付车钱的。"沈佳慧说得风趣幽默,把沈为国都逗乐了。

"哎哟我的大侄女,你真是长大了,说话也有水平了,拐弯抹角地跟你二叔绕圈子,你的意思是说你来帮我们忙的呗。"沈为国一边说一边自己笑着,看着他的侄女用手点着她。

"那当然,这是在帮你们解决难题嘛,也可以叫作什么工农共建也行吧。"沈佳慧不依不饶地跟她的二叔这样说。

"那我告诉你大侄女,我们这的用车运输计划开机生产前就预订好了,想来我们厂搞运输挣钱的单位太多了,这个忙你不用帮了。"沈为国也跟他的侄女开着玩笑,"二叔先谢谢你啦。"

"二叔,"沈佳慧站了起来,她走到沈为国的身后一把搂住了他的脖子,娇声娇气地说:"您是大厂长,一把手,您说用谁的不用谁的还不是一句话,您说这些年你侄女求过你什么?啥事给您找过麻烦?您过生日哪回不是我先敬的酒?"

"翻小肠了是不是?"沈为国拍拍侄女的手背爱惜地说:"那回我过生日你都让我喝多了,我还没跟你算账你倒是提起了这个茬了。"

"二叔,"沈佳慧使劲儿又搂了一下沈为国的脖子,"想想办法开个绿灯嘛,他是我最好最好的同学,是他跟生产队长出的主意,要是这大车挣不到钱,他回去跟社员交代不了,二叔,他交代不了,我也一样难过,二叔,我说的话你听不明白是咋的?"

"这么严重?"沈为国特意拉长了声调,"可你们交不交代的这跟我有什么关系?"他明显是在逗试自己的侄女开心。

"二叔,我不是你侄女吗?咱们家咱俩是不是最好?您说说。"沈佳慧使劲儿摇着沈为国的后背跟他撒娇。

"好什么好,老把你二叔灌醉了,你咋不灌你老爸呢?"沈为国也开始翻小肠。

"我才不灌他呢!我不跟他好,就跟二叔您好!"沈佳慧把头顶在了沈为国的后背上一个劲儿地蹭,弄得沈为国身上发痒笑个不停。

"行了,行了,我的宝贝大侄女,二叔怕你还不行吗?说吧,你们队有多少台大马车。"沈为国这时抬眼看着马昌平问他。

"起码有五台,"马昌平赶紧说,马上又补充道:"这五台可以长年在外不用回去。"

沈为国点了点头说:"那好吧,看在我大侄女的份上,你们明天就来五台大车,专门运送成品化肥去火车站,你们自己来人负责装卸,当然这是另外付费的,价格是统一的,每月一结算,现金支付,时间可以暂定半年,吃住也是你们自己解决,这在我们这已是例外了。"

"太好了,太感谢了。"马昌平高兴得脸都红了。

他身后的沈佳慧则在他的脸上重重地亲了一口说:"真是我的好二叔,侄女也没白疼你,明年过生日还让你喝醉了。"

她的话气得沈为国长叹了一声,他说:"挺大个姑娘家也不分个场合,看你以后怎么嫁人。"沈为国又爱怜地拍了一下沈佳慧的手背说:"满意了吧,满意了你就看看门外排着队的人,二叔也不留你们吃饭,改天让你二婶给你包牛肉馅饺子。"

"满意,"沈佳慧故意拉长了声调,"不耽误大厂长办公了,不过我也提醒沈大厂长工作别太累了,身体可是革命的本钱,事是公家的,身体是咱老沈家的,不打扰了大厂长。"说完调皮地一扬手向门外走去。

马昌平则站直了身子向沈为国深深地鞠了一躬,郑重地说:"沈厂长,我代表我们生产队全体社员真诚地感谢您的帮助,您的这份情我们会记住的。"

沈为国笑了笑,点了点头说:"谢就不用了,把活干好吧。"他对这个青年印象不错,侄女说的"最好最好"又是什么意思呢? 他想。

马昌平也没有见过沈为民,更不会知道这哥俩的长相其实像极了,只是哥哥沈为民比弟弟沈为国个子高了那么一点。

两个人出了磷肥厂,在走出厂长办公室的时候,马昌平顺手捡起了几张过期的报纸放在了随身的书包里,这沈佳慧并没有注意。

两个人一出来,马昌平就推起她的自行车说:"佳慧,今天的事真的很感谢你,你二叔他真忙,人真好,你也真有办法对付你二叔,不过看得出来,他很喜欢你这个大侄女。"

"是啊!"沈佳慧也用手扶着自行车的一只把说:"二叔家只有两个哥哥,所以二叔特别喜欢我,从小长这么大,二叔对我和父亲对我没什么区别,弄得他家两个哥哥直抱怨说他偏心。"

"你真幸福,这么多人娇惯你,"马昌平似乎有了点感触似的,笑着对她说:"不过你刚才的样子让我一下子看到了另一个沈佳慧。"

"怎么了? 太娇气是吗?"她问他。

"不是,你原来是那么能说会道的。"他忍不住地想笑,又不敢笑。

"不许贬损我。"沈佳慧娇羞地拍打了一下他的前胸,"哎! 说正经事,这事是成了,你怎么办? 吃啥? 住哪? 我看还是我来安排你吧。"

"不用,"他说:"你忘了我们还一起来了好几个人呢,吃的,住的你就不要操心了,别忘了我是什么身份? 我是会计,我说了我在我们生产队里属于高级干部,还愁吃愁住吗?"

沈佳慧又让他说乐了,他真好,真诙谐幽默,这些她都喜欢,不过他说的话她并不全信,于是她说:"你不是说你们很穷吗? 以我对你的了解,你真舍得那么花钱? 我不信,还是我请你吃吧。"

"真不用,"他说:"这不是出来办事吗? 队长批了我们可以吃饭馆住旅店的。"他说的很认真,像是真的一样。

她半信半疑地看了看他说:"那好,我跟你们去吃饭,也算是你们对我帮忙的感谢。"

听了她的话,马昌平吓得赶忙说:"感谢饭以后再吃吧。"

"不过,这顿感谢的饭最好不在城里吃,有机会去马家围子,再说我得往回赶,回去还要安排大车拉脚的事。"

"看把你吓得,我逗你玩呢。"沈佳慧看着他的小气样子笑了笑改口说。

"你今天能回去吗?"她又问他。

"能,"他说得很坚定,"可能拉种子的车正在等我,这样,佳慧,你先回单位去,待会儿如果我不走,我会想办法告诉你的。"

沈佳慧沉思一下说:"也好,单位正好也有点事,我先回去,你走了一定通知我。"

两个人说完又一起骑着自行车返回了城里,在岔道口,马昌平把自行车交给沈佳慧说:"我从这里去种子站最近,你自己骑车路上小心,千万别摔着,感激的话我留着以后说。"

沈佳慧也没有说什么,冲他点点头,骑车走了。

望着她骑车离去的身影,马昌平心里泛起一阵复杂的涟漪,他长舒一口气,抬脚直奔客车站。

事实上是生产队拉种子的马车早就回了马家围子,通往马家围子的客运汽车也只每天早晨六点一趟。今天除了步行,马昌平是回不去马家围子的,而这时已是下午五点多了。

马昌平事先想好的住处就是县里的客运站,这里通宵达旦都有旅客来往,在这里待一夜不用花钱不说,还可以明天早晨坐头班车回去,安排大车进城干活也不误事。

车站里的人并不多,进进出出的把个门关合得吱吱乱响,在一个小吃摊前面,马昌平找到了一个罐头瓶子,在车站用水的井边洗干净了,然后再装上一瓶子凉水便走进了车站的候车室。

这个候车室很大,因为县城内没有火车,所以客车的人流量要比其他同等县城大了不少。

找了一个僻静的拐角处,马昌平掏出书包里从磷肥厂捡来的报纸铺在地上,放好水瓶子,一屁股坐了上去,这一天实在太累了,候车室的嘈杂丝毫也影响不了他。

坐下后,把后背靠在后墙上,他闭上眼睛第一个想法就是,"对不起了佳慧,等以后有了钱,我一定请你在饭馆大吃一顿,可现在不行。"他不会告诉沈佳慧他身上只有回去的车费钱。

累了就会饿,马昌平觉得肚子咕咕的叫,胃肠也在活动,食欲上来了,他摘下随身的书包,掏出事先带来的玉米窝头一大口咬下去,真香,人饿了吃什么都香,再喝一口罐头瓶子里的水,吃得十分顺畅。打开包里报纸包着的咸菜疙瘩,咸菜太硬,疙瘩太大,咬了几口都没有咬下来,干脆他就扔了咸菜,凉水就窝头吃完再睡一觉,也不错。

其实沈佳慧并没有真的离开马昌平,她根本不相信他会吃馆子、住旅店,她骑出一段路又拐了回来,远远地看着他进了车站候车室,她要看看马昌平去那里到底要干什么?

而这些马昌平哪里会知道,在另一处拐角隐蔽的地方,他的一切都被躲在那里的沈佳慧看得清清楚楚。

一阵酸楚涌上心头,两行泪水顺脸直下,她捂住嘴不让自己哭出声,一个小跑冲过去,抢过他手里正吃着的窝窝头,把它扔在候车室的地面上,上前一把把他抱在怀里,心疼地哭着,用拳头拍打着他的后背说:"你为什么骗我?你知不知道你这个样子叫我心里多难受。"

沈佳慧的突然出现把正吃着的马昌平吓了一大跳。

这时也过来了很多围观看热闹的人,大概他们以为是夫妻在吵架。

马昌平脸红得像一张红纸,不好意思地拍拍沈佳慧的后背小声说:"佳慧,别这样很多人在看我们。"

"随便看,我不管,两口子吵架没见过?"她突然抬起头冲着围观的人一通喊,然后拉起他的一只手说:"跟我走,跟我回家。"

说完拽着他就往外走。

"我的书包。"马昌平说。

"不要了。"她说。

"那可不行,这书包我一辈子都不会扔了。"他说完挣脱她的手,从地上捡起那个绿色书包跟着她出了车站的候车室。

后面跟着一帮看热闹的人。

一个怀里抱孩子的中年妇女说:"这姑娘真俊。"

她身边的男的说:"这媳妇凶起来也挺邪乎的。"

沈佳慧把马昌平带到了自己的办公室,她说:"你今晚住在我们的值班室里,我去跟我们主任说,你等着别动,我先去外边给你买点吃的。"说完,往外就走。

马昌平想拦都来不及。

不一会,她拎着一大包东西回到了办公室,面包、鸡蛋、汽水摆了一桌子。

她又泡了两杯热茶,看着他说:"我们一起吃,这也是我们第一次在一起吃饭。"

吃完收拾干净后,她就坐在办公椅子上陪着他聊天。

他们天南地北地说个不停,从上学到毕业,从他离开到今天,从现在到将来,有那么多说不完的话。

"不用去值班室了,"她说,"天快亮了,我陪你直到上车走。"

他也精神十足,说:"也好!现在你走了我也睡不着。"

马昌平看着沈佳慧,越看越好看,他情不自禁地跟她说:"佳慧,我有一个理想,我想让我们马家围子都过上富裕的日子,我们有那么多那么肥沃的土地,还有那么辽阔无边的大草原,要是我们利用好这些自然资源,哪能不富起来呢?其实我对这个城里真是没有太大的兴趣,如果你认真点、仔细点去看看我们那里,会发现到处都是公园,到处都是宝,土生金,草长银,牛马猪羊遍地走。我爱那里,真的。"

她就坐在那两眼痴痴地望着他,听着他高谈阔论。

他有时皱起浓眉,显得心事重重地跟她说:"我只是觉得方法有问题,利用这些资源不太合理,所以社员们才穷,我说不太好,这回回去我要好好想想,给队长多出些好主意。"

"哎!"他用食指点着她说:"你不知道,我们队长外号就叫大主意,他胆子大,主意正,人心好,对我也好,就是爱抽烟,爱喝酒,爱骂人。"

沈佳慧很少插话,她就那么默默地看着他,听他说他们屯子里的一个又一个故事,听他讲他的理想与追求。

她感到自己很幸福,她爱着的这个男人真好。

他们真就说了一个通宵,直到天亮后她把他送上去马家围子的客车为止。

他在车上向她挥手告别。

她在车下向他招手流泪。

有土壤就有植物生长,有人群就有各种事情发生,这也没有什么固定的理由。

人是因为有血有肉所以发生的事情才更鲜活,更灿烂。

十三　新的大年

　　1975 年的春节逼近了。这年冬天，雪压大地，寒风刺骨，按年景下一年应是好丰年。对于马家围子大队三队来说，今年的春节可与往年大不相同，三队的每个人都兴高采烈的，脸上都洋溢着欢乐的气氛，那是因为今年他们家家手里都有钱。

　　大账砸完之后，上交完应交国家的，留够了集体的，仓库里装满了余粮，现金账上第一次破天荒出现了大笔库存资金。

　　去年每个工分八分钱，今年每个工分一块五，翻天覆地的变化。而同在一个自然屯的四队，每个工分九分钱。

　　分红时，全队的男女老少能走能动地全去了，把生产队大院子挤个水泄不通，那些手里拿着大团结票子的社员们乐得直唱歌，直蹦高。

　　三队成了马家围子乃至整个杨柳县最富的生产队。

　　在大队的小学校院子里站队，你一眼就能挑出哪个孩子是三队的，因为三队孩子衣服穿得新，穿得齐，穿得好。

　　也是这一阵子，全生产队十六个光棍有十个娶上了媳妇，还有三个定了亲。

　　远村近屯的大姑娘争抢着往三队里嫁。

　　富裕给三队带来了无限的欢乐和生机。

　　年三十那天晚上，三队各家各户放的鞭炮连绵起伏响成一片，而临近的其他小队只传来几声稀疏零星的响声，这也是一个说明。

　　三队的富也引发了全大队其他三个生产小队的推选队长热，社员们横眉立目地要求换队长，要求重新选举新的队委会成员，他们看出来了，队里富不富，关键看干部，一个小队关键看队长行不行，硬不硬，能不能？他们要的是三队那样的好日子,从前人们穷得惯了,现在穷得怕了,事实也是如此,一个好队长就是一个好的生产小队。

四队一个叫黄大蒙的还编了一套顺口溜:

队长无能社员受穷,

算盘一响开选队长。

不管对不对,

先选队委会。

生产队大食堂,

只种地不打粮。

生产队大锅饭,

不分钱只流汗。

过完了年,生产队第一天开工那天,栓子、柱子、二狗子等一帮小青年在生产队的院子里把队长姜大主意和小会计马昌平抬了起来,扔得老高。

他们呼喊着:"队长万岁! 小会计万岁!"

大伙从心里边感谢这两个人。

在过年的这段日子里,马昌平根据生产队的实际情况,把队里的仓库全部清查一遍,然后单独建账管理,有出有进,有明细,有经手人,一拿账本库里有啥一目了然。生产队的猪马牛羊头头有账,匹匹有数,死去存活个个清楚。每块地需要多少斤种子,多少斤化肥,多少人工都大体算得一清二楚,这叫成本,大主意还是第一次听马昌平这么告诉他。

他说:"这才叫账。"

全生产队今年的大体支出收入,明明白白,马昌平还用几张大红纸把一年的支出收入都贴在了队部的东大墙上,让每个社员对生产队的情况都心中有数,了如指掌。他的做法让队长大主意服透了,社员们也都高兴得不得了,这种做法还是开天辟地第一回,以前他们认为生产队就是一本糊涂账,现在是一本明白账。

马昌平今年也分到了四百五十块钱,他首先就想到了嫁到外县的姐姐,他给自己留下了一半,另一半捎给了姐姐,姐姐的孩子太小,正需要钱,她们那里也很穷。另一半他还清了母亲去世时借了人家的棺材钱,那也是别人家的一口大花柜。

三十那天夜里,队长姜大主意自己喝了一瓶老白干,这是他去公社开会特地在供销社给自己买的,烟少抽多了,胸有点闷还一阵阵咳喘,喝了酒就好多了。

他当了十多年的生产队长,生产队今年能有这个样子他知道是谁的功劳。那个地主的儿子是三队的宝贝,他不单给大车找了活,那些个大白菜、土豆、大葱哪样不是他卖出去的,可他一个子也不错花,真是个好青年。

下一年,马昌平又通过沈佳慧跟几个单位定了口头协议,三队的白菜、大葱、土豆他们这些单位都从这里买过去分给他们职工。

当然,沈佳慧为了这个也使出了浑身解数,有时也会冒充跟某个单位领导说是她父亲叫她来找的。

这招很灵,也很管用。

三十晚上,吃完了饭,喝了一瓶子白酒的姜大主意走出了家门。外面很冷,但酒烧得他肚子里头热,他要到屯子东头去看看小会计马昌平这个年自己怎么个过法。

三十的早晨,马昌平忙完了手里的事,去屯子西头的大队供销社买了五块钱的黄纸。"该给父母亲和祖坟烧些纸了,如果真有另外一个世界,此时他们那里也在过大年吧。"他这样想。

在一片坟前,他按老习俗在每个坟上都先压好了一张打印好的纸,这往纸上打印时人是要一直跪在那里打的,以示忠孝真诚。

马家的祖坟包很多,马昌平一个一个地点燃了,最后来到了父母亲的坟前,点燃后他索性坐在雪地上,想跟地下的父母说说话,他很想念他们。

他边烧纸边说:"爸,妈,过年了,儿子来看你们,给你们送些过年的钱花。今年生产队分钱了，家家都有了钱，我想念你们，您二老在那边过得还好不？"

话一说完，眼泪就掉落下来。

"爸，妈，我今年也分了好几百块钱呢，给姐姐送去了一半，姐姐的日子也还好，小外甥也挺可爱的，可惜他只是没有见过她的姥姥姥爷。妈去世时借老张家的大柜钱也还完了，还有存钱呢，这日子比您二老在时好多了，你们在那边也好好过日子吧。不用惦记我，我也长大了，能干活，会做饭，还当了小队的会计。"

一阵风刮起来，把纸灰吹得盘旋成了一个黑色的圆圈，又盘旋着飘走了。

坟地周围出现了一片黑色的空地，明年春天这里的野草一定茂盛，迷信说这是一年好兆头。

再说大主意摇摇摆摆深一脚浅一脚地推开了马昌平家院子的门，他闻到了一股饺子的味道。

"这小子，还知道包饺子。"他心里头说。

其实今天晚上的饭，马昌平真是包的饺子，他剁好了肉馅，和好了面，大饺子一盘子十几个煮熟了吃得满口香，就是饺子的样子难看点。

吃完了饭他决定铺上被美美地睡上一大觉。他没什么爱好，既不会打扑克，也不会压牌九，这一年下来就是个累，如果睡着了梦里能梦见沈佳慧那就再好不过了。二十八那天她打来电话说："昌平你放心过年，明年你们生产队白菜土豆的事我都给你们联系得差不多了。"

他真很想她，心里也万分感谢她。

她为他做得太多了，做就做吧，他想："这辈子有缘这辈子还，这辈子无缘下辈子还。"

大主意人没进来，声音先传进了屋里。

"大侄子，大会计，包饺子了？味道不错呀！"

刚刚铺上被的马昌平知道是队长来了，他把棉被向炕里一掀，马上迎了出去。"是队长,"他说:"外面这么冷,怎么连个棉帽子也没戴就过来了,大过年的可别冻感冒了,看情况您可是没少喝,半斤多吧?"马昌平边开门迎接边问他。

"半斤?"他进了屋在地上转了一圈,看了一下他的屋里,"大过年的喝半斤还是我吗?告诉你,老子今天喝了一瓶。"他说话的舌头都硬了,"一斤来酒吧。"他说。

马昌平的屋里简单得很,除了一个凳子,两个半袋子粮食,就剩下外屋的锅和里屋炕上的被褥了,原来北墙那面大花柜给父亲当了棺材,锅里放着他吃完饺子后的盘子和筷子。

这一切,大主意都看在了眼睛里,他啥也没有说,一屁股坐在炕沿上,从裤子口袋里掏出一盒迎春牌香烟拿出一根叼在嘴里,然后摸摸身上,竟忘记带火柴了。

马昌平到外屋的锅台上给他拿过来半盒火柴递给他说:"您老是咳喘,我看这烟就戒了吧!"

"哎!抽了半辈子,熟透的骨头煮烂的肉,不抽心里没着没落的。"大主意说完划着火点上了烟。

他说:"大侄子,赶明儿个起,过年这几天就到我家吃饭去,你婶子她干地里活不行,做饭还凑合,你看你这孤苦伶仃的看了叫人心不得劲儿。哎,你一个学生家,自个做饭自个吃,要不就赶快找个媳妇吧,我听民兵排长说城里有个大干部的姑娘对你不错,可你想过没有,你当前这条件,"他说着把烟灰向地上磕了一下,又继续说:"还有你这成分别怪叔说不好听的,那干部家姑娘同意,家里也不会同意,我看还是找个当地的姑娘结了婚算了,省得这一个人晚上抱着枕头睡觉,白天回来连开门的都没有,啥好的赖的,我和你婶儿这辈子不也挺好。"大主意说完叹了口气,摸摸冻红的耳朵,揉了揉又说:"今年咱这生产队多亏了你,这家家的好日子要不是你哪有这红火,你看看大伙那股劲儿,明年一定会更来劲儿。"

马昌平一直等到他把话说完,从心里说,他对这个队长是又感激又尊敬,听他这么一说接话道:"叔,谢谢您这么为我操心,从到生产队的第一天起您就让我当了这小队会计,一点重活也没干着,我一个地主成分您能对我这样我都不知道说啥好,我才二十一岁,什么媳妇不媳妇的也不着个忙,我也不觉得自己有多孤单,还有大伙呢! 大伙都对我挺好的,我过得挺开心,还有您平日里照顾着我,我干起啥来这浑身也有劲儿。"

大主意还没听完他的话,人躺在了他的土炕上,转眼就发出了一阵震耳的呼噜声。

马昌平无可奈何地笑了笑,拉过自己的被子盖在了他的身上。

这大年三十全中国人都在以不同的风俗习惯和方法过着,远在百里之外的沈佳慧也不例外。沈家的年过得更加热闹,二叔一家,小姑一家都来到了她们家,哥哥沈佳志也早放假回到了家里,春节是个大团圆的好日子。

可是小姑沈丽娟发现侄女沈佳慧心里像是长了草似的在屋地上走来走去,站不稳坐不安。她明白她心里头一定是惦记着那个人。

事实确实如此,沈佳慧的心里一直惦记着马家围子的马昌平,俗话说:"每逢佳节倍思亲。"她心里明白马昌平现在一定是孤苦伶仃的一个人在过这个年,这和她这家比起来那将是怎样的差别呀! 所以她心里头像一个打碎了的五味瓶,酸甜苦辣咸什么味都有。

实在是忍不下去了,她围上围巾,戴上棉手套,骑车来到了单位,她要打一电话给马家围子的马昌平,要不这个年她过不下去。

那边的山东看屋老头没好气地问她:"大过年的不在家好好过年找什么人,大冷的天我可不给你找去。"

害怕老头撂下电话不再接,她赶忙央求道:"大叔,大过年的您就当发个慈悲行个好,帮我找一下马昌平,我说话一定算数,我一定会给您买几条好烟感谢您,求您了。"

也可能是她的话感动了老头,也可能是因为过年人心情都高兴,山东老头放下电话,戴上他的狗皮帽子来屯里找马昌平。

一听有电话马昌平就知道一定是沈佳慧打来的,看一眼躺在炕上呼呼大睡的大主意,他想,您就在这给我看屋吧,然后没戴帽子就向大队部跑,把看屋的老头落下半条街。

他这边拿起电话刚说一个"喂"字,那边就传来了沈佳慧的哭声,她边哭边说道:"昌平,你一个人这个年怎么过呀!吃饺子了吗?你会包饺子吗?"

"佳慧,别哭,大过年的,哭不吉利。我会包饺子,我一个人吃了一大盘子,吃饱了就去想你,这个年过得非常好,你想想我们都长大了一岁,今年我俩都二十一了。"

这时看屋的老头也回来了,他进屋点起一支旱烟卷,又戴上桌子上的手套看了看接电话的马昌平说:"我去屯子里溜达溜达,你说完了走的时候别忘把门给我锁上。"

马昌平感激地向他点了点头。

那边的沈佳慧这时不哭了,她说:"是啊!二十一了,刚毕业的时候我怕长大,现在我又盼着快点长大,要是这个时候我能在你身边有多好!"她又说:"不知为什么越是这个时候越想你,总觉得你一个人在那边太孤单,一想这些就想哭。"

他说:"不孤单,全生产队的社员都很照顾我,队长现在就在我家大睡呢,他喝多了。佳慧,我们生产队今年这个年都过得非常好,大家都很高兴,多亏了你呀!我替大伙给你拜个年,也给你的父母拜个年,祝你们年年有余,万事如意,恭喜发财。"

那边的沈佳慧听得乐了,心情也好多了。

她说:"我也发现你和在学校时不一样了,在学校时你很少说话,现在嘴特贫,还挺甜。"

"哪有?"他说:"我只是实话实说而已。"

"你哥他回来了吧?家里一定很热闹吧?"他又问她。

"回来了,整天和房子明他们在一起,很少见他的影,热不热闹的我也不高兴,跟我没关系,我心里全是想着你。"沈佳慧说。

"昌平,"沈佳慧又说:"我给你织了一件新毛衣,红色的,我是跟办公室的陈姨学的,第一次自己织感觉还行,不出正月就能织完了,我非常想看见你穿上我织的毛衣时的样子,一定更加帅,织完了也许我会自己送过去。"

马昌平心头一热,泪水落在了电话机上,他半天也没有说话,那边的沈佳慧"喂、喂"地叫了好几声。

他才说:"佳慧,我马昌平这辈子何德何能,也不知是哪辈子积下的阴德,让你这样对我,你让我这一生拿什么还你。"

那边的沈佳慧听后说得十分轻松,"想还账吗? 好办,好好的给我保护好自己,对了,不许偷看别的女孩子,你们生产队女孩子一定不少,你可别犯了错误,那时我可饶不了你。"

"这你放心,这个错犯不了,也没人搭理我,也就你看得上我,不要忘了我是什么成分,我是地主的儿子。"他半开玩笑半认真地说,"谁跟我都会倒霉。"

"谁的儿子我不管,我只认识马昌平这个人,他身上没贴贴。"沈佳慧这样说,"昌平,我有机会一定去你们马家围子看看,我老是梦里梦见那儿。"

他说:"有什么好看的,到处是猪马牛羊,到处都是庄稼地、大草原、杨树林。"

"那才好,那才叫农村大天地,我喜欢。"她说。

他们又说了好半天,马昌平手里的电话听筒都热了,他们才恋恋不舍地放下。

年轻真好。

恋爱真好。

十四　小队队长

队长姜大主意的病有点加重,浑身没劲儿,咳喘不停,大伙劝他去大医院看看,他同意了。

临走前,他召开了一个队委会,把家里的事从头到尾交代了一遍,最后跟马昌平说:"昌平,我这病也不知道有多重,我感觉不太好,晚上老是梦见死去的爹妈,昨晚还梦见你爹了,他跟我说,我要去了那地方他请我喝烧酒,感谢我让他儿子当了小队会计。"

马昌平说:"您可别瞎说了,梦是反的,说明您没有事。"

大主意叹了一口气说:"反正也是一回事,要死活不了,要活死不成,不过这队里的事我可交给你和民兵排长潘永德两个人了,我是真不放心。"

就这样,队里的大马车拉着大主意去了县城,在那里他们坐汽车换火车再去省城大医院。

谁也没有想到的是,这个钢铁一样坚强的人竟经不住一张肺癌确诊通知单的打击,知道后一下子倒下了,再也没有起来。直到队里的大马车拉着他的尸体把他埋在了乱坟岗子他家的祖坟里,他才算回到了生养他的马家围子。埋他那天全屯的人都去了,全队的人都哭了,大主意是个好人,也是一个好队长。

在他弥留之际,他使用了最后一次权力,把队委会成员和老贫农都叫到了他的病床前,他说:"我是活着回不去了,但我让你们来有一事嘱托,我死后,这个队长你们谁也干不了,干也干不好,你们要听我的话,千万让小会计马昌平接我的班,他当了队长咱三队准会更好,别看他年龄小,但他一定比我强得多,谁要不服,民兵排长你就给我揍他。千万,千万……"说完合眼长眠。

有人说大主意是病死的,也有人说他是吓死的。

大主意病逝,三队社员悲痛了一阵子,但三队不可一日没有队长。全体社员大会上,大家一致选举马昌平当队长,他连连推脱不敢接。最后是民兵排长潘永德大哭着说道:"这是队长临死前交代的,他说千万千万,你别让他死不闭眼哪!他可对你最好哇!他当时是什么样你没看见吗?他当时怎么说你没听见吗?"

在大伙的恳求和鼓舞下,二十一岁的地主儿子马昌平接任了马家围子大队三队的小队长。

大队长马永太听到这个消息气得直拍桌子,大骂道:"混蛋的三队社员,一个地主儿子当队长,你们这是疯了,脑袋里灌进雨水了,还有没有党性原则、组织纪律、阶级路线,还有没有我这个大队长?不要忘了,阶级斗争为纲,纲举目张,不就分几个臭钱吗?有什么了不起的?咱贫下中农就是不怕穷,不行,马上给我撤了重选。"

大队民兵连长说:"这是三队社员集体选的。"

马永太说:"选的也不行,民主还有集中呢,我不信三队社员能上天,明天召开三队社员大会,重新选队长。大队干部都参加,我打电话让包咱们大队的公社武装部长也来参加。"

事就这样定了。

社员全体大会,还要重新选举队长,三队没那么大地方,马永太决定三队社员都到大队的俱乐部来,在大队选也好控制局势。

大队俱乐部里这一天坐满了三队的社员,外边天气冷,昨晚的雪一夜下了有半尺多厚,大队还破例烧热了屋地中间铁桶做的大铁炉子,屋子里面很暖和。

人太多,凳子不够,有人拿个坏头砖块坐在了边上,大家都很关注这次选举,民兵排长潘永德事先交代过了,就选马昌平当队长,别人谁也不行,谁选错了,他就揍他。

"人心齐泰山移,看他马老客能把咱们三队怎么样?这些人看不了咱三队好,咱日子好了他们眼睛红了。"这是三队老贫农栓子他爹说的,老贫农的话更有分量。

重新选举的阵势很正规,俱乐部前面土台子上放着几张学生桌,桌子上铺着红线毯,公社来的武装部长徐玉春和马永太等大队干部都正襟危坐在主席台上面。

主席台的后墙上贴着大幅红色标语,上面写着:"抓革命,促生产,阶级斗争是纲,纲举目张。"

马永太亲自主持,他看着下面黑压压的人群大声喊道:"别吵吵了,静一静,大伙静一静。"

不一会,会场安静了下来。

马永太清了清嗓子说:"三队的社员同志们,今天经大队集体决定,公社批准,在这里进行三队生产队长的重新选举,大家伙都知道生产队长是一个生产队的最高领导人,他首先要有一个好的成分,丰富的经验和很高的群众威望才能胜任。可你们上几天选出来的那个队长是什么? 一个大地主的儿子,乳毛未退,这简直是开社会主义国际玩笑,所以今天由大队直接领导指挥重新选举你们的队长,我们这是为你们三队负责任。公社党委也非常重视,包我们大队的公社武装部长徐玉春同志也亲自参加,下面让我们以热烈的掌声对他的到来表示欢迎。"

台上掌声很热烈,台下稀稀拉拉的几声响。

武装部长徐玉春站起来向台下的社员点了点头。

这个武装部长徐玉春人很正直,在全公社口碑很好。

"怎么个选举法呢? 我看用选票的形式比较可行,当场划票,当场公布,票多者当选队长,但不要瞎选,乱选,想好再选,这个队长可关系重大,这个队长首先要成分好。为了不乱套,我事先推选几个人选,比如民兵排长潘永德。"他的话音刚落,潘永德从凳子上站了起来,他高声说:"大队长,谢谢你看得起我,但是大伙可千万别选我当这个队长,我干不了,选上也不干。三队除了马昌平没有合适的。"说完坐下了。

潘永德不买账,马永太弄了个满脸灰,他话锋一转说:"既然这样,那大家伙就自己决定谁能当这个队长,哪个人最合适。不过我宣布一个纪律,选举时不准搞串联,不准交头接耳,自己选自己的,大伙听清了吧?""好!"他接着说:"那就让民兵连长数人数,大队会计发选票,妇女主任负责收选票。"

大队会计于永清把抽烟用的白纸条向台下的社员分发,一人一条卷烟的纸,笔没几个,大伙串着用。

半个小时后,约莫着差不多了,大队妇女主任徐彩凤走下台开始收选票。

"一共发下去多少张选票?"台上的马永太伸长了脖子问大队会计于永清。

"大队长,一共发了165张。"于永清回答。

中国的农民是一个十分特殊的群体,他们心散时谁也不管谁,他们心齐时抱成团你拉也拉不开。形成这种态势局面的原因要看事情的本身是否涉及他们本身的利益,现在三队的人抱成了一团,他们要的就是自己的利益。

这个队长直接关系到他们的贫穷与富裕,什么成分他们不管。

大队的会计、连长、妇女主任开始统计选票。选票统计完了,他们你看看我,我看看你。马永太等不及了,他在台上大声喊叫:"念票,念票。"

"你念吧,"大队会计把统计好的票交给了连长,连长接过来冲着台上台下喊道:"一共发出选票165张,收回165张,马昌平得队长赞成票164张。"

也就是说参加的165人中只有1人没选马昌平当这个队长,这个人是谁大家心里都非常清楚,也只有马昌平自己没有选自己。

台上的马永太听后气得暴跳如雷,这个选举结果是他事先绝对没有想到的。他认为上次的选队长一定是大主意的临终嘱托起的作用,是大多数社员一时的感情用事,不会真有人让马昌平当这个生产队长。他还以为他往台上这儿一坐没有人敢违背他的意见,他这个大队长是有威力的,他太自信了。

"不生效,不成立,这纯粹是有人事先搞了串联,这个结果大队绝不会批准。"他的脖子上青筋暴起,脸色由红变紫,恼羞成怒地站在台上骂起了大街,像一个喝醉了酒的流氓。

"你们的阶级觉悟都哪去了?你们还是不是无产阶级专政下的人民公社的社员?你们被那点小恩小惠冲昏了头脑,我就不明白一个地主分子的儿子到底用了什么方法把你们的脑子给洗了,难道你们忘记了他的老祖宗是怎样剥削压迫我们这些贫下中农的了?你们忘记了阶级斗争,忘记了无产阶级专政下的继续革命。列宁教导我们,忘记过去就意味背叛。毛主席教导我们说,千万不要忘记阶级斗争,阶级斗争一抓就灵。"马永太在台上指手画脚嘴里说得直冒白沫子,他这乱七八糟的一顿不清不楚、不伦不类的话更让三队的社员产生了反感,他们现在什么都不想听,他们现在认准了老队长大主意的话,只有马昌平当队长,他们才有好日子过。

"马昌平。"看着台下用沉默对抗他的三队社员,马永太把火撒到了马昌平身上。人多势众,他不敢针对全体三队社员发威。

马永太的喊话让一直沉默不语的马昌平抬起了头,他的身前身后坐着三队的一帮小青年,栓子、柱子、二狗子、马才子、林大福子,都围坐在他的身边。这一年多,他们在马昌平身上学到了许多东西,打心眼里服这个跟他们年龄一般大的小会计。会前,民兵排长潘永德也交代了他们几个,潘永德说:"别忘了你们几个是怎么娶上媳妇的,你们几个要保护好让你们娶上媳妇的人。"

见马永太没好气地叫着马昌平的名字,几个人以为马永太会下令对马昌平采取什么行动,他们呼啦一下子从凳子上站了起来冲着台上横眉立目,那气势分明在告诉台上的人,谁敢动一下他们的队长,今天就是个你死我活。

真是初生牛犊不怕虎，英雄自古出少年。

"马昌平，"马永太又叫道："你自己说说你是什么成分，你属于什么阶级？你搬块豆饼照照自己，你当得了这个队长吗？你是什么居心？你要为地主阶级变天吗？"

本来马昌平不想说话，那张反对票就是他自己投给自己的。大主意临死前的嘱托他也在场，说完那话时大主意的眼睛一直盯着他。大主意其实是个外粗内细的人，他把所有的队委会成员全都叫去就是怕大伙心不齐，看不明白当前三队的真实情况。他之所以这么办也是考虑到了马昌平接他这个班不会一帆风顺。马永太是个什么样的人还有谁比他姜大主意更清楚的呢？大主意当队长从来不听他的，大队开会他也很少去，除非大队说今天开完会大队供饭吃，否则他根本不买马永太的账。

"他当大队长，那真是扯犊子。"这是姜大主意生前常说的一句话，他不怕他，从不把马永太放在眼里，他评价马永太的标准是：心眼子不少净坏的，嘴巴会说没一句真话，最重要的是闲事多、正事少，私心大、没公心。

"大队长，"马昌平说话了，他站了起来，"我从没想过当这个队长，我更没什么居心，所以我也没有选我自己，选我当队长是大家对我的信任，我很感激老少爷们，大队长，我是地主成分，但地主不是我，是我爹，他已经死了，我马昌平生在新社会长在红旗下，我爱祖国，爱人民，爱社会主义，更爱伟大的领袖毛主席，我也同时爱这块生我养我的黑土地马家围子，爱我身边的每一个人。我什么居心都没有，我只盼着生产队能富裕点，大伙的日子能过好一点。大队长您放心，这个队长我不当。"

听马昌平不当队长，台下的人不干了，立刻炸了锅，一帮年轻气盛的小青年就要往台上冲。这时老贫农吴井生站了起来，他伸出右胳膊示意他们别冲动。"都坐下，"他大声说。台下的人一下子没了声，在三队老贫农吴井生的威望仅次于姜大主意。他转身看着台上的人说："各位领导，我来说几句话吧,我今年六十多岁了,三岁从山东跟我爹来到马家围子落户在这片土地上,一直住在三队,现在我重孙子都三岁了。这日子过了六十多年,这两年是过得最舒心,最有盼头的两年。大家有吃有喝,想吃什么也买得起,我们认为这是队长领导得好,马昌平这个小会计参谋得好,现在队长没有了,他临死前不闭眼等我们去,就怕我们选队长时选错了人。我们心这么齐,看得这么准是因为我们尝到了甜头,过上了好日子有了盼头,我们也懂阶级,也知道无产阶级专政,也有觉悟,但大家伙更知道好日子来得不易。感谢共产党,感谢毛主席他老人家。可话说回来了,我们选这个队长跟这些阶级专政的没多大关系,共产党毛主席没叫我们过穷日子,翻身解放就是为了过好日子,日子穷就是因为没有个好领头的,现在昌平这孩子有能耐,他岁数小,成分差,这跟当队长有关系吗?他爹是大地主,可他死了。他不是,我们选他就是信得过他,这个队长大伙是认准了,也是大伙自个选的,谁也推不了,我们不能自个打自个的嘴巴子。"

老贫农的话一下子引起了台下的共鸣,台下一片欢呼应和声,坐着的人都站了起来。

会场乱了。

台上的马永太这时还想发作,被公社的武装部长徐玉春伸手拦住了,这么长时间他一直坐在台上一言不发,他示意站在台上的马永太坐下,马永太不敢不听,气呼呼地坐了回去。

徐玉春明白这个场他不收,马永太他们就下不了这个台,弄不好还会闹成大事件,他在台上看得非常明白,台下那些个年轻社员正运气鼓劲,一时冲动很可能冲上来弄出大乱子,那时连自己也跟着遭罪。他是个善良又有正义感的人,在内心里他也清楚地知道三队社员心这么齐一定有他们的道理,民心不可违,从某种程度上讲此时他倾向了三队社员。

他说:"大家静一静,听我说两句。我看这样,既然大队长和大队同意大家公选,这选出来的结果也是要尊重的,但这个结果确有他的特殊性,鉴于三队的实际情况,这个队长暂时由马昌平代理,我把这个情况向公社主要领导做个汇报,大家看这样行不行?"

马永太还想争辩,又被徐玉春制止了,那时候公社的包队干部是有绝对权威的,尤其是武装部长。

老贫农和民兵排长潘永德交换了一下眼色,觉得这样也好,都有台阶下,何不见好就收。

于是这场选举算是平稳收官。

二十一岁的马昌平就这样当上了马家围子三队的生产队长。

队长选举后的这个夜晚,马昌平躺在他的小屋里是辗转反侧不能入睡,老队长的话,还有老队长临终时看他的那副眼神都让他心神不宁,这是老队长对他的信任和希望啊!想想这几年老队长对他的好,他的眼睛一下子湿润了,他就像父亲一样地关怀照顾着他,那些个闲言碎语当初也是不少,都是老队长在替他挡着。老队长要是还活着该多好,他就这样胡思乱想着睡着了,梦见老队长向他招手还鼓励他:"昌平你行,我说你行你就行,谁说也没用。"还是那副主意特正的样子,他说:"带着大伙往前奔,我在地下护着你。"

老队长的话让他在梦里都落了泪。

夜泪如珠啊!

十五　狠抓经济

这个小队长来得不易,当起来更加不容易。过去自己出主意当参谋有老队长做主,有事老队长担着,现在想着要自己做主自己拿主意。这方面他一点经验都没有,有些个事也不是太明白,看和干根本就是两回事。

他决定先去找老贫农吴井生讨个办法,摸个底。

老贫农在那个年代是一个没有冠名的官,像今天的顾问。这个人首先是要苦大仇深,威望极高,在当地有一定的社会影响,还要有正事,有正义感等。这是一个极受人尊敬的角色。大队有,小队有,学校、机关都有,有时他们还给学生、干部、社员们上课,当然讲的都是地主阶级如何压迫,如何剥削,如何狠,如何毒,这叫忆苦思甜不忘本。

老贫农几乎都没念过书,更不识字,所以有的在给学生讲课时闹出许多笑话。

平安县有个老贫农上台去给公社干部们讲忆苦思甜课,他坐在台上看着台下黑乎乎的人心早就慌了,他哪见过这个阵势,上过这个台面,一着急把会前公社秘书教的话都给忘了,于是就来个实话实说。他操着浓重的山东口音说:"我们过去扛活苦可是苦,累可是累,吃得可是好哪! 除了豆包就是年糕。"把台下的人笑个前仰后合。

吴井生在马家围子就是一个有正事、威望高的老贫农。

那天在会场实际是他一直在控制着局势,大队长马永太盛气凌人不可一世的样子也让他生气,但他心里只有一个念头,不能让大队把这个队长给撤了。这个大队长马老客是个什么人他也是最清楚不过的,他在台上颠三倒四其目的只有一个,就是不想让马昌平当这个队长。

他小声地嘱托民兵排长潘永德："看住栓子那几个小崽子，千万不能弄出别的事来，起起哄，镇镇场就行了。"

潘永德这个民兵排长在三队大伙也是看得上眼的，他心眼不多，也没那些花花肠子，但他心直人善，又五大三粗，谁敢和他动手脚那是找死。当初他就是大主意最得力的干将，大主意的话他是言听计从，对马昌平他也是既服又怜，所以老贫农有事也愿意跟他商量。

"保住马昌平当这个队长就算咱们赢。"这是老贫农百般告诉潘永德的话。

"明白。"潘永德给老贫农敬了个礼。

栓子他们要干啥得先看潘永德的眼色，他眼睛一瞪，栓子他们立马低头，所以会场才没有乱套。

马昌平坐在老贫农家的炕上，看老贫农一个劲儿地抽着旱烟袋，半天才出声，他往脚底跟磕了磕烟袋锅，慢条斯理地说："昌平啊！按理说你当这个队长岁数是小了点，你看栓子他们连个正经话都还不会讲，可你和他们不同，你有脑筋，有文化，有路子，有办法，只是没有经验，再就是这个地主成分捆着你。别怕，没有多大事，我看上边这两年对这个成分也不那么关心了，你抓住栓子他们几个，守住潘永德和妇女队长，你这个队长一定能当得稳当。你是我眼皮子底下长大的孩子，我看得清你是个什么样的年轻人，大主意的眼光不会错，别看他一天马大哈似的，他那心里有着数呢，要不这个队长他也当不了这么多年。家雀不尿尿，自有个水道道，大主意是个能人哪！也是个好人，可惜这好人不长寿。"

"这个人心都是肉长的，他看事不看人，这两年大伙过得是啥日子谁心里没有个数，你再看看其他生产队，那是天上地下呀！所以大伙才心这么齐。别担心，你就领着大伙干，有什么想不明白的推不动的地方你就来找我，我给你出头，大主意在的时候也总来找我，他胆子大，主意正，但他私心小，敢办事，还扛事，所以大伙才信他服他。老队长手把手地教了你这么长时间你可要学他的好别学他的坏毛病啊。马家围子这几个队长哪个不在我心里？都在我心里呢，大队长马老客咱就不说了，你说一队那个队长太奸，心眼太多不扛事；二队那个净整虚的、假的，一点实际的没有；四队那个人太软，太老实，耳根子又软，怕事怕人那能干成个啥呀！但他们都有一个特点就是听大队的，听马老客的，所以他们这个队长也一直当着。"

老贫农的话可谓语重心长，掏心掏肺。

老贫农的话越说越多，马昌平一直默默地听着。

"这说起来话就长了，我和你爹也是般对般的，在马家围子一起长大的，他虽是个地主，可跟其他地主不一样，你爹你妈都心眼好，不刻薄扛活的，所以落下好人缘。土地革命那会儿他也没受多大的屈。你妈人长得好，对外边的事不太管，大门不出二门不进的，我估计在你爹那她也从不计较家长里短。这上辈子的事和账也不该记在下辈子人身上，这些个话我在背后都跟大伙讲明白了。"

"昌平啊！这个队长你就放开手脚的当，记住一个理儿，那就是有钱能使鬼推磨，能让生产队里有钱，能让大伙分钱，你就是一个好队长，我这些倒不十分担心，我心里没有底的是那个大队长马老客，那天他闹了一鼻子灰，他不一定会这么心甘情愿结束，这个人坏心眼子多，当初要不是他盯上你姐，你爹也不一定临死临死着急忙慌地把她嫁给一个外县的瘸子当媳妇，好在后来听说你那个瘸子姐夫人还不错。我也正想和你商量一下，是不是给那个马老客送点东西什么的，堵一堵他的那张臭嘴，这个人成事不足败事可有余。"

听完了老贫农的话，马昌平坚决地说："事我听您的，但给他送礼的事不干，我宁愿不当这个小队长也不会给这种人送礼。"

这时老贫农的儿子栓子风风火火地跑了进来，他看见坐在炕上的马昌平兴奋地说："队长，我们这十几个小兄弟们商量过了，成立一个治安小队，专门保护你，二狗子说了，电影里叫忠义护国军，我们就叫忠义小队，潘排长是队长,你是总司令,谁敢对少帅不敬,我们就干他。"栓子说得气宇轩昂、义气冲天。

马昌平听了心头一热,他笑着跟栓子说:"可不能胡来,更不能犯法,咱这个生产小队也用不上什么保护,大家伙齐心合力就行了,马上又到下一年了,我现在想得是下一年我们三队怎么落实这个生产任务,种植计划怎才更合理,大家怎么才能多分点钱。"

马昌平的话让老贫农对这个年轻的小队长更放心了。他心里边说:"大主意你的眼光不错。"

1976 年的清明节这天,马家围子上空浮云淡淡,冷风习习。远远遥望西南乱坟岗子上空青烟缭绕,雾气漫漫。各家各户的坟前黄纸飞飘,杂草凌空,早早来到的布谷鸟叫声凄凉,坟地两边返青的杨柳树干也黑得格外显眼,南方归来的雁群也只飞不落,叫声连连,这是一种十分不正常的天象,屯子里会看阴阳八卦的老侯头说:"今年八成是要有什么大灾大难发生。"

上一年三队超额并且保质保量地完成了公社下达的各项任务和指标。今年的指标和任务与上一年又有增加,这是大队长马永太捣的鬼。所以马昌平把生产计划做了更大一些的调整。

上交国家的粮食任务必须保质保量地完成这个雷打不动,社员的口粮也必须保质保量留够这个也绝不动摇。他计算过库存和下一年的种子还有牛吃马喂三分之二的土地就够了,那三分之一全部用来种经济作物。

召开的队委会通过了他的决定。上一年三队社员的每个工分比大上一年高出了一块钱,马昌平说今年一定要突破一块五,现在在三队里,他说的话已经没有人怀疑了,这也是用一个又一个的事实证明了的。

马家围子大队选举之后,徐玉春回到公社把马家围子大队选举的情况向公社许书记做了汇报,公社书记听了既没说同意也没有说不同意,书记不表态,大家也就都睁一只眼闭一只眼地不去管了,这也是马昌平这个小队长能当得平安无事的原因。

马永太也来公社催问过几次,徐玉春都以"等等""正在研究"等话搪塞了过去。

"能完成上级下达的任务,让社员有饭吃、人心稳定又有钱花就是个好队长、好干部。"这是公社书记许长春在一次会上讲的。

武装部长徐玉春深有体会,也深刻理解。

马家围子三队就是保质保量地完成了上级下达的任务,社员既有饭吃又有钱花,许书记的话有可能指的就是马家围子三队。所以马永太再来找他,他干脆就来个避而不见。

时间长了马永太也泄了气,干瞪眼没办法,只自个坐在那里生闷气,心里边总想找个机会收拾收拾这个马昌平。

他在等机会。

事有凑巧,这时三队里发生了一件事算是又给了大队长马永太一个找茬生事的机会。

三年前三队有个赶车的老板叫李红生,三十七八岁年纪,家里有两个四五岁的孩子,那年夏天李红生赶车去北大甸子给生产队拉碱土,回来的路上几匹马被屯子里突然跑出来的一条大黄狗吓得惊了,四匹大马拉着一车重重的碱土没命地向前狂奔,李红生拼命地拉紧马的缰绳不松手。在一块土包前四匹马把车拖翻了,李红生被大车压在了车下面,救出来时还没送到医院就死了,扔下一个三十五六岁的媳妇和两个不懂事的孩子。

没了劳动力,虽然生产队对他家给了一些照顾,但这个没有了丈夫的媳妇带着两个不懂事的孩子日子过得还是非常艰难的。

这当口有一个安徽来倒中草药的老客在一次卖药时认识了李红生的媳妇,两个人一见钟情,就商量着如何能在一起做长久夫妻。安徽的那个老客提出了两个条件,要想和他结婚一要离开杨柳这地方,二是他不要这两个孩子。否则免谈。

李红生的媳妇回到家想了三天三夜,最后咬咬牙决定跟安徽这个老客私奔,临走前两个不懂事的孩子拉着妈妈的手哭着不让她离开,她含着泪哄两个孩子说:"听话,你们两个在家里等着,妈去供销社给你们买糖吃。"两个孩子信以为真,松开了母亲的手。李红生的媳妇这一去就再也没有回来,和等在外面的安徽老客逃走了,家中扔下了两个不懂事的孩子,哭天喊地地整天找妈,看得人直揪心。

队长大主意知道后派出一帮民兵到处去找,可哪里有个人影,没有办法两个孩子只好放在李红生的姐姐家由她们先养着,生产队负责口粮。

为了这事,李红生的姐姐也是受尽了她丈夫的气,眼泪也不知流了多少,但一想想死去的弟弟,再看看两个幼小的孩子,她把眼泪都咽进了肚子里,满腹的苦没处去诉说,只能忍着。

到了马昌平当小队长,他决定孩子上学等所有开支全部由生产队负责,孩子的大姑伺候两个孩子记工分,跟其他社员出工干活一样。他说:"大家要理解,李红生是因公死亡的,不要让他在地下寒心,让活着的人看了心冷。"

也是从此时开始,孩子的大姑也才不再为这事流眼泪,丈夫对她也才有了笑脸。

她也从心里感激队长马昌平。

问题还不在这里,问题是出在了那个安徽老客身上。有一天有人来报告马昌平,说在县里的一个旅店里看见了那个安徽老客和两个孩子的母亲在做中药买卖。

马昌平听了气从心起,恨向胆生,也没犹豫随口说道:"这个狠毒的女人真该死,那个安徽老客更该死,要是碰到他们非狠狠地揍他们一顿不可,再把那个恶妇抓回生产队养活她的两个孩子。"

这说者无意听者有心,他的话让老贫农的儿子栓子听到了。他二话没说悄悄地叫来柱子、二狗子一帮年轻人把事情经过一说,这些个年轻后生一听这种事都血往上涌,私自套上生产队的一辆大马车飞快地直奔县城,在一个叫东风旅社里找到了正在谈中药买卖的夫妻俩。栓子他们也都认识那个女人,也有人见过安徽老客,哪容分说,这顿胖揍,打得两个人直喊爹叫娘杀猪一般地嚎。

更为严重的是把安徽老客的一条腿给打断了。

旅店报了警,公安局把他们几个全都抓了起来,并通知了马家围子大队。

听到三队的社员在县里集体闹事被抓,又听说把人打断了腿,马永太幸灾乐祸地十分高兴,在那个年代这样的事实在是太少了,他觉得马昌平倒霉的时候到了。一是被打的人不会轻饶他们;二是上级正在严打,这件事一定会严肃处理;三是这么大的事这些人,而且是赶着生产队的大车去的,他这个生产队长自然难逃其责。

想到这里他决定再给这件事放把火浇点油,公安局长孟宪文跟他也算是老朋友了,这些年他家过冬的白菜、土豆、大葱,还有引火用的豆秸全是马家围子他这个大队长送去的。

打通了公安局孟局长的电话,那头的老局长原以为马永太会为这几个人说情,可令他没有想到的是,马永太告诉他,这几个小子是马家围子社会的不稳定因素,是干扰社会正常秩序的流氓,是几个经常在生产队寻衅滋事的害群之马,让他严肃处理。他还告诉老局长说这几个人的背后一定有人煽动支持,他们那个生产队的小队长就是当年那个大地主马金魁的儿子,这小子更不是个东西,他思想里总有一颗仇视咱社会主义制度的毒瘤在里面作怪,这个打人事件说不定就是他指使的。

老局长听得不耐烦了,他说:"我知道你是什么意思了,好狗护三邻,没想到你的态度完全超出了我的想象,不用说了,我们会依法处理的。"

放下电话后,马永太心里总感到别扭,这老孟头子今天的话是啥意思啊? 态度不冷不热的,这些年的东西白给他送了。这求人的事怎么这么难,要不为了有事找你,我才不给你送东送西的呢。

听到栓子他们出了事,马昌平浑身一下子出了一层冷汗,他后悔说了那几句气话,他知道栓子他们一定是听了他的话后才去找这两个人的,但事情已经出了,人也抓了,后悔也没有用,他赶快去找老贫农商量怎么办。

老贫农听了一拍大腿,直骂栓子他们鲁莽。

马昌平说:"这也都怪我,是我的气话害了他们。我现在马上去县里找人帮忙解决这件事,家的事交给您了。"

老贫农说:"我和你一起去吧,1958 年'大跃进'的时候老孟和我就睡在一铺炕上,我去求求他,兴许能行。他啥脾气我知道,他是吃软不吃硬,还有同情心,人挺正,讲交情。"

马昌平听老贫农这么一说觉得也好,那就把家交代给民兵排长他们,两个人一老一少地就搭着修河拉料的汽车去了县城。

这些汽车是大庆石油管理处的,他们正准备修一条引水的大河,备料的车每天都从屯子里经过,跟这里的老百姓关系处得非常好,搭乘他们的车来回进城是马家围子人的常事。

马家围子一帮社员大闹东风旅社,把两个正在一起嫖娼的男女打断了腿,这件事越传越玄乎,整个县城都传开了。下午刚上班沈佳慧就听说了,一听马家围子她的心就一激灵,马家围子现在对她来说那就是她的天,她马上给在东南街派出所的叔辈哥哥沈佳奇打电话问问到底是怎么一回事,因为东风旅社就在东南街归他们管。

巧了,去处理这件事的民警当中就有沈佳奇。沈佳奇也是县磷肥厂厂长沈为国的大儿子。

沈佳慧问他这几个打人的是几队的知道不,当沈佳奇告诉她是三队的时候,她急得在屋里直跺脚,她想:"这么多人,还这么大的事,又都是三队的社员,一定会牵连到马昌平。"她也顾不上上班,走到外面骑上自己的自行车直奔公安局。

在县公安局,当民警把事情的来龙去脉和打人的经过向老局长汇报后,他的脸拉得老长,在公安局全体民警见了他就像是耗子见了猫一样,这个老局长资格老，脾气暴，人正直，嘴黑心软，他跟民警说话时常常是先骂一句再说话，气来了再踢上两脚。但整个公安局没有一个人不尊重他的。

害怕本身其实就是一种尊敬的表现。

当老贫农出现在他门口时，老局长高兴地从椅子上跳了起来：“哎呀！我的老伙计，十几年不见你可老多了。”然后上前热情地握住了老贫农吴井生的一双长满老茧的手。

这时办案民警敲门进来，准备向他汇报案情。

“你没看见屋里有人咋的？等会能死人哪？”老局长这样数落敲门的民警。

民警说：“死是死不了，不过这几个人还关在办公室，总得您老发话怎么个处理法。”民警其实也不是那么怕他，他们心里知道老局长是啥脾气，反正他是爹一样的岁数，骂就骂几句吧，他人心也不坏。他还有个脾气护犊子，他的手下他骂行，别人不行。谁有事他都护着、挡着，这也是大家尊敬他的另外一个原因。

“老伙计，我知道你为啥事来的，也行，你也跟着一起听听吧。”

于是，他们就一起听完了办案民警的汇报。

老局长拉着脸，皱着眉，噘着嘴，这是他的习惯，思考了半天后说：“这两个人实际是该揍，可这几个小兔崽子们打两下出出气也就行了，腿打折了这不是伤害吗？先关拘留所去，关几天再说。”老局长这样下着命令。

办案民警向他敬了一个礼退了出去。

整个过程老贫农和马昌平都听到了，他们也感到了事情的严重性。

“老伙计，”这时老局长说话了，“你不说我也知道你为啥事来，我不是不看过去的交情，也不是不开面，这法呀它有它开不了面的一面。不过这事也算是事出有因，情有可原，从心里面我还觉得这几个孩子挺有正义感和同情心的。我给你出一个主意，去做受害人的工作，如果受害人那边不追究，不上找，我就好处理了，你看这样行吗老伙计？”

老贫农他们听了老局长的话觉得合情合理,他握住老局长的手说:"这就感激不过了,我替几个孩子先谢谢你。"

老局长非要留他们吃饭,但他们哪有这个心思,回绝后急匆匆地出了公安局。

在公安局的门口,他们也和急忙忙赶来的沈佳慧碰了个正着。

沈佳慧一见马昌平,情不自禁地抓住了他的手,眼泪也跟着往下流。为了马昌平她也不知流了多少泪,都快成林黛玉了。弄得老贫农直咳喘,转过头不去看他们。在马家围子三队全队的人都知道他们队长城里有个女朋友,今天老贫农也是亲眼所见。"这丫头人长得真俊儿,说话动静也好听。"他在心里头这样说。

马昌平简单地把事情的经过跟沈佳慧做了一个说明。沈佳慧马上说:"走,我和你们一起去县医院做做那个当事人的工作,必要时我还可以去找我哥沈佳奇帮忙。"

他们一起来到了县医院。在医院里见了老贫农和马昌平,李红生媳妇也是无地自容,她一个劲儿地哭,说:"那时候这也真是没办法了,要是咱生产队早点像今天这样我也不会走到这一步,我也是天天想我的孩子啊!"

"大嫂,"马昌平说:"现在也不用说这些,这些话以后有的是时间说,今天来主要是解决人关着的事,这事还得你出面,我们都不认识这个安徽人,你要还记得咱马家围子,记得还住在马家围子的两个孩子,就去说服这个人不要追究栓子他们,那样也算你还有点良心,今后你还有可能有脸见见你的两个儿子,见见马家围子的父老乡亲。"

李红生的媳妇一口答应下来说:"放心吧,他要是不答应我就不跟他走了。"

他们就等在走廊里,不一会李红生的媳妇出来了,她说:"他答应了。"

沈佳慧说:"口说无凭,我马上让我大哥来写个协议,防止他以后反悔。"

沈佳奇来到后当场做了个和解协议,安徽人的药费由三队几个当事人全部负责,因为事出有因,安徽人不再追究当事人任何责任,由公安局处理无异议。

这个安徽老客也算是有一点良知,他也知道自己的所作所为有违人常。

当他们离开医院时,李红生的媳妇是哭得鼻涕一把泪一把,对生产队能那样对待她的两个孩子表示千恩万谢。

栓子他们几个被关了七天的拘留,包赔了安徽人住院的医药费,七天后回到了马家围子。

这件事算是平息了,后来马昌平才知道,在几个人被民警拘留前,栓子告诉二狗子和柱子几个人:"就是天塌下来咱也不能说出昌平来,谁要说了,我回来第一个先用刀子捅了他。"

再后来,李红生的两个孩子都长大了,一个当兵去云南边境当了缉毒警察,在一次追捕毒贩时光荣牺牲了,很壮烈。他的弟弟当了公社学校的老师,一直到退休。这个孩子一直到死都拒绝再见他的亲生母亲,他的母亲后来也被那个安徽老客抛弃,过得十分不好,回来找过两个孩子,被拒绝后就再没有了消息,估计早就死在外面了。但对于大姑,两个孩子都视为亲母,这令人十分欣慰。

这件事情之后,马昌平深深地感到自己还不够成熟,他买了几本有关法律的书,每天学习,他还规定,三队社员每个星期天的下午学习两个小时法律法规。

当然,栓子他们包赔安徽老客的那些个医药费他也在一次生产队算大账时报销了。他说:"今后不能让他们再犯法,但也不能让他们太寒心,有事就大伙一起担着,这也是集体的优越性。"

此时马家围子三队社员的心是齐的。

人心齐是非少,人心散是非多。

这是规律。

十六　老榆树下

春种已经结束,头遍地还没有铲,这个时候生产队是比较清闲的,一些社员没有活干,副队长就安排他们去铲草皮子,堆在一起拌上牛羊马粪也叫积肥造肥。

人多地少已显现出来。这个时候马昌平在想如何才能解决这些剩余劳动力的问题呢?

考虑过后,他决定带一部分人出去包活干,既能挣钱又能解决剩余劳动力,事实证明,人越多大家越攀比,越散漫,事越多。

他把生产队的劳动力按强壮程度、活的轻重、年龄构成等因素分成了几个生产小组,由民兵排长、老贫农、妇女队长和大老板分别带着去完成各自的分工任务。抽调出 40 个年轻力壮的社员由他带着外出包活干。

第一小组是民兵排长专门负责大田的生产,保证完成上级的公粮任务。

第二小组是老贫农专门负责完成秋季进城的白菜、大葱、土豆的供应计划。

第三小组是妇女队长这一组,负责种子挑选、积肥造肥。

第四小组是大老板,除保证磷肥厂外运的车辆外还要保证一年的各种用车调配。

最后是副队长负责全生产队里里外外的沟通与协调,上传下达上级的各项指标任务。

大庆石油管理处正在进行一项引水工程的前期小型工程施工。马昌平跑了不下十次,终于感动了管理处的领导,同意把江口引水工程的十华里河道引流挖掘工程交给他们。

合同签完以后,马昌平布置完生产队的事,背着行李带着他的四十名子弟一路奔波来到了嫩江江口,这里离马家围子有七八百里地。

这是他和他的社员们第一次离家这么远。

工程开工到完工大约需要三个月的时间,他们的窝棚就扎在了工地的旁边。这是一片开阔的大草原,鸟飞花艳十分美丽,只有蚊子咬得他们晚上睡不着觉,他们想了一个办法,每个晚上一个窝棚里专用一个人值班用艾蒿熏蚊子,这个办法十分有效。

累了一天大家睡得很香。

工程完工后,生产队可以一下子进账六万块,这在当时是一个非常可观的数字,这四十个人每天除去每人八毛钱伙食费外,生产队每人每天补助他们一块钱。

大伙干劲儿十足,活很累,工期又紧,马昌平每天跟着大伙一起干。栓子他们不让他动手,让他动嘴指挥就行,但马昌平不同意,他说:"工程期限太紧,多一个人干就早一天完工,我光棍儿一个,你们可都是有媳妇的人,早点回去也早点见到媳妇。"这句话也算说到了大伙的心里,他们不怕累,怕的是夜里想媳妇。二狗子说:"能把媳妇带来就好了。"

这些个人都在四十岁左右,正值人生旺年,几个月不回家想媳妇也是正常的事,谁不来谁不知道。

马昌平了解他们的心,他开了个会跟大家商量说:"谁忍不住可以放天假回去一趟,解决完问题再回来。"

栓子骂道:"谁他妈忍不了,谁就是活王八。"

结果一个回去的也没有。

工程结束前,马昌平去工程指挥部的所在地齐齐哈尔市结算工程款,办完了事,他找了半天才找到齐齐哈尔市的百货大楼,在大楼里他用自己的补助费给沈佳慧挑选了一条红色的纱巾。

这条纱巾很好看,但也用去了他三分之一的补助费,他心里很高兴,他想:"还从来没给她买过什么,希望这条纱巾她能喜欢。"他把它藏在了怀里,他不想让栓子他们看到。

马家围子的九月是三队各种蔬菜成熟的季节,丰收的各种蔬菜被大马车拉着源源不断地运送到城里,这些菜又进了各家各户,也给三队社员带来了收入。

这一天,三队的老榆树下站满了三队的男男女女、老老少少,他们说着笑着盼望着,因为这一天他们出外包活挣钱的亲人们就要回家来了。

他们等着,盼着,翘首向远处遥望着。

"来了,来了,他们回来了。"不知是谁先叫了一声,大伙顺势看去,远远的一辆大汽车屁股后面冒着一股子白烟正从远处向马家围子风驰电掣地驶来。

人群顿时欢呼起来,大汽车鸣叫着刺耳的喇叭向人群召唤,咔的一声停在老榆树下,车后又扬起一股烟尘。

人群呼啦一下子拥上前去,孩子拉着爹的手,媳妇拿着丈夫的东西高高兴兴说说笑笑地回家去了。

正是应了那句话新婚不如小别,久盼不如见面。

大汽车开走了,这是马昌平在完工后向工程指挥部提出的一个条件,免费送人。

现在,老榆树下只剩下了他孤单单的一个人,看着欢天喜地离去的人们他高兴,可看看自己他也有那么一点点的酸楚,摸摸胸口处那条红色的纱巾还在,这是他的安慰,他想,此时此刻要是沈佳慧在就好了。

他自己都笑了,这不是痴心妄想吗?举头望一眼远处的田野,大地一派生机盎然,丰收在望。

奇迹就在此时出现了,老榆树一人多粗的背后一个亭亭玉立的身影犹如天仙一般地闪现出来。沈佳慧正微笑着看着他,她的脸上布满了灿烂的红霞。

他简直不敢相信自己的眼睛,可能自己这是想多了,出现了幻觉,用劲儿地揉揉眼,掐一下脸,很疼,这不是幻觉是真实的存在。

他日思夜梦的沈佳慧就活生生地站在他面前。

"佳慧,真的是你吗?"他激动地叫着,手里的行李卷掉落在地上。

她向他扑过来紧紧地抱住他,无限柔情地跟他说:"是我,我在这里等你多时了。"

两个人在这九月的秋阳里,在这棵苍老的榆树下紧紧地拥抱着,拥抱着……

不知过了多久,马昌平突然想起了什么,他轻轻地推开沈佳慧从怀里掏出那条红色的纱巾搭在她的脖子上,他问她:"喜欢吗? 给你的。"

"喜欢,当然喜欢。"她高兴地跳起来原地转了一个圈,那条纱巾就像是一道雨后彩虹迎风飘起来,非常鲜艳非常美丽。

沈佳慧怎么会突然出现在这里呢?

来马家围子看一看是沈佳慧一个非常大的心愿。在她的脑子里在她的梦里她无数次勾画着想象着马家围子会是个什么样的地方。在她的心里那地方一定十分秀丽,人杰地灵,要不然怎么会出现一个马昌平这样的人呢? 感谢上天在她的人生里把他送到她面前。

马昌平带人去嫩江江口包工程她是知道的,她就计算着他们可能完工的时间。

她决定要在他们完工前几天去一趟马家围子。

同事陈姨的儿子在松江地委水利设计队工作,设计队在工作上与大庆石油管理处指挥部是有联系的,通过陈姨的儿子沈佳慧了解到了马昌平他们完工的具体时间,所以一天前她就来到了马家围子,她就是要给马昌平一个惊喜。

坐上了头班开往马家围子的大客车,沈佳慧眼望窗外心如走兔,她盼着大客车能快点到马家围子,但这辆破旧的大客车却是走走停停,像一个爬山的老人。在通往马家围子那条坑坑坎坎的土路上走得十分艰难缓慢。

昨天下班前,她跟单位领导请了七天的事假,又跟母亲说去农村一个同学家小住几天,她这个谎撒得心里一点也不踏实,但来马家围子是她早就决定了的,不来她吃不香睡不好。

车终于在中午前停在了那棵老榆树下面，没有几个人下车，而下车的人中也许只有她没有具体的目标，这来的是不是唐突了点，她这样问自己。

站在老榆树下，遥望四周，到处是无尽的庄稼地，绿油油的庄稼地像一块无边的绿色海洋，一阵阵风吹来它们摇动着，起伏着，犹如一条大海中行进的航船，在庄稼和杨树丛中一个偌大的村庄就坐落在这绿色中间，一排排灰色的土坯平房参差不齐的向一侧伸展，中间一条灰白色的土路从屯子中间穿出去，不知去了何方。炊烟在房顶上袅袅升起，扶摇弥散在天空的风里，牛的哞声，马的嘶鸣，偶尔的一两声公鸡鸣叫告诉她，这就是农村，这里就是马家围子。爱屋及乌，她觉得这里原来这样的美，美的如同仙境一般。

总不能站在这里，背着一个背包，她姗姗地向屯子里走，脚下的路坑坑洼洼的让她的半高跟鞋有时直硌她的脚。

马昌平不在家，她选择了在他回来之前这个时候提前来到自有她的打算，可这满屯子人中她又认识谁去找谁呢？

她突然想起了那个曾经给她还自行车的大个子，马昌平说过他是队里的民兵排长。

就去找他。沈佳慧这样决定。

一路走来后面竟跟了几个小孩子，他们一会跑在前面，一会又在后面，叽叽喳喳地不知道说些个啥。有的手里还拿着东西边走边吃，有的光着一个小屁股，浑身是泥巴。

她觉得好笑又新鲜，长这么大她还是第一次来这么远的农村，这些农村里长大的孩子小时候可能都这样，马昌平也应该是，他们像电影里的儿童团，不过她不是鬼子，她自己想着便在心里头笑。

孩子们很友好，他们告诉她说他们知道三队的队部，于是她就跟着这群孩子来到了三队的队部前，那是马家围子最大的院落，也是马家围子的由来和历史。

当她站在民兵排长潘永德面前时，潘永德懵了。他在县教委门口见过她，替马昌平还了她的自行车，他也知道这几年三队的大车拉脚、蔬菜销售都是她帮的忙,她是三队的大贵人哪,可她今天怎么就来了呢?

我的老天爷呀!潘永德揉搓着两只大手不停地往身上蹭泥,他不敢上前去跟她握手,他的手因为干活太脏了,他傻笑着半天才说:"你是沈姑娘吧,你这是打哪来?昌平知道不?"

"你是民兵排长大哥吧?"沈佳慧笑着说:"我听昌平说过你,我来也没有告诉他,我是坐客车来的,我想先去昌平的家里看看。"

"哎呀!原来是这么回事,"他摸了一下头想了一下说:"这样,昌平走时把家门钥匙交给了我,我让妇女队长陪你去,不远,就在屯子东头。"

妇女队长被找来了,她们都知道队长城里有个对象,今天一见让妇女队长吃了一惊,"哟,哟,哟,妈呀!这不是七仙女下凡吗?"她上下边打量沈佳慧边称赞道。"昌平真有福气,找了个这么好看的女朋友!你可真漂亮。"

妇女队长非常愿意完成这项任务,她是一个手脚轻快,说话干脆利落的中年妇女,泼辣大方在马家围子是出了名的,她为人热情友善,一副热心肠,所以才当得了这个妇女队长。

她拿着民兵排长给她的钥匙带着沈佳慧快步的往屯子东头走,沈佳慧都有点跟不上她,也是在这时她也才有机会去仔细看看这位妇女队长。

她中等的个,短发下是一张被太阳晒黑的圆脸,眉毛很浓,眼睛不大但炯炯有神,鼻子嘴巴搭配得十分匀称,身材十分丰满。人不算漂亮,但十分受看,沈佳慧一下子就对她有了好感。她想:"原来农村的妇女队长是这样的。"

进了小院子,打开了马昌平家的房门,她们两个都走了进去,多日不开门窗,屋里十分闷热,一股潮霉的气味扑面而来。

"我是来对了,"她想,这屋子昌平回来怎么住呢?

"昌平就一个人,屋子这样也算是不错了,跑腿子窝棚都这样。"妇女队长在屋地转了一圈向沈佳慧解释说。

沈佳慧点点头,把身后的背包放在炕上,她先去开了炕上的窗户又拿起了地上的笤帚,妇女主任看呆了。"她这是要干活呀!这细皮嫩肉的干得了吗?"她想。

"我要把屋子收拾干净,昌平回来好进屋。"沈佳慧边说边开始干活,这种事她在家可从来没有干过。

妇女队长明白了,她这是不想走了。

"那就咱俩一起收拾吧。你不用动在炕上坐着,城里姑娘都娇气,这点活对于我来讲那就是一盘小菜。"妇女主任说着去抢她手里的笤帚。

"大姐,"沈佳慧没有把笤帚给她,她说:"那你就去打盆水来,咱们好好收拾收拾吧。"

"好嘞!"妇女队长说着小跑着去外面打水去了。

沈佳慧站在屋地中央环视了一下马昌平的家,妇女队长说得对,她想,这就是一个跑腿子的窝棚,外面一口锅,里面一铺炕,炕上一床被,屋地两个半截子粮食口袋。

她有点心酸,抿了下薄薄的嘴唇开始干活。院里院外屋里屋外地收拾了个干干净净后,沈佳慧说:"大姐,能带我去打个电话吗?"

妇女队长说:"没问题,我带你去大队部。"

听说要去大队部,沈佳慧才想起来早知去大队部来时给看屋的山东老头带点烟来好了,电话里答应人家好几回了,哎,下次一定带烟来。

沈佳慧的电话是给县里东南街派出所二叔家大哥沈佳奇打的。电话里他告诉大哥她的同学家里急需一些东西,她让他想办法找台车明天给送到马家围子来。

民警找台车还不容易,第二天上午沈佳奇就按照沈佳慧电话里要的东西一车全拉了过来。

桌子、凳子、锅碗瓢盆一样不少,放好后再看,马昌平的家已经是焕然一新,今非昔比。

妇女队长啧啧称奇,心里说:"这马昌平上辈子一定是牛郎托生的,他可是真有福气。"

昨天晚上沈佳慧就住在了妇女队长的家,两个人在一铺炕上差不多说了一宿,她告诉了他们的恋爱全部经过。

弄得妇女队长一宿没睡好,她没恋过爱。"原来恋爱是这么回事,"她想,"真让人羡慕。"

民兵排长告诉生产队放羊的羊倌,挑只肥羊杀了送到妇女队长家,好好招待一下咱三队的队长夫人,她也是咱三队最尊贵的客人,是咱三队的大功臣。

回来后,马昌平给外出包工程回来的社员们放了三天假,也给自己放了三天。这三天他一直陪着沈佳慧,白天他带着她去看一块块的菜地,一片片的庄稼,去看大草原,还带她去了自家的祖坟烧了纸钱,阴历的九月十五要到了。晚上他再把她送到妇女队长家住下。

几天很快就过去了,相欢日短。马昌平依依不舍地送别沈佳慧,临走时他问她。

"我们这里好吗?"他问。

"好,太好了。"她回答他。

"哪里最好?"他又问她。

她沉思了一下,展开眉头说:"最神奇最虚幻的地方就是你们家的祖坟,像花园一样。要是有一天我死了,你千万别忘了把我埋葬在那里,那里是仙境。"

"不要胡说,"他说:"你才多大,一朵花蕾正在含苞。"

"哎!"她搂住他的脖子亲了一下说:"多鲜艳的花也有枯萎的时候,我喜欢马家围子,喜欢你,我死了一定埋在你家的祖坟地。"

马昌平说:"那你就得先给我生一堆孩子,然后你也就成了老祖宗。"

"哈,哈,哈。"他们幸福的笑声惊飞了树上的野鸟。

十七　县里告状

马永太这个大队长当得越来越不顺心。首先这大队里的四个小队，一个富得不得了，三个穷的不得了。这越富的越平稳，这越穷的越闹腾，好像他们穷都是他这个大队长弄的似的。过去大家都穷，谁也不攀谁，都适应了，这冷不丁出了一个富的把个人心折腾得毛了，都是那个马昌平，一个地主狗崽子。过去穷点多好！人不怕穷怕的是有穷有富，不公平。第二个是他这个大队长想换一个小队长都没有换成，他感到特没面子，这在群众中的威信也一下子降了一大截。

再有就是他上供送礼十多年的公安局老孟头更是一点面子也没给他，"什么东西，"他心里头骂他，"你拿人家东西时咋笑嘻嘻的呢？求那么点破事都不给办，要是把马昌平和那几个小子狠狠收拾一下子，也找回点面子解解恨，心里多少也平衡一些。"

这些年这个大队长当的他心中有了一种体会，这老百姓就是一群乌合之众，一盘散沙子，一副面团子，你不要给他脸，给脸肯定上鼻子，这人他不能惯，越惯越来劲。

要想当稳这个官主要还得靠住上边的人，俗话说："厨房有人好吃饭，朝廷有人好做官。"只要领导高兴这老百姓他上不了天。

这是马永太的为官之道，这些年他让四个生产小队轮流拿东西去给上边送礼，只有三队姜大主意不听他这一套，很少给他面子，他又拿他没办法，后来干脆他也不往三队分派东西了，但有一点上级下来的各种任务三队也比其他生产队摊派得多，这也是他给姜大主意点颜色看看。他跟其他几个队长背后讲："听我马老客的没亏吃，不听的拐弯抹角也能找上你，这叫权力。"

姜大主意也知道这些气得他直骂娘,可这种上级派下来的任务他抗拒不了,只能干吃这哑巴亏。

得罪了老百姓顶多挨他们几句骂,得罪了当官的乌纱帽戴不长,这是他多年总结的为官经验。

最让他犯愁的是家里那个病病歪歪的老婆让他心烦得不得了,马家围子他马老客最英雄,可娶了这么一个媳妇来家,真是应了那句古话:"好汉无好妻,赖汉守花枝。"那马翠兰如花似玉把他馋得嘴里直流口水,一夜间飞了,嫁给了一个瘸子,你说气人不气人。

哎!这一天没好事,这几年是怎么了呢?

还有那个包队的公社武装部长也不分个里外拐,回公社也不知他妈怎么汇报的,这公社对马家围子的事是不管不问的,一定是徐玉春也没给他添什么好盐,加什么好醋。

我还真就不信了,明摆着地主阶级要篡权,资产阶级要复辟,为什么不对他们实行无产阶级专政?这红色政权,红色江山难道会掌握在一个地主份子手里没人管?

他决定去县委找,这公社是没指望了,那个许长春也当了五六年公社书记,是个老油子,对这样的事不会真抓实干,要不早有头了。

让出纳给他准备了些钱和粮票,坐着大客车他进了城。

哼!他站在街上看一看,这些年哪家馆子没吃过,哪个旅店没睡过,进县大院那也是常事。他是谁,他是马家围子的马老客呀!

门卫认识他是马家围子的大队长,冲他笑一笑,扬手放行。

马永太进了县大院的办公平房直奔已经是县委书记的沈为民办公室,这条道他熟。

对于马家围子,县委书记沈为民是有特殊感情的,1958年人民公社那会儿他包过队,1966年"文化大革命"刚开始,他也在那下过乡,同去的还有现在公安局的老局长孟宪文。

接待过无数群众上访,都是社员告干部,下级告上级。接待上级告下级他还是第一回,他总觉得这事有点别扭。

倒上热水让了座,他想跟这个马家围子的大队长好好聊一聊。

"一晃十多年没去过马家围子了,那些个老人有些大概已经不在了,你在那里当了几年的大队长了?"沈为民问马永太。

"快九年了,"他说:"我见您在我们那里包过队,可能您早忘了。"

"是啊!"他说:"这整天忙得昏头涨脑的,你那时又没在大队上,印象不深。"

"我那时在甸子上看草很少回屯子里,所以领导看不到我。"马永太说。

"怪不得,"沈为民话锋一转问他:"怎么样你们那还好吧?那个老贫农吴井生身体怎么样?"

"还可以,老吴头体格不错。"他说。

"老百姓的收入呢?收入怎么样?过去可是很穷。"沈为民又问他。

"过去是过去,现在是现在,领导,这也是我今天来向您汇报的真正原因。"马永太一脸无奈受屈的表情说:"我们那有个生产队在队长的带领下搞起了资本主义,大挖社会主义墙脚,我跟公社汇报多少回了,没有人管,我才跑到县里来找您的。"

"这么严重?"沈为民听着皱了皱眉头,拿起了桌子上的笔和本准备记录。

"有个地主的儿子当上了小队长。"他说。

"几队?"他问。

"三队。"他回答。

"地主的儿子,"沈为民重复了一句,"是那个大地主马金魁的儿子?"他想了起来又问他。

"正是他。"他兴奋起来,从椅子上站起来。

"他多大呀?"他示意他坐下问他。

"狗大个年纪,才二十一二吧,别看小,这小子可人小胆不小,不知道怎么着把三队社员迷惑了,非让他当这个队长不行。"马永太万分焦急十分生气地说,"我拿都拿不掉。"

"哦!"沈为民感了兴趣,"非让他当? 他有什么能耐? 怎么个非让他当法?"

"选哪! 一百六七十号人全选他,他自个还不选自个,你说这不是颠倒黑白吗?"马永太一脸苦相。他说:"他有什么能耐,在县里念几年书,毕了业回生产队就当个小队会计,给那个姜大主意也没出好道,你说这个死鬼还真听他的。"

"大主意死了?"沈为民收起脸上的笑容问他。

"死快两年了,临死前还下了什么遗嘱,告诉社员要选这小子当队长。"

"哦!"沈为民像是在回忆什么,"姜大主意这个人我认识,胆大,主意正。"他自言自语地说。

"你说他临死也不留个好念想,出了这么个馊主意,这三队社员也真听他的话,非选他当队长不可。"马永太来了气一仰身子靠在了椅子上,用力过大把椅子靠得吱吱响。

"去年三队一个工分分了多少钱?"沈为民问马永太。

"哎!"马永太叹了口气,"去年一个工分分了一块多。"

"别的队呢?"沈为民又问他。

"一、二队不到一毛,四队二毛左右。"他说的声音很小,好像怕被别人听见似的。

"三队为什么这么高? 靠什么? 他们地多吗?"沈为民把身子探向前一点,很认真地问他。

"多是不多,他们种经济作物哇! 大车出去拉脚,那个马昌平还亲自带人出去包工程挖大河。"马永太气得不行,而且越说越来气。

"那上级下达的各项的任务呢？他们不完成？"沈为民用不相信的眼光看着马永太。

"那他们不敢,任务倒是全完成了。"马永太咽了口吐沫说,他总有一种感觉,觉得自己说的这些话自己心里头老没底。

沈为民不再问了,他只是点点头。

沉默半天才说了句："这个人还真是有点能耐。"

"啥能耐呀？这不就是搞资本主义那一套吗？不就是走资本主义道路吗？"马永太声音放大了,又觉得不妥马上又低下声来说："净挖社会主义墙脚,妄图复辟资本主义,典型金钱至上的资本主义歪风邪气。"

"那你这个大队长为什么不行使你的权力？为什么不制止呢？"

"哎!"马永太长叹了一声说："怎么不制止啊,可这老百姓心齐得整不了,挡不住。"

"是啊!"沈为民也叹了口气说："这老百姓的心可够齐的。"

"都是钱闹腾的,过去大家都穷多好!谁也不攀谁,谁也不怪谁,好管又听话。"马永太并没有注意到他说这些话时沈为民狠狠地瞪了他一眼。

他对这个大队长的话显然不认可。

"那是穷怕了,"他说："穷和苦也不是我们社会主义的目的,我们的目的是最终实现共产主义社会,共产主义是按需分配,也是过上好日子。"

"这样吧,"他不想再听下去,沈为民最后说："你今天反映的事情很重要,你回去以后准备一份材料,过几天县里派一个调研组到你们那里,好好调查研究下你们那里的情况,你看好不好？"

马永太连声说："好!"起身准备告辞。

沈为民又叫住他问："这个情况过去你没跟你们公社反映过吗？他们什么态度？"

马永太叹了一声,晃了晃脑袋说："能不反映吗？反映多少回了,哪有什么态度,没态度,睁一只眼闭一只眼地往后拖。"

"哦!"沈为民点了点头说:"我知道了,欢迎你下次再来呀!"

"也欢迎您再去我们马家围子。"马永太边走边向沈为民招手。

"见到老贫农吴井生给我问个好!"沈为民送他出来在门口说:"就说老沈没有忘记他,有时间欢迎他到县里来。"

"一定,一定。"马永太心里矛盾重重地出了县委大院,不知为什么心里边有点堵。

送走了马家围子这个告状的大队长,沈为民也陷入了深深的思考之中,老百姓的心为什么这么齐,那是因为他们尝到了甜头,看到了好处,我们要知道他们心里想的是什么,需要的是什么就好了? 可这当前的政策往往与老百姓的想法不一样。

听说现在中央关于农村的问题也在讨论,在争论,邓小平的意见好像和其他领导的意见也不一样,他现在出来主持工作了,这农村的政策有可能有变化,这是他在省里开会听到的小道消息。

有时这些小道消息是很准确的,它从另一个角度和侧面反映社会的真相与事实。

渠道不清,来源不明,但它有时确实非常准确,是猜测期盼又与真实相结合的产物。

沈为民决定不下结论,不做定性,只做调查与研究,在调查与研究中等待。

等待什么? 他自己也说不清楚。

他认为今天这个马家围子大队长所反映的情况应该是真实的,他说的应该是真话,也是他自己心里的话,但却从另一方面反映出一个问题,正确与否先不去管它,先派一个调查组进驻东方红公社马家围子进行调查,然后再说。他要看看那个二十几岁的小队长到底有多大的胆子,多大的本事,马家围子大地主马金魁的儿子到底能成哪路神妖。在他心里他不能不承认,这个青年具有一定的智慧和思想,反而这个大队长心术有问题。

沈为民做梦也不会知道,此时此刻他的宝贝女儿沈佳慧正和这个被告的小队长在一起。

调查组很快就组成了,组长由县委办主任李晓东担任,副组长由农工部副部长王国才担任,下面又抽调了五个有经验又有文字基础的干部随行。另外,沈为民还要求东方红公社也随派三名干部一起进驻马家围子。

好大一个队伍,他们呼呼啦啦地来到了马家围子,专门调查三队现象。吃住轮流在各家各户,大队干部被告知只负责领路找人不许说话,不许发表意见。

工作组的人也是只调查不发表任何言论。一时间,马家围子上空紧张的气氛让三队社员喘不过气来。

而大队长马永太却暗暗高兴,心里说:"马昌平看你这回怎么过了这一关。"

三队社员们都为他们的队长捏把汗,心都悬着。

马昌平却说:"是福不是祸,是祸躲不过,该井死河里死不了。"

社员们都知道这一定是马永太捣的鬼,背后都在骂他不得好死,不干好事。

马昌平也做了最坏的打算,他嘱咐民兵排长潘永德一旦有事就由他一人承担,不要牵连任何人,尤其是帮助过他们生产队的那些人,所有的事都往他一个人身上推。"如果我出了事,这个队长你一定要接过去,大伙不能没有个领头的。"他说。

马永太在背后也没闲着,他让大队民兵连长等人在后面煽风点火,鼓动社员揭发检举马昌平走资本主义道路,挖社会主义墙脚,破坏社会主义制度等。

他的行为让工作组很反感,被李晓东一顿批评后立即停止了。

李晓东说:"是对是错我们自会调查清楚,给党,给人民,给县委也给马家围子社员一个交代,这个结论不是由你下的,你的这种做法是错误的行为,是绝对不允许的。如果你再这样我将把这些上报县委。"马永太吓得不敢再出声。

半个月的调查结束了,材料纸足有半尺厚。

带着这些材料工作组回到了县委,时间是 1976 年的 9 月 1 日。

马永太则在焦急地等待着工作组的结论。

然而,九天后,一个晴天霹雳在祖国的上空炸响,伟大领袖和导师毛泽东主席因病不幸辞世,全国人民霎时沉浸在无比的悲痛之中。

一时间,大江南北,黄河上下,举国哀悼。

十八　无事生非

毛主席病逝于 1976 年的 9 月 9 日,他的追悼会定于 9 月 18 日召开,这个日子全国统一。

杨柳县的追悼会场确定在马昌平的母校第二中学的广场上,马家围子被确定的参加人数为五百人。

马家围子离县城准确的距离是 106 华里,全大队的马车、牛车全部出动也只能装载 300 多人,剩余的 200 人决定步行。步行的人大体需要六个多小时左右才能到达会场,所以各生产小队决定妇女和 45 岁以上的社员坐车,其余人全部步行。

马家围子通往县城的这条土路上,从早晨太阳升起到太阳落山,几乎全是车、马、人,追悼会结束回来时有的半夜才到家。但是,大家怀着对伟大领袖的感情,没有一人抱怨,一路上只有哭声。

1976 年这一年一系列的突发事件连连发生,1 月 8 日周恩来总理逝世,7 月 6 日朱德委员长逝世,到 9 月 9 日毛泽东主席逝世,还有 7 月 28 日的唐山大地震,马家围子春天里出现的奇异天象应验了。这个时候谁还有工夫和精力去关心马家围子三队的事。

这期间马永太也多次去县里询问,都被一张张严肃的脸打了回来。

李晓东说:“回去等吧,现在都什么时候了,你们那点破事算什么,不要来了,领导没工夫。”

马永太碰了一鼻子灰,也泄了气。

这一年,马昌平仍然带着他的小队按照他年初确定的计划春种秋收。

马家围子的人们仍然过着他们自己平淡的日子。

1976 年的阴历大年三十是 1977 年 2 月 17 日。

全大队四个生产小队在年终算完大账分红时炸开了锅。

一队每个工分三毛七。

二队每个工分二毛五。

三队每个工分三块七毛六。

四队每个工分五毛九。

三队的库存余粮比其他三个生产小队的总和还要多,账有资金十二万伍仟陆佰叁拾陆块叁。

其他三个小队全部为零。

炸窝的不是三队而是另外三个小队的社员和家属,他们这下算是明白了,同在一个大队的领导下,同住在一个屯子里,同时春种秋收,同在一块土地上劳作,这巨大的差距到底出现在什么地方? 到底是为什么?

算来找去,结果只有一个,是人的问题。

于是成群结队的人去公社,去大队,去问小队长。这个年不过了,没法过,社员们说:"这回非弄出个子午寅丑来不可。"

他们要求换队长,队长们坦诚地说:"换了我也没用,谁上来都这样,除非马昌平当这个队长,那又怎么可能呢? 他是三队队长啊! 三队的社员打死也不能干哪!"

一队队长说:"那为什么大伙不让他当大队长呢?"

这句话像一瓢凉水倒进了开水锅,炸了。

三个队长一串连说:"我们几个确实不行,只有让马昌平当大队长,我们才能过上三队的日子。"

马家围子的这个正月那真是热闹非凡,家家户户东联西串,大家只为一个事,要马昌平来当大队长。

这个消息大队长马永太岂能不知,他是又气又恨又没办法,他听说这正月初七县里一上班全大队成千的人就要去公社和县里上访,要求撤掉马老客换上马昌平。这是大队民兵连长胡金发报告给他的坏消息。

"那你为什么不去劝他们？马昌平是地主分子，是剥削阶级，是狗崽子。"马永太气急败坏地质问民兵连长。

"我劝了，他们不听，他们说要过上好日子只有马老客下台，什么地主富农的，谁让我们过上好日子我们就拥护谁。"胡金发哭丧个脸跟他这么解释。

"马昌平，我看看你怎么当这个大队长，我马老客还没死，还轮不到你，我不信了你个地主狗崽子能灭了我马永太。"马永太嘴上这么骂心里却没有底，这三队选小队长的情况他是领教过的，这人心一齐谁也难整。

初五了，眼看着到了县里上班的日子，社员们越串联越厉害，他是一点招都没有。每年过年串门看他的人也不来了，连年年不差事的大队会计都没来，看来真要来个墙倒众人推。"这些个势利小人。"他心里骂道。

可又有什么办法？马永太只能借酒消愁，一瓶子二锅头下了肚，酒烧的他头昏脑涨，浑身燥热，一股怨火冲上心头，酒往上涌胆子也大了。他踉踉跄跄地直奔屯子东头的马昌平家，边走嘴里不干不净地骂着："马昌平，小犊子，小崽子，你不让我好过，你也别想过这消停年。"

今年三队的收入高与他们包干的水利工程有直接的关系，水利工程净收入六万元，按全队三百四十户计算，每户纯收入两千来块，两千块在那个时候可是一笔不小的收入。

这个年，三队社员过得更开心热闹，但是全大队其他三个小队都在串联要马昌平当大队长，三队的社员心里头发毛了，他们害怕马昌平离开三队。所以初五这天栓子、二狗子、柱子、大福子一帮十几个年轻人一起来到了马昌平家，他们拎着酒和花生米，柱子还拎了两个老母鸡，他们一边是要跟马昌平说这个当大队长的事，一边也想陪他过这个年。一个人太孤单，他们心里不忍。

年轻人到了一起谈天说地海阔天空，这酒也就喝没了边，酒瓶子扔了一屋地，人也醉得不行，东倒西歪地躺在炕上，地下哪都是，吐得，扔得乱七八糟。

这时候马永太骂骂咧咧地来到了马昌平家。

进屋来一见炕上地下这些东倒西歪的人他更加气不打一处来,迷迷糊糊中他认为这些个人都是串联上访告他的。

"你们这些玩意没有一个好东西,想让老子下台,让给那个地主狗崽子,门也没有,我马老客敢在马家围子号称老客,我怕过谁呀。"边说边骂边用脚去踢躺在地上的二狗子,嘴里又骂道:"你们这些个帮虎吃食的狗东西,没一个好玩意。"

这当口去外边吐了一阵子的大福子正好吐完回来,一见马永太用脚踢二狗子,酒劲儿又上来了,气也来了,也忘了他是大队长了,端起锅台上的一盆子脏水从头就给马永太泼了下来,这盆水早就冻凉了,从头到脚这一浇把马永太一下子浇懵了,他浑身一激灵随即身体向后倒下,人也昏了过去。

这可吓坏了众人,一下子炕上的地下的人全都醒了。

马昌平这时正好去了老队长姜大主意家。过年了,他买了点东西去看看屯子里没了大主意的老婶子。他从不喝酒,看到这些个兄弟们一个个喝成了这样,索性由他们闹去,反正过年了,生产队放假。

过年不就是图个团圆热闹吗?

栓子明白的最早,他马上抱起马永太掐他的人中穴,众人也张罗着快往大队卫生所送。

大福子这会吓得傻了,站在那里动不了地方。

大队赤脚医生张井和给马永太一顿清洗,又扎了一顿银针,总算把他弄醒了,大伙这才松了一口气。

本来也没有什么大事,马永太不过是喝多了酒被凉水一激一时昏了过去,银针一扎酒也醒了不少。可他还是马家围子的大队长啊!这帮小子这样对待他,他如何咽下这口气,再说面子也过不去。正好也想借此机会整整马昌平,事情毕竟是在他家发生的,他这也算是蓄谋迫害大队干部。

马永太虽被送回了家,可第二天就住进了公社卫生院,他的家人连同几个亲属一起去公社大院先是一顿大闹接着又去公安局报案,案情是三队小队长地主分子马昌平,春节期间大搞串联,勾结一些流氓地痞谋害大队长,他家就是窝点,他们正蓄意大搞变天活动,妄图推翻马家围子现任政权,他仇视社会主义制度,大挖社会主义墙脚等说得有鼻子有眼有材料。

这还得了,公社新任书记李国庆听后大怒,他命令武装部长徐玉春、公安特派员李长发马上组织基干民兵去马家围子调查取证,如果情况属实马上逮捕这些人,并通知副书记黄国胜马上去县里把这里的情况向县委详细汇报。

一场政治风波正席卷马家围子。

十九 穷则思变

马永太的这种小题大做、虚张声势的做法是经了高人指点的,这个人就是他的叔丈人秦永海,这个人以前是马家围子小学的校长。平日里素有小诸葛之称,是亲三分向,过去他也没少给马永太出主意。

他说:"你这个大队长现在是岌岌可危,江山不保,这是机会,正好把水搅浑,乘乱丢车保帅,丢面子保位子。"

马永太觉得有道理,所以前面的一切才发生了。马家围子一队队长汪宪春也是一个头脑灵活的人,这次串联就是他倡导的,马永太的做法他算是看明白了,于是他找来一队的老贫农秦永吉商量对策。

秦永吉说:"马永太这是在以乱压众、浑水摸鱼,让上访的人消停,他是想借这次机会保住他大队长的宝座,我看你们几个队长马上去联合大伙,也来一个以毒攻毒,来个大上访,人越多越好,人越多领导越重视,越乱越能把事整清楚,要不马昌平这孩子悬了,他就是有八张嘴也说不清楚,只有这个办法能帮他说明问题。"

几个队长到一起一合计觉得一队老贫农说得有道理,他们对马永太早就不认账了,他当这个大队长这些年没给马家围子办过什么好事,除了下派任务、催任务他还干了什么?

真是一呼百应,干柴遇烈火,于是马家围子七百多人的上访队伍浩浩荡荡地来到了县委大院,把大院堵个水泄不通,连民警都出动疏导交通了。

这是新中国成立以来杨柳县出现的一次最大规模的上访,人数之多创了历史纪录。

县委领导高度重视,县委书记沈为民亲自接见上访代表,当然他出面也是上访群众强烈要求的。

按照县委办的要求,上访人中选出五名有代表性的人到县委会议室和县委领导见面。这五个选出的人是三个队长和两个老贫农。

杨柳县的县委大院都是红砖平房没有楼,但布局很讲究,按照各部门各职能分工分成了一栋一栋的分列式,两米高的红砖围墙把五万多平方米的大院子围了起来,周围是杨柳相间的树,树已多年,高大且枝繁叶茂,远远看过去像一座绿色的城堡。大院里有一栋高顶大礼堂,这是全县召开各种大会的会场。今天接待他们上访的地方是县里的小会议室,在大礼堂前面一栋平房的西面,这栋平房也是县里主要领导办公的地方。

小会议室布置得很讲究,中间一条长方桌,上面铺着猩红色的毛线毯,桌上有个麦克风,两边后面是两排黑色的椅子,每排椅子前面的桌子上都有一个带盖的白色茶杯,在椅子的后面还有两排淡红色的木椅是给参加会议的一般人员准备的。

杨柳县的大事研究决定一般都在这个小会议室里进行。所以有人戏称,大会议室研究小事,小会议室研究大事。

一队老贫农秦永吉一见沈为民非常高兴,上前握住他的手高声叫道:"老沈,还认识我不?五八年你在马家围子我陪你去草甸子打过兔子,你枪打的贼准,三枪打了两个。"

沈为民仔细看了一眼,一下子也认出了他,握着秦永吉的手说:"是你呀!老秦大哥,看看头发都白了,那时候你跑得比跟咱们领去的那条大黑狗还快。"

两个老熟人说完都哈哈的大笑起来。会议室里的气氛一下子活跃了很多。

人熟说话也自然了。沈为民借机问老贫农:"老伙计,什么要紧的事让大伙这么齐心呀!马家围子离这可一百多里地,一下子来了这么多人,得走几个小时啊!有啥事你来找我不就行了。"

"哎！这就像一堆干柴火,早就堆那了,打雷都能点着了,大伙要来是想告诉领导这个事关系到每一家每一户,我一个人来怕领导不信哪！你说不让谁来呀?"秦永吉坐了下来接过秘书送过来的水杯说。

沈为民点了点头,拿出一支烟递给他,老贫农摇摇头,"不抽了,戒了好几年了。"沈为民笑着点头自己点上了一支烟抽了一口说:"这烟我算是戒不了了,"然后问他:"老伙计,你比三队那个老贫农吴井生小两岁吧?"

"哪有,我俩同岁,他生日大,现在他可行了,三队富得流了油,不像我们这几个小队穷得快尿裤子了。"老贫农秦永吉长叹了一口气抱怨说。

"哦！说说,怎么回事,一个大队里怎么贫富差距这么大。"沈为民又抽了一口烟问他。

"老沈,大伙就是为了这事来的,也是老朋友了,那我就代表他们几个说说大伙来的目的吧!"

"你们看这样行不行?"老贫农转头问一起来的人。几个人都点头赞成说:"行！就你为总代表,发言人。"

"好!"沈为民这时掐灭了烟,拉了一下椅子,凑近他们说:"我真要好好听听,"转头对身后的办公室主任李晓东说,"李主任你到院子的广场上告诉干部和民警们维持好秩序,给来的社员们准备点开水,天气冷,大伙又走了这么远的路肯定渴了。"

李晓东答应一声出去了。

"来,老伙计咱们这回好好地聊一聊,这一晃也有十多年没见了。"沈为民凑近了秦永吉。

"哎！也是没有办法,事前大家也商量过了,一下子去县里这么多人,领导见了一定会生气,所以来之前我们都商量好了,来了不许吵闹,不许乱扔东西,靠边走让开路,咱这是正常反映情况,也是诉求,咱得遵纪守法。所以你看老沈,这么多人一个乱套的也没有。"秦永吉说沈为民听,他只点头不插话,让他把话说完。在老贫农秦永吉说的过程中,沈为民也一下子想到了自己家昨天晚上的事。

昨天是正月初十,也是妻子陈红静的生日。他早早地回了家,多少年来这个日子他是记得牢牢的,沈为民的今天也是因为他有个好妻子。当年妻子为了他放弃了许多东西,这人不管后来怎样都不能忘了当初,忘记了本心。

如今妻子过生日也与从前大不相同了,自己的两个弟弟、侄男外女、儿子女儿一大家子聚在一起过,热闹又有气氛。

两桌子饭菜都齐备好了,做菜的是他的二弟媳,她是县食品公司的会计,她的饭菜做得最好,每年都是她下厨房。

刚开学的儿子沈佳志也特地从学校赶了回来给妈妈过生日。

但是今年缺了少了一个人,每年他张罗的最欢,他就是侄子沈佳奇,他工作在西南街派出所,昨天被公安局抽去马家围子调查一起打人闹事并含有一定政治背景的事件。

吃饭前他和弟弟沈为国坐在沙发上抽烟聊天。弟弟问他:"听佳奇说,马家围子出了一起地主分子带人闹事的事件,还有什么变天账,把大队的大队长都打得住进了医院,还要夺权?"

沈为民抽了一口烟说:"报是这么报告的,昨天东方红公社来了个副书记当面跟程主任他们汇报的,血乎连拉的,说得有鼻子有眼,这和上次调查组的调查结果完全不一样,我并不太相信,所以让公安局老孟他们和东方红公社一起去调查了。"

"啥时候了,能有这种事?"沈为国说。

"等佳奇他们回来就知道了,我见过那个大队长,对他一点好印象都没有,我感觉这人说话太玄,不太靠谱。倒是那个被他告状的小队长,听起来有点意思。"沈为民说。

"你见过这个人?"弟弟沈为国问。

"见过,上段时间来县里找过我。"沈为民回答,"告他的一个小队长。"

正在织毛衣的沈佳慧这时放下了手里正织的毛衣凑过来问父亲："爸，你刚才跟我二叔说出事的地方儿是马家围子？"

"去织你的毛衣吧，这边没你的事。"沈为民说。

"爸，"沈佳慧这会又走过来搬住了父亲的肩头坐在了他的大腿上撒娇地说："人家也是国家干部，这也是关心国家大事，问问怎么了？"

另一个沙发上的二叔沈为国见侄女这样子忍不住地笑了，他突然想起了什么，皱起眉头来问沈佳慧："哎，我说宝贝大侄女，上次你领去找我的那个小伙子不就是什么马家围子的吗？他们那些个活还干得不错，我听管生产的老王说，下年还准备用他们的大车运肥呢。"

沈为民这时听了马上抬头去问坐在腿上的女儿："什么？马家围子你有认识人？"

"同学，我的同学在那里，帮他们找点活，为社会主义添砖加瓦，怎么了？"沈佳慧抱住了父亲的脖子说。

"以后少跟他们牵扯，那个地方麻烦事挺多。"沈为民告诫女儿说。

"爸，我想问问刚才你跟二叔说什么马家围子地主分子变天什么的？"

"别瞎打听了，快一边织你的毛衣去。"沈为民推开了女儿的手。

"佳慧，去打个电话给我们家你大哥，他这时候正在马家围子调查呢，问问他不就什么都知道了。"二叔沈为国告诉她。

一句话提醒了沈佳慧，她马上松开父亲去里屋打电话，她的心里慌乱极了，他老兄弟两个哪里能知道这其中的奥秘。

电话好一会儿才打通，也是好半天才找到了在那里工作的沈佳奇。

"大哥！那里到底发生了什么？谁打人了？快告诉我，真有什么变天的账？"沈佳慧说这话时嘴都在哆嗦，她绝不相信马昌平会干出这种事，可她又怎么放得下这颗牵挂的心呢？"这马家围子怎么这么多的事啊！"她想。

"佳慧，我这不太方便说话，但我告诉你，这里没什么大事，材料里说的百分之九十都不属实，纯属捏造。"说完放下了电话。那边的沈佳奇放下了电话也想起了一件事,九月份妹妹沈佳慧让他找车往马家围子送过东西,现在想想一定有原因,什么原因他也没工夫去细想。

听了沈佳奇的话,沈佳慧的心放了下来,自己连他都不相信还能相信谁呢?她是相信他的,他一定不会干那种蠢事。

女儿的表情让沈为民感到不安,她为什么那么关心马家围子,为什么对这件事这么紧张,难道……

他懂女儿心,但不懂她们做的事。

他更害怕她像她母亲的当年。

人就是这样,希自己不希望别人。

总认为自己是对的,别人是错的。

这就是人性的自私。

站在一边的哥哥沈佳志一直在偷偷地笑,全家只有他最明白事情的始末,他明白小妹一定是恋爱了,一定是爱上那个地主儿子马昌平了。

但他既不反对也不支持。

因为他是了解那个人的。

沈为民从短暂的回忆中拉回思绪,继续听老贫农秦永青讲。

"老沈哪!"秦永吉很激动,他的一双满是青筋的手都在抖,他说:"说来咱这马家围子也是你的老点了,五八年、五九年你都在那蹲点,咱那里草多地多人厚诚,可这些年还是个原地不动踏步走,家家户户穷得吃了上顿没下顿,全大队老光棍小光棍快有一百个了,啥原因呢?过去大家谁也没去细想,反正都穷,都这样,天塌大家死,过河有堾子。可这两年三队的变化算是让大伙看明白了,这是可以不穷的,你去看看三队,那是生产队有余粮,家家有存钱,小媳妇大姑娘小伙子那是个个油光锃亮。你再看看这几个小队,还是灰土吧唧的一脸糠菜相。这事它不怕说,它怕比呀!你说说这同在一块地上刨食吃,人家咋富得那个样呢?这叫人心里画不过这个魂,抹不过这个弯呀!"

说到这里老贫农不说了,瞪着一双布满血丝的眼看着沈为民,像是在等着他能给他一个回答。

"那你们弄明白没有,到底是咋回事?"沈为民问老贫农。

"人哪!"老贫农说:"还是人的事,三队有个大主意当队长,可他当了十多年也差不多,就是社员跟着吃点偏饭,这大主意临死做了件好事给三队,让那个年轻小伙子马昌平当了队长,这问题就在这,三队能有今天是因为有个马昌平当队长啊!"

"是啊!这小子太能了。"一队队长跟着说。

"有正事。"二队队长说。

"为大伙着想,没私心。"四队队长说。

沈为民这下听明白了,他们是在夸三队这个小队长。

可他也没忘了,大队长马永太来告的也是这个小队长。

"那大家来县里什么意思呢?这惊天动地的。"沈为民问他们。

"让他当我们的大队长,马家围子既然出了这么个能人,也别让三队独吞了。他爹的坟也是和马家围子所有死去的人都埋在一个乱坟岗子里的,占的也是马家围子的土地。"四队老贫农胡永田这样说。

沈为民这下就更明白了,这才是这次大上访的重心。

"我听说他可是地主马金魁的儿子。"沈为民又问他们。

"那倒是。"秦永吉说:"马金魁也死了好几年了,老沈你也知道,那马金魁虽说是个大地主,可他也是个仁义的地主,就是解放前他对哪个人也没下过黑手,使过黑招,坑过哪个扛活的。"

"我还听说这个人才二十几岁。"沈为民接着问。

"这有志不在年高,无志空活百岁。"四队队长抢着说,"他还是全县的中考状元呢!这孩子才仁义呢,干啥可有招了。"

"听说他有变天账,还纠集一伙子不法之徒打了大队干部?还要夺大队的政权?"沈为民又问。

"哪有那八成的信儿。"二队队长接过了话,"这纯粹是编的,造的,我听说是马永太喝多了去找人家马昌平干仗出气,人家还没在家,让三队林大老板子的儿子林大福子泼了一脑袋凉水,他就躺地下赖上了。"

"他这是整的阴招,他想借这个机会保住他的大队长位子。"二队队长又说。"他知道大伙要让他下台,他整的这出戏是他那个叔丈人小诸葛出的,肯定是,他净给他出坏主意。"

"哦!"沈为民越听越明白了。

那个秦永海他也知道,马家围子的老学究,当过小学校长。

"老沈哪!"秦永吉看着沈为民沉思的表情觉得还应该再攻一步。他说:"今天我们也跟领导把话挑明了说,我们这次上访就一个目的,撤了现在的大队长马永太,换马昌平当我们大队的大队长。老沈,我替马家围子老少爷们求求你,你也看在马家围子跟你的老感情上帮帮忙,你现在是咱的县太爷,马家围子的百家饭你可是都吃过的呀!"秦永吉开始翻小肠了。

沈为民也被秦永吉的话说激动了,他对马家围子也真是有感情的,可他现在是杨柳县的一把手,不是过去的那个包队干部了。

他沉思了一下,长出了一口气说:"那个马永太跟马昌平比真差得那么多?大伙真就那么相信这个小青年?"

"天上地下,没法比。"一队队长说,"我们真相信这小子。"

"你说那个马永太他也没个正事,就知道催任务,喝烧酒找娘儿们。"二队队长说。

"他是马怀青的二儿子。马怀青你忘了?那个专打黄皮子的浪荡公子,他爹马长德就是个败家子。他能当上这个大队长全靠溜须拍马,还有他那张能说会道的嘴。原先他是吃了东家喝西家,要不咋叫马老客呢?"秦永吉跟沈为民这样说马永太。

"三队社员呢?今天上访的人有三队的吗?你们上访那个马昌平知不知道,他什么态度?"沈为民问到了焦点处。

"三队一个也没来,他们是怕马昌平离开三队。"一队队长说。

"要是我是三队社员我也不会来。"二队队长说。

"天地良心,我们来县里这孩子可是一点也不知道,那孩子仁义又理智,又有头脑,不打诳语,不说大话,见了大人小孩都是一副笑脸,听三队的民兵排长说三队虽然这么有钱,他来城里办事还去住车站,从来没住过旅店去过饭馆,一分钱掰成两半花,所以三队才有今天,社员大人孩子个个服。"这是四队老贫农说的,他这也是第一次开口说话。

"假如让他当上这个大队长他能同意吗?"沈为民继续问,他边问边在本子上记录着。

"这个不敢说,也没问过他。"秦永吉说。

"他靠什么让三队富起来的?"沈为民再问。

"科学种田哪!完成任务种经济作物哇,大车拉脚哇,年轻力壮的出去包工程干哪!"一队队长说,"三队人心也齐,干活也不偷懒,因为干了不白干,和给自家个干一样。"

"有人说这是资本主义复辟,是挖社会主义墙脚,你们怎么看?"沈为民把这个尖锐的问题踢给了他们回答。

几个人你看看我,我看看你,谁也不敢先回答,半天后还是老贫农秦永吉说话了。他动了一下身子,舔了一下干裂的下唇说:"老沈,我也说不明白这资本主义、社会主义什么墙脚的,你也知道我这大字摞一起也不认得几个,可我琢磨着这啥主义也得过好日子不是?毛主席当年带领咱们打江山,推翻地主阶级也是让咱们能过上好日子,这保证了公粮上交,又能挣到钱怎么是资本主义,我不太明白。资本主义是个啥主义,不是就让咱受穷吧,这种的菜都让城里的职工干部们吃了,这也没啥错呀!这车拉脚也是解决一些工厂、企事业没有车呀!这包工程不也是为了建设社会主义添砖加瓦吗?怎么是挖了社会主义墙脚了呢?老沈,现在大伙都不明白别的事,就知道把日子过好了,让孩子们能上起学,大人有病能看起,小子别打光棍,这其他的大伙能明白个啥?我们也不想太明白,我们现在就明白马昌平当大队长我们能有好日子过。"

老贫农秦永吉的话让沈为民点头不止。他边记录边思考,这些个普通善良的老农,其实在说一个深奥的道理,那就是社会主义到底是什么主义。

该说的也说的差不多了,马家围子离县里一百多里地,这么多的人一路上也是有危险的。沈为民不想让他们多逗留。

他戴上钢笔的帽,看了一眼五个坐在那里翘首等着他发话的人,说:"大家的心思我都听明白了,但我现在还不能马上答复大家的要求和问题,工作组以前调查过,现在还在调查。大家给我十天时间,十天后我一定给大家一个答复,现在你们都回去,这么多的人,这么远的路,我担心哪!"

他的话让几个人听了心里很热乎,秦永吉第一个站起身说:"好,老沈,那我们回去等着,我们相信你,你还是当年那个老沈。"

就这样,马家围子一行人又浩浩荡荡地掉头回了马家围子。

正在调查的工作组也完成了调查任务于当晚返回了公社。

这场风波也暂告平息。

时间到了1978年的春天,对内改革、对外开放的风已从北京悄悄地吹遍全国,尤其是领导层面通过各种渠道都以得信知悉。

杨柳县委的常委会扩大到了所有的副处以上领导,包括两次去调查马家围子事件的两个调查组成员。这也是杨柳县有记录以来最大的一次扩大会议。

会议从早晨八点开到了晚上八点还没有一个头绪,烟雾笼罩着小会议室的屋里屋外。有人出去开门时,人未出来,烟雾争先恐后地涌了出去。

会议的议题就一个,研究落实东方红公社马家围子的上访诉求问题,东方红公社的所有党委成员全部按要求列席参加。

先是第一小组汇报上一次的调查情况;然后是第二小组汇报;接下来是东方红公社汇报自己对整个事件的看法,不要求拿结论只谈看法;再接下来是副处以上领导谈看法;再然后是每个常委谈自己的个人意见。

常委会一般都这么开。

真是众说纷纭,表述不一,这期间作为一把手的沈为民是一言不发,只听并做记录。

都汇报完了,所有人都回避一个问题,马家围子三队的做法算不算是资本主义,马昌平能不能当这个大队长。

沈为民说话了,他点的人是东方红公社党委书记李国庆,他是去年县里从农工部副部长中派下去接替老书记许长春的,许长春已调回县广播科任科长。

"李国庆,事情出在你们公社,你们党委对这个问题首先要有个明确的态度,我听的不是什么'可能''有可能'和'也可能'这样的圆滑说辞。我要的是态度,是你们公社党委对马家围子的明确表态。"沈为民将的这个军让他这个下属顿时出了一脑袋汗。

李国庆三十九岁,大学文化,是全县年轻有为重点培养的干部之一。他中等身材,细眉长眼,一副精明强干的外表,事实也如此。他是一个有头脑、有思维但又处事十分谨慎的人。他绕圈不表态是看不清拿不准,从心里他十分欣赏这个小队长,可他身上的诸多因素又让他望而生畏。所以他在汇报中使用了"可能""也可能""有可能"等能收能放的词来为自己迂回并留余地。现在一把手这么叫他的板,他只有进路没有退路。

他也学着沈为民点起了一支烟,狠狠地吸一口像下了很大决心似的掐灭了烟头说:"各位领导,首先给大家再道个歉,我们东方红给各位领导添麻烦了。关于马家围子三队的问题我们公社也是多次研究过的,说真的很纠结,很犹豫,很难下结论,但现在领导要我们表态我们也不能回避这个问题。

马家围子是我们公社最大的生产大队,人多地多,这两年麻烦事也多。过去都穷没事,现在出了一个三队富了,麻烦也就来了。我个人认为富的本身没有错,我们的所有努力不就是为了让老百姓富裕吗?我们在反复调查中也没有发现他们有违法乱纪的现象,他们年年都按时、保质保量甚至超额完成上级交给的公粮、生猪、鸡鸭鹅等任务。他们是在首先保证这些后才进行其他创收和经济生产的,三队的社员全年没有违法行为和乱纪现象发生,至于水泼大队长这件事刚才公安局的孟局长也汇报过了,也是事出有因,三队社员的富恰恰说明了一个问题,富裕才能安定,富裕才得人心,富裕才能提高人的素质,小队富大队才能富,大队富公社才能富,公社富县里才富,都富了才能国富民强,所以我认为富裕的本身没有错。"

"现在马家围子老百姓要求撤掉原来的大队长换马昌平当大队长。关于马昌平的身份我也是清楚的,一个非常优秀的学生,也有一个地主成分的身份,我看这样行不行?先让他当这个大队长顺应了民心,再让这个大队加上一个老贫农进大队班子进行监督,行则继续使用,不行则马上由老贫农接管,这也叫监督使用,用其所长,避其所短,也让广大人民和县里放心。"

东方红公社终于有了一个明确的态度,这个态度对于沈为民来说还算满意。

争论研究了一整天,已是晚上九点了,现在会场上一片沉静,大家都把目光聚向了一把手坐在会议桌一头的沈为民身上。

沈为民按灭了手中的烟,他轻轻地笑了一声,声音略带嘶哑。他说:"咱们这个扩大会开了一整天了,各路都发表了各自的看法和见解,马家围子的问题其实不是个小问题,它说明了一个大问题,一个方向性的大问题,一个关乎老百姓利益和我们社会主义制度的问题,我可以说那些个社员他们并不一定明白这个问题到底实质是什么?他们也没有去往这方面想,但是他们做了,这就是所谓的理论与实践的区别,把他们结合起来问题就清楚了。"

"我们要阶级斗争,更要社会主义制度,我们要打倒剥削阶级更要无产阶级政权,原来的大队长马永太穷苦出身,根红苗正无可厚非,这个马昌平地主成分,但他也生在新社会长在红旗下,马克思主义列宁主义毛泽东思想教育了他。铁都可以在烈火中溶化,何况一个人。所以我个人认为他还是可以加以使用的,我同意东方红公社李国庆书记的意见,监督下使用,在使用中察其行,观其动,要让他们加强理论学习,深化思想改造,我看这件事的具体操作就交给东方红他们,属地管理嘛,你们也是一级党委。如果大家没有其他意见,我看散会,顺便说一句,大家今天辛苦了。"

会议散后,人们各自回家。

沈为民也回了家,可他睡不着,躺在床上一支接一支地吸着烟,他在等妻子陈红静上床,有事情跟她商量。

半辈子的夫妻了,陈红静知道丈夫这是有事要跟她说,她脱去了外衣马上换上一身睡衣,躺在了他身边。

"什么事让你这么心事重重的?"她问丈夫。

沈为民闭了一会眼睛并没有急着回答妻子的问话,而是把头向上仰一下靠在床头上之后说:"咱家小慧可能恋爱了,你有没有觉得她有什么地方不对头?"沈为民问妻子。

"有,上次咱不是让她小姑跟她谈过一次吗?丽娟说是农村的一个男孩子在追她,所以她很烦恼。"陈红静说。

"我看不像,农村可能,谁追谁不一定。"沈为民抽了一口烟说。

"咱家小慧会追别人?听你的意思人家还不愿意似的?"陈红静不相信似的用眼看着抽烟的丈夫,一脸不相信的表情。

"事情也没有那么简单。"沈为民熄灭了烟,把烟头摁在床头茶几的烟灰缸里。

"可能这个人太复杂,小慧的眼光不低,这方面我不怀疑,问题是在另一个地方。"他说的陈红静雾里看花似的。

"哎呀!"她推了一下丈夫说:"你就明说了吧,别拐弯抹角的。"

他长出了一口气问妻子:"有段时间小慧是不是请假去了农村?"他问她。

"是啊! 去年的事,她说去一个农村同学家。"她回答。

"她有可能去了马家围子。"沈为民肯定地说。

"马家围子?"她皱起柳叶眉说:"那咱可没亲属,也许就是她那的同学也说不定。"

"是啊! 你还记得你过生日那天为国说的小慧跟着一个马家围子的人去找过他,为他们生产队大车拉脚的事,我估计应该就是这个人。"沈为民若有所思地说。

"什么人? 这是个什么人?"陈红静追问他。

"我也说不好,人应该相当优秀,家庭相当糟糕。"他说。

"优秀在哪里? 糟糕在哪里?"她不解地问。

"精明强干,年轻有为,聪明绝顶,有胆有识,极具号召力,难得的一个人才。"他转头看着妻子说。

"那糟糕的地方呢?"灯光下,她焦急地看着丈夫的脸。

"地主的儿子,四类分子成分。"他说得十分干脆。

"啊!"陈红静惊叫了一声,又说不出话来。

"她们是怎么认识的?"半天她才醒过神来问丈夫。

"应该是同学,这个人佳志也可能认识。"他说。

"马家围子闹事与他有关?"陈红静这时突然想起了什么,是他指使的?她睁大一双杏核眼盯着丈夫。

"不是,是社员们自发的,但是为了他。"他咽了一口唾沫说。

"那又是为了什么?"她又问。

"他现在是小队长,大伙要让他当大队长。"他说。

"他真那么有能耐?上几天街里那么多人上访把路都堵死了,我还以为怎么了呢,原来是这么一回事。"陈红静躺在了丈夫身边长舒了一口气,"这人再好,一个地主成分可不行,下辈子都受牵连,这上大学不行,当兵不行,参加工作也不行,这什么都不行怎么能行?"

沈为民没有再说什么,他又点起了一支烟。

"哎呀!别抽了,想想怎么办吧?"她翻身抢下了丈夫手中刚刚拿起的烟。

"怎么办?当初你爹妈那么拦着你不也是没拦住吗?我看她在这一点上像了你了。"沈为民看着妻子说她。

"我那时候跟现在可不一样,"她说:"你又不是地主成分。"

"可我是右派的儿子,和地主的儿子也没什么大的差别。"他说。

"这可不行,我们是我们,她们是她们,时代也不一样了。"她生起气来,躲进被里开始不出声。

"不行能怎么办?"他问她。

"明天我就跟她说,必须要撇清这种关系,离他远点,找什么样的没有,非要找这样的人,怪不得对上大学一点兴趣都没有,原来是这样。"陈红静嘟嘟囔囔地跟丈夫说。

"说了会有用吗?"丈夫说:"弄不好还会适得其反,我们都是过来人了,这个时候年轻人的心是铁打的,明知火坑她也会跳下去,并且,这个人吸引她也是正常的。我没法说他不优秀,只能说他太优秀了,她没有错,错在不是时候,是社会形势。"他像是自言自语又像是对她说。

"他真有这么好?"她问他。

他点点头。

"你刚才说佳志可能知道,他为什么一句也没说起过。"陈红静又追问丈夫。

"因为他也认为他优秀。"丈夫说。所以他不做选择。

"不行,再好也不行,这嫁了一个这样成分的人一辈子就完了,说什么也不行。明天我非找她不可,我生的女儿我说了算。"她说完拉灭了床灯。

沈为民也没有再说什么,不过他在想,"你生的女儿你真能说了算吗?"他带着这个问题苦笑着进入了梦乡。

陈红静可没有真睡着,她的心里七上八下的。

冬月初八是女儿的生日,她准备在这一天好好给女儿过个生日,也好好劝劝她。女儿是母亲的心头肉,女儿是母亲的贴身小棉袄啊!她不能看着女儿往火坑里边跳。

二十　女儿生日

冬月初八这天轻雪飘飘,大地一片白色,凛冽的寒风刮得电线杆子上的电线呜呜作响,屋外的气温在零下25度左右。

还没下班沈佳慧就接到了母亲打来的电话,让她中午早点回家,母亲要给她过生日。

沈佳慧当然很高兴,她放下了手里的工作,离下班还差一个小时就提前离开了单位,她要去商店里给母亲买个礼物,常言说:"儿的生日,母的苦日。"她深知这一点。

省城里读书的哥哥沈佳志也打了电话给她,让她去买礼物给母亲并说算他一份,并祝妹妹生日快乐,给她的礼物在春节回家时一并送上。这让沈佳慧更高兴,唯一遗憾的是马昌平不在她身边,现在他已是马家围子大队的大队长,二十二岁,这在杨柳县乃至整个松江地区也可能是最年轻的大队长,她为他感到自豪和骄傲,爱的火焰燃烧得更盛,现在她完全沉浸在爱的喜悦当中。

父爱、母爱、兄爱、他的爱交融在一起,沈佳慧感到自己现在是这个世界上最幸福的人。在街上的百货一商店她挑了好半天,为母亲选了一件粉红色的毛衣,虽然花去了她半个月的工资,可她高兴,对这件毛衣她很满意,又转了一会儿,在一个柜台前,她相中了一副男手套,这一回一次买了两副,一副给马昌平,一副给哥哥沈佳志。从小到大,这个哥哥都是她的保护神,有一次她被邻居的一个男孩子推到了,哥哥疯了一般地冲上前,把那个比他还高一头的男孩子打得鼻子出了血,当然他也被人家打破了头,但为了保护这个妹妹他毫不退缩,直到那个男孩子跑开为止,这一幕让她终生难忘。

天下的事情都一样，只有不孝的儿女，没有狠心的爹娘，一双父母可以含辛茹苦地养大十个孩子，十个孩子未必能养老一对爹娘，儿女们给父母的连父母给儿女的十分之一也没有。

沈佳慧高高兴兴地回到家来，她冻得两颊发红，摘下手套还直搓着手，又用两只搓热了的手去捂自己的两个耳朵。

"这外面真冷，还是家好。"她边说边去闻、看母亲已经摆上桌的好吃的。她发现桌子的中间还有一盒小蛋糕，母亲可真细心，让她既激动又开心。

父亲外出开会回不来，哥哥上学回不来，这生日也没邀请其他人，娘俩要过女儿二十二岁的生日。

"妈，"沈佳慧从沙发上的纸袋里掏出那件粉红色的毛衣，展现在胸前。"你看我给你买的，试试合不合身。"

"哟，"陈红静解下腰里的围裙擦擦手说，"算你孝顺。"

"试试吧。"沈佳慧说。

"先吃饭吧，吃完了再试。"

"不，"沈佳慧说，"先试后吃饭。"

陈红静也没有在推脱，脱了外衣，开始穿试女儿买的新毛衣。

"正合适，"她说，"颜色也不错。"

"那是。"沈佳慧得意地看着欣赏着自己给母亲买的新毛衣。她感到母亲当年一定非常漂亮。

试完了毛衣，陈红静并没有急着去吃饭，而是转身进了自己的卧室，她出来时手里也拿着一件毛衣，纯红色，十分艳丽。

"啊！大红毛衣。"沈佳慧高兴地在屋地跳了起来，她说："这衣服很难买到的，听说只有北京上海才有。"

"我托人从上海买回来的，这是我和你爸送给你的生日礼物。"陈红静说，"爸妈祝你生日快乐！"

沈佳慧高兴地上前抱住了母亲，给了她深深的一吻，然后说："谢谢爸妈。"

放好了衣服后,母女便坐在了屋地中央的饭桌前,母亲打开了小蛋糕并为女儿点起生日蜡烛。

"我亲爱的女儿许个愿吧。"母亲说。

沈佳慧坐在桌子的一边,她双手合十面向桌子上的蛋糕,闭上那双美丽的大眼睛,在心里默念许久……

母亲陈红静想象着女儿许的到底是一个什么样的愿望,她看着女儿那张既像自己又像丈夫的脸,心里涌起一阵复杂的涟漪,是幸福? 还是酸楚? 她自己都表述不清楚,只有一种感觉,她的女儿真美,她真好爱她,她愿这个女儿一生都快乐开心。正是有这样的想法,当女儿睁开眼时看到对面的母亲脸上满是泪水。

"妈,您哭了?"沈佳慧感到很惊奇,"您为什么要流眼泪?"她问母亲。

"那你能告诉妈你刚才许了什么愿吗?"她擦干了眼泪问女儿。

"妈,人家说许过的愿是不能说出来的,要不就不叫愿望了,说出来也就不灵验了。"女儿说得十分认真。

陈红静笑了,女儿不说一定有她的理由,她也不想再问,于是她用筷子夹起一块女儿最爱吃的肉丸子送到她面前的碗里说:"尝一尝妈今天为你做的肉丸子好吃不好吃,这是今天早晨新杀的牛肉,我让房子明他妈给一副食供应店的黄经理特意挂的电话,要不买不到的。"

"谢谢妈!"沈佳慧嘴里边嚼着丸子边说:"真香,真好吃。"

"你愿意吃妈就没有白做。"陈红静看着女儿吃,她比自己吃还高兴。

"小慧,妈问你一件事,上几天你去的农村是不是马家围子?"她问女儿。

见母亲这么一问,她停了筷子抬起了头,反问母亲道:"妈,您怎么突然问起这个了? 听说什么闲话了吗?"

陈红静觉得也没有必要跟女儿绕来绕去的,就直说道:"外面有人传说你跟马家围子一个什么队长在谈恋爱,还说那个队长的成分是什么地主富农的,我听了怎么心里这么不舒服,我不太相信,我的女儿怎么会和一个这样身份的人去谈什么恋爱?"

她的话让沈佳慧放下了手里的筷子,沈佳慧用舌头舔了一下油滋滋的嘴唇,用一种复杂的表情去看母亲,怎么办呢? 是跟母亲继续说谎还是告诉她,继续说谎她不忍,告诉她又担心,犹豫了一会,她最后下了决心,虽然刚才从母亲的话里她已经听出来,母亲是不赞成的。

从一开始也没有想到她们会赞成,她想,纸里也包不住火,知道也是早晚的事。

"妈,可能我真的在恋爱,"她说,"并且我还知道您和我爸都不可能支持或同意我谈这个恋爱,可是妈我真的不是有意这么做的,我是在情不自禁中爱上了这个人,我不告诉您和我爸是女儿不想让你们生气、担心。"

"妈,您和爸从小娇生惯养把我养这么大,女儿也不是一个不懂父母心的人,我二十二岁了,我应该懂得知父知母知社会,懂得尊父尊母,适应社会,这些我都无数次地想过。"

"妈,我从别人那里知道了您一些当年你和爸爸的爱情故事,如今我也步了您的后尘,您说来是幸运的,爸爸那么优秀没有让您失望,您又有了我和哥哥这一双儿女,这一切都证明您当初的选择是正确的,那您相不相信女儿也不会错呢?"

沈佳慧的话说得有情有理,听起来也合情合理,可这个时候的母亲完全不是当初她恋爱时的自己,她的出发点只有一个,希望女儿幸福,女儿太小,看不清眼前的现实,她是在三分钟热血的燃烧下盲目地去爱一个人。

"小慧,我也不是守旧的人,我想你爸更不是,我们也不追求什么门当户对,子贵父荣,我们只要我们的儿女都幸福平安,你爸他也承认你恋爱的这个人很优秀,很精明也很能干,可这些都代表不了什么,解除不了什么,更解除不了他的那个地主成分。小慧,你知道在我们这个社会里,一个人的成分有多重要吗? 它不但关系到这辈子,还关系到下辈子,妈当初追求你爸义无反顾的,甚至让你姥爷把我逐出了家门,可你爸那时就在大学里,他是大学生,而他现在却只是一个农民。"

"那爸当时要是农民呢？妈你就会去放弃我爸爸？会吗?"沈佳慧的问话很犀利,她看着母亲等待着母亲的回答。

"应该不会,那时候我是不顾及这些的。"陈红静这样回答女儿。

"那您为什么要女儿这样做呢?"沈佳慧问的母亲脸都红了,她无言以对,她哭了。

"时代不同,人也不同,事情也不同。"陈红静说。

"相同的是人心都是一样的,无论在什么时代,人与人的心如果相通,他们就感到幸福,面前就没有困难,就什么都不害怕。"沈佳慧这么说。

陈红静知道她是说服不了女儿的,能让她服气的可能只有一个,母亲的身份。

"在这个世界上所有的父母亲都希望自己的儿女好,你信吗?"她问女儿。

"毫不怀疑。"沈佳慧回答。

"那就得了,"陈红静说,"那你就听妈的话不要再去联络这个人,妈给你找一个大学毕业有好工作的对象。"

沈佳慧听后长出了一口气,她说:"妈,这是不可能的,我谁也看不上,心里只有他,但您放心,我不是那种什么事都不懂,什么都不顾及的逆子,我不会让您和爸爸生气又没面子的。"

"妈,"沈佳慧这时站起了身,她上前深情无限地抱住了母亲的双肩,在她身边轻轻地说:"我最近看了一本书,法国作家大仲马写的《基督山伯爵》,那里有一句话我印象很是深刻。他说,人类的一切希望都包括在四个字中——等待、希望。"

"他说得对,说得好,等待才有希望,希望才能等待。妈,我可以等,等着你们同意为止,但别让我没有了希望。"

　　说完这话,泪水扑簌簌地顺脸直下,她拿起沙发上的外衣和围巾冲着母亲说了句:"谢谢妈妈的生日礼物和蛋糕,我去上班了。"

　　当陈红静把女儿的态度原原本本地跟丈夫说过之后,沈为民什么都没有说,在陈红静的一再追问下,他才轻轻地说了句:"也许女儿并没有错,她长大了,有自己的思想,破坏她太残忍,我们也别做让自己将来后悔的事,不如顺其自然吧。"这让陈红静更加不知所以,心乱如麻。

二十一　众望所归

东方红公社经党委研究决定任命马昌平为马家围子大队的大队长,原大队长马永太调公社护林大队任副队长。

公社党委书记李国庆也是政治敏锐性相当高的一个人,他特意嘱咐党委秘书在起草任命决定的文件上注明"按照县革委扩大会的指示精神任命的",重用马昌平他心里也是不落地的。这样一旦有事,东方红公社也是按照县革委会的指示办的,他还告诉党委秘书将任命的文件报送县革委档案室留存。

在公社党委去马家围子任命那一天,马家围子到处都响起了鞭炮的声音。

一队老贫农秦永吉感慨地说:"还是共产党有正事,老沈说话也真算数。"

马永太灰头丧气地离开了马家围子大队,去公社护林大队上班了,他心里也因此更加嫉恨马昌平。

沈为民告诉办公室主任李晓东准备车,通知组织部长王凤桐、农工部长徐春贤明天跟他一起去东方红的马家围子大队。

马家围子这个地方从五八年开始他两次包队到那里,对马家围子他是有感情的,作为县委一把手,他为什么要亲自再去那里呢?

一是那里出了一个全县最富的生产队,它的经验,它的做法是否可以当作典型来推广?

二是现在这个大队的大队长某种程度说是县革委直接任命的,问题是这个大队长有一个特殊的成分,他十分担心。

三是这里也出现了七八百人上访,这个情况全县前所未有,如果处理不好,必将引发其他地方的仿效反应。

四是那个大队长他只看过材料,听过汇报,也听过上访代表诉求,而自己并未亲见,更让他心里矛盾的是女儿沈佳慧如此迷恋这个人,他哪里放得下心,这关系到女儿一生的幸福和他沈家的荣辱,他要亲自见一见这个人,做到心中有数,进退有底。

第二天,北京吉普车行驶在通往马家围子的土路上,路面高低不平,车子颠簸不定,摇摇晃晃中沈为民坐在前面副驾驶座位上竟然睡着了。

"马家围子到了。"同来的公社党委书记李国庆说。

他的话惊醒了睡着的沈为民,睁开眼时车子已到了马家围子的村口那棵老榆树下,这棵老树他也是相当熟悉的。

这棵老榆树有许多传说,它也是马家围子的历史见证。

"先到三队农户家看一看,看看三队社员日子过得到底什么样,然后去大队部,我们一起见一见这个二十二岁的小大队长。"沈为民对随行的众人说。

没人带领,他们一行人直接入户在三队,一连走了十多户,沈为民说:"不用走了,比汇报和听到的还要强很多,看来汇报的人都是充分留有余地的。"

在三队几乎家家有缝纫机、自行车,小伙子个个戴手表,屋子也是窗明几净,仓房里装满了余粮,出来进去的人们脸上都挂着热情的笑容,十分客套。过去领导来检查下边都要先做好工作,家家户户拎着耳朵告诉怎么说,但你一搭话就能知道是真是假。往往越做假的东西越假,越不让说的东西社员越说。

马家围子三队没装假,这个假它装不了。

三队的富裕程度全县独一无二,沈为民认为全地区也不会有,他禁不住一阵感叹,怪不得这么多人上访,农民看不准的事,不认可的事你怎么号召也没有用,即便被迫去干也会偷工减料,出工不出力,如果他们认准了,你挡也挡不住。这也是中国农民的特殊性,他本来就是一个特殊群体。

再看十户四队社员,他们同在一个自然屯最有说服力。

四队的十户走完了。他们一行仍然是一阵感叹,三四队的悬殊如此之大,差距如此之远,令一行人唏嘘不已。十户中九户没有余粮,十户没有一台缝纫机,只有两户有台自行车还破旧不堪,屋子里面脏乱不整,人面菜色,个个满腹牢骚话,见了他们像是他们欠了这家人的钱一般。

"没有比较就没有鉴别,我想大家一定都心中有数了,什么也不用说,等回去在常委会上说去。"沈为民这样告诉随行的人。

"现在我们去大队部会一会那个小大队长,听他怎么说。"沈为民说完迈开大步向村东头的大队部走去。

这一带他特别熟悉,旧地重游,他有无限的感触。

在三队的队院子前面他站了一下,看了一眼这个当年的马家大院。这个大院和村西头的那棵老榆树应当就是马家围子的全部历史。

一行人来到了大队办公室,马昌平他们早已等在那里。

沈为民在李国庆的介绍下,第一次见到了这个在杨柳县有着传奇色彩的年轻大队长。

只见他浓发短剪,剑眉凤眼,鼻直口方,上中等的身材,肌肤略黑,看上去就强健有力,言谈举止不卑不亢,谦逊而大方,这第一印象就让沈为民尤为欢喜,心中暗说:"我家女儿好眼力,怪不得如此痴心。"

大队的办公室除一间做大队长办公室外,是一个三间房子的筒子屋,五六张大桌子排在一起,几把木椅子和几张长条木凳,办公室里很卫生,很干净,沈为民他们一行人就被让到了这三间筒子屋里。

看得出屋里事先就摆好了桌凳,桌子上放好准备过的茶碗,这种碗也是平常吃饭用的,只是经过了认真地清洗而已。

寒暄过后,马昌平说:"事先接到了公社的通知,告诉我们就在大队部等候,也知道领导们去了农户家,但有通知,所以没去为领导们领道看狗的,请各位领导原谅。"马昌平一边跟随行的领导握手一边解释,"不知领导们看得如何?"

李国庆说:"算你明事,坐下回答县领导要提的问题吧,看得如何领导们心中早有数了,你也不用再问了。"

坐了一屋子人,马家围子的大队干部们也都在场。

农工部长徐春贤翻看着马家围子年初上报上级的统计表,向马昌平提问"全大队多少人口?男女比例如何?牲畜存栏多少?土地面积多少?今年的种植计划、养殖计划,年初的预算、年终的结账情况等",马昌平都对答如流,看得出这个上任不久的小大队长对马家围子情况是了如指掌,回答的数字与报表一字不差。

徐春贤合上了统计报表本子,看了一眼坐在一张办公桌后用大碗喝茶的沈为民轻轻地点了点头,像是在说:"我问完了,该你了。"

沈为民不慌不忙地放下茶碗开始了他的提问,如同面试。

沈为民:"今年多大?"

马昌平:"二十三岁。"

沈为民:"在哪个学校念的高中?"

马昌平:"县里二中。"

沈为民:"听说毕业考试全县考了第一名?"

马昌平:"只是总分第一,也有几科不是第一。"

沈为民:"在三队当了几年的小队长?"

马昌平:"不到三年。"

沈为民:"三队的人均收入多少?"

马昌平:"三百三十三。"

沈为民:"平均一个工分多少钱?"

马昌平:"七五年一块五,七六年二块多,七七年三块七毛六。"

沈为民:"你们生产队的土地面积和其他三个小队比例如何?"

马昌平:"基本持平,上下不差十亩地。"

沈为民:"那你们靠什么收入这么高?"

马昌平:"大田与小田相结合,内俭与外收相结合。"

沈为民:"什么叫大田与小田,什么叫内俭与外收?"

马昌平:"玉米高粱、谷子小麦为大田,白菜、土豆、大葱为小田,内部节俭,外部创收。"

沈为民点了点头,端起碗来喝了口茶,继续问。

沈为民:"社员们心齐吗? 同意你这么干吗?"

马昌平:"有奔头心就齐,有钱花就同意干。人心都是一样的,看的是实惠,获的是利益。"

沈为民:"有人说这是资本主义,你怎么认为?"

马昌平:"我不认为是资本主义,所以我才带领大伙这么干。"

沈为民:"凭什么不认为是资本主义?"

马昌平:"我找了很多书,也一遍遍地读了马列主义、毛主席著作,从中得出一个道理,资本主义也有穷人穷地方,社会主义也需要富裕,贫困是任何阶级、任何人都不想要的。"

沈为民:"你爹是大地主,你的上辈祖宗三代都是?"

马昌平:"是,他们是大地主,但我不是,我一亩地也没有。"

沈为民:"你毕业回到生产队就想当队长了?"

马昌平:"从没想过,也不敢想,也不想当。"

沈为民:"那为什么就当了?"

马昌平:"老队长和大伙信得着,诚命难违,还有不忍看大家的穷日子。"

沈为民:"你认为其他生产队穷的原因在哪?"

马昌平:"穷的怕了,怕了也就认了,不干了,过去说人穷志短、马瘦毛长这话只说到了一个方面,人穷就会对生活失去信心,失去斗志,但人心是可以重新唤起的,是可以重新振作的,犹如解放前人民被地主阶级所压迫,抬不起头,共产党毛主席唤醒了广大民众。今天共产党和社会主义制度就是人民的靠山,可大家伙靠在上面睡起了大觉,大家需要醒来。比如我们马家围子,我们有这么好的土地资源、草原资源,人民又勤劳俭朴,没有理由这么穷。穷不是资本,穷不是理由,大家都穷只会越来越穷,穷人心散。走社会主义道路不是让我们受穷,而是有更好的追求,要更美好的生活。"

沈为民:"你有什么打算?或者说规划。"

马昌平:"有,除了土地、运输等事项,我们还有十多万亩的草原沉睡在那里没有得到很好的利用,除了喂马、喂牛、当烧柴,分文不进,可惜了。"

沈为民:"中央已经提出对内搞活,对外开放,你知道了吗?"

马昌平:"从广播里听到了,报纸上看到了。"

沈为民:"什么感受?"

马昌平:"热血沸腾,天赐良机。"

沈为民:"你才二十三岁,有没有什么其他打算?我说的是你个人。"

马昌平:"我生在马家围子,长在马家围子,我热爱这块土地,我想我也会死在这里埋在这里,我没有其他奢望,只想为我的乡亲们做点事,尽我所能,他们都是我的亲人,其他别无所求。"

沈为民激动了,他控制住自己的情绪,今天他实际上不是完全在考察一个大队干部,另一个原因可能更加重要,其他人是无从知晓的。

"好!今天咱们就谈到这吧,我看大伙也饿了,给没给我们准备点吃得呀?"

"准备好了,"马昌平说,"小鸡炖蘑菇,大葱、大白菜蘸大酱。"

"好!"沈为民站了起来,"那就吃完饭再走,首先说明了,我们这些人是要交饭钱的。"

在马昌平的心里边他是紧张的,他知道面前的人不仅仅是县委的一把手,他还有可能是自己未来的岳父。

但他认为,自己一定要实话实说,其余的由它去。

已是大队副大队长的潘永德跟马昌平说:"听人家讲过,这领导如果能留下吃饭,那一般都是好兆头。"

"顺其自然吧。"马昌平说。

父亲带人去了马家围子可急坏了沈佳慧,她是早晨听母亲说的,她起床时父亲已经走了。

"我爸去那里干什么?"她问母亲。

"我哪知道,他又没跟我说这些。"母亲一边做饭一边回答说。某种程度,她心里还有点在生女儿的气。

哎呀!沈佳慧在屋地中间直跺脚,"一个县里一把手,怎么能亲自去那么远的农村呢?什么事呢?是不是马家围子又出事了?不能啊!"昨天她还和马昌平通过电话,这回通话可方便多了,看电话的山东老头也热情多了。

那是什么事呢?爸应该是真的知道了她们的事的,妈一定会告诉爸的,爸这一去真是吉凶难料。沈佳慧也不洗脸刷牙,就在屋地中央来回地走,焦急万分。

看到女儿焦灼不安的神情,母亲陈红静无奈地摇摇头,但她心里明白,丈夫这次亲自去马家围子一定也有女儿的因素在里面。

她不知道丈夫的心里是怎么想的,也没法劝女儿,索性不去管她,反正这个女婿她不看好。

这一天沈佳慧只上了一上午的班,下午就等在家里。她不敢给马昌平打电话,要是接电话时父亲在那里就更坏了,弄不好等于不打自招火上浇油。

等,她只能等,等父亲快点回家来问个究竟,实际上她打心里是怕这个父亲的,在重大的原则问题上别指望父亲会让步,这女儿的婚姻大事有多"原则"呀?

等待中的时间最漫长,等待中的心也最煎熬,可她没有别的办法只有等。

天黑了,城里亮起了万家灯火。

沈佳慧吃不下,坐不下,一会屋里一会屋外,终于她听到了父亲那熟悉的脚步声,她赶忙跑出去。

在院子的大门口,她站在灯影下看着父亲手拎公文包走进自家的院子,她的心急促地跳,一口接一口地吞咽着涌上来的唾液,她感觉到自己的两只手,不,是整个身体都在颤抖。

"爸爸。"她今天的叫声里加了一个字,然后就站在她面前,半张着嘴,双手合十在自己脸的前面放在嘴角边。一双大眼含着泪花等待父亲回话,抑或是判决。

父亲站在那里,与她的女儿一起站在入夜昏黄的灯影下,他微笑着看着他的女儿,父亲也是女儿的最大知音,只是与母亲表达的方式不同而已,因为父亲是男人。

"爸爸。"看着无声的父亲,她又轻轻地叫了一声犹如孩子寒夜里无助的呼唤大人一般。

父亲完全知道女儿想从他这里得到什么,他不想再让自己的女儿焦灼不安地等待,这样的等待太残酷,对于女儿无疑是一种折磨。于是他点点头轻轻地说:"我的女儿好眼力。"

"爸爸。"沈佳慧的这声叫声音之高把屋里的母亲吓了一大跳,她急忙跑到屋外,她看见女儿正紧紧地拥抱着她的父亲,灯影下,女儿幸福的泪光在闪烁。

"老沈。"陈红静在门口欲言又止。

沈为民也抱紧了自己的女儿冲着他的妻子陈红静说:"相信我们的女儿。"

母亲笑了。

她更愿意相信的是自己的丈夫。

二十二　地主成分

马昌平把马家围子大队领导班子进行了重新调整,三队民兵排长潘永德任大队副大队长,栓子任民兵连长,刚刚初中毕业回来的苗小梅担任大队妇女主任。三队队长由林大福接任,林大福也是泼了马永太一头凉水的那个林大福子。

四个生产小队的干部也进行了部分变动。

班子配齐,人强马壮,马昌平对全大队做了这样的部署。

各个生产小队根据自己的土地分布和地理特点,重新进行了重点生产规划。

一队土地连片大,离屯近地多,且松软黑土层厚,主攻大白菜。

二队盐碱地块多,离村屯远,主攻大萝卜。

三队各种地块都有,适宜种植葵花和土豆。

四队人比较散漫,地质缺肥少水,质量差,专攻大葱。

四个生产队每个小队抽出五台大车,全大队共计二十台,组成马家围子运输队专门外出拉脚。

大队总联络官是大队民兵连长栓子。

马昌平说:“这十多万亩的草原不能只打草喂马喂牛当柴烧,还有这草原上的各种中草药它们都是宝,千百年来,它们就生长在马家围子这块土地上等着为咱们做贡献呢,可我们却疏远了它们,现在该是他们发挥作用的时候了。”

农业生产实行分组包干制,这样有利于调动大家的生产积极性,这是每个组的任务,也是每个人的任务,哪个组完不成任务,秋后算大账一起扣工分,到时别怪自己挣的钱少。比如三队,一组种玉米,二组种大豆,三组种高粱,四组种谷糜,五组专门负责积肥造肥,六组搞运输。

各个生产大队实行分工不分家,相互配合,相互支援,共同发展。

每个小组的组长对生产小队长负责,小队长对大队负责。

组长听小队长的,小队长听大队长的,小队长和小组长又有自己相应独立的权力,只要对小队和本小组有利就行,只要不违法就行,只要能来钱就行。

这种分组到人层层负责制在当时真是独树一帜,十分有效。

人只有感到事情是自己的时候才全身心地投入,这也是人本性自私的体现。马昌平巧妙地利用了这一点。

马昌平还告诉大伙,我们的眼睛要看得远一点,不要只盯着县里,县城就那么大,人就那么多,吃多少,用多少都是有限的,我们的人要再走的远一点,大车再赶的远一点,要赶到大庆市去,齐齐哈尔市去,让我们马家围子种的菜进入他们的家里,那里才是真正的大市场。

1978 年的大年是 1979 年的年初。

马家围子在大年前二十天全大队砸完了大账,一队一个工分四块五,二队四块七,三队六块九,四队四块三。

这个数字震动了马家围子男女老少所有人,他们坐在那里不出声。一队老贫农秦永吉说了一句话:"当初真亏我们来了一次大上访,要不哪能有今天。"大队妇女主任苗小梅告诉马昌平说:"公社陈秘书来电话了,要咱们大队给公社拿介绍信纸钱。"看到马昌平疑惑不解的表情,她马上补充一句:"结婚的太多了,他说介绍信都给马家围子用了。"

马昌平听后哈哈一阵大笑,他对苗小梅说:"去,给陈秘书送钱去,全公社的介绍信纸都由马家围子包了。"

冬去春来,南雁北回,凌空成对,叫声切切。

暖风轻拂,绿叶初绽。

1979年的春天来到了马家围子。

马昌平带着四个小队长按地踏查各队的土地生产情况,最后来到了大草原上。

"我有一个想法,"他说,"成立一个草业运送站,把咱们剩余的草运出去,这当柴火烧太可惜了,这是犯罪。我们将来也可以考虑再成立一个中草药原材料收购站,咱们这儿的中草药应该是全国最好的,它要经历零下三十多度的严冬啊!这样的中草药可能只有长白山上有。"

他的雄心也鼓舞了四个小队长,他们听了后也都摩拳擦掌,跃跃欲试。

"走,回一队开个会,咱们好好研究一下。"马昌平说着带着四个小队长奔一队去了,草原离一队最近。

县委的常委会正在召开,小会议室里仍然是烟雾缭绕。一把手沈为民抽烟别人也跟着抽,他也曾在会上讲过,以后大家都戒烟,可还是没有戒了。今天是县委正传达中央十一届三中全会精神。他一激动必抽烟,烟能控制情绪。

传达完后,沈为民开始讲话,他说:"中央精神已经十分明确了,改革开放意思就是对内搞活,对外开放,它包括了经济体制改革,农村责任制制度改革,发展民主,加强法制,实行政企分开,精简机构,完善民主监督,维护安定团结等。这让我想起了马家围子,我们可不可以把它当作一个对内搞活的典型来抓。"

这时县委办公室主任李晓东走了进来,他的手里还拿着一份文件,他俯身在沈为民的身边轻轻地说了句什么,并把手里的文件放在了他的桌前。

他拿起文件,眼前随即又是一亮,这是一份中央文件,决定从1979年1月11日起在全国全面取消成分制,大幅标题是《关于地主、富农分子摘帽和地主、富农子女成分问题的决定》,文件中宣布:"除极少数坚持反动立场的以外,凡是多年来遵守政府法令、老实劳动、不做坏事的地主、富农分子以及反革命分子、坏分子,一律摘掉帽子,给予农村人民公社社员待遇。地主、富农家庭出身的社员的子女,他们的家庭出身为社员,不应再作为地主、富农家庭出身。"

看了这份文件,沈为民一直没有说话,会场也是一片沉寂,参加会议的人不知发生了什么,他们都惊疑地看着沈为民。

沈为民的内心正波涛汹涌,热血沸腾,他想到了马家围子的那个青年,也想到了自己的女儿。

他强迫自己镇定,半天他才举起手中的中央文件在空中扬了一下说:"中央有文件,从今年1月11日起取消成分制,除极少数反动分子外其他地主、富农,包括反革命分子一律摘帽,视为人民公社社员。"

他的话音刚落,全场一片欢腾。

他又说:"这份文件马上传达组织落实,现在暂时休会二十分钟。"他是要把这一天大的喜讯告诉他的女儿。

有谁比她听到了这个消息更高兴呢?

他破例第一次用电话把文件内容告诉了女儿,然后又去会场开会了。

那边的父亲放下了电话,这边的女儿还拿着话筒,眼泪流落在电话机上。擦了一下泪水,沈佳慧赶忙拨通了马家围子的电话,看屋的山东老头连"喂"字还没等说出口,这边的沈佳慧就急不可耐的央求道:"大叔,我是马昌平的未婚妻,我有十万火急的事要找马昌平,麻烦您给我快点找他听电话。"

沈佳慧想马上把这个好消息告诉马昌平,看屋的山东老头已不再是过去的他了,无论是公还是私他都不敢耽误,"十万火急""未婚妻",他在嘴里念叨着,慌忙骑上他的那台破旧自行车直奔一队而去。早晨他知道大队长带着几个小队长去踏查地情了,完了之后要去一队开会。自行车的链条被他蹬得咔咔直响,他真怕这个时候一下子断了。

喘着粗气来到一队队部,他扔下自行车上气不接下气地推开了队委会的门,把正在开会的几个人吓了一跳。

"快点,大队长,"他弯着腰喘息着,两只被汗水蒙住了的眼睛看着马昌平,模模糊糊的一个重影,"快点,"他喘着粗气说,"你的未婚妻,十万火急,电话……"说完扶墙急喘不停。

马昌平一下子明白了,一定是沈佳慧那边出事了。他顾不上再细问什么,急忙站起身飞快地冲出门去,从一队院子里扶起山东老头骑来的那台自行车,跳上去用力向大队部骑去。

在大队部的门口自行车链条咔嚓一声被他蹬断了,管不了那许多,他扔下了自行车跑着进了大队部,电话的听筒还放在桌子上,里面不时传来沈佳慧"喂,喂"的呼叫。

"佳慧,佳慧,我是马昌平,出了什么事?快点告诉我。"他喘息着对着话筒喊叫着。

"昌平……"那边的沈佳慧听到了马昌平的呼叫,她一时竟激动地说不出话来。

喜极而泣,泣而失声……

"佳慧,佳慧,快别哭,告诉我到底发生了什么事情。"马昌平的心一阵阵在惊慌中疯狂地跳动,她预感到沈佳慧那里一定发生了大事。

"昌平,告诉你一个大好的消息,中央来文件了,全国所有的地主、富农成分都取消了,从今以后你就是社员身份了,再不是地主、富农了……"

沈佳慧是沉默了半天,强忍住因过分激动而纷乱的情绪,一口气把这些话说给马昌平的。

这边的马昌平简直不相信自己的耳朵,他镇定了一下自己的心神,不让因为刚刚听到这个消息而错乱,他放慢了声调说:"佳慧,你也别急,别激动,慢点,慢点告诉我到底是什么?怎么回事?"

"成分,昌平,是全国都取消了成分制度,再也没有地主、富农了,你再也不是地主成分了。"她的声音比先前大了许多,慢了许多,马昌平听得十分清楚。

这回是马昌平沉默了,而且沉默了良久,以至于那边的沈佳慧觉得不对劲儿,一个劲儿地叫他,"昌平,昌平,你怎么了？听见了吗？"

"佳慧,"他说,"你是不是在让我开心,你不会骗我吧？"

"不是,不是骗你,我有骗过你吗？是真的,昌平,文件都到了县里,是爸爸亲口告诉我的。"沈佳慧显得十分焦急。

马昌平这回信了,沈佳慧不会骗他的,她从来没有骗过他,这种事她更加不会骗他。

"中央英明,伟大,"他哭了,喃喃地自语道,"我是社员了,我再不是地主成分了……"

"佳慧,"她对着话筒擦了擦眼泪说:"谢谢你佳慧,谢谢,我爱你,很爱。"

"我也爱你。"那边的沈佳慧告诉他,"很爱,很爱……"

"我知道,我全知道。"他说。

成分取消后的马昌平更加努力经营马家围子,他的步子更大,信心也更足,马家围子变化的也更加明显。

马家围子成了全杨柳县、全松江地区抓经济、促生产,人民生活快速改善的先进典型。

来参观取经的单位、团体、个人络绎不绝。

修通这条马家围子通往县城的百里大道已是迫在眉睫。这条道关系马家围子的明天。有人说要致富先修路,马昌平说:"不修路没大富,要大富必修路。"

一次次地跑地委、县里他都无功而返。路太长,需要资金太大,国家百废待兴,哪有这笔资金,一时难以解决。

马昌平决定自己先干,先修基础,然后再去争取,这也叫先种梧桐树再引凤凰来。

马家围子的修路大战随即开始了。

分小队包路段,小队分小组包路段,小组分户包路段,这层层包干制也用在了修路上,但也极大地提高了大伙的修路积极性,这条路也早该修了。

马昌平在想一件事,这种包干要拿到土地上施行会怎么样？把生产队的集体土地全都分包给各家各户会怎么样？但这只是他的一个初想。

现在重要的是修路。

马家围子的这个月是车水马龙,人欢屯沸的一个月。

一个月下来后,从村头的老榆树下通往县城的这条百年老道一时平坦易行,笔直少弯,路的两侧沟齐边整。

省委来考察马家围子的一个领导站在村口的那棵老榆树下感慨地说："这决定因素的真是在人,人心齐了,没有干不成的事,问题的成败有时就在于一个领头的人。"

"这条路不铺上柏油路面都对不起马家围子这些人。"他说。

回到省委后,他协调有关部门来了一趟马家围子。又一个月后,雨季来临之前,省交通部门为马家围子这条路铺上了黑色的柏油路面。至此,马家围子结束了有雨是泥、无雨是坑,车马上去灰土乱崩的土路历史。

这条路至今仍在使用,只是更加宽,更加直,更加平坦。

二十三　入学通知书

上大学对于马昌平来说过去连想都不敢去想但却始终是他的一个梦想。

1980 年高考前三个月，马昌平报了名，参加今年的大学考试。

这是全国恢复大学考试后的第四年，马昌平要实现他的大学梦想。

他开始一边工作，一边复习。

马家围子人在担心，担心他考上大学后会离开马家围子。

有一个人在揪心，他考上大学后还是今天的马昌平吗？她宁愿他不去考或者考不上。

她就是沈佳慧，用欲哭无泪、欲说无声来形容此时沈佳慧的心情再合适不过。没有人比她更了解马昌平，他要考不上大学杨柳县就不会有第二个人能考得上，他考这个大学不存在考上考不上的问题，而只是存在考上什么样的大学而已。

他如果考上这个大学会怎么样？还会回到杨柳县吗？还会与她恋爱结婚吗？沈佳慧知道答案但她能怎么样呢？不让他去考这个大学吗？她说不出口，也不能说。

一阵阵的酸楚一次次的涌上心头，眼泪也一次次地流下脸颊，她开始沉默寡言，瘦得多了，她不知如何是好！

母亲最知女儿心，眼见得每天欢声笑语、歌伴身行的女儿一下子没有了往日的笑靥，泪痕在她的眼角显现，常常看着半碗饭发呆出神。

问题出在哪里母亲不问自知，一定是恋爱出了问题。

她禁不住问女儿："怎么了？他现在是不是变了心？"

沈佳慧想了想,对母亲说:"一定会变的,因为他要考大学了。"沈佳慧话未说完泪已先流。

"考大学是好事,为什么会这样?"母亲又问。

"好事? 妈,"她深情地叫了一声说,"他考上大学去了北京,去了上海,去了大城市还会回到这小小偏僻的杨柳县来吗? 还会和你的女儿在一起吗?"

她的一句话让母亲一下子醒过来,她也无语了,只轻轻地说:"也许会回来,也许他考不上这个大学。那么容易变心也不值得你留恋。"

"妈,咱别自欺欺人了,他一定考得上,他要考不上杨柳县就没第二个人考上这个大学了,值不值得留不留恋的我心中有数。"

"那他跟你说过考学的事吗? 他什么意思?"母亲问女儿。

"没有,从来没说过,我不知道他什么意思。"她说得很沉重,口气里满是忧伤。

"那你为什么不去问问他,看看他到底什么意思?"母亲心疼她的女儿,把她的一缕头发替她别在了脑后说。

"为什么要问他? 我不会去问的,是我害怕他考上这个大学吗?"沈佳慧倔强地抿起了嘴对母亲说,"是我害怕他离开我吗?"

"那你不害怕吗?"母亲问女儿,"不害怕为什么会这么痛苦?"

"我是伤心,再说怕有用吗?"她长叹了一声,"他要走我又何苦留他,留住人又怎么留住心。那又有什么意思呢?"她苦笑着说。

"也未必,不是所有的人都一样,你们的感情是有基础的,是经过锤炼的,也许不是这样子。"看到女儿痛苦的模样,母亲也一样心痛不已,她劝女儿说,"当初你是怎么对他的,难道他不会去想?"

"哎!"沈佳慧长舒一口气,"人是会变的,环境、条件、时间都能改变人。"她说,"可能他暂时不变。"

"可他当初那样的条件你就一点都没变,他为什么要变?"母亲生气地说,"他要真变一定也不是个什么好东西。"

"那是我,妈,不是所有的人都像你的女儿,我感觉我们要分了。"沈佳慧的脸上布满了泪水,母亲心疼地把女儿揽在了怀里。

"是你的怎么样都是你的,不是你的强求也没有用。"母亲劝女儿,"不要这么折磨自己,我劝你去当面问问他。"

"如果真是那样,我再也不恋爱了,再也不嫁人了,我在家伺候你和我爸一辈子。"沈佳慧痛苦地边说边哭,好像事情已经发生一样。

母亲拍拍女儿说:"事情还没有个结果,你就这个样子,这不是自寻烦恼吗? 也许这一切都只是你的想象。"

"你应该相信自己,也相信他。"母亲说。

女人最不想把她的痛苦暴露给她所爱的男人,沈佳慧更是如此。刚跟马昌平通过电话,他对考大学的事仍然只字不提,这让她更加恐慌和痛苦。他的沉默让她心里更加没底。

长夜难眠,她哪里能睡得着,索性走出屋外,仰望那浩瀚的星空,人真是那天上的星座吗? 自己的星座在哪里? 我是哪颗星? 该不是闪过的一颗流星吧?

马家围子,马家的祖坟,也许只是自己的一厢情愿,一个笑话而已。

两滴晶莹的泪水凉凉的流出眼睛来,掉落在脸上。

坐在院子里,她就这样望着天,心里胡乱地想。

直到天明。

今年大学的入学考试马上就要开始了,而沈佳志和房子明全都已大学毕业回乡。

沈佳志被安排到松江地委调研室。

房子明则被安排在地委纪律监察室。

当然他们的工作安排都与他们的父母做工作有关。好的家庭背景让年轻的人少奋斗许多年,少受许多苦和累。

他们这一代新人已步入了人生的正式舞台。

三个月的复习时间对于马昌平来说已经足够了。

这三个月他废寝忘食地把当年校中所学全部温习了一个遍,成竹在胸地进了考场,在走进去的那一刻他回头向后看了一眼,但是,他并没有看到他想要看到的那个人,他微微地笑了笑,走了进去。而他想见到的那个人实际上也真的来了,只不过是没有让他看见,她正流着泪躲在一个房角边目送他走进这个她极不愿意他进去的考场里。

这个考场对于她来说犹如一个伤心的领地,再从这里走出来的马昌平就不会是以前那个马昌平了,目送流泪伤心的人当然是沈佳慧。

连续两天的考试,她就在那里目送他两天。

她是那么爱他。

考试结束后,马昌平马不停蹄地回到了马家围子,考得如何现在已不重要,反正考了,而马家围子还有那么多事情等着他。

草业站的成立并不十分顺利,地里又发现了大面积的虫灾。

这些事让马昌平几乎把考试的事情忘记了。

但是,有一个人怎么都不能够忘,她的心依然在痛苦中挣扎,她就是那个偷偷看着他走进考场去的沈佳慧。

在教委工作,当然会第一时间获知谁考上大学谁没考上,入学的通知书也是录取的学校先寄给教委,教委再送到本人手里的。

那时的大学入学前是需要政治审查的。

该来的终于来了。

马昌平的入学通知书是沈佳慧为他领取的,通知书的录取学校赫然写着:上海复旦大学,这也是马昌平自己最想去的地方。

手里拿着这份入学通知书,沈佳慧不知道自己是应该笑还是应该哭。

她应该是哭笑不得地回到了自己的办公室。

事情到了今天这一步,现在她已比开始时冷静得多了,这许多天来,她也算想得通了,由他去吧,他本来就不是池中物、笼中鸟,自己何必去禁锢他,谁不想好? 应该为他高兴才对,复旦大学毕业的学生国家是统一分配的,也许他还会去念研究生,去读博士,去国外深造,乃至留在国外也说不定。

心里这么想,眼泪却在流。但不管怎么着先得通知他才好,他听到这个喜讯也不知道心里该有多高兴,我也应该为他高兴。

他也许会去他家的祖坟上坟烧纸,告诉他的祖宗、父母,他为他们光宗耀祖了,大凡有重大喜事来临,这里的人们都会去上坟烧纸以示对先人们的回敬与他们共同欢庆。

真可笑,她想,那里哪有我沈佳慧的地方。

电话打通了,是马昌平亲自接的。

她说:"马昌平,恭喜你金榜题名得中上海复旦大学,你还获得了全地区的高考第三名,来取通知书吧。"

昌平前面加了个马字,马昌平听得非常清楚明白,他高兴地说道:"太好了,沈佳慧等着我,现在就去。"她今天也在佳慧的前面加了一个沈字,这让她更觉心冷。

"你还应该好好地请请我,为我祝贺也是应该的不是?"

她那边苦笑了一下大方地说:"是啊! 这么大的事情应该祝贺,你来吧,我在全城最好的饭馆里请你。"

"好的,马上到。"他说。

现在马家围子通向县城的路已今非昔比了,客车也加了两趟。

一个多小时后,马昌平就出现在了沈佳慧的面前,他看着她说:"沈佳慧,我还可以吗? 复旦大学,全地区第三。"

"太可以了。"她强迫自己笑了笑,让僵硬的脸尽量松弛一些,不能让他看不起自己或是笑话自己。她心里头这么想,嘴上说:"走吧,我在东风饭店定了个单间,那里能炖出来全县最好吃的鱼,连年有余,鱼跃龙门,学子成名这是庆贺时不可缺少的一道菜。"

"谢谢,十分感谢,"他说,"我也正好想吃鱼了。"

来到东风饭店,这里的人并不多,他们进了一个单间,里面十分干净讲究,一个圆桌外面是四把椅子,桌子上铺着雪白的桌布单,单上放着酱油瓶子和醋瓶子,一把新筷子插在一个竹筒里。

街上的嘈杂声随窗而入,很吵,沈佳慧起身关上了窗。

四个菜马上就端了上来,冒着热气散发着浓浓的香味,尤其那条鱼,颜色红里透黄,晶莹剔透,鱼香、醋香、油香味混合在一起扑鼻而来叫人食欲大增。

服务员又送过来两大碗淡黄色的散啤酒,看得出来沈佳慧对于这顿饭是格外用了心的。

看着面前的马昌平手舞足蹈、兴高采烈的样子,她的心一阵阵酸痛。

"好香,看着都有胃口。"他抄起筷子夹了一块鱼肉放进了嘴里。

"吃吧,"她说,"都是你平日最喜欢吃的。"

"你也吃啊!"他说。

"我看着你吃,"她又说。两滴泪水夺眶而出,她慌忙擦去,生怕他看见,"我是高兴的。"她说。

"这啤酒也好,我还是第一次喝到这么好的啤酒,今天我要把自己喝醉了,不走了,你陪我。"他端起酒碗猛喝了一大口。

沈佳慧这时候从自己的背包里拿出那份录取通知书放在了他的面前,声音颤抖着说:"马昌平,上海复旦大学,真的祝贺你,真的,你很了不起。"

他放下了筷子,停住了嘴巴,从桌子上拿起那份录取通知书,在自己的眼前来回地翻看了几遍,像是要在那里面找到什么东西似的。

半天他才抬起头,痴痴地,深情无限地看着沈佳慧那张美丽但因多日忧郁而憔悴了的一张脸。

他的嘴角边出现了一丝淡淡的笑容,他说:"佳慧,你是不是担心,我考上了这个大学就会离开这个地方,就会变了心? 就会和你分开?"

"不是。"她说这话时眼泪禁不住哗啦啦流下来,人也忍不住的把头扭向了一边。"不是,"她又说,"我希望你考上这个大学,你应该考上,应该离开这里,人往高处走,水往低处流,我替你高兴,这个小地方怎么容得下你,我怎么留得住你。"

马昌平这时站了起来,他走过去把她轻轻地抱在了怀里,她一歪脑袋把自己的头扎进了他的怀抱,哇的一声大哭出来。

他拍着她,让她哭,等着她把多日的担忧和委屈都倾泻出来。

服务员以为发生了什么事开门来看。

马昌平说:"对不起,没事。"

看到这场景,服务员吐了一下舌头,关上门走了。

她的哭声终于停了下来,伏在他的身上轻轻地哭泣。

他开始说话了并紧紧地拥抱着她。

他说:"佳慧,你怎么这么不了解我,我以为在这个世界上最了解我的人是你,你以为我真的这么在乎这个大学吗? 当初你不也是不在乎的吗? 是的,这曾是我的一个梦想,但那是过去,现在不同了。我之所以去报考这个大学,一是验证我当年在校所学;二是也圆我自己一个大学梦。但我告诉你从报考的那天起我就没想去上这个大学,为什么? 原因有两个,一是因为我有你;二是因为有马家围子。我既离不开你,也离不开马家围子,咱不是说好了的吗? 死后一起埋在马家围子我家的祖坟里,你难道不相信马昌平不是一个失信的人吗? 除非带着你否则我哪都不会去。"

一行热泪从马昌平的眼中流出,落在了沈佳慧散发着茉莉花香乌黑的头发上。

他继续说道:"人这一生是短暂的,但都有自己的活法,我曾无数次地想过我马昌平这一生怎么活,我想好了,我要为死后不后悔而活,为沈佳慧而活,这辈子我欠下了沈佳慧还不完的情债,下辈子还接着还,所以我才答应过你,死后我们两个人一起埋在马家围子。"

他长舒了一口气,放开怀里的沈佳慧,从桌子上拿起那份入学通知书说:"佳慧,你看着。"

沈佳慧这时抬起了满是泪痕的一张脸看向他,她的心此刻激动极了。

只见马昌平双手左右抻平了那张大学录取通知书,一点点地撕开去。

"你干什么?"沈佳慧急忙去抢。

但是晚了,这张白底红字有着千斤重量的入学通知书被马昌平拦腰撕断,沈佳慧抢到了手里的是两张撕开了的纸。

"沈佳慧你听好了,"马昌平继续说,"这张撕开了的通知书就是见证,有生之年我马昌平若有对不起你的地方,就犹如这张通知书,叫我不得……"

沈佳慧扑过去用自己的嘴堵住了他的嘴,不让他把下句话说出口。

他们拥抱在一起,紧紧地拥抱着……

此刻在他们心中地球已停止了转动。

二十四　爱的旋律

马家围子大队成了全松江地区的致富典型，自然也少不了新闻报道。

这天，省委宣传部的农业生产、农民致富先进典型采访小组来到了马家围子。

省里采访小组的负责人叫林中雁，北大中文系的毕业生，笔名雁群，她文笔流畅，采访经验丰富，在全省新闻界有很大的名气，年龄却只有二十五岁。她的性格活泼大方、张扬外露、谈吐优雅，新女性的风采在她身上彰显无遗，她短发齐肩，细眉长眼，鼻子挺直，圆嘴翘角，两腿修长，身型前凸后翘，见了不禁让人浮想联翩。

在采访马昌平的过程中，她被马昌平身上的魅力与智慧深深吸引，参观完马家围子之后更让她唏嘘不已，这几年她采访报道过很多先进典型、很多先进人物，马昌平这样的她还从未遇见过，最后当听说他为了女朋友竟放弃了上海复旦大学上学的机会，这更加让她欣赏佩服。

如此地灵必出人杰，他的前途一定不可限量，与其同行将来必会夫贵妻荣，心神愉悦。这是人在这个年龄期容易唱响那个爱的旋律的原因，也是这种浮想让她突然间对马昌平产生了一种深深的爱意，爱本来就是自私的，世上送什么的都有，唯独没有把爱送人的。人什么都可以不去夺，但为了爱情却可以不顾一切地去想拥有，哪怕去伤害。

采访的对象如此特殊，采访的事迹如此感人鲜明。

林中雁伏案疾书一夜成章，一篇关于马家围子致富的典型报告文学完成了。从文笔到内容她认为都一定会引起一阵不同的反响，好内容才有好文章，她这样想。

这一夜她整夜未眠,先是写作,后是联想。

乡村的早晨是充满了诗情画意的,林中雁一夜未眠仍无睡意,虽然身心已有些疲倦,但她还是早早地步出了屋外,一直陪着她的大队妇女主任苗小梅和同事还在梦里。她和同来的同事昨晚就住在苗小梅家后屋的一铺土炕上,这对于她已是司空见惯的事情。

屋外,旭日东升,红霞万里,天空朵朵白云被早霞染成红色,炊烟弥漫在屯子各家各户的房顶上。

公鸡仍在蹄鸣,牛羊的哞叫,人的吆喝声在空中回荡。

风也柔,情也切,她不由自主地信步走向了马昌平的家,屯子最东头的那两间土坯平房。

是不是很唐突?很冒昧?会不会让人耻笑?这些她都没有去想,就推开了马昌平家院子的小门。

说是家,其实也是马昌平一个人吃住,农村话讲叫跑腿的窝棚更确切。

只是这个家被那次沈佳慧收拾了一番后才像了个家样。

早起晚睡对于马昌平来说已成习惯,精力充沛的他每天都盼着太阳能早一点升起,他有做不完的事。此时他正在屋里看书,一本关于中草药如何保存的书,这是上几天他刚从县里的新华书店买来的。中草药在他心里已是马家围子致富的又一条阳光大道,他要弄懂它,把沉睡多年的草药唤醒来。

听到了门声,他抬头一看,禁不住吃了一惊,省里来的大记者林中雁这时已站在了他的面前。

放下书赶忙让座,犹疑地问她:"大记者何事这么早,昨夜睡得好不?"

"不曾入睡,无所谓好与不好。"林中雁半开着玩笑并没有坐下而是转身把他这个家看了一圈。

"一人独居有没有寂寞之感?"她问马昌平,"一个人生活是不是经常浮想联翩?"

"早已习惯了，"他说："有书为伴，有事在身，也不觉得寂寞。没有浮想，却有理想。"

她点点头说："好习惯，真是不错，在这里生活一定能长生不老，长命百岁。"

"别开我们农民玩笑了，哪能比得上你们大城市，高楼大厦车水马龙，左边商店右边医院，前有学校后有公园。"他用一条毛巾擦了擦炕沿说。"长命百岁谈不上，长寿倒是真的。劳动和环境加心情是长寿之源泉，在我们这里九十岁以上的老人随处可见。大记者，要命长就常来我们这里吧。"

"哈哈，人家都说扇扇不如自来风，医院再好也不如无病，这里真好。"她的脸上出现了羡慕的表情，"我非常喜欢。"

"终有一天，我们这里也会应有尽有，城里有的我们有，城里没有的我们这也有。"他说这话时眼里迸发出一种光芒，一种希望之光，"我们这里有大城市里永远不会有的东西。"

林中雁被他的这种目光和自信又一次吸引，更加情不自禁地把火辣辣的目光投向他，此时不知为什么她的心在狂跳，血液在燃烧，她的呼吸都有些急促了，高高隆起的前胸急促地起伏，她忍耐了一夜的一句话，终于在此刻间忍不住脱口而出："马昌平，我好像已经爱上你，你信不信？"说完后脸如红霞在烧，心如走兔在跳，两眼中也泪水朦胧。连她自己都感觉到了奇怪，这可能就是所谓的男女一见钟情，钟情而忘我，百事而不顾。

她的话和她的神态让马昌平惊讶不已，一时间竟不知如何是好，不知如何应对。

他们僵持在这样一个十分尴尬的场面下。

好一会他才醒过神来冲她微微一笑，冷静地说："大记者别是在开我们农村人玩笑吧，我是什么身份，什么条件，你我就好比乌鸦与凤凰，仙鹤落鸡群，我就一个农民哪配跟你这样的人谈情说爱，我既不信也不会去想，所以你可别开这种玩笑，让我脸红心跳又自卑。"

"不是,我是认真的,"她说,"你也不用这样贬损自己,乌鸦凤凰我还是能分得清看得明,我并没有要你接受什么,许诺什么,我只是表达我自己的心愿。这也是我的性格,我还怕你见笑呢?"

她的脸更红了。

"那可就先谢谢你大记者,"马昌平急忙去屋外给她倒水,边倒边说:"看看,慢待了大记者,早晨烧好的水忘记灌壶了。"他也想借机让这个局面缓冲一些。

林中雁等在屋里,任他去外面锅里灌开水,这一等一离让他们也确实冷静了不少,不要忘记了这是两颗如此年轻的心。

再回到屋里把开水壶放在北墙的桌子上,马昌平看见林中雁已平静地坐在了炕沿上,心里说:"也别伤了她的自尊心。"转而他说:"大记者,我今天早晨就请你在我家吃顿早饭,我来做饭你来烧火,你也体验一下农村妇女是怎么做早饭的,这也是你体验生活的好机会,然后我在给你讲一个故事,这个故事说不上浪漫也算不上火热,但它却是真实存在的。这个故事就在我身边。"

"太好了,"林中雁高兴地从炕沿上蹦下来直奔外屋,她抄起了柴火。从小到大,她还真没干过这样的活,做过这样的事,她的家在省城,做这些她喜欢又觉新鲜。

在这样一个充满诗情的乡村早晨,在这个再普通不过的一家农村小土屋里,两个年轻人一边烧火做饭一边一个在讲,一个在听,饭好了故事也讲得差不多了。

马昌平讲的就是他和沈佳慧从开始到现在的故事。

把林中雁听得是泪流满面。"真好,真凄美。"她说,"真让人羡慕,让人神往。"

这顿早饭她吃得很香,吃得很饱,因为这顿饭里掺拌了五种佐料:酸甜苦辣咸。

生产队的钟声响了，林中雁也离开了。

送走了林中雁，马昌平也长出了一口气，他觉得自己该去大队部了，今天的事比昨天更多，他要办一个中草药学习班，去地区请一个这方面的专家来，给大家讲讲课，帮他们研究研究。

一个人又回到苗小梅家的房子里，苗小梅正在给她做饭，同事还没起来。

她说："小梅，我吃过了，别打扰我，我想写点东西。"

苗小梅觉得很奇怪，心里在问："她的饭这是在哪吃的呢？"

她伏在苗小梅家的炕上写了一首诗：

我独行乡间，

心中奔涌波澜。

人在眼前，

歌在耳边，

唱的是，

大地、蓝天，

白云、草原，

清晨、傍晚，

牛羊、炊烟，

啊！

多少故事，

凄婉流传。

谁是神仙，

在这圣境里缠绵。

我多想，

多想拥有！

这美妙人间，

人生何求，

曲折酸甜，

苦辣几番，

还不是个去来又还……

几天后，省报大幅标题刊登出了笔名雁群的文章，题目是"穷则思变，只因民在心中"，文章讲的就是马家围子穷富变迁的故事。这篇文章一登出立刻在全省引起巨大的反响，后被中央《农民日报》转载轰动全国。

沈佳慧见到马昌平时连亲带打，逼问他到底给那个美人记者递了多少媚眼？否则她怎么写得这么详细，这么生动。

马昌平抱住她大叫："冤枉。"

又一个月后，杨柳县委下来通知，马昌平暂时离开工作岗位，去地委党校学习半年。

离党校开学前的三天，马昌平实在放心不下马家围子的大事小情，这些年来，他事必躬亲惯了，潘永德他们几个人也依赖他惯了，这个大了他十五六岁的副大队长，用手掰着手指头数着说："还有三天你就要去学习了，这回来还不知道能不能再回咱马家围子了，再有三个月你的入党期限也转正了，我这个入党介绍人真离不开你，大伙也离不开，你可千万千万别扔下我们。"

栓子更是眼泪汪汪地看着他说："昌平这一走肯定是上边另有安排了，上次省里来的那个领导就跟地委的陈书记和县委沈书记推荐过，这样年轻有为，有胆有识的干部要破格用在重要岗位上，咱马家围子水浅养不住昌平这条大鱼呀！"说完，眼泪也就下来了，他比马昌平大七个月，正月初九的生日，常在马昌平跟前装大哥。

马昌平说："不管组织上让我干什么，我的心里永远装着马家围子，这里是我的家，我的祖坟在这里，我走多远最后都会回来，落叶归根。"

他的话让几个人心情稍安。

临行前，马昌平把马家围子的事安排了一番，他告诉潘永德："家里的事你多操心，记住了你只要一心为集体，一心为大家，大家就会支持你，拥护你，有事大伙多商量，随时来党校找我，你要挺起腰杆，挑起马家围子的这根扁担。"潘永德听后点头称是，可他心里还是没着没落的。

明天就要去地委党校学习了，沈佳慧突然接到母亲打来的电话，母亲告诉她说："你爸想在昌平去学习前让他到咱们家吃顿饭。"

这可乐坏了沈佳慧，她马上把这个消息告诉了马昌平，自己从心里说："父母终于请女婿进门了。"这一上午她忙得汗流浃背的，买完了白菜买酸菜，母亲明明告诉她到副食商店买二斤猪肉，她却买了五斤。高兴让她走起路来都小跑，说话时想唱歌，看见谁都笑，笑得副食品商店营业员晕头转向的。

女孩子的心思谁能弄懂？

马昌平这是第一次登上沈家的门，第一次端起沈家的饭碗，他心里怦怦直跳，十分紧张，怎样才能给未来的岳父岳母留下个好印象呢？

他想：既然是第一次进门，总也不能空着两手，这几年他也积攒了不少钱，除了给沈佳慧买几件衣服，给了姐姐一部分外，其他也没有花钱的地方。

平生第二次进百货商店买东西，第一次是在齐齐哈尔的百货大楼给沈佳慧买纱巾，这一次他是想给未来岳父岳母还有沈佳慧和那个大哥沈佳志买点什么东西。

买什么呢？在商店里走了一圈又一圈，也不知道买什么好，他哪会这个。眼看要到吃饭的时间了，他一咬牙，买好买坏只是一份心情，管它呢就捡贵的买吧。于是他拎着一大包东西进了沈家的门，当然沈佳慧老远就等在路边，接过这一大包东西，她乐得不行，没进屋就大声喊叫："爸，妈，哥，看看我家昌平给你们买了多少东西，他多明事，多有心哪！"进屋来，她就翻东西，沈为民让座，沈佳志则站一边不好意思地笑，他一定在想，早知有今天那顿揍他一定不用挨了。

"我的老天爷呀！"沈佳慧翻完东西大叫一声说："爸的毛衣，妈的毛衣，哥的毛衣，我的毛衣，全是毛衣呀！"然后笑得倒在了床上，乐得翻身打滚。

她太高兴了。

家里其他人都是见过马昌平的，只有母亲陈红静是第一次见他，在她的心里不知多少回勾画着女婿的模样，今日一见虽不好直眼细看，但她也一眼又一眼的从上到下偷看了个仔细，她满意，心中说道："果然是人才出众，相貌非凡，女儿爱得颠三倒四自然有她的道理。"这个女婿她给了满分，对自己过去的态度也略有后悔。

马昌平与沈佳志握手一笑，那句古语说得十分恰当："渡尽劫波兄弟在，相逢一笑泯恩仇。"这将来已是一家人，过去那点小事谁还记得，谁又在乎。

令沈佳慧也没想到的是，哥哥沈佳志从自己的卧室拿出一套白色的运动服装送给了马昌平，他说："这衣服在学习期间早晚锻炼身体用，名牌不太好买，是大学时一个省领导的儿子托人从国外带的。"

这让沈佳慧更加高兴。

父亲沈为民一直坐在那里吸烟，微笑不作声，看着这一家子人如此高兴，他心里更高兴。

母亲则在厨房忙个不停，不时停住手到外屋看看听听，嘴乐得一直没有合拢。

就这样一家人围在一起吃得十分开心。

晚上，马昌平被留在沈家住下，沈佳志去了好朋友房子明那里，他的屋子和床就倒给了马昌平。

睡觉前，沈为民跟他这位未来的女婿进行了一次长谈。

而马昌平基本都是在听着不插话。

"昌平，我现在可以这样叫你吧。"沈为民边抽烟边说话，他说："这次你去地委党校学习也不是县里的意思，更不是我的意思，是省委副书记古明田建议的,古书记正好在全省分管干部,他是看了省报一个叫雁群的记者写的报道后向省委组织部推荐的,省委组织部又推荐给了地委,为了这事地委副专员李长青还亲自找了我。"

"从领导的重视程度看,重点培养你是有目的的。这次离开马家围子去学习,估计回来后一定会另有任用,或者说可能要重用,上级的目标是明确的。

"你年轻,有热情,有头脑,有干劲,有方法,就是缺少经验,我不担心你在马家围子,我是担心你回来后的工作中。因为你年纪太小,年轻有为也有险。"

"这次去地委党校你一定要认真学习充好电,要做好思想准备去新的工作岗位,这是次好机会,我现在说多少在以后的工作上也未必能用得上,说得多了还会对你有压力,有影响,重要的是自己把握,政治是门最难学的学问,包罗万象,错综复杂,危机四伏。在这个舞台上你会经历曲曲折折的事,遇见形形色色的人,他们笑着可能心里却想着怎么才能置你于死地,好给他倒出个位置。一些人对你言听计从,那因为你手里拥有他没有的权力,一旦这个权力失去了,一旦你对他没有用了,他可能马上就会变脸,甚至攻击你,所谓人心叵测就在这里。"

"凡事要想长远不计眼前得失,民间流传做官要学曾国藩,经商要学胡雪岩那是有道理的,所以有人说,不与上级争锋,不与同级争宠,不与下级争功都是经验之谈,一切以平安为好,我这些年精疲力竭的,好歹平安无事,要时刻想到你不是一个人,你怀揣着一家子人,他们的安危荣辱有时就系于你一身,所以凡事要三思而后行。"

沈为民长出一口气,狠狠地吸一口烟接着说:"你是我的孩子了,你父母早逝,这个家里的人今后都是你的亲人,小慧那么钟情于你,希望你能让她一生平安快乐。这也是我和她妈的共同心愿。"

沈为民的话语重心长,他完全是说给自己亲人听的,马昌平如何不知,他又给沈为民点上一支烟说："您放心吧，您今天说的话昌平一定铭记于心，我会时刻提醒自己，常把自己拿到太阳下面晒一晒，我不会忘了马家围子，不会忘了我的过去，不会忘了佳慧对我的好，我一想到这些，我一定会堂堂正正、清清白白做好这个人，做好这个官的。不管以后干什么，在什么岗位上，我都会这么去想这么去做，我在自己的心里刻下了这几个字，并准备一辈子奉守，那就是良心、法律、道德。请允许我今后叫您爸爸吧，我本一平常人，拥有一颗平常心，我永远不会做对不起组织的事，永远不会做对不起佳慧的事。我之所以这么有决心是因为我对我的人生有一个固定的理念：无论你多贫穷，多富有，多伟大，多渺小，但你都难逃鬼门关，问题是你在过这道鬼门关的时候是否心地坦然，不亏不欠。"

听了他的话，沈为民放心了。

这一夜马昌平几乎没有入睡，他想了很多。

二十五　公社书记

六个月的学习时间很快就过去了,按照中央对干部的管理和使用制度,实行老中青三结合,马昌平作为重点培养的青年干部被列为重点培养后的使用对象。

他在去地委党校前,省委某领导就有话,地委也在任用前特意去省委向这位领导做了专门的汇报,这位领导听完汇报后说:"这个马昌平既有文化基础又有基层工作经验,还是你们地委树立的先进典型,大胆使用,重点培养,可以考虑把他放在基层一把手位置上去锻炼。我们不缺人,缺少的是人才。"

有了这句话,地、县也就有了底。

正好东方红公社党委书记李国庆被提拔为县委宣传部部长,东方红公社书记出现了空缺,地委建议杨柳县安排马昌平任东方红公社党委书记。

有人说马昌平坐了火箭。

也有人说他一步登天。

还有人说马昌平是摇身一变,从奴隶到将军。

不管怎么说,1980 年的 3 月 1 日,马昌平就任杨柳县东方红公社党委书记。那年他 26 岁。

世事难料又无常,人一生想不到的事情多了。

站在公社的大院子里,他感到了自己肩上的责任沉重,看着那些往日他在马家围子时,为了大队的事不得不低头求他们帮助大队办事的领导及公社干部们,他感到别扭,他们感到更别扭,大家都不自然。

因为现在马昌平已是这些人的领导了。

不好意思地握手,红着脸在寒暄。虽说都是熟人确是新的局面。

对于马昌平来说,新的工作,新的环境,新的职责就这样开始了。

大伙了解他,他也了解大伙,了解好说话好办事,了解也有不好办难办的一方面,这就是事物的两重性,但不管怎么说这是组织安排的,由不得个人选择。

马昌平决心干好这个公社书记,他有这个信心。

"是骡子是马牵出来遛遛,不服不要紧,事上看。"他说。

东方红公社的干部和社员绝大部分对马昌平还是服气的,不服的只是个别人,马家围子的今天谁不服?

"跨度大给时间让人理解接受,还不接受说明我真的不称职,那就赶紧给好人倒地方。"这也是马昌平说的。

公社的大会议室马昌平也没少坐在这里开会,但今天不同了,过去他是坐在台下,现在他是坐在台上。

会议室可以容下二百人,全公社机关干部和各生产大队干部加起来有一百多人。

四间筒屋子,前面一排学生桌上铺着灰色的线毯,对面是三十多排学生桌和学生凳,如同学校的一个大班级。

公社是由组、宣、监、青、妇、武、农、林、水、畜机各站所组成的,什么公安、司法、统计、计划生育反正只要上边有的部门这里都有,它是中国最全最小的中央政府。

第一次的见面大会全公社的干部包括各大队小队干部都参加了,走廊过道都坐满了人,马昌平要有一个表态式的发言,这也成了每一个领导到一个新岗位前的必要程序,就像做笔成样。

党委成员都坐在前面跟干部们脸对脸,老社长冯国栋主持会议。

他今年五十六岁,是全县最年长的基层主要领导,当了一辈子二把手,跟谁配合都行,但跟年龄这么小的一把手配合还是第一回,他们相差正好三十岁,论辈分当马昌平爹还有余。县里的组织部长找他谈话时特别强调,我们提倡的是老中青三结合,你们是老少结合,组织上没有调整你就是考虑到你在东方红配合马昌平从哪个角度讲都最合适,这也是组织的信任和重托,你肩上的责任会比以往更重些。

冯国栋只说了一句话,他说:"干一辈子革命工作了,临秋末晚更不会错,请组织放心吧。"

坐在台上看两个人,大家心里都想笑,一个风华正茂,雄姿英发。一个一脸的沧桑,老成持重。

看上去冯国栋比实际年龄会更老一点,看什么要先戴上老花镜,长方脸上胡子总刮不净似的黑乎乎布满脸的两侧,浓眉里已有了白色掺杂,鼻子很大跟下面方方正正的嘴巴形成了对比后显得尤为沉稳,一脑袋半花的头发根根直立如同他的性格,一米八十的大个子往那一坐让人觉得他总是那么严肃,总是那么有正事。

他脾气不好,好发火,但时间长了,大家都知道,老社长其实心地最善良,从不整人,有话直说,说完拉倒,没私心不整事,踏踏实实勤勤恳恳,这些马昌平也清楚,所以他跟他搭这个班子心里很踏实。他有这个自信他们一定能够配合好。

冯国栋指着下边说:"马昌平书记任我们公社的一把手是东方红公社的福气,马书记是个什么样的人,干了哪些事,在座的哪个不清楚,原来我们很多人是他的领导,现在他是我们的领导,这是组织的重托与信任,也是我们东方红公社全社人民的福气与希望所在。作为社长,作为长辈,作为副手,我个人将全力配合,过去我就佩服他,尊重他。事业和年龄没关系,过去马书记这个年龄当将军的也不在少数。从今天起我一定当好这个助手,配合好他的工作,一切以大局为重,以党的事业为重,以全公社人民群众的利益为重,我也希望全体公社大队干部端正态度,统一思想在昌平书记的领导下、带领下,把全公社的各项工作干好。如果我们公社有一天能都像今天的马家围子一样，那我无论哪天退休，哪天离开东方红，我都会为能在这里工作过，为能和马昌平书记配合过而感到无比光荣。昌平书记年轻，他从小队会计到公社书记，大家虽然对他的过去都了解但有些事也未必清楚，这里我告诉大家几条，如果你心里真有那么一点点的不服想法，那你就扪心自问你能不能做到？然后再说话。"

"一、中学考试全县第一名。

二、毕业回马家围子十九岁当的小队会计，二十一岁当的马家围子大队三队的队长。

三、他当队长前一个工分五毛钱不到，他当队长后最多时达到了六块多，当然这有一年多是大主意当队长，但是在昌平书记回三队前三队的每个工分没有超过一块钱的时候。

四、马家围子四个小队过去平均每个工分从未到过一块钱，他当了这个大队长后平均最高时达到了四块多。

五、马家围子现在是全松江地区最富的生产大队，是全省的农业先进典型。中央的《农民日报》登载过，大家也看过。

六、昌平书记在工作中复习了三个月，全地区大学考试第三名，并被上海复旦大学录取，可他为了马家围子，为了家乡撕了那张录取通知书，这是怎样的家乡情怀和气魄？你真的不服吗？我服，我肯定做不到，这人明知道的事还不服，那他就不是个正经八百的人。"

"从组织上跟我谈完话开始，我就有了一种感觉，一种冲动，我要多干几年，多配合他些日子，我实实在在地感觉到我工作的春天来到了，东方红的春天来到了。"

他说这些时台下鸦雀无声。

冯国栋说得很诚恳，很实在，没有扬鞭拍马的意思，这让马昌平很感激。

马昌平在最后的讲话这样说："刚才老社长说了我很多长处，但那只是长处，他没有说我的缺点和短处。我生在东方红公社，长在马家围子大队，我到底有半斤还是八两连小孩子都清楚，所以我一点优越感都没有，而是诚惶诚恐，唯怕负了组织负了父老乡亲和同志们的希望是我此时此刻的心情，我的缺点很多，不足的地方更多。能当好马家围子大队的大队长未必能当好这个公社的书记。马家围子只是东方红公社的一个生产大队，对全公社来说那是小事，而全公社是大事，但我有决心也有信心当好这个公社书记，因为有组织，有大家，有全公社人民，还有老社长和全体干部，所以才有我的这份决心和信心。"

世上无难事只怕有心人，人最怕没心。

决心做事，岂有不成？

"大家都了解我，我没有在公社机关工作的经验，但你们有，我不熟悉情况，你们熟悉，多少届班子都在努力致力于全公社人民生活的改善，每届都做了大量的工作，现在该轮到我们了。我对咱们各个生产大队既了解又不了解，起码了解的不是那么深透，刚才老社长讲了，如果我们每个大队都能像马家围子一样就好了，这点我信。"

"是的，马家围子却是要比其他大队好一些，但我相信别的大队在人力、物力、资源上并不比马家围子差多少，所以赶上超过马家围子也不是不可能的事情，这只是个时间问题，关键问题在于我们这些人，在于我们这些干部怎么去带动全体社员去赶超。"

"我不想说得太多，我想全公社干部、群众也不是因为听我在这讲什么，说什么大道理就能富裕了，所以我最后要跟大家说的是，充满信心，鼓足干劲，拧成一股绳抓生产，抓经济，抓广大社员们的生活水平提高。你那个大队，小队，各家各户有钱了，日子好了，你就是好的大队长，好的小队长，否则你什么都不要讲，讲了也是空话、废话，我不听，大家也不要听。今后公社干部要实行包大队、包小队、包到各户的制度，有成绩的就提拔重用或者是物质奖励。公社的各个领导实行分管责任制，谁分管什么负责什么，向上争取向下投放，多了是英雄，少了是无能，韩信点兵多多益善。还是那句话，只要不违法违纪你能争来取来你就是好干部。"

"从明天开始,我要到各个大队去调查情况,没有调查就没有发言权,不研究就找不到解决的办法。"

散会后马昌平来到了老社长冯国栋的办公室,他一直都非常尊敬这位老领导。

老社长给他倒了杯茶,点上一支烟问他:"来一支不?"

"来一支。"他说,这是他平生第一次吸烟。

"老社长,我想下去摸摸情况,过去我对全公社的情况只是个一知半解,过去我也管不着这么些。现在不行了,心里没有底,看了统计报给我的基本情况,有的小队一个工分三分钱这我不太相信。"他吸了一口烟呛得一阵咳嗽。

"大姑娘上轿看来你是头一回抽烟。"老社长拽过一把椅子坐在了他面前,吸了一口烟,说:"一点假都没有,这三分钱有的还分不上,一年一碗胀肚黄啊!"

胀肚马昌平是明白的,就是一年收入没有支出多,胀到肚子外面去了,工分挣得越多赔得越多,干的赶不上看的,看的赶不上不看的。

"这样的队长、会计一天都不能用。"马昌平说。

"昌平,"老社长又把椅子向他拉近了一点,真诚地说:"我同意你下去看看,调查研究一下,家里的事你放心交给我,但我提醒你凡事别着急,这病也不是一天两天做下的,这些公社干部跟你还没有适应,没有缓过劲儿来,过去逢年过节求事办事,猪肉粉条子你也没少给他们送,在你面前一个个都趾高气扬的,现在你一下子成了他们的领导,他们不自在,觉得自己过去在你手里有短处,心没底,所以你别太急,给他们点时间适应你。"

马昌平点点头说:"老社长你这烟太辣有没有轻点的。"

"没有,"老社长说,"我抽别的没劲儿。"

"老社长,"马昌平说,"您这么支持我,我心里头很感动,说真的看了咱们全公社各个大队的收入报表,我这心里头不但急还堵得慌。我感到有的大队社员太穷了,这日子怎么个过法? 我最近看了一些新闻报道,南方的一些沿海地区人均收入到了一万元,差不多是我们个别小队全队一年的收入,差得太多了,太远了。同在一片蓝天下,我们为什么会这样穷? 我看还是我们脑袋瓜子有问题,我们生产大豆,他们加工豆油,然后再把豆油高价卖给我们,这是什么道理? 我们一个劲儿地大豆、苞米、大高粱的,都种了几辈子了,还要种几辈子才算个完? 种也不是问题,问题是种这些它不值钱,那为什么还要种下去? 是的,有任务,可完成任务后呢? 我们把的太死了,要活起来才能富。”

老社长听这个小书记说的话烟烧了手都不知道,他从心里更服这个年轻人,他说的话他连想都没有想过,他觉得他说得十分有道理,他是一个有雄心大志的人。他的第一感觉就是可能自己真的老了,跟不上了。

马昌平长出了一口气,把手里的烟捂灭在桌子上的烟灰缸里,继续说道:“我看还是咱人思想不够开放,脑筋不够灵活,中央不是提倡对内搞活,对外开放吗? 上级的精神我们没有学透,体会不深。我有个想法还不够成熟,但我在想,咱指望别人不行,还得靠咱自己想办法,出狠招,等我下去调研一圈回来再跟您汇报商量。”

老社长把烟也捂灭了,他说:“我支持你,我没有办法,没有招数,但我有三十年党龄,我给你顶后腰。”

老社长的话让马昌平感动不已。

第二天,马昌平带着党委秘书、组织委员、宣传委员、农林水畜四个站长下到各生产大队。

第一站他们去了全公社最穷的火箭大队。在东方红公社有段顺口溜叫:“火箭穷马家围子富,旭日的孩子吃不饱肚,屯管屯,户管户,火箭社员管干部,一队吵二队闹,三队四队可劲造,说不上媳妇拉帮套。”说的都是这个火箭大队。这个大队曾发生过一个老师为救火中的学生被烧成鬼脸,后来他又为了自己的爱人自杀的故事,马昌平曾把这个悲凉凄美的故事讲给了沈佳慧,把个沈佳慧哭得一塌糊涂。

火箭大队共有四个生产小队,四个自然屯,二千七百口人,劳动力四百七十多人,去年工分最高的一队每个工分两毛三分钱。

一进屯子给人的第一个感觉就是穷、破、乱、脏,一条土路两侧是一排排低矮歪扭的土坯房。这条路遍地马牛羊粪,大坑套小坑叫人下不去脚。街上孩子们身上的衣服破烂不堪,一个个脏兮兮的,他们见了这么多人进屯子跟在后面说笑着,有的甚至没穿衣服,有的光着小脚,有的手里还拿着吃的。

"今天是星期三,为什么这些孩子不去上学?"马昌平问大队长。

大队长回答说:"这都是些家里穷或者是家里大人生病上不起学的孩子。"

"有多少这样的孩子?"马昌平问大队长。

"不太知道,反正很多。"大队长说。

"有多少病人? 我指的是干不了活起不来炕的。"马昌平阴沉着脸问大队长。

"十几个吧。"他说。

"都在家里吗?"马昌平又问。

"都在。"大队长回答。

"为什么不去住医院?"马昌平问。

"谁住得起,去年死了五个,没有一个住院死的,全都死在家里头。"大队长这样说时头上冒了汗,他发现新书记马昌平的脸青得吓人。

"你们大队有多少土地?"半天,马昌平平静了一下自己的情绪继续问他。

"八万五千六百亩。"大队长这回回答得相当准确。

"两千多口人,八万多亩土地,穷成这个样子?"马昌平边向前走边自言自语,他的心里很难受。

"你们有没有想过这是为什么?"他停住脚问大队长,"为什么这样穷?"

"苞米不值钱,除了任务就喂马喂牛了,还有这地多也没有用,荒了一少半,四五百人出工不出力,你靠我我靠你,混了一天是一天。"大队长也是一肚子怨气,"四个小队两个胀肚,一个钱没有,我也着急。"

他们一连走了二十多户,出来后马昌平的眼睛湿润了。在二队一个生病在炕的老社员用一双瘦骨嶙峋的手拉着马昌平说:"马书记,咱这生产队啥时候能分点钱让孩子去上个学呀? 我闭不上眼睛就是这心里不甘心哪!"

"这要求过分吗? 简单不? 可我们怎么答应他?"马昌平说:"我们这些干部有愧没愧? 这晚上睡得着觉不?"

在那个社员家里,他答应了那个有病的老社员,他说:"老人家您放心,我们一定想办法让孩子们都能够上学去。这是我们当干部的责任,我保证。"

后来他们听说第二天那个老社员就死了,闭眼前他跟身边的儿子说:"公社马书记说了,马上就能让咱家的小全子去上学。他保证了,他要说话不算数,我到阴曹地府也找他去。"

他们到的第二个大队是全公社出了名的福发大队。这个大队出名是因为大队出了个强奸犯,强奸的不是别人而是自己的妹妹,强奸后自己跳井淹死了。

这个大队有一千九百多口人,三百九十个劳动力,四十二个光棍。

村头有个老人叫吕红福,七个儿子三个姑娘,七个儿子六个光棍,在三姑娘第二天要出嫁时被自己的二哥强奸了,妹妹含羞上吊自杀,二哥自愧跳了屯子里的井,跳井前他大喊了一声:"我要娶媳妇!"

这件事轰动了杨柳县也轰动了松江地区。

小伙子娶媳妇天经地义,可是他们因为穷,他们实现不了这个愿望。

"哥哥强奸妹妹,然后是哥哥跳井妹妹上吊,虽为兽行也反映了人性的自然,还说明了一个问题,我们没有带领他们富裕起来,他们穷得没人给当媳妇。"这是马昌平在这里对随行的干部们说的。他还说："拿人心比自心，我们这些当干部的尤其是我这个公社书记听了看了心里有什么感触？我想大哭一场，可哭解决不了穷的问题。"

走了两个生产大队除火箭的大队长有块手表外，全大队其他人竟一块手表也没有，自行车、缝纫机也少得可怜。

又走了两个大队，情况都是大同小异，马昌平决定不走了，走有什么用，有用的是想办法拿措施解决问题。

他开始抽烟了，这期间他给沈佳慧打了几次电话，把自己心里的话说给她听，把这里的情况讲给她想，他心里头闷啊！

她说："你干什么我都支持你，这辈子死活跟着你，嫁鸡随鸡嫁狗随狗，擒龙跟你下大海，打虎随你上高山。"说完便是一阵银铃般的笑声。然后又说："我虽没有什么办法，但我却有一句话告诉你，我相信你。"

在调研时他问火箭大队的大队长，"你说说，有什么办法能让社员们的日子好起来？不再是现在这个样子，有什么办法不让这土地荒芜？人心不散？"

"要说也有，"火箭大队长坚定地说，"除非地是自己的。这大帮哄，大锅饭没个好，大眼瞪小眼，小眼白瞪眼，一个工分不值一毛钱，摊到自己又能分多少？有些事也难怪，不穷才叫怪。"

他的话让马昌平几天几夜没有睡好觉。

自从到公社工作之后，他一直住在公社的办公室里，并学会了抽烟。

烟一支一支的抽，当他把最后一支烟掐灭在烟灰缸里时，一个大胆的想法在心中初步形成。

这天晚上老社长值班，他想先去找老社长聊聊，把自己的想法说给他，听听他的意见。

还是先倒一杯茶，然后拉把椅子坐在他面前，老社长说："这次下去调研有什么感受？"

"心酸,愧疚。"他简单地回答了四个字。老社长也没说什么递给他一支烟说:"尝尝这个,上海牡丹,劲儿小味香,种子站长去上海看病买回来两盒,都给我了,我给你留着呢。"

他也不客气,接了过来点上,吸了一口,吐出来顿时满屋子烟香。

"说一说如何心酸,如何愧疚。"老社长自己点上一支粗的辣的问马昌平。

他叹了一口气说:"作为公社书记看到我的社员们过着那样的苦日子我感到心酸,作为公社书记我又无能为力,眼睁睁地看着他们受穷我感到愧疚。"他说得十分沉重又充满了自责。

"哎!"老社长长叹一声说:"说句心里话,这些我也是看得多了,也习惯了,所以我不愿意下去,当了这么多年社长,配合了那么多位书记,我的任务和他们的任务就是首先完成上级交给的任务。"

"一定要改变,不能老是围着任务转,要是变不了,改不了,"马昌平在下决心,并加重了语气说,"我宁愿不当这个书记。"

"是不是你已经有了想法?"老社长问他,"说来听听。"

他从椅子上站起了身,心情很沉重,又坐下闭上了双眼半天才睁开,他看见老社长正等着他的回答,像下了最后的决心似的。

在福发大队座谈的时候有一个民兵排长的话让我想到了一件事。他说:"生产队的十亩地不顶个人家的半亩自留地,因为什么? 因为自留地收入多少都是自己的,生产队的地收多少都是集体的。"马昌平心事重重地站了起来,看得出他的内心很矛盾很纠结。

"你不是想扩大承包自留地吧?"老社长皱起眉头一副吃惊的表情。

他点点头,说:"现在我们全公社社员每家每人的自留地都是几分地,如果每人每户扩大到三亩那会怎么样?"他说完这话眼睛盯着老社长等着他的反应。

"不行,不行,那可不行。"老社长赶忙连连摇头,说:"你有没有想过这是什么后果,是什么问题,这可是原则问题,会被看作是私分集体土地,挖社会主义墙脚,走资本主义道路……"

"不行,不行。"老社长站了起来,他很激动。

"为什么不行？我们不能所有的大、小生产队都去种白菜、种土豆,太多了,卖给谁？东西多了也不值钱,只有这么做才能从根本上解决这个穷的问题。"马昌平说得十分肯定。"集体经营和交给社员自主经营有什么大的区别吗？不就是形式不同吗？再说我分摊的只是自留地,这些自留地完全可以保证社员自家的生活问题,为什么不行？"

"可这是在冒极大的政治风险,这是越了红线的,我一大把年纪无所谓,你一朵花才刚刚开,要是有人抓住了这条辫子那事可就大了,会被打成……"

老社长话没有说下去,他一个劲儿地摇头,又说:"昌平你再想想,再好好想想,我觉得这条路你不能这么走……"

两个人都不说话了,都在使劲儿地抽烟,屋子里完全被烟雾所笼罩。

沉默了好一会工夫,老社长问马昌平:"昌平,你有没有跟沈书记交换过这件事,听他怎么说？"老社长突然想起了马昌平未来的岳父,县里的一把手沈为民。

他摇摇头说:"没有。"

"那就跟他沟通一下,看他怎么说？"老社长说。

"不,"他说,"我不能去跟他说。"

"那是为什么？"老社长问:"于公于私我觉得都应该跟他汇报交换一下,听听他的意见。"

"不用交换,他一定不会同意。"马昌平说:"他不知道,出了什么事也就与他无关,如果他知道了,那就把他牵扯进来了,怎么着他都脱不了干系,不能让他知道。"马昌平说得十分坚决,"就是有事也是我一个人的事,他顶多负有领导责任。"

"昌平,"老社长语气显得更加亲切和凝重,他说,"你就听我一句劝,放弃这个念头,咱们再想其他办法,这个险不能冒,到时候那真是炒豆大伙吃,炸了锅你一个人背,太危险不值得你个人冒这么大的政治风险哪!那时候谁都救不了我们。"

马昌平又点起一支烟狠狠地吸着。"那谁又能救他们?"他喃喃地说,"救这些穷社员。"

又沉寂了好一会,他又长吁了一口气。想了想,他说:"我们可不可以来个变通?"他问老社长。

"怎么变通?"老社长问。

"我们每个生产队都有那么多撂荒地、鸡嘴子地,我们下文件就说为了改良这些废弃地,为集体改良,承包期为三年,三年改良后再收还集体。"他说到这很兴奋,像抓到了一根救命稻草似的。

"这不是自欺欺人吗?人多嘴杂,王八多乱爬,瓜子里嗑出个臭虫,什么仁都有,能瞒得过去吗?你真那么决心要这么做?"老社长看出了马昌平难以改变的态度和决心。

"试试,"他说:"事实也是如此,我们就分这种地,这些地其实也都是好地,鸡嘴子地不就是因为离屯子近吗?我在马家围子就把这些地变成了好地,由大队下个通知,用专人看护,各家各户栓猪圈鸡不就成了。"他说得十分轻松,"到了各家各户手里都是好土地。"

"问题不在这,"老社长挠了挠脑袋,"问题在于性质,这是什么性质的问题你有没有好好想过?"他的声音一下子变得沙哑了,他是急的。

"老百姓穷得上不起学,娶不上媳妇,有病住不起医院是什么性质的问题谁该考虑?"马昌平把眼睛看向了窗外,窗外天已经黑了,后院的办公室有人点亮了灯。

一想到那个抓住他手求他让孩子上学的老社员,他的眼泪朦胧了眼眶。

见说不服马昌平,老社长改变了口气说:"你再想想,好好想一想再做决定,我们先别急着下这个决定。"

这一夜对于马昌平来说又是一个不眠之夜,沈佳慧打电话来,他只简单地跟她说了几句就撂了电话,晚饭也只吃了半碗玉米糁子粥,没有食欲,他吃不下去。

夜深了,他到办公室的外面,一个人坐在公社大院的草坪上仰头望着天。

夜风很冷,他打了寒噤,今天他忘了穿上沈佳慧给他织的那件红毛衣,把衬衣抿了一下抱紧双臂,觉得温暖了许多。

今晚的夜空格外的蓝,一弯勾月正挂在东天下方,浅浅的天河犹如撒雪扬盐似的铺在北边天际,无数颗星星眨眼看着这位二十六岁的公社党委书记心事重重地在院子里一会坐下一会站起一会又踱步院中。

他的耳边响起了未来岳父在他去地委党校前说的话,"平安,平安才是前进路上最大的保护伞,从政路上多风险,不越红线为前提。人生苦短,平安是福。"

眼前又出现了沈佳慧那张美丽的脸,她笑着对他说:"嫁鸡随鸡,嫁狗随狗……"

可是当那双瘦骨嶙峋握着他的手又一次在他眼前出现时,那句"书记,能让孩子上学吗"的话在他耳边回响时,他的心翻腾了,血凝固了,他松开了紧抱自己前胸的双臂义无反顾地大步走向了自己的办公室。

他要连夜起草一份文件。

东方红公社的党委会召开了一天,没有人对一个决定表态,大家都在沉默不语。你看我,我看你,然后低下头不发言。

老社长连催几次都没有用,再催急了有人就去上厕所。

气得老社长一个劲儿地敲会议室的桌子。

因为今天的会议议题是通过《东方红公社扩大全公社各生产大队各户自留地的暂行规定》。

文件中明确表明,各家各户以人口为标准把原来的每人二分自留地扩大到三亩。二分与三亩这是个什么数字？百分之多少的改变？问题有多大？

这也就是说全公社每个人平均分得三亩自留地，自主经营，种植品种自行选择，公社、大队不得干涉，时间暂定为三年，在这三年中家庭主要劳动力除业余时间外不准参与自留地的生产，其经营以各家庭的附属劳动力为主，生产成果归各户自己所有，集体只要土地的改良成果，三年后土地使用权集体收回。

参加会议的党委成员都闷着不发言是他们心里都很清楚这份文件的风险太大，他们每个人的手里都有这样一份文件草稿。

按照会议以往的程序，谁发言秘书都要在会议记录上注明发言者的姓名、发言内容。谁愿意当这个出头鸟，冒这个风险呢？谁敢哪？

主持会议的老社长开始叫板了，他指着坐在会议桌子的左边副社长齐才说："老齐你先说说你对这个决定的看法？"

老齐冲老社长一笑摇摇头说："我还没太想好还是让其他领导先说吧。"说完低头不语了。

"老徐，你说说。"老社长又点了武装部长徐玉春的名。

"我也没想好，听听大伙的意见再说。"他说。

"老吴。"老社长还想挨个问下去被马昌平制止了。

他说："老社长，不用再问了，今天的会我看这样吧，我来表态做个决定，当然全部责任由我来负，这份文件是由我亲自起草的，文件的内容大家也都清楚了，大家有顾虑不表态我理解，但这件事一定要做，我不做过多的解释，文件由我签字下发，大家只负责下去具体落实。"

"不，"老社长这时说，"这份文件由我来和你一起签发，这也是公社的书记、社长研究决定的。"

他的态度让马昌平更加尊敬这位长者。

会议散了，文件下发了，下边十三个生产大队六十九个生产小队，一个小农场都开始了落实,一时间在杨柳县东方红公社这片土地上开始了一轮新的扩大自主经营自留地的大运动。

用热火朝天、干劲儿十足、人欢马跃来形容那个场面都不为过。

"土地是国家的,人是集体的,政策是中央决定的,我们只能执行,中央政策现在可没让这么干,这行吗?"有人这么问老社长。

老社长说:"这土地变了吗? 到啥时都是国家的,这人变了吗? 不是集体的吗? 中央也没规定让我们受穷,我们这是在按中央的决定在改良土地,只是方法不同,但结果一样。"

二十六　削职为民

这一年,这一回,全公社没有一块土地被撂荒,到处是一派生机盎然的景象,硕果累累,丰收在望。人们的脸上洋溢着喜悦的笑容,各家各户根据自己的家庭实际、特点甚至爱好来经营自家的自留地,起早贪黑,汗湿禾土,他们看到的是希望,等待的是好处。

马昌平骑着那辆沈佳慧给他的自行车也不知在全公社转了多少遍,他的心一直悬着。他也用这种方法排解着自己烦乱的心情。

眼前的丰收景象让他的心放下了,老百姓日子过好了,其他的就都不重要了。他实现了在那个老社员临死前对他的承诺。

这一年的大年,东方红公社可是从来没有这么过过。

公社的供销社经理跟老社长汇报说:"每年这时候是三天一趟货还卖不动,现在是一天三趟货还不够卖。"

"供销社从早晨开板到关门挤得人直出汗,这一天累得直不起腰。"这是供销社售货员说的。

公社党委秘书也来告诉老社长说:"今年过年公社给干部分糖块不用买了。"老社长问为什么?秘书说:"结婚的喜糖在秘书室装满了三大纸箱子,比每年公社分给干部的还要多。"

老社长高兴地说:"好,今年糖块不买了,就发这喜糖过年,再给每个干部两副对联三张年画,这个年不错。"

然而,在公社大院的一角,一个人正窃窃的私笑,他心里在说:"马昌平你也不用高兴得太早了,你这也是自寻死路,这回看你往哪跑? 看谁这回能救你?"

这个人就是原来马家围子的大队长现在的护林大队副大队长马永太。

正月初三的早晨,瑞雪飘飘,阴云低垂。鞭炮仍在空中不停地炸响,年的香气味仍在空气中弥漫。

松江地委副书记兼专员林春涛的手上拿着一封群众举报信,这是地委办公室秘书小陈送来的,节前地委有规定,上班前要件要直接送到领导家里来,免得误事。

打开信纸一排大字赫然纸上。

"私分国家土地,私定土地政策,大挖社会主义墙脚,大走资本主义道路。"下边是具体事实,署名是杨柳县东方红公社全体党员干部。

看完了举报信,林春涛大惊,这还了得,听说中央正在追查安徽凤阳的一个什么小岗事件,其形式与其雷同。

"通知有关人员马上开会。"他对等在那里的秘书小陈命令道。

地委的会议结束了,地委根据群众的举报迅速成立了专项调查组,组长由地委监察室一科的副科长房子明担任。

正月初八上班,秘密进入东方红公社调查,如情况属实把当事人带回地委隔离审查。

1981 年的大年,马昌平是在马家围子过的,初二他就到公社去上班了,手里还有那么多工作要做。今年春脖子短,生产任务要提前。另外,佳慧也跟他说明白了,正月初八他们举行婚礼,初八是好日子,八是发的意思,这日子吉利。新房子已经让栓子他们和公社一些干部弄得差不多了,就是公社家属房的最西边两间,这是老社长特批的。

春节上班后,沈佳慧也会调到东方红公社中心校工作,为的是离他近些。

马昌平逗她说:"人家都往上调,你往下来,真是委屈了你。"

沈佳慧说:"要跟你在一起,回马家围子我都高兴,这就叫嫁鸡随鸡嫁狗随狗,我嫁的原本就是个农民离不开农村。"

马昌平什么都没说，只紧紧地拥抱她，所有的话都在这份拥抱里。

公社的家属房就在公社大墙的西墙外，跳墙就进了公社院子里。

初八这一天，一台绿色北京吉普车悄悄地进入到公社的各生产大队，他们就是地委调查组。

初八这天，公社的西院外也十分热闹，因为公社书记马昌平要结婚了。

从早晨到中午，家属区内热闹非凡，鞭炮声、欢笑声此起彼伏，新娘沈佳慧在亲友和同事同学们的簇拥下进了新房。

今天的沈佳慧更加的漂亮，一身红衣是母亲亲手做的，头上是马昌平那年为他买的那条红色纱巾盖头，这也是她特地选的。

他们被众人推着拥抱、接吻、咬苹果，屋里屋外都挤满了人。

场面好激情，好热闹。

那幅马昌平与沈佳慧的合影照片最吸引人，它就挂在新房的东墙上，一进屋子就看得见，据说这幅照片照相馆本来想作为相模摆在照相馆的橱窗里，被马昌平拒绝了。

送亲的大汽车开走了，这车也是沈佳慧二叔家的大哥沈佳奇找来的，按照当地的风俗习惯，父母是不送女儿来新房的，他们高兴却看不了新房，因为从此以后他们含辛茹苦养大的女儿就要离开他们了。女儿嫁人和儿子娶媳妇当父母的心情是截然不同的两种。

鸟儿离巢，女儿嫁夫对父母都是一种不小的打击。

临上车前，母亲陈红静抱着女儿，边流泪边说："我的宝贝女儿，从今往后你就姓马了，无论到哪，无论哪一天，都别忘了是你爹妈养大了你，别有了夫君忘了爹娘。"

沈佳慧在哭，沈为民在抽烟，哥哥沈佳志也在偷偷地落泪。

沈佳慧一下子给父母跪下了，她哭着说："感谢爸妈的养育之恩，感谢哥哥从小呵护我长大，我永远都是你们的女儿、妹妹，我爱你们，我永远都姓沈，永远爱你们。"

那场景感动得很多人跟着掉眼泪。

都说结婚是喜事,那要看对谁而言。

房子明带着调查组的三个人悄悄地进了东方红的三个生产大队,调查是顺利的,事实也是清楚的,秃头虱子明摆在那里,这千家万户的说法几乎一致,社员们说:"今年要不是多分了自留地,日子肯定过不到今天这样。"

他们把自己的喜悦全都表现给了调查组,他们并不知道他们的话正像一根绳子套套向了他们的书记。

房子明他们回到公社大院,县里同来的纪委干部马成江被通知找来了公社纪委委员徐路才。房子明告诉他:"我们等在办公室,你去把你们的马书记叫来,不要声张,只说地委来人了,有工作要谈。"

徐路才点点头,心在狂跳,他知道这一定是出事了,而且肯定不是什么好事。他替他们的书记捏把汗。

路上,徐路才告诉马昌平,来的都是地委监察室的人。

马昌平明白了,这些可能迟早要来,没想到来得这么快,来得这么不是时候,他强抑制着自己狂跳的心,走进了公社接待用的办公室。

房子明一行人都站了起来,县纪委来的干部刚要介绍,房子明说:"不用了,我们认识的比你早。"

寒暄过后,房子明言归正传的说:"马书记实在不好意思,今天我们来的也实在不太是时候,正赶上你大婚,可公务在身职责所系还请你多包涵,多理解。"

马昌平说:"房领导不用客气,有什么事您请直说。"

"根据干部群众举报,按照地委领导指示,根据我们调查的事实情况,请你跟我们回地委配合组织继续调查,什么事我想你也知道。"

马昌平叹了一口气点点头说:"让我回去跟我的新婚妻子说一声可以吧?"

同来的一个人刚要上前阻拦被房子明挡住了,他说:"可以,二十分钟后我们等你回来,顺便跟沈佳慧道个喜,说我祝贺她了。"

马昌平说了声谢谢,心情沉重地走出了办公室的门。

望着走出门去的马昌平的背影,房子明说不清自己现在是得意还是难过,反正心里特别的乱、痛,因为在他心里,他一直爱着沈佳慧,也是在他心里这个世界上没有哪个女人能比得上沈佳慧,可是她却嫁给了马昌平,一个一辈子让自己第二,一辈子跟自己过不去的人。

也是在房子明的心里,沈佳慧嫁谁都可以,他还能够接受,可她偏偏嫁给了马昌平,一个他最不能接受的人。

他长出了一口气,让自己痛乱的心平静一些,似乎在说:"沈佳慧你这一辈子算是毁在了这个人手里,你这到底是因为什么? 我房子明哪里不比他强百倍,你何苦自作自受。"

走出来的马昌平尽量让自己的心平静下来,这个结果他其实是早有心理准备的,只是没有想到会在这个时候来到。

回到新房,大家还在说笑。他悄悄地伏在沈佳慧的耳边小声地说:"佳慧,我说给你一件事,你不要惊慌,我要去趟地委,也可能短时间回不来,你今晚先回爸妈家里去住。"

"什么?"沈佳慧简直不相信自己的耳朵,她刚要大声说什么被马昌平伸手捂住了嘴,他小声而又紧张地说道:"佳慧,听话,也没什么大不了的,以后再跟你解释,这个场合你先别声张。"

"为什么现在? 为什么去地委? 到底出了什么事?"沈佳慧连声问他。

"听话,"他说,"以后再解释。"说完强装笑脸走出了新房。

扔下背后的沈佳慧一脸的疑惑一肚子的酸楚。

马昌平走后,她决定马上去给父亲打电话,问清楚到底发生了什么事?

回到办公室的马昌平被带上了吉普车,并被直接带回了地委,进了地委的办公大楼,他被带到一间办公室门前,开了门一个人在他的背后推了他一把,随即就关上了,在门外那人告诉他说:"马昌平,你被隔离审查了。"

屋子里一片寂静，只有一张床、一把椅子、一个水壶、一个水杯。

马昌平躺在了床上，他知道这回可能真的出不去了，别的没什么，他只是担心沈佳慧，真是对不起她，此刻她一定在哭。

松江地委行署专员兼地委副书记李春涛是个典型的无产阶级战士，是一个不折不扣忠于党的事业的布尔什维克。

党在他心中无比的神圣，党的一切决定都是对的，他必须按党的要求办事，任何有悖的地方他都不允许。

杨柳县东方红公社的这个案子关系到党在农村的政策，有人违背了它，事情十分严重，那可不行，他要亲自过问这件事。

房子明自从毕业分配到地委工作后，一直很上进，他个人的努力加上他父亲各方关系的协调让他成长很快，二十七岁就成了副科级干部，这在地、市一级年轻干部中也是不多见的。

个人事业的进步让他对未来的政治前途充满了信心，但二十七岁的他唯一遗憾的就是自己在婚姻上得不到满足，在他所接触过的女孩子当中，没有任何一个人可与沈佳慧相比，正是因为这个原因，到今天他还迟迟没有女朋友。

沈佳慧成了他择偶的比较对象，那也是因为他被沈佳慧冷冷地拒绝。他心有不甘，下决心找一个比沈佳慧强的，可到如今他并没有找到。

毕业后他对沈佳慧的追求自认为是有把握的，他并不知道她与马昌平之间感情的存在。以他的工作和自身条件、家庭条件，沈佳慧没有理由不同意成为他的女朋友。最初他过去找了他从小到大的好友，沈佳慧的哥哥沈佳志。当他把自己的想法说给他时，满以为一点问题都不应该有的他得到的答复是："我劝你放下吧别去想了，那是根本不可能的，有些事你不如我了解。"

"为什么？"他追问了多少遍，沈佳志都没有跟他说清楚，问急了他说了句："如果你非不信，就自己去问佳慧吧。"

没有办法,他怀揣着一颗忐忑的心自己去找沈佳慧。

那是在她的办公室,一见沈佳慧,他浑身都松软无力,他不敢去看她那张脸,看了他只想扑上前去拥抱她,她太美丽了,她太诱人了,有了她今生还追求什么? 男人所有的努力与奋斗其实还不是为了一个自己钟情的女人。这是他想的。男人就是为女人活着的。

他的到来沈佳慧是没有多想的,可能她从来就不曾这样想过,所以接待他就像小时见到哥哥沈佳志一般,既热情又坦荡如同一个普通家人。

说了那么多的话,待了那么久,他都没有把一直想说的话说出口,直到告别要走时他才鼓起勇气对她说:"佳慧,难道你对我一点感觉都没有吗?"

"什么感觉?"她笑嘻嘻地问他。

"就是那种,"他红涨着一张脸,"那种进一步的感觉。"他自己都不明白这话到底说没说清楚,她听懂没听懂。

沈佳慧认真的思考了一下,皱起了眉头,突然醒悟了似的一阵开怀大笑,"子明哥,我不知道你指的是什么,不过我忘了告诉你,我有男朋友了,我是那么的爱他。"说完又开怀地大笑了起来,并为他开了门,示意他可以离开了。

他迷迷糊糊地离开了县教委又去找沈佳志,他并不死心,他要问个清楚,他还是不相信她真有男朋友,他就是不信。

沈佳志这次跟他说得更明白了一些,他说:"我之前不说是因为怕伤了你的自尊心,还有我还不能够完全确定这件事,我只是影影绰绰的一种感觉,如果你非要问那个人是谁,我告诉你,如果我没有猜错,他应该是我们中学毕业前打的那个人,永远让你第二的那个人——马昌平。"

"天哪!"他差一点晕过去,这更加不可能,那个马昌平跟他相比那是什么? 凤凰与麻雀,骏马与笨驴,不可比。他说:"根本不可能,我不信。"

"信不信由你,"沈佳志这样说:"作为好朋友,反正我全说了。"

然而后来的事实告诉他,沈佳志并没有说谎,当他得知她们要结婚的消息后,他禁不住仰天长叹说:"既生瑜何生亮。"这个马昌平是他这辈子的仇敌。

现如今马昌平面临万丈深渊,可以说前程尽毁,他很得意,心里说:"沈佳慧你应该后悔当初的选择是多么的错误,要怪只能怪你自己有眼无珠看错了人。"

现在正值上级号召青年干部下基层,上段时间他向地委组织部和领导递交了一份下基层的申请书,要求回杨柳县任职。为什么?他自己也说不清楚,兴许是想离她近一些,兴许是要和这个马昌平比一比,看谁更有前途,让自己爱的人而不爱自己的人后悔是人生的一大快事。这人心有时也难说清楚。

地委监察室审讯室的屋子很大,足有五六十平方米。

地委专员李春涛坐在审讯桌子的后面,他的两边是行署的纪委书记和房子明一行办案人员,一个秘书坐在旁边的一张桌子后记录。

一个大灯泡从房顶垂下来悬在屋地中央椅子上方马昌平的头上面。他现在脸色苍白,胡子长了满脸,非常憔悴,看得出他昨晚一夜未眠。

办案人员先是问了一些年龄、职业、工作单位等例行程序的问题外,开始切入主题。

李春涛亲自审问马昌平。

李春涛:"你才二十七岁,可谓前途无量,为什么这么做?你知不知道这叫自毁前程?"

马昌平:"我没有认真去想这些。"

李春涛:"你的做法是严重的错误行为,严重的违背党的农村政策,这是典型的走资本主义道路,小农经济思想,大挖社会主义墙脚,你的问题十分严重,你知道吗?"

马昌平:"我并不这么认为。"

李春涛:"你怎么认为?"

马昌平:"合理的利用现有土地资源,充分调动广大社员的积极性,让社员们的日子过得更好一点。"

李春涛:"你这种想法并没错,你是党的基层书记,你的行为却应在党的政策范围内进行,难道走社会主义道路社员就过得不好吗? 就穷苦吗? 你这是刻意诋毁社会主义制度。"

马昌平:"如果您到社员家去实地看一看,看看他们孩子穷得上不起学,社员病了治不起,小伙子娶不上媳妇去强奸自己的亲妹妹,当一个临死的老人拉着你的手说,书记呀,让我的孩子上学吧,我想您就会明白的。"

李春涛:"你这是强词夺理,为自己的错误行为狡辩,污蔑社会主义大好形势,污蔑社会主义制度的优越性,为自己的错误行为开脱罪责。"

马昌平:"您是领导,您说的话我无力反驳。"

李春涛:"这和领不领导没有关系,这是路线问题,是思想政治路线斗争问题,是社会主义与资本主义之间较量的问题,你入党多长时间了?"

马昌平:"一年多。"

李春涛:"难怪。"他点起一支烟略有所思的吸了一口又问:"听说杨柳县委书记沈为民是你岳父。"

马昌平:"算是。"

李春涛:"怎么算是?"

马昌平:"我们刚举行婚礼,我就被带到这里,在我们那里没入洞房就不算夫妻,也许我们还会因此解除婚姻关系。"

李春涛:"事先沈书记知道你这么做吗?"

马昌平:"不知道。"

李春涛:"这不符合常理,于公于私你都应该让他知道。"

马昌平:"事实正相反,于公于私我都不想让他知道。他不知道是因为我一直瞒着他,因为他知道了一定会不同意。"

李春涛:"也是,沈为民我还是了解的,他的组织性原则性是很强的,那么现在你对自己的错误行为有什么样的认识?"

马昌平:"也许我错了,可当我看到社员们的日子变化那么大,我又感到自己没有错。"

李春涛:"可能会一时有所改变,可我们宁愿要社会主义的草,也不要资本主义的苗,那样我们的红色江山才不会变质,压在人民头上的三座大山刚刚被推翻,我们不能让它重新回来。"

马昌平无言以对,他长叹一声,闭上了眼睛,头上的灯泡很亮,很热,照得他年轻的一张脸更加的惨白。他太累了,心太乱了,头上出满了汗。

审讯结束了。

他又被带回到原来的屋子里,一张床,一把椅子,一个壶,一个杯。

事实是清楚的,本人也不做什么狡辩。

于是,地委的处理决定很快下来了,因为在会上有不同的意见。

马昌平被撤去了东方红公社党委书记职务,留党察看一年,但却保留了公职,责其回户口所在地马家围子劳动锻炼改造,以观后效。

老社长冯国栋负有监督不力之责,被党内严重警告,调回县老干部局待岗,后来正常退休,活到八十七岁无疾而终。

为了加强东方红公社的领导,加快肃清资产阶级毒瘤的影响,地委直接下派地委监察室一室的副科长房子明就任东方红公社党委书记。

决定随同马昌平的放归一起到了杨柳县。

房子明上任后马上收回了所有分包的自留地部分,全公社各户去年土地产出部分暂时计入生产队账上,算作公共积累。东方红公社又恢复到了原来的状态。

这天,满脸胡子的马昌平站在了妻子沈佳慧的面前,这些天她也瘦了一圈,见到了他,她哇的一声大哭扑进了他的怀里,紧紧地拥抱着他,生怕他再被带走似的。

他拥抱着妻子,歉意地说:"真对不起,让你受委屈了,怪我吗?"

"不怪,"她泪流满面地说:"嫁鸡随鸡嫁狗随狗,刀山火海跟着你。"

他紧紧地拥抱着妻子,又对一直抽烟的岳父说:"爸,怪我不听您的话,您骂我吧。"

沈为民把手里的烟放在了茶几上,抬起头看着面前拥抱在一起的两个孩子,他很严肃地说:"如果想到我的女儿,我真想狠狠地骂你一顿,如果想到东方红公社的人民,我还想表扬你一顿,两下平衡这顿骂就免了。"

"谢谢爸爸,"马昌平说完已是泪流满面,他说:"佳慧,我要回马家围子了,你可以留在爸妈的家里面,最好不要跟我去。"

"什么话,"她说:"我已经向中心校的领导说完了,我要到马家围子小学去教学,我说过了,嫁鸡随鸡走,嫁狗随狗行,一辈子不会变。"

马昌平紧紧地抱着妻子说:"好,我们的小房子还在,小院还在,你买的东西还在,我们离不开马家围子,那里才是我们的家。"

我们回家去。

他还说,"这下有时间了,也该去邻县的姐姐家里面看看,姐夫木工活手艺不错,我曾建议他们开个小型家具厂,也不知干得怎么样了?"

二十七　天意难违

平安县西北有条大碱沟,沟的两边全是白花花的盐碱,这地方因这条沟而得名,官称东碱公社,民称碱沟林子。

马翠兰嫁的地方就是碱沟林子。

婆家姓柴,老夫妇俩一辈子只有一个儿子,从小落下了一个残疾,走路一瘸一拐的,一个孩子在当时的农村是少之又少。

打小开始,夫妇二人视这个儿子就如掌上明珠,他就是马昌平的姐夫,马翠兰的丈夫柴玉林。

父亲是生产队的木匠,儿子也跟着学了这门手艺,这在七里八乡的还是稀奇活。谁家打打箱柜、门窗、车马农具都离不了,所以农家的日子里,柴家过得还算殷实。

柴玉林人长相不错,个子中等,小学文化,心地善良,大眼浓眉的,平时很少言笑,属于老实巴交的那种人。

因为腿脚有毛病再加上马翠兰美如天仙又有文化,又心灵手巧,所以在马翠兰面前他自觉矮了媳妇一头,见了她连个大气都不敢出。马翠兰的话就是圣旨,他生怕她生了气,其实这种怕就是一个男人对于一个女人的爱,只是柴玉林自己说不清楚。

他自己就是觉得马翠兰嫁给他是瞎了,要不是她家是大地主的成分,剁了喂鸭子也轮不上给他柴玉林当媳妇。

结婚那天晚上,亲友们都散去了。新房里只剩下马翠兰和他两个人,这是三间房的西边一间,精心装修过的,报纸糊墙,喜字贴窗,红绸子窗帘,粉红色的幔帐,两床新被,一铺新的炕席。

小屋子布置得喜庆又温馨。

马翠兰坐在炕沿上，脸上挂着泪痕，她的心里难过极了，她的脑子里全是马家围子，全是病重的父母和刚刚毕业回家的弟弟。

当生产队送她来的那辆大马车调转了车头回转而去的时候，她撕心裂肺地失声大哭。她知道从此以后她将与马家围子分别，与父母弟弟分别，在这人生地不熟的东碱沟与这个腿脚有毛病的丈夫相守一辈子。

人家结婚都在笑，她的脸上全是泪。

笑是因喜，哭是因悲。马翠兰此时的心情悲伤至极。

柴玉林坐在屋子里的一条板凳上，头也不敢抬，一个劲儿地咽口水，他不知道如何是好，手脚一直在不知所措地动，他想劝媳妇又不敢。

他们就这样坐到了半夜，红红的一支蜡烛快要燃尽了，跳着火花，发出啪啪的声响。柴玉林这时抬起脑袋斜眼望了一下媳妇，他看见她还是那么木然地坐在炕沿上，像一张墙上的画。

他鼓起了半天的勇气，说话了。

"我知道我配不上你，我也知道你心里面很委屈，那你就睡炕上吧，我去屯子东头的二叔家找宿去。"

说完站起身要走。

"站住，"马翠兰轻声命令道，"找什么宿？让人家怎么说？你睡炕头，我睡炕梢，睡觉。"说完一口吹灭了将要熄灭的蜡烛。一抬腿，倒在了炕梢的被卷上。

柴玉林则哆哆嗦嗦地贴着东炕头的炕墙躺下了。

这就是马翠兰的新婚之夜。

柴家在屯子的最北一趟房的最西头，三间土房一个小院子，养了许多鸡鹅，因为父子俩都是木匠，院里院外弄得很严实，但却很乱。

马翠兰爱干净又勤快，想了一夜后她也打定了主意，这女人是嫁鸡随鸡飞，嫁狗随狗叫，已经嫁了，日子就得这么过下去，这也是命。

挣也没有用,反过来说柴家还是不错的人家,要不她这个地主成分换个人家还不敢要她呢?

想通了心里也就畅快了一些,脱去结婚时的新衣服换上旧衣,她开始收拾家中的里里外外,园子、仓房、鸡架、狗窝,一天下来,柴家变了模样。

把个老夫妇俩喜欢得不得了。

但是三天过去了,柴玉林和马翠兰还是一个炕头一个炕梢的。

这天,大队的电话传来了父亲病重的消息。柴玉林就骑着自行车驮着马翠兰赶回七八十里外的马家围子去。这一路上,柴玉林累得汗流浃背,而马翠兰依然是一言未发。

一日失双亲,马翠兰悲痛万分,给父母烧完了头七后她要回婆家去,可这个时候她才一下子清醒过来,她这么一走,这个家里头就只剩下她弟弟马昌平一个人。

不行,我不能孤单单地扔下弟弟走了,我不回去了,这是她下的决心,做的决定。

可是按照当地风俗,媳妇过门不到一个月是不能在外住的,这双亲亡故留外七日已是破了规矩了,再留下去实在是说不过去,不吉利也不是个事。

丈夫柴玉林没有话说,媳妇要怎么做就怎么做,他心里有火也不敢发,只能听她的。

可老亲少友是有明白人的,他们都一个劲儿地劝马翠兰赶快回婆家去,过了月再回来也不迟。

尤其是弟弟马昌平,他告诉姐姐赶紧趁天没黑往回走,别让人家说三道四的,姐夫忠厚老实,是个好人,别太欺负他。

马翠兰还是不走。马昌平说:“你要不走我就住到父母的坟地上去,我一个大小伙子用不着你担心,过好你自己的日子别让我担心比什么都强,不要忘了你弟弟现在是小队的会计,中学的毕业生。”

无奈之下马翠兰跟着丈夫又回到了东碱沟的婆家。

但是她的心总是挂念着那个娘家的弟弟,天下的姐姐大概都这样。

一个月过去,柴家的日子过得平淡而又宁静。

但是,没有人知道柴玉林和媳妇马翠兰每个夜晚仍然是一个炕头一个炕梢,井水不犯河水。

柴玉林跟她说:"你放心吧,我什么都不会做,我可以一辈子只保护你,只要你高兴就行,我就知足。"

这时候的马翠兰总是一个人偷偷地落泪,她仍然别不过这个劲儿来。她的心里曾有一个那么美好的世界和一个称心如意的夫君。

这个丈夫实在不称她的心。

开春了,老夫妇俩去了吉林的老家串亲戚。这时候家里的大鹅下了三四个蛋,白白的,圆圆的,煮一个吃一口满嘴香,柴玉林为她扒掉了蛋皮,把蛋送到她手上,她接过来放下了。

她又想起了远在马家围子的弟弟马昌平。

他不会做饭,家里边除了玉米面、高粱米什么都没有。

立刻,眼泪顺着她那俊俏的脸颊流淌下来。

柴玉林吓坏了,他赶忙站起身惊慌失措地对她说:"怎么了? 我做错事了? 你为啥又哭了?"

她擦了一下眼泪,轻轻地摇摇头说:"不关你的事,但我想求你去办一件事,你看行不行? 不行就算我没说。"

"怎么不行? 啥事都行。你让我去死,我马上去上吊。"柴玉林十分认真地说。

马翠兰这时下了地,她说:"我上几天收拾仓子的时候看见咱家里有半袋子的白面,我想做些馒头再把这几个鹅蛋煮熟了求你送到马家围子我弟弟那去,他什么也不会做,家里除了玉米面、高粱米也什么都没有,这饭我吃不下,算我求你了。"

说完后泪如雨下,泣不成声。

"什么求啊,我这就去,你快点做吧。"

"好!那我先谢谢你,我今天做好,你明早骑家里的自行车去,记得早去早回。"

"行,我给你烧火,你多煮点鸡蛋一块带上。"柴玉林说完就去外面柴垛抱柴火。

东碱沟通往马家围子几乎没有路,拉草拉碱土的车走得多了压出了光面来就是路了。

太阳刚刚升起来,柴玉林就骑上自行车,把上挂着煮熟的鸡蛋鹅蛋,车后面是马翠兰蒸好的一锅白面馒头,出发了。马翠兰一路送他到屯子口,千叮咛万嘱咐他千万小心,毕竟这一路除了草原渺无人烟的,荒凉得很,还有狐狸、野狼时常出没。

柴玉林的心里特别高兴,他十分愿意为媳妇去做事,她吩咐他干什么他也特别愿意完成,只要她高兴、开心,他就满足。

他的爱就这么简单。

土路坑洼不平,坎坎坷坷,杂草艾蒿有半人多高,车子行走时偶尔冲起一些野鸟飞鸣着直蹿蓝色的天空,惊起的野兔迅即隐没在杂草丛中。

柴玉林头发、脖子、脸上、身上全是汗水,汗水也湿透了他的衣服,可他高兴,浑身也有劲儿。

车子骑进马昌平的小院时正是中午时分。

当马昌平接过瘸着一条腿的姐夫送到他手里的东西时,再看看他那一身被汗水湿透的衣服,他的两眼湿润了,他不由自主地上前抱了一下姐夫的肩,什么也没有说,千言万语都在这一抱里。

路途遥远,一路无人,马昌平不想多留姐夫,他让他马上返回家,告诉姐姐不要再送东西,他过得不错,让她放心。

柴玉林屋也没进,点点头骑上自行车原路返回。其实这一来一回也得是天黑日头落。

　　完成了媳妇交给的任务,柴玉林心里别提有多高兴了,他骑着车唱着歌一个人在空旷无边的大草原上独行。

　　午后的天空白云朵朵,暖风熏人,花香醉人,野草随风排涌,如浪如水,美极了。

　　这大自然的鬼斧神工无处不在。

　　正行间,柴玉林的车下突然有一声野兽的惨叫,他慌忙一拐车把,车下的一道车轨把他和自行车一起滑倒在地上,爬起来时车轮还在那里飞快地空转。

　　他定睛往前一看惨叫处,发现有一只火红火红的狐狸腿上夹着一副铁夹子正痛苦万分地瞪着一双红色的眼睛愤怒而恐惧地看着他。

　　鲜血染红了身下的土地和草丛,远处一趟被夹子拖平的草丛上还挂着它的血滴。

　　他明白了这是一只被猎人下夹子打住的野狐狸,它逃离了原地,但它逃不脱这副坚硬无比的铁夹子,用不了多久它不是被遁迹寻来的猎人抓住就是会因流血过多而死。

　　柴玉林从小心地善良,宅心仁厚,忠诚老实,为人友爱。

　　他看见这一幕心中实在不忍,赶忙走上前去想抓住那只狐狸替它打开那副铁夹子。可那只狐狸见他走上前来警觉的张嘴龇牙向他发威不让他靠前,它的身子也强行动了一下,但是它已经没有了力气,疼痛让它又卧伏在草地上。

　　柴玉林这时停下了脚,他叹了一口气对着那只狐狸说:"你放心吧,我不会害你的,你看看你现在的样子我不救你,你就会死去的,一会下夹子的人来了,他也会剥了你的皮,吃了你的肉。来吧,让我来救你。"

　　那只狐狸好像听懂了他的话,弯转下头蜷伏在自己的身子里,一动不动了。

　　柴玉林走上前去,双手掰开那只铁夹子,用嘴叼起狐狸的那只伤腿把它从夹子里拿了出来。

但是,狐狸的后腿已经折了,它仍然不能走路,它只用一双乞求的眼睛看着他。

柴玉林发现,狐狸的两眼间有泪光闪现,他更加不忍,蹲下去说:"看来你是走不了了,跟我到我家去吧,等治好你的腿后我会放你在这里,我不会伤害你的,你放心。"

那只狐狸听后动也不动了,轻轻地叫了一声似乎在回应柴玉林的话。

柴玉林抱起它,从口袋里掏出马翠兰临行前给他包干粮用的抹布,把狐狸的腿缠上,然后一只手抱着它,一只手把着车把,摇摇摆摆地向家的方向骑去。

送走了丈夫的马翠兰估摸着丈夫该回来了,她早早地就来到了屯子口,翘首遥望老家方向的路,希望丈夫早点回家来。

这时太阳正慢慢地落下,西边的地平线晚霞映红了东碱沟的田野和村庄。

她的心里很着急,按照时间推算丈夫也该回来了,他一个人那副腿脚走这么远的路,千万可别出什么事啊!

正在她焦急万分间,她看见一个骑着自行车的人影在晚霞殷红色的光辉映衬下正姗姗向她靠近。

她激动地向他招手,泪水滴下眼角,如同再见久别的亲人一般。

来到近前,柴玉林本想跳下自行车,因为怀里抱着狐狸腿脚又不灵便结果连车带人的差点摔倒,是扑上去的马翠兰把他连车带人带狐狸一下子抱在了怀里面。

这还是他第一次感受到了妻子怀抱的温暖,闻到了她短发间发出的幽幽清香。

他激动万分地对她说:"任务我完成了,路上还救下了一只受伤的火狐狸。"

此时的马翠兰一阵心潮翻涌,她用那双美丽的眼睛无限深情地看了一眼已累得不成样子的丈夫,点了点头,轻轻地说:"走,咱们回家去。"

他们回到了家里。柴玉林顾不上劳累和洗上一把脸,马上去了大队兽医站买来了一些治伤的药。他又操起他的木匠工具做了一副小夹板把上完药的狐狸折的腿夹起来,马翠兰也非常喜欢和可怜它,她一边喂它喝水,一边又给它弄吃的,之后才去打来井水让丈夫洗脸换衣服。

吃完了晚饭,收拾完毕,油灯下两个人就看着放在炕上的那只受了伤的火狐狸。柴玉林说:"这回好了,把它放在我俩炕中间,免得你老是害怕我碰着你。"

他的话把马翠兰的脸一下子说得红了,她停了一会羞怯地说:"不用了,这回让它在炕梢,你睡到我这边来吧。"说完含情脉脉地低下了头。柴玉林不相信自己的耳朵,他半张着嘴,宽阔的胸膛起伏不停。

"太好了,"他说:"我终于等到这一天了。"

一个月后,这只狐狸的腿全好了,柴玉林又骑着那辆自行车,车的后座上坐着妻子马翠兰,她的怀里抱着那只火红的狐狸,他们又来到了它当时受伤的地方。

放下它,柴玉林说:"你走吧,你的腿已经好了,可能你的家人们也等的急了,它们一定也特别的担心你,想念你。"

但是,那只狐狸并没有马上离开,它蹲坐在草地上,抬头看着他们俩好半天,之后围着他们转了一圈又一圈,在他们的脚边、裤脚边、鞋面上嗅着什么,好像要记住他们什么似的。

最后它仰天嘶叫了一声,钻进草丛里边不见了。夫妻俩看了半天才恋恋不舍地离开那里。

柴玉林说:"它这一走我好像丢了点什么似的,心里头酸酸的。"

马翠兰说:"我也是,舍不得它走。"

时间长了,人对任何东西都会产生感情的。

一天又一天地过去了,他们有了孩子,生产队不分钱他们的日子过得也十分的窘迫,但狐狸的事他们早已忘记了。

改革开放后,已是东方红公社书记的马昌平建议姐夫开一个小型家具加工厂。"姐夫有一手好的木匠活,为什么不用起来。"他这样对姐姐马翠兰说。

于是,柴玉林听了他的话,在屯子的西头空地上开了一个小型的家具加工厂。因为他手艺好,人品正,有信誉,家具厂渐渐地红火起来,日子也好了许多。

一天晚上,柴玉林一个人在厂子里面值夜班,白天忙活了一整天累了,他就仰在值班室的沙发上睡着了。

半夜里他好像听到了什么奇怪的声响,睁开两眼寻找,什么也没有。他以为自己听错了,又合上眼迷迷糊糊地睡着了,这时那个奇怪的声响又出现了,这回声音更大起来,还有什么东西咔咔的撕咬门框。他马上站起身,瘸着一条腿向门外走去,刚开开门就发现有一只狐狸正蹲在那里冲着他叫。

这让他猛然想起了他救过的那只火狐狸,可眼前的这只狐狸毛皮是黄色的,比那只也小了许多。

他扶门站在那里,心怦怦地乱跳。

那只狐狸这时冲着他连叫三声,然后转身向外走,边走边回头,意在引领,柴玉林觉得十分好奇索性就跟着它走出了屋子。

这时房顶的电线杆子电闸上突然冒起一团蓝色的火光咔的一声着起了火,刹那间引燃了连在一起的材料库和值班室,因为库里的油漆和材料放在一起,火势十分凶猛,不一会就把他的小厂子烧成了废墟。

站在厂子的院子里,望着这突如其来的大火,他惊恐万状,心痛不已,自己苦心经营的厂子就这么没有了,要不是这只狐狸自己这条命恐怕也没了。

眼泪流了下来,当妻子马翠兰赶到时看见丈夫站在那里,她哭着扑向前去,紧紧地拥抱住他,泣不成声地说道:"吓死我了,我以为你还在屋子里没出来呢。"

"翠兰,"他说:"厂子是没了,可让我不死的是一只狐狸,半夜里它叫醒了我,引着我走出来。"

"啊? 真的吗?"马翠兰抬起头来问丈夫。

"真的。"他说。

"人没事就好,"她说:"有人就什么都有。"

火烧没了厂子,柴玉林忍悲又重新开始起步。但这一回他不再做家具而是贩运家具卖。他做的家具质量虽好,但不新潮,跟不上年轻人的要求,买的人也不多。

贩运可以随人心愿,齐市、大庆、哈尔滨、上海、北京那有什么新潮货,柴玉林就到那里进货。

三年后,他就成了平安一带最富有的人。

有一次他对妻子马翠兰说:"你说当初没有那场大火,我可能还在做我的家具卖,如果没有那只狐狸我可能早已葬身火海,你说我就想不明白这里面到底是怎么一回事,但我明白那句老话,家有贤妻不摊横事,我有今天是多亏有了你。"

马翠兰想了想对他说:"我当初就没看好你这个瘸子,后来才发现,这人其实最重要的是心好才行,外表只是给人看的,这一切都是冥冥中的天意,是你善良仁慈的心地让我们有了这一切。这人啊还是做好事的好,因为你可以欺人,却难欺天。"

柴玉林听后笑了。他说:"人善心自静,心静身自安。"

二十八　生活真谛

1980 年的 9 月,中共中央发出了当时著名的 75 号文件,对包产到户的形式给予肯定,大包干直来直去不拐弯,交够国家的,留足集体的,剩下全是自己的。由于包产到户从根本上打破了农业生产经营和分配上的大锅饭,使农民有了真正的自主权,因此受到中国各地农民的广泛欢迎。到 1981 年,家庭联产承包责任制已经在中国农村绝大部分地区推广。

到了 1982 年 1 月 1 日,中共中央又批转《全国农村工作会议纪要》,提出目前农村实行的各种责任制,包括小段包工定额计酬、专业承包联产计酬、联产到劳,包产到户、到组,包干到户、到组等,都是社会主义集体经济的生产责任制。

当然这些在当时相当落后的北方,尤其是杨柳县还都只是传说,并没有完全落实到位,但是农村改革的春风已经吹醒了多少年来沉睡的广大农民。

新上任的省委书记古明田指示省委宣传部马上下到基层去,为宣传落实好中央精神做好前期准备工作。

省委宣传部的宣传处副处长林中雁带着这个任务又一次来到了杨柳县。

当然这也是她要求的结果,她当然还要去杨柳县的东方红公社马家围子大队,那里不但有她不了的情结,还有那个被撤了职的党委书记马昌平。按照现在的中央精神他当时的做法是完全正确的,是有先见之明的,是实事求是的,他是最了解广大农村情况、人民疾苦的优秀基层干部,他是改革的先锋,应该马上恢复他的工作。

当然这只是她个人的想法并不代表组织。

这一次陪同她一起来到马家围子的还有杨柳县的宣传部副部长左灵芝。

她二十六七岁的年龄,吉林大学中文系毕业,老家在吉林的长白山脚下。白山黑水让她又了一副苗条的身段,一张白皙俊秀的脸,一头乌黑的长发。大学毕业分到杨柳县之后,她住在县里为她安排的单身宿舍内,勤奋工作,成绩突出,几年后便被县委作为老中青三结合的青年干部提拔为县委宣传部的副部长。

陪着林中雁下基层采访调查是她的工作,但原本很热情开朗的她不知道为什么一直郁郁寡欢,闷闷不乐,一缕缕忧愁时常出现在她那张俊秀的脸上,当然这些林中雁并没有察觉,她更不知道这是为什么?

与左灵芝两人初次相识还算投缘,一起来到马家围子后,左灵芝为她介绍了一些情况,林中雁说:“这些我都知道。”这让左灵芝颇感惊奇。

在三队她们见到了已是三队队长的大福子。

大福子一见到两个美女记者眼前一亮,话匣子打开了,他小眼睛里放着兴奋的光芒,一个大脑袋东摇西晃的不老实,一双满是老茧的手一直在空中画圈。

他说:“自从马昌平离开马家围子,这大队就没有了生气、人气,更没有了财气,一个工分也就一两块钱了,公社收回了多分的自留地,经济作物也不让种了就更完了,大伙都没了精神,听说地委派来的房书记去省委党校学习了,他在我们公社和马昌平一点不一样,他是只管完成上级任务,老百姓社员怎么样,好像跟他没多大关系。这和马昌平马书记正相反,马书记因为分自留地被撤了职,又回到了我们马家围子,正好,我们大伙都想他,他回来了把我们可乐坏了。”

“听说南方把土地全分到各户了,叫大包干、联产承包责任制,那你说马书记两年前就干了,这不是英明伟大吗? 你们回去好好跟领导说说,他是有功啊! 怎么还撤了职呢? 咱还讲不讲理?”

"马书记当年带着我们在种好大田的同时,也种好经济作物,可房书记来了之后专搞什么科学种田,什么科学种田?一埯双珠,一个杆细,一个杆粗,一个嚼甜,一个喂猪,他竟做样子给上边看,不整实际的。我一个老农也不怕得罪他,我说的都是大实话。"

他说这话时不知为什么一旁的左灵芝脸上红一阵白一阵,好像很不愿意听,但她还是一言不发,一声不吱。

"还搞什么高温造肥,什么高温造肥,还不是人尿拌草皮子,这能打粮食就怪了。"大福子说得满嘴直冒白沫子。

"马昌平回到马家围子都干些什么?"林中雁问大福子。

"他还能闲着,跟我们一块干活,还写什么调研报告,哎呀!你没看人家那媳妇有多好,又漂亮又贤惠,还是我们县委沈书记的女儿呢,一点架子也没有,一点不嫌弃我们屯子。白天教学,晚上弄家,你看那小家伺候的,里里外外干干净净,两口子过得可幸福了。"

"她在哪里教学?"林中雁又问大福子。

"我们大队呀!马书记被撤了职回马家围子,人家就跟来了,一天也没走。"大福子瞪着一双小眼睛说。

"那你能不能带我们去他家看看。"林中雁说。

"行啊!就在屯子东头,走吧。"大福子说完领着他们两个人直奔马昌平的家。

在小院外,大福子就张开大嗓门喊了起来,"马书记,马书记,省里来客人了,贵客呀!"说完推开小院门走了进去。

听到有人大喊,在屋里洗衣服的沈佳慧擦着两手走了出来,她正在休产前假,见到大福子领着两个漂亮的女子,她赶忙拢了一下汗水打湿的头发,往屋里让她们。

屋子里果然如大福子所说,干干净净,井井有条,一见就十分的温馨祥和。

"我们来看看马书记，打扰你们了。"林中雁上下打量着沈佳慧客气地说。

"哪里，你们先坐，他在仓房里收拾东西呢，我去叫他。"沈佳慧说着要出门走。

大福子说："不用了嫂子，我去叫吧。"说完大步流星地出了屋子。

林中雁如何能不仔细地看看沈佳慧，在她的心里一直有个愿望，有机会一定好好见识见识这位奇女子，今天这机会来了，她也见识到了她的美丽与气质。

比较起马昌平之前对她的描述恐怕是有过之而无不及。

容颜娇美，衣着质朴，举止大方，谈吐典雅，只是她的肚子已悄悄隆起，大概已身怀有孕了，行动已有不便。林中雁这样想着，禁不住地长出一口气，有一种果然好姿色自叹又不如之感袭上心头。

这时马昌平一身的灰土急匆匆走了进来，一见林中雁连忙说道："哎呀！大记者什么风又把你吹到了马家围子，我说今天早晨我家的柳树上落了一大群喜鹊，原来是有贵客临门。"

"几年不见，你还是那么雄姿英发的，"林中雁称赞道："真是夫唱妇随，男耕女织啊！"

"是啊！这倒是真的，家有贤妻不摊横事，我深有体会，现在我每天都兴高采烈地忙里忙外的。"马昌平自豪地看了一眼沈佳慧说。

她被马昌平夸红了脸，转身去端洗衣的水盆。

他赶忙抢上前去端起水盆，"行了，还是我来吧。你现在是重点保护对象。"说着端起水盆往外走，回头对她们说："稍等，我马上回来，好久不见，咱们好好聊聊。"

林中雁看了这场景心中一阵醋意上涌，她又情不自禁看了一眼沈佳慧。

"有了这样的男人你好福气。"她心里边说。

这期间一起来的左灵芝只是微笑，她坐在炕沿边上一言不发。

倒水去的马昌平这时回来了,他已洗净了双手,拉过一把椅子坐在了她们的对面。

"怎么样?"他说:"我这小家不错吧?"

"羡慕之至,"她说,"夫人其人果然如你所说,过去未见我还以为你言过其实呢!"

马昌平笑了笑,"今生有她为伴我心足矣。"

"明白。"她说,"也应如此,但你总不能总是金屋藏娇,老守田中吧? 你壮志未酬,理想未现,一定心有不甘。"

"哎!"马昌平听后长叹一声:"我如今这样子,是心有余力不足,守她一辈子,锄地养鸡也不错。"

"我看不一定,虎落平阳,凤隐山中,如今中央的农村改革正大刀阔斧地进行,联产承包责任制正在全国全面铺开,我们省也将风起云涌,包干到人,包产到户,这将大大地提高广大农民的生产积极性,你当年的做法远没有今天这么大,这么猛烈,但事实证明你当初的做法是正确的,是有先见之明并先走了一步的。听说中央正给过去一些错批了的老干部落实政策,我看你也该平反了。"林中雁说得十分认真,马昌平知道她也不是在跟自己开玩笑。

她继续说:"省委古书记,也是当年指示你们地委大胆提拔你的那位领导,过去他是副书记,现在他是省委正书记,你说他能不再次为你说话吗?"

"只怕他已经不记得我了,我只是一个小人物,错不错的在当时算个什么呢? 错的事多了,谁还在乎。"马昌平说:"倒是我现在,一亩地半头牛老婆孩子热炕头,先前的那点斗志好像在这些日子里早已烟消云散了。"

"哈哈哈,"林中雁听了他说的话一阵大笑,她说:"打死我都不信,你是怎样一个人,我也是十分清楚的,万丈雄心一定深藏在你的心中,英雄马上会有用武之地,相信我说的话。"

"但愿如此,也谢谢你这么看得起我。"马昌平说。

这时候,沈佳慧换了身衣服站在门口笑着说:"昌平,我早晨正好杀了一只老母鸡,园子里的青菜也都下来了,请客人们吃午饭吧,都快中午了。"

"好哇! 让两位也尝尝我家夫人的手艺。"马昌平看了一眼沈佳慧,这样夸她说,脸上洋溢着幸福的神采。

"做得不好,尽量做就是了,那你们继续聊,我自个儿来,也没有什么好吃的,粗茶淡饭我都学得会了。"沈佳慧的话让林中雁又是一声长叹,她对坐在炕沿上的左灵芝说:"我还忘记告诉你了,贵夫人是你们县委沈书记家的千金。"

"啊?"左灵芝一下子从炕沿上站了起来,她真是吃惊不小,红着脸说:"刚才好像听那个队长说了一句,我还以为听错了,真是啊?"

"那当然,这还有假,沈小姐在当初也是慧眼识英才,仙女下凡间哪!"林中雁深有感触又带有几分悦而不服的口气说。

"那我还客气什么,"左灵芝说着走向了沈佳慧,拉起了她的手,"我叫你姐姐吧,走,我们一起做饭去,让他们自己聊。"

沈佳慧说:"也好! 那我炖鸡你摘菜。"

两个人出了里屋在外面忙活。

屋子里的两个人又开始了他们的话题。

林中雁说:"新书记是一个开拓型的领导,他在选择人才上不拘一格,我听过他的讲话,掷地有声,他说过,我们不是缺少人,而是缺人才。我们往往把没有能力的人放在那里占着位子,因为他们没有能力也不会给你惹事,却忘记了,这些无能的人是党的事业最大的障碍,不惹事一定误事,惹事的人往往是干事的人,所谓惹事一般也在探索中出现了失误,失误会有损失,但也证明了这条路走不通,早晚都会有人付出代价,是这些惹事的人首先承担了代价。"

"他还说,我们正处在伟大的改革开放时期,正做前人没有做过的事,大胆去做,大胆去闯才能杀出一条新路、血路,哪场战争不死人? 哪场变革没有代价？问题的关键是你的出发点在哪里？是为党和人民的事业，还是为了自己标新立异，寻找资本？这是个根本和原则问题，你认为他说的好不好？"她问马昌平。

"好！"他说，"说得太好了，可惜我无缘聆听他的教诲，你有机会把他的讲话材料给我找一份。"

"一定，我回去就想办法寄给你，我想你也一定有机会亲耳聆听到他的讲话，我还保证这一天一定不会太远。"

她的话给了马昌平极大的鼓舞，他又开始热血沸腾起来。

他的心本来就没平静过。有些事有时需要努力，有时需要等待。

这顿饭她们吃得特别的香，沈佳慧的饭菜手艺确实不错，她进步得很快，这也难为了她。

因为天已黑了下来，林中雁决定在马昌平家住一宿，她愿意也想和沈佳慧聊聊心里话，也想再听听这位慧眼痴心的女子在想什么，她对她非常感兴趣。兴许以后自己写东西用得上，出本书一直是她的理想。

马昌平去了大队部借住。

三个女人躺在一铺炕上差不多聊到了天明。

这一夜沈佳慧说了很多，她从他们上中学一直讲到了今天。最后她说："女人如果知足就会感到幸福，现在我非常知足所以我非常的幸福。"

林中雁听后一直没有说话。她的心让她说得很乱。

左灵芝却听得哭了，泪水湿了她头下的枕巾。

回到省里的林中雁在省委的内部杂志《求是》上发表了一篇文章，题目就是那篇轰动了全省的《别让先行者伤心》。这篇文章很快就放在了省委书记古明田的办公桌上，他一连看了三遍，随后按响了叫铃他对进来的秘书说："通知办公厅把文章里这个人的材料调出来拿给我，我好像记得我曾说过这个人。我记得最清的是他的年龄和他干的那些事。"

材料很快就送了过来。

看完了马昌平的个人材料,他又对照了一下同是雁群写的文章,他认真思考了半天,对等在那里的秘书说:"通知办公厅张厅长,下个月的工作安排把去杨柳县马家围子排在月初,我要去那里亲自看一看马家围子到底是个什么样的地方,我还要亲眼见一见那个二十岁就当了生产小队长的马昌平。"

省委书记发了话,省委办公厅的通知第二天就下到了松江地委和杨柳县委。

省委书记要来杨柳县还要去马家围子,这可是新中国成立以来到杨柳县最大的官。

松江及杨柳开始了迎接准备工作。

正在省委党校学习的公社党委书记房子明被通知马上回东方红公社布置准备工作,听说省委书记要去马家围子,他的心里很不高兴,犹豫了良久,他战战兢兢地跟县委书记沈为民打电话说:"这能不能做做工作让领导不去马家围子。"

沈为民在电话里没好气地说:"那你去跟省委书记说吧!"

碰了一鼻子灰,他马上赶了回来,在公社布置一番后又返回省委党校学习去了,离领导来的日子还差很远。再说那里如今已经有了一个让他放不下的人。

二十九　情处虚幻

左灵芝从马家围子回到县里后心中更加郁闷,她时常一个人偷偷地哭,原因来源于她的那个男朋友房子明。

一年前她们在一次讨论会上相识。

那时左灵芝还只是宣传部的一名宣传干事。这次讨论会是北京的一家著名杂志社倡导的,因为北京来人省里十分重视,省委宣传部的一名副部长带队,地委宣传部长陪同,到了杨柳县,县委书记沈为民也亲自出席了这次讨论会,这样的规格已经算是很高了,所以全县各单位一把手,包括各公社书记都来参加。

省、地来人和县里的主要领导都坐在小会议室的前排方桌前,各单位领导坐在方桌后面的凳子上,谁发言就到前面来坐在方桌的一头事先准备好的椅子上面,那里还准备了一个麦克风,当然左灵芝也在会场。

北京杂志社及省、地领导不发言,他们只是听,发言主持人由县委宣传部长董春新主持。发言也采取了轮番排队的方式,几乎所有的单位都说了一遍,中心议题只有一个,如何把理论与实践落实到具体工作中,做好广大群众的思想政治工作,从而提高广大人民群众的思想政治觉悟。

发言从中午 11 点开始到下午 4 点,全县各单位差不多都说了,只剩下东方红公社和红旗镇了。

参加会议的人谁都看得出来,这一天的发言上边来的人是不满意的,可能是因为他们没有听到他们想要听到的东西,杂志社的那个副总编五十多岁,秃顶,戴着一副高度近视眼镜,脸和脖子差不多连在一起了,高鼻梁下的嘴角一直抿着,一种似讽似嘲的微笑一直挂在他的嘴边。在他心中也许这些个基层干部就是这个理论水平,他们也说不出什么深奥的道理来,眼看发言全部结束了,他手里的红蓝铅笔开始轻轻敲着自己的手心,后来又敲起了前面的桌子,两只眼睛闭上,把身子仰向了后面的椅背,显得十分的不耐烦,更不满意。

这些都被主持会议的董春新和省、地、县领导看在了眼里。

他们心里都很着急。

要知道他们回去是要给领导写内参的。

红旗镇没有发言是因为参加会议的人是代替书记参加的,书记高玉良有事请了假。

那么最后只剩下东方红公社的书记房子明了。

希望就落在了房子明身上,在他发言前大伙把目光一下子都集中看向了他,而北京来的副总编连头都没有抬一下,看来他对这些个基层的干部们彻底地失望了,甚至他闭着眼睛合上了前面的笔记本,只用笔杆轻轻地敲打前面的桌子,一副漫不经心的样子。

房子明来到了发言处,轻轻地咳了一下,用眼睛看了一圈周围的领导,第一句话就说:"我认为所谓的理论与实践说白了就是怎么说和怎么做的问题,一些人可以夸夸其谈说得很好听,但他不一定真能干好;一些人整天的干但他不知道这个干法到底行不行。所以理论与实践犹如一对夫妻,阴阳不合一定生不出孩子来,生出来也是一个怪胎,活不长久。"

他的话一下子让秃头副总编坐了起来,睁大了眼镜后面的眼睛,并迅速地翻开了面前的笔记本,这种说法他可能走遍了全国还是第一次听到,十分新奇。

房子明继续他的发言。他说:"理论上的东西说出来很好听但在实际工作中未必管用,再好的理论不拿到实践中去检验,也只是空话,在群众的思想工作中只靠说是不行的,老百姓看的是东西,他们既要看得见更要摸得着,所谓不见棺材不落泪指的应该就是这方面。所以我们公社在日常群众工作中,总是把理论的东西放到实际中去验证,看看老百姓什么反应,相互对照,相得益彰。"

"毛主席说过,群众才是真正英雄,而英雄多半处于草莽,草莽指的是什么,就是基层人民群众。他们实际是在实际工作中创造了理论,但他们说不出来,所以就有了理论工作者,所以又说他们才是世界真正的主人翁。在这里我举个例子,在我们公社马家围子大队有个社员叫二狗子,他很穷,当然,穷就想富,这是人的正常思维,于是他就在一些人的鼓动下带头去做小买卖,把生产队分给他的自留地全都种上了黄烟,然后再把这些黄烟拿到市场上去卖。商店里国家供销的黄烟反倒没人买,都争抢着去市场买他的,为什么? 他的烟比商店里的便宜呀,比商店里的质量也好哇! 但是这是什么行为? 这就是破坏社会主义计划经济,挖社会主义墙脚,我们宁要社会主义的草也不要资本主义的苗。可他不明白,他并不认为自己的行为是错误的行为,这时我们的干部就去用思想政治工作教育他,用理论来武装他的头脑,他的思想从而受到了极大的震动。"

"那最后怎么样了?"副总编问房子明。

"后来他的思想通了,升华了,自己铲掉了烟苗,并上缴了非法所得。"

"范例,范例,真是范例。"副总编边记边用一口标准的北京口音赞扬。

房子明十分得意,他认为自己这一次是出尽了风头。

为杨柳县乃至松江地区争回了面子。

副总编所说的范例,后来在解放思想、实事求是的大讨论中他把房子明说的例子当成了反面例子,他还评论说这简直是笑话,是那个极"左"思潮下留下的典型后遗症。这个也是房子明没有想到的,大家没有想到的。

散会后大家一起往走廊里走,领导先出去了,最后走的是县委宣传部的人。左灵芝就走在最后,当她拿着一大堆材料正从男厕所经过时跟刚刚从厕所出来的房子明撞了个满怀,她手里的东西啪的一声全都掉落在了走廊的砖地上。

"对不起,实在对不起。"房子明边说边慌忙蹲下去帮她捡拾地上的东西。

在他们都抬起头的那一刻,两个年轻人的目光碰撞在了一起。

空旷的走廊里人都走光了,静得出奇,他们蹲在地上就那么相互凝视了足有三分钟,最后还是房子明先说了头句话,他说:"你真漂亮"。

她的脸一下子红了,低下头羞涩地说:"你今天的发言真精彩。"

他们就是这样相识,其实左灵芝做梦也不会想到,这样的奇遇是房子明故意给她设计的。房子明是一个非常有心计的人。

在房子明的心中,沈佳慧是他的偶像标准,也是他心中的伤。但不管怎么说,她已经结婚了,这个事实他不能不面对,尤其是沈佳慧对他是一点那个意思也没有。在经过一段时间的自我挣扎之后,他的心平静了下来。

同在一个县里工作,房子明对宣传部的这个大学生早就看在了眼里,她虽然没有沈佳慧那么美丽漂亮,但她身上的东西也是沈佳慧没有的。吉大的毕业生,还有那高耸直立的前胸,一走起路来犹如两个气球在胸前颤抖,那丰满圆润的后臀让人一看就心生欲念。于是他在散会后设计了与她接触的这场戏,他完全成功了。左灵芝也对这个年轻的书记情有独钟,这之后他们的感情迅速升温,在房子明的极力表现下,左灵芝很快就投入了房子明的怀抱。

当然,这些个经过,房子明也毫不保留地第一个告诉了他的好哥们,在地委政研室工作的沈佳志。沈佳志听后是一阵大笑,骂他说:"你小子从小到大这坏心眼也太多了,我真算服了你了,下周回家的时候我请你们两个吃饭,祝贺你大功告成,喜抱美人归。"

左灵芝的家在外地,本来她住的是县里为外地干部提供的单身宿舍,因为外地干部少,有的干部已结婚,所以她原来住的宿舍在她被提拔为宣传部副部长后也就成了她的家。

这是一处独立的平房小院,在县广播局的东侧,西侧是西街公安派出所。

因为两个人的身份,他们相爱后很少去街上闲逛,左灵芝的家便成了他俩约会的最佳地点。

左灵芝的老家在吉林长白山的一处林场,父母都是普通的林业工人,家中一个姐姐叫左海棠,在长白山制药厂工作。这样的家庭跟房子明的家庭比较起来有一定的悬殊。

对于房子明,左灵芝特别的满意,他不但才貌出众,家庭条件也十分优越,能在这人生地不熟的外地找到这样一个条件的男朋友,左灵芝是特别的投入和用心。

从分配到杨柳县那天起也就意味着她一生归宿就在这里。

房子明人虽然是地委下派干部,但他的家在杨柳,他把自己定位在基层,这里竞争小,阻力小,人才也少,相对来说,更容易发展自己的仕途。

在他的心里选择左灵芝做女朋友是暂时的,他并没有与她结婚的打算,那些都是后话,现在说来还早。大家只是处处,玩玩。结婚还早呢!否则他也不会当笑话说给沈佳志。

这就是两个人的不同之处,也是悲哀所在。房子明的性格属于八面玲珑、四面见光、巧舌如簧,为达目的不择手段的那种,拿下左灵芝那真是轻而易举。

他们的第一次约会也是充满了戏剧性的,房子明工作在乡下,那天左灵芝跟房子明相约好了,在房子明下班后到百货公司的路口那颗大杨树下见面,两人说好了不见不散。

可天有不测风云,在约会的时间要到时,老天爷一阵大风过后竟下起了大雨,左灵芝举着把雨伞就等在大树下,她是害怕房子明来了找不见她。

阴云布满了天空,风一阵紧似一阵,大雨在风中肆虐,像是有意在跟他们开着玩笑,天虽没黑但街上已经没有了行人,只有左灵芝举着一把红色的雨伞站在那颗高大的白杨树下等着她的男朋友房子明快些到来。

天很冷,冻得她浑身都在哆嗦,但她仍然站在那里等待着,她的两眼不时地向左右张望,但这条空荡荡的大街就像电影里战争来临前的大撤退后一样空无一人,连台过往的车也没有。

一阵大风袭来,把她手里的雨伞吹跑了。她追过去,追出去老远,当她再拿起那把雨伞时,伞的扇面已经没有了,只在手里剩下一根直直的伞杆。她自己都忍不住笑了,索性扔了伞杆她又回到树下,仍在等他。这时的左灵芝已是浑身湿透,如同一只落汤鸡一般。

她就这样一直等他到天黑,他最终还是没有来。

后来他跟她解释说:"你真傻,也不想想那么大的风雨我怎么会去呢?"她听了想哭一场,但还是忍住了。她总在理解他,包容他。

他们的又一次约会就在她的家里,那天房子明为她买了许多吃的,还有一瓶红酒。当他听到她为了等他在雨中得了头疼病时,房子明跟她说:"我们公社有个姓曹的老中医开了个诊所,专治疑难病症,他自己配制中药非常有名,明天我去他那里配副中药来给你。"

他的话让她非常感动,她感到了男人的关怀是那么让人心暖,于是她躺在了他的怀里,享受着那种幸福。

女人的心就是这么容易满足。

他拥抱她在怀,她软绵绵的身体让他热血沸腾并开始热烈地燃烧起来。此刻他的脑海里闪过了沈佳慧的影子,一刹那间他曾想要是她是沈佳慧该多好,但这个念头很快就过去了,因为那是不可能的。

他把手伸向了她的前胸,抚摸并揉搓着,她在他的怀里不挣扎也不推脱,只是闭上两眼幸福地呻吟着。

他们翻滚在炕上,拥抱接吻,脱去了所有的衣服进入到人生的忘我境界。那种飘飘欲仙的感觉让他们忘记了世界上所有的事和所有的人,好像这个世界上只有他们两个。

有了第一次,接着就是第二次、第三次……

日子在他们一次又一次的欢聚中一分一秒地过去了。

时间也到了1980年的1月。

作为地委下派的重点培养干部,房子明要去省委党校青训班学习集训三个月,青训班是当时拟提拔干部的前期准备,也叫突击提训。

左灵芝十分高兴,她用了自己半年的工资为房子明买了一块上海牌手表,并为他亲自戴在了手腕上。

她无限深情地说:"看着这块表,看着表上的时间别忘了我时刻都在等待你。"

他也拥抱着她说:"放心吧,我会爱你一辈子,这块表就是你时刻都在陪伴我,它就是你。"

就这样,房子明告别了东方红公社,告别了左灵芝,到了省委党校青训班,开始了他的学习集训,也开始了他新的人生旅程。

三十　凋谢的花

七月一日是党的生日,党校更加重视这个日子。

为了庆祝,为了活跃庆祝的气氛,在举行完歌咏比赛后又开展了一次别开生面的百米赛跑。

校长说:"青年干部要具备五条标准,才、能、德、体、美。"

这是一项人人都行,人人都十分愿意参加又十分欢快的活动。当然百米赛跑对于房子明来说那真是出类拔萃,虎入羊群,当年在整个杨柳县他也只输一个马昌平。

他强健的体魄,奔跑的身姿和速度立刻吸引了一个人,她就是省委党校最年轻的老师沙欧。

沙欧二十六岁,毕业于上海交通大学政治系,她身高近一米七,女孩子显个,这在女孩子当中算是非常高的了。瓜子脸,柳叶眉下是一张圆圆的小嘴,肤白肌嫩,举止优雅落落大方,她还有一个更好的家庭背景,父亲是人事厅的厅长沙庆祥,母亲也是一所大学的教授。

可以说她来省委党校是一个镀金过程,这也是她的父母有意为她安排的,她正在读北大的研究生,父母为她选择的目的地是北京城。

他们曾严肃地告诫她三年内不准谈恋爱,到了北京再找不迟。

然而女大哪由娘,这次运动会她一下子被房子明所吸引。

一节课后她主动去约房子明让他陪她一块在学校的林荫下散散步,房子明当然求之不得。

同龄人是最容易心灵沟通的,况且还是房子明,他知道怎么才能让她动心动情。他们漫步在路灯下、林荫里海阔天空地谈着。

房子明明白这样家庭的女孩子最爱听的是什么,她们从小耳濡目染的是什么? 于是,他大谈理想抱负。他说:"我现在只是一个小小的公社书记,但我的理想是要在未来成为一名好的市委书记、省委书记,我要让那里的人民都过上幸福美好的生活,建设一座座美丽的城市,建起一处处大粮仓,让全世界的人都知道我们伟大的国家,知道什么才叫国富民强。他还煞有其事地举头仰望天空,好像他的伟大理想和抱负在不远的将来就一定能够实现。"

他的这种表演也确实更加吸引了沙欧,从小到大,她心中崇拜的就是像父亲一样的人。

当她问及他有没有女朋友时他说:"还没有想过,我的理想是先事业后婚姻,事业不成,何谈婚姻,我绝不会让爱我的女孩子跟随一个事业上碌碌无为的人,那样我宁愿独身。"

这更加让沙欧心动。

他们的距离越来越近,关系一天比一天密切。每天上完课,他们都在校园里约会聊天。房子明心里明白沙欧可不同于左灵芝,他要让她觉得自己有多稳重,多纯情,多正统,对待事业有多神圣,多努力去奋斗,对待感情有多严肃认真。这样才能最后抓死她、锁定她。他认为沙欧才是他的理想中人、人生伴侣,她比较沈佳慧也是有过之而无不及,更重要的是有了她和她的家庭背景,自己在前途上也会飞黄腾达。他为自己暗自庆幸,感谢上天有眼,大地有灵,让他房子明今生得已一展雄心。

所以在与沙欧的相处中他做得十分小心谨慎,从不拿眼放电,更不动手动脚。像是第一次恋爱,第一次接触女性一样。

但是在无数个夜晚他都心烦意乱,左灵芝那每天的一封信让他寝食难安,甚至心惊肉跳,后来他干脆不去看她的来信,他害怕她那火辣辣的语言,在回去准备迎接省委书记视察的几天中他连见都没有见她。

不见不等于没有,这件事让他伤透了脑筋,他十分后悔与她发生的那些事,大有早知现在何必当初之感。

然而,现在说这些一切都晚了,但还来得及,他要想办法解决这件事。他认为没有什么事能难倒他房子明的。

时光如流水,青训班的学习马上就要结束了,这个时候他和沙欧两个人已是难舍难分。

分别的时间还是来到了。

分别时沙欧送给了他一块瑞士产的手表,并告诉他回去之后好好工作等着她,她会尽快想办法让她的父母托人把他调到省里来。

这更让房子明心花怒放也心乱如麻。

回到杨柳县等待分配的三天,房子明都没有告诉左灵芝,他是要等自己想好了解决的措施后再去见她。

甩掉左灵芝已是他目前最大的事,尽快解决的事而且是必须解决的事,他深知夜长梦多的道理,要是让沙欧知道了那一切都完了。

可是甩掉她也不是一件轻而易举的事,毕竟他们已有了夫妻之实,海誓山盟也不知发了多少回,她会那么轻易地放开他吗?

如果没有一个绝好的借口和理由,她的纠缠或者是搅闹都会使这一切成为泡影,这么长时间的相处左灵芝什么样的性格他也是了解的。

爱时痴心,分时杀心。

可是能有什么办法能两全其美呢?他实在是想不出来一个能让左灵芝哑口无言又自消自灭悄声退去的好办法。

最后,经过了一番非常痛苦的折磨之后,他终于狠下心来决定去设计一个陷阱,只有这样做,他才能让她知难而退又无话可说。

陷阱总要有人跳,这个跳井人他就选择了他从小到大的好朋友沈佳志。

“没有别的办法,老朋友,只有牺牲你了,从小到大你都帮我,再最后帮一次吧,算我房子明这辈子欠你的。”房子明心里这么不安地说道。

有人说,害你的那个人一定是最了解你的那个人,一定是跟你最好的那个人,他们对你不设防。与你交恶的人他们不会上你的当,因为他们时时防着你。

这话听来也十分有道理。

这是农历八月初十的一个晚上,月亮早早地升起在东天上,万里无云,大地在月光下一片灿白。

房子明骑着借来的摩托车悄悄来到了他工作过的东方红公社在一处平房前停下。按照事先电话里约好的那个老中医曹玉生正等在他的诊所里。

曹玉生是当地一个很有名气的老中医,他最早是帮人拉药匣子抓中药的药剂师,不知什么时候、什么机会从哪里弄了一些子偏方佐令,最后自己竟当起了中医大夫。

一个大队书记吃了他的一副配药后,自己多年的腰腿疼痛奇迹般的好了,于是尊他为神医把他请到了大队卫生所当起了大队医疗诊所的当家大夫。

也别说,老曹大夫也确实治好了一些疑难病症,尤其是一些领导干部爱吃他的配药。他知道领导们需要的是什么药,劳废的是人身上什么器官,大补是他的拿手绝活。有的领导吃了老曹大夫的药性欲雄起,也有的鼻子直淌血。他的名声也是这些人传播出去的。

当地百姓一看一听当官的都找他看病,这个人一定了不起,一来二去这老曹大夫便远近闻名了。

这老曹大夫有一个比他小十多岁的小媳妇,人也长得十分好看且能说会道,迎来送往的也替老曹大夫长了不少脸,而老曹大夫本人却是瘦小枯干的一副病模样,像庙里的纸人,给谁看病时闭眼一通说得让人觉得他的医道已达到了一种仙佛神境。他百病能医,无所不治。

这个老曹大夫还有一个过人之处,就是对各级领导尊重备至,一见他们点头哈腰,卑躬屈膝得让人一下子想起了电影里的汉奸。

不过他的做法领导们都喜欢。

房子明在公社当书记时也曾光顾过他的诊所,对于房子明,老曹大夫已然预测他必不是池中之物,是一个将来一定干大事当大官的人,所以他尽百般讨好房子明所能事。

今天即将高升的房书记要来他的诊所,并有求于他,这令他乐不可支,早早地等在那里。

摩托车停下,他便三步并作两步地迎了出来,点头哈腰,嘴里一个劲儿地说:“房书记快点屋里请,屋里请,刚刚朋友送来的西湖龙井我早给您泡好了。”

“不喝了,”房子明说:“曹大夫我今天来是求你帮我弄点药,”房子明说完警觉地看了一下周围及门外,见没有人,靠近他小声地在他耳边说:“我要一点能一下子让人那个的药。”见老曹大夫没听明白,他又向门外看了一眼说:“就是男的见了女的一下子受不了非得那个的药,我早知道你这里有,所以黑了天才来。”

“噢,”老曹大夫半天拉长了声音,一下子明白了他的意思说:“有,太有了,房书记你放心,吃了我的药保管你男女一见疯狂不已,忍都忍不了,非得那个不行。”

房子明点点头说:“我就是这个意思,给你添麻烦了,不过这件事不管到哪天到什么时候都只是个你知我知天知地知。”

“放心吧房书记,以后少麻烦不了你,这件事保证和我一起进棺材。”老曹大夫一边说一边去里间药房找药。

不一会,一包黄纸包着一些白色的药面放在了房子明手里,房子明又说了一些感激的话,骑着摩托车返回了县城。

神不知鬼不觉。

走出了老远,老曹大夫还在朝他的背影挥手相送。

女人依赖男人是天性也是本身的自然条件形成的,她们多半在与男人结婚时并没有寄予太大或太遥远的奢望,过日子生孩子,平平安安一辈子是大部分女人最初的追求。但男人就不同了,他们在婚前与哪个女人结婚大部分是因为自己的条件所限所决定,有什么样的条件找什么样的女人,男人的心永远不会停止在一个地方,后来的兴旺发达一定会让他们最初的决定有所改变,所以有些女人不希望她们的男人太出人头地,太辉煌耀眼,因为那样她们自己就不安全了。虚荣害了许多女人,所谓夫贵妻荣有时指的并不是人老珠黄的原配。

左灵芝当初与房子明的相恋完全是出于对这个男人的认可,相貌的认可,事业上的认可,家庭条件的认可。希望他将来会有多大的发展进步,自己跟着沾多少光,她也没有想得那么远。

男人太高,女人必怕。

而这一切来得这么快,又这么早。

这些日子她一直生活在极度的忧痛之中,最初对美好生活的渴望,热恋中的甜蜜都曾让她沉醉,有了房子明她非常知足,那些日子她好幸福,好快乐。

可自从房子明去了省委党校,这一切好像瞬间发生了变化,开始她写给他的每封信,他还每信必回,接着便是三天一回,后来是七天一回,再后来干脆没有了音讯,这让她极度的恐慌。"他一定是变了心了,一定是遇见什么人了。"她想。他的冷漠与绝情让她每天都度日如年。

省委书记要来马家围子视察这她是知道的,他回来安排接待事宜她也是知道的,可他回来连一个音信都没给她,更别提见她了。她不知道这到底是出了什么事,到底是为了什么? 即便分手也应该说一声不是,男人怎么会这个样子? 他怎么会这个样子?

那番云雨之情,那句句海誓山盟难道都忘记了吗? 是什么原因让他变得这么快? 最后的答案是她想过的,他在那里一定是认识了各方面都比自己条件好的女人。

她本来想去省委党校找他,当着面问一问他为什么不回她的信? 可思来想去最后打消了这个念头。一是对他对自己都影响不好；二是学习结束的日子马上就到了。然而更让她难过和恐惧的事情来到了，他离开杨柳去学习的那个月她没有来月经，第二个月还是没有来。

每个早晨她都有一种抓心挠肝般的欲望，那么想吃到酸的东西。

这些普通的常识她还是知道一些的，她知道自己极有可能是怀了孕。

这可怎么办？这可怎么好？一次次地问自己都没有答案，她在这种等待与煎熬中到了他学习结束。在给他寄去的信里她也告诉了他这一情况，让她根本想不到的是，她后来寄去的信件，房子明根本没有看就烧掉了，什么内容他哪里知道。

他现在不想见到她的一个字，更不想见到她这个人。

房子明反复琢磨推敲后开始了他的陷阱计划。

这一天是星期天的晚上，他先给自己的好朋友沈佳志打了个电话，电话是打到他家里的，他知道每个星期天他都从地委回来住，星期一早晨再走。

"刚刚从省委党校回来，忙了一大阵子，特别地想你，今天特地买了一些你最爱吃的狗肉、烧鸡、花生米什么的，晚上喝它一个痛快，地点还在灵芝的家，那里方便又清静，你看怎么样？他在电话里跟沈佳志这么相约。

电话那一边的沈佳志特别地高兴，他说："天哪！狗小子你还知道打个电话给我，听说你都回来好几天了，才打电话，你真是重色轻友，这些日子是不是都在左灵芝的怀里过的？"

"冤枉，"他说："待会见到她你可以问问她，我到现在还没见到她什么模样，这不是省委书记要来我们东方红吗？忙得什么都顾不上了，那咱们说好了，晚上不见不散，有话见面再说，我再去弄点啤酒。"

"好嘞，"沈佳志也很想念房子明，早想和他聚一聚喝一场，左灵芝的家里他们也没少喝酒，他们之间没有什么秘密可言，好朋友嘛，就该推心置腹，披肝沥胆，像秦琼为朋友舍出黄骠马两肋插刀不嫌疼。这是沈佳志的性格和想法，这些年他就是这样对房子明的。

母亲陈红静问儿子:"佳志,晚上想吃点什么?"

沈佳志说:"不,晚上有饭局我出去吃。"

给沈佳志打完了电话,房子明马上又把电话打到了县委宣传部,接电话的正好是左灵芝。

他完全感觉得到电话那一边的左灵芝是一种什么样的心态和表情,因为电话在他几声的呼叫后先出现了一分钟的沉寂,接着就是左灵芝痛苦万分委屈万分的忧泣,可能是在单位的原因,她一定是捂住了自己的嘴不让哭声发出来。

他说:"对不起灵芝,回来也没有及时给你打电话,你是知道的,省委古书记要来我们公社,回来得安排,还得安排好,这是多大的事啊!还有我回来到底怎么安排也还去向不明,我也正在四处奔跑,你知道吗我也特别地想念你,想把这一切都弄出了头绪来再去见你也不晚。你可千万别多想,我对你的心不会变,今天不会,明天不会,以后永远不会,除非你做了什么对不起我的事。"房子明一口气说了这些,最后一句他是为自己的计划埋下了伏笔的。

女人是好哄的,也是轻信的。男人的几句甜言蜜语会让她们下过的一百次决心瞬间瓦解。只要大哭一阵,一切就会烟消云散,什么都会得到原谅。

左灵芝就是这样,她正有一肚子的话要对他讲,一肚子的委屈向他诉。

"晚上一定要躺在他的怀里好好的掐他一顿,大哭一阵。"她这样想。

"灵芝,"房子明又说:"今晚在家等我,我已经买好了东西,也约好了佳志一起去家里,咱们好好喝一顿,到时我会跪下来求你理解,求你原谅,好吗?"

等了好半天,她说:"好!"心里边高兴极了。

前期的准备工作全部完成就等晚上了。

"上天保佑我。"放下电话那一刻,房子明对天默求了一句。他也长出了一口气,让自己忐忑的心平定一点。

上天会保佑他吗?上天有眼,只佑护善人义士。

傍晚来临,万家灯火照亮了这个北方小城,车辆不多,偶尔过去一辆便有一道白光直伸远处犹如流火。

房子明拎着买好的一大包东西,手里还拎着一桶散啤酒和一瓶子红酒,吃力地叫开了左灵芝的家门,左灵芝正焦急地等待着,还没等他放下东西她就疯狂扑过去抱住他,在他的肩上胸前责怪地拍打着、哭泣着,多少天来的痛苦、怨恨、委屈还有那绵绵思念都在这一刻得到了发泄。

"你为什么不回我的信?为什么回来不马上见我?你知道我有多想你?我心里有多苦多痛你知道吗?"

左灵芝连珠炮般地追问让站在那里的房子明一下子想到了沙欧,她刚刚给他打完电话,也问了他差不多同样的话。

他在心里复杂地长叹了一声,嘴上却在说:"对不起灵芝,都是我不好!走,咱们进屋说去,在这里让人听见看见多不好。"

左灵芝流着眼泪接过他手里的东西。

他们一起进了屋,短暂的拥抱过后,他说:"我约了沈佳志,估计他马上就会到了,等待会沈佳志走了,咱们有话再说行不?现在你得配合我,装作什么也没有发生。"

她擦去泪水顺从地点点头。她确实有许多话要说。

时间有的是,她不急。

"那好!"他又说:"你把桌子放上,我来收拾东西。"

两个人开始忙碌,这时候沈佳志大步流星地进了院子,人没有到声音先传了进来。

"我来了,别太黏糊了,我看到了会生眼病的。"话到人到,他开门进了屋里。

"我没打扰你们亲热吧?"沈佳志又开了他们一句玩笑。

"什么话,我们也算老夫老妻了,我这人一向重友轻色,来吧,咱们今天一醉方休。"

房子明拍了一下沈佳志的肩,三个人同桌坐下。

见左灵芝哭过,沈佳志说:"哎哟哟,这一日不见如隔三秋这句话我今天算是领教了。"

桌上的酒菜早就准备好了。

"干一杯,来,为我们再次相聚,为我们的友情干一杯。"房子明倡导着带头把一杯正冒沫的啤酒仰脖干了。

沈佳志也干了一杯,房子明又为他倒上了一杯。

左灵芝只抿了一小口,她不敢多喝,有件事还没有来得及告诉房子明呢。

两个人也不去管她,只管喝酒。

差不多了,那个塑料桶里只剩下了一些啤酒底。

房子明说:"不喝了,啤酒的底子不干净,换红酒,我还带来一瓶子法国正宗红酒,这东西晚上喝了有益健康。"说完他拎起身后的红酒瓶子去了外屋找东西启瓶盖,左灵芝和沈佳志两个人就等在屋子里。

在外屋房子明用菜刀启开了红酒的瓶盖,向屋里警觉地看了一眼,迅速地从裤子口袋里掏出老曹大夫送给他的那包药,又迅速地倒进了红酒瓶子里,摇了几下,快步地走进屋里来。一切做得悄无声息。

"这红酒的盖子是真难启,差点扎了我的手,"他说着又坐回原位,把红酒瓶子放在了桌子上,端起左灵芝面前剩下的半杯啤酒一口干了。

"来,灵芝,你也换点红酒,这东西晚上喝了有益人的身体健康,这是法国产的正宗红葡萄酒,我在党校时托人弄的,就想回来咱们一起喝。"

倒满三杯红葡萄酒,淡红色的红酒在灯光下荡漾着粼粼的波光。

"来,"房子明这时显得很激动,他的脸被酒精烧红了,他说:"这大千世界芸芸众生里我们三个能聚在一起喝酒,这是什么? 是缘分,常言说得好,有缘千里能相会,无缘对面不相逢。来,灵芝,这杯酒你也必须喝,为我们的友谊,为我们的爱情,干!"

此刻的左灵芝还能说什么,她已被房子明的表白深深地打动,她深情地看了他一眼,端起了酒杯,沈佳志这时已喝得差不多了,他想都没想端起来就一口干了,左灵芝又用妩媚的眼神看了一眼房子明,也一口干了这杯红色的酒。

而刚刚把酒举到嘴边的房子明却突然放下了酒杯,他痛苦地捂住了自己的肚子。"哎哟,我怎么肚子这么疼,哎哟,"他边说边往外面跑,"我去趟厕所。"

这就是房子明的陷阱计划,他跑出去是等着喝了药酒的两个人药性发作,他再回来看两个人药性发作后的表演,那时候左灵芝还有什么话说?沈佳志怎么解释?唯一遗憾的是他将永远失去沈佳志这个从小到大的好朋友,那又怎么样?自古大丈夫做大事都会不择手段,李世民为了皇位还杀了亲兄弟呢。

这种自我劝解让他的心里略略舒服一些。

留在屋里的两个人都在等着去厕所的房子明回来,啤酒喝高了肚子有时闹腾起来也是常事。然而这时候的沈佳志突然觉得自己身上的血液猛烈的沸腾开来,一股灼热涌遍了他的全身,一种从未有过的渴望让他不能自持,朦胧中他看见面前的左灵芝好像脱去了身上的所有衣物正赤条条地等着他。她胸前的那对乳房也在他面前晃动,好像是在挥手说:"来呀,快点来呀!"

欲火在燃烧。

他的下体不由自主地强烈勃起,嘴角垂涎四溢,他现在脑子里只有一个念头占据了整个身心,扑上去把她按倒在地上占有她。

而此刻的左灵芝也是一样,她突然感到头上一阵晕眩,浑身的血液一下子被一种欲火烧起,并且是那么强烈,那么不可抗拒,她需要面前的这个男人,她已经不知道他是谁,她也管不了许多,下肢有一股东西正顺流直下,让她无法忍耐,正在她要扑向这个男人时,突然又像有一把刀子一下子刺入了她的腹腔,一种难忍的剧痛让她撕心裂肺地大叫一声,脑袋随即一阵空白,浑身麻木不能自已,身体随即向后仰倒,扑通一声摔在了地上,鲜血马上从她的裤子里面奔涌出来并在地上形成了一摊血泊。

她这一声凄惨的叫喊,她这猛然倒向地面的身体和随之奔涌流出的鲜血,把正要扑向她来的沈佳志一下子吓醒了,那药,那酒都被当作冷汗出了,他使劲地摇了一下自己的头,狠狠地闭合了一下眼睛,让自己快些清醒,他看见左灵芝惨白着一张脸正在地上抽搐,身下全都是血,他吓坏了,赶忙蹲下身抱起了她,大声地转头向门外叫着房子明的名字。

"子明,子明,不好了,你快回来。"他的喊声无人应答。

见门外没有回声,再看看怀里的左灵芝已垂下了头,手搭落在身子下边不省人事,救人要紧,来不及再多想,他马上抱起左灵芝冲出屋门拼命地向县医院奔去。

原来在药物的作用下,周身血液迅速澎湃奔流,已身怀三个多月身孕的左灵芝子宫突然破裂造成了大量出血,人已昏迷,生命垂危。

而这时候的房子明为了能够把这件事做得更实,跑去了院墙西侧的西街派出所,如果再有一个民警出现,那他们两个就更是有口难言了,进了派出所他谎称女朋友家进了贼,让他们快去帮助捉贼,两个值班民警留下一个值班,另一个跟着房子明快步来到了左灵芝的家。

这种事房子明竟去派出所找人,其实这和贼喊捉贼差不多少,聪明绝顶的房子明作茧自缚,自欺欺人,真不知他当时是怎么想的。

进屋后,屋里的情景把房子明吓呆了,除了地上一大摊血,两个人没了影,这让他不知所措,更摸不着头脑,杯碗桌凳还在,满屋子的酒气。

怪了,他们会去哪里呢? 地上的鲜血又是怎么一回事呢? 他有了一种非常不好的预感。

民警也感到事情重大,立即用对讲机向局里做了汇报,刑警队的警车马上赶了过来,现场被封锁,房子明被暂留,追查两个人的下落成了民警的紧急任务。

去医院,有这么多的血,人很可能在医院,民警们判断。于是警车呼啸着向医院开去。

此时县医院的手术室里左灵芝正躺在手术床上,她那双已无光芒的眼睛正大大地瞪着,像是在遥望房子外面广阔的天空,一双手搭落在手术床下边。县医院的简陋条件和医疗技术水平再加上她一路上流血不止医生们已无力回天,这个年仅二十六岁的吉林姑娘到死也不知道到底发生了什么事。她怀着对生活的美好向往和对爱情的美好追求死去了,一朵鲜花就此凋谢,凋谢得无声无息,不明不白。

抱着她赶到医院里的沈佳志累昏在走廊里,当他醒过来时,民警正把冰冷的手铐铐在他的一双手上,他懵懵懂懂地被带上了警车,关进了拘留所。

他还记得当他抱着满身是血的左灵芝赶到医院时正值母亲值班,他在走廊里大叫,"救人,救人哪!"是母亲把她推进了手术室,在关闭手术室门时的一刹那,母亲戴着口罩的一双眼睛复杂地看了他一眼,那里有无数的疑问想问他,只是因为抢救病人而来不及问他。

他自己到现在都不明白这一切到底是怎样发生的,今晚到底发生了什么?

他痛苦地把头顶在拘留室的墙上面,大声地喊叫:"放我出去,我什么也没有干。"

回答他的是拘留所走廊空荡荡的回声。

三十一　人心难测

房子明现在也是不知东南西北,发生的事完全超出了他的意料之外,他心里直打边鼓,他也在问自己,他走了之后屋里到底发生了什么事?屋地中央那好大一摊鲜血更让他感到心惊肉跳。

他也被拘留在公安局里,靠在墙上,他闭上眼睛在一次次一遍遍地猜测着。这个不可能,那个也不可能,这一回会不会弄巧成拙,会不会身败名裂?这大好前程会不会因男女关系不清而毁掉。

如今只能等待,但有一点他已下定决心,既然如此就索性把这个粪盆子给沈佳志扣到底,自己已经没有第二条路可以走。

他的心里乱成了一团麻,痛得他用头只砸墙,为什么会这样呢?他又想到了沙欧,她要知道了这件事又会怎样呢?

好事不出门坏事传千里。

杨柳县发生了这么大的事,不但传遍全县也传到了地委,大家都十分震惊也格外地关注这件事。

一时间,流言四起越传越玄,事关人命,又牵扯到了两个科级干部和一个地委干部,县公安局的压力非常大,领导催办的电话时不时地响起。

公安局刑警队的彭志民是个老刑警了,他从警十多年,这样古怪的案子也还是头一回碰到。虽然稀奇,虽然重大,但并不复杂,他认为这个案子很快就会查清楚,事情的原委肯定就在三个人身上,尤其是两个男人,他断定这两个男人中肯定有一个人在说谎。

而死者肚子里的孩子是关键。

他开始审问这两个过去自己都认识的人。

第一个是沈佳志,因为是县委书记的儿子,又与彭志民相识,他也就客气了很多,口气平和似在聊天。

一夜下来,沈佳志苍老了许多,黑茬茬的胡子在脸上钻出了个尖,像黑墨水涂了一脸似的,双眼呆滞,脸色苍白,坐在审问室的凳子上泪水先淌了下来。

彭志民:"沈佳志,昨夜没有睡吧? 心里很乱是吧?"

沈佳志点了点头。

彭志民:"为什么睡不着? 为什么心里乱? 跟我说说。"

沈佳志:"我老是看见左灵芝的样子,看见她一直在流血,她的脸那么惨白,她怎么就那么死了? 人怎么就那么容易死呢? 我还在想明明好好的,大家正喝得高兴怎么突然她就死了? 那是人命啊!"

沈佳志似在呢喃,似在自言自语,但泪水一直在流淌,看得出他内心非常的痛苦。

彭志民:"我也不明白,一个好端端的人怎么会死在你的怀里,你知不知道她已身怀有孕? 你跟她到底是什么关系? 事到如今撒谎是没有用的,事关两条人命我们公安局一定会查清楚的,我说的话你听明白了吗?"

沈佳志这时抬起了头,他万分委屈地看了看彭志民,乞求般地说:"我真什么也没有干,她是房子明房书记的女朋友,我和房子明是从小到大的好朋友,他刚从省党校回来找我去他女朋友左灵芝家喝酒,我去了,我们一直喝得很高兴,开始是喝啤酒,等换了红酒后,他突然肚子疼去了厕所,这时候也不知道是怎么了,左灵芝大叫一声就摔倒了,我看见了她全身是血,到处找不到房子明,我就抱着她跑去了医院,可她死了……"

沈佳志说到这里双手捂住了脸哭了起来,泪水顺着他的手指缝流到了手指外面,可见他内心的悲伤。

"怎么就死了呢? 一个那么活生生的人……"他边哭边重复着说。

彭志民:"你是说你们中途换过酒?"

他点了点头，"啤酒没有了，房子明说他从党校带回了一瓶法国红酒。"

彭志民："其实我们只要对酒杯进行一下化验，事实就会大白天下，左灵芝肚子里的孩子一化验也会知道是谁的，所以我劝你跟我们实话实说，免得麻烦。"

"我真不清楚是怎么回事，她是房子明的女朋友，他们非常有感情，你们可以去问房子明。"沈佳志抬起头一脸的泪水。

彭志民看得出他已痛苦到了顶点，害怕他精神出问题，他劝他说："沈佳志，你也不用过分悲痛自责和恐惧，你要知道，不做亏心事不怕鬼叫门，如果你真什么也没干那也请你放心，我们会弄清楚的，如果真如你所说那你也是没有问题的，你救人时的表现其实是挺让人感动的，你为救她累昏在医院里，又主动要求为她献血，作为朋友你已仁至义尽。但我们要的是事实的真相，今天我们就谈到这，你先下去休息，我劝你不要有太大压力，事情真相很快就会水落石出，查明真相前你不能离开拘留所。"

从直觉上说，彭志民认为沈佳志没在说谎，但他是警察，警察是凭事实和证据说话的，警察办案不讲感情。

"东西送去化验了吗?"他边走边问身边的民警小郑。

"吕科长他们去北京了，听说化验要半个月才能出结果。"小郑说。

他点点头说："提审房子明。"

房子明也是一脸的倦容，人也显得憔悴不堪，脸上的胡子要比沈佳志少许多，但他并没有哭，相对还十分的镇定，这是彭志民没有想到的。

彭志民："房书记，我们谈谈吧，事情的经过想你也知道，我们就不用重复了，我只问你几个问题。你和左部长恋爱多久了?"

房子明："也还说不上恋爱，只是交往。"

彭志民："交往? 没那么简单吧? 她怀了三个月身孕的。"

房子明："她怀孕我不知道，也和我没有关系。"

彭志民："那你能不能告诉我她和谁有关系? 或者是可能有关系?"

房子明："不用我说，我想你们也应该清楚，我也没有想到他会是我最好的朋友沈佳志，我们从小到大一起长大。"说到这里，房子明的眼里流出了泪水，人显得十分痛苦，像是在埋怨和不理解沈佳志这个好朋友怎么会背着他和自己的女朋友干这种事，太不应该了。

彭志民仔细地观察着房子明，他也不再问他，他就把他晾在那里让沉默自行折磨他，这也是公安审问的一种手段。

又过了好半天，彭志民再次问他。

彭志民："你说你和左灵芝并没有真正的恋爱？你是说沈佳志跟左灵芝有男女关系？你是说左灵芝肚子里的孩子不是你的，对吗？"

"应该是。"房子明说。

彭志民："别说应该，请你回答是还是不是。"

房子明这时犹豫了一下，他的右手不自觉的一颤，然后说："是。"

一直盯着他的彭志民心里已有了谱，经验告诉他房子明在说谎。

说谎的人永远都有不自然的地方，假的就是假的。

彭志民："那你为什么要去派出所找人说你女朋友家里去了贼？你们明明在喝酒。"

房子明的头上出了一层细汗，他舔了一下干涩的嘴唇说："我说的贼就是沈佳志，可能是民警同志理解错了。"

彭志民："这不符合常理呀！你们是好朋友又在一起喝酒，即便有问题你也不应该去派出所，话说家丑不可外扬，况且还有左灵芝在场，又是在她家里，你为什么把他当成贼？而且你既然不承认你和左灵芝在恋爱，为什么去派出所说你女朋友家进了贼？这个女朋友指的是什么？"

这时的房子明被彭志民问得满头大汗，但房子明是聪明的，他让自己冷静一下辩解说："我是在一起喝酒的时候才发现他们俩有问题，因为这段时间我一直在省委党校学习，我之所以去派出所是因为如果我当时发作，害怕他们两个会对我不利。"房子明说得合情合理。

彭志民:"我们的化验结果马上就会出来,如果说左灵芝肚子里的孩子是你的,那你怎么解释?"

房子明:"根本不会。"

彭志民:"你为什么那么肯定。"

房子明这回没有马上回答,他把脸看向地面的脚,他的脚在不停地动。

人心虚胆就怯,腿就会发抖。

彭志民想应该再给他一击,他到现在可能还不知道左灵芝已死,他的思想里还只停留在男女不正当的关系上。

他说:"有件事你可能还不知道,左部长左灵芝因为大出血死了。你看见屋地上的血就是她的。"

房子明像听错了一样,他抬起了头不相信地看着彭志民,"什么? 你说什么?"

"左灵芝死了。"彭志民这次说得十分清楚和肯定。

"啊?"房子明一下子从凳子上摔倒在地上,半天爬起来又坐回去,"死了?"他重复一句。

"是的,她死了,尸体还在医院里,你要不要去看一看?"彭志民想一击到底,让他彻底崩溃。

房子明的精神防线真是瞬间崩溃了,他的两眼呆滞无光,浑身颤抖,眼泪也一下子刷地从眼眶里流下来,恐惧地不再说话。

左灵芝的死是他根本没有想到的,现在可不同了,这人命关天哪! 她这一死可什么都完了,他脑海里出现了她家屋地上的那一大摊血。老天爷啊! 怎么会是这样子?

彭志民又追问了他几句,房子明都像是没有听见一样不出声也不去看他。

再问下去也没有了什么意义,他站了起来,走出了审问室。但在他心里已确定,问题就在这个房子明身上,现在只是怎么能让他说清并承认的问题。

彭志民回到了自己的办公室,在桌子上的纸上反复地写着"为什么?"。

"为什么房子明会去派出所找人?这不符合常理。"

"为什么房子明不承认他与左灵芝的恋爱关系?还有肚子里的孩子?难道他害怕什么?"

"为什么沈佳志那么呆傻,好像什么都不知道一样?他在两个人中间扮演了一个什么角色?"

"为什么会突然大出血?是正常病理反应还是有外部因素所致?"

"沈佳志真和左灵芝有不正当关系吗?"

"两个人会不会都在追同一个人?会不会都有性关系?"

他又想:"如果沈佳志真和左灵芝有关系,那明明知道房子明回来了,他还会去她家吗?还会在一起喝酒吗?左灵芝为什么会让沈佳志去她家?她也应该知道,这种场面不会融洽的,常理上是不应该的。"

"不对,这里面一定有隐情。"

彭志民在屋里走来走去,反复地思考着,暂时理不出头绪来。

看来只有等北京的化验结果了。

正在彭志民左右为难的时候,有一个人来到了杨柳县,解开了他心中的谜。

她就是省委党校的老师沙欧。

房子明突然失去了联系,还有她对房子明的彻夜思恋,促使她决定去杨柳县找他,问问他为什么突然失去踪影。

热恋中的人真是无所畏惧,勇不可当。

在杨柳县她下了汽车直奔县委党校,在那里她既有熟人又有朋友,又是工作上的上下级。

然而,当那个朋友把杨柳最近发生的事告诉她后,她一下子瘫坐在那里,简直听傻了。

到底是见过世面人，她冷静下来后决定去趟县公安局，死活弄个明白，既然来了，就不能这样不明不白地回去。

当她出现在彭志民面前时，乐得彭志民一下子从椅子上跳起来，"谜底揭开了。"他说。

这时北京的化验结果也通过内部电话传了过来。

酒中含有大量的兴奋剂，这是一种国家明令禁用的药品，这种药类似玛咖，多半来源于民间对大烟葫芦头的提炼，这种东西使用后会让人短时间内兴奋异常，产生幻觉，尤其对异性有非常强烈的渴求，也是这种药导致了左灵芝过度兴奋血液流动加速从而引发堕胎并造成腹腔和宫内大量出血。

她堕胎的孩子血样化验与房子明相同，与另一个人沈佳志相反。房子明是这个孩子的父亲。

当沙欧找到公安局并在老局长孟宪文面前自称是房子明的女朋友，并要求看一看房子明时，老局长觉得这可能对案情侦破有作用，就让人叫来了负责这个案子的刑警队长彭志民。

听完了沙欧把他们恋爱的经过简短的诉说后，再看一眼面前这个单纯又漂亮的女老师，他既为案子将要告破而感到高兴，也为她的痴情单纯而惋惜，不禁长出了一口气，心中说："这世界真奇妙，这人心真叵测，一山望着一山高，一脚踩着两只船，不摔死淹死才怪呢！"

彭志民向老局长说："老爷子，"他们平时就是这么称呼孟宪文的，"我马上提审房子明，你和沙老师参加审问，沙老师现在作用非常大，我想你马上就会知道事情的始末，我保证房子明一见沙老师精神立马彻底崩溃，防线立即被摧毁，我倒要看看他这葫芦里到底卖的什么药。"

沙欧欣然答应，她那种因疼痛而好奇的心更盛，她想："我也看看这个房子明到底是个什么人？干了什么事？为什么这个队长那么肯定自己的到来会让这个案子告破，会让他的心理防线崩溃？自己真有这么大的作用吗？"

还是在那间审问室里，被带进来的房子明仍旧坐在地中央的审问椅子上。

他还低着头不说话，他现在什么都不想说，说多了会让他前后矛盾，难圆其说，他现在唯一希望的就是北京的鉴定结果与他说的对不上，要是那样公安局也就没有了办法，还有外面的父亲和哥哥房子亮一定也在托人找关系替他解脱。哥哥可是法院的副院长，他懂法。

"房子明，你想好了吗?"彭志民问他。

他不出声也不抬头。

彭志民等了等说:"房子明这件事情的真相我们已经完全清楚了，事情的始末是这样的。你在省委党校学习期间认识了一个女老师她叫沙欧，你们彼此都对对方产生了好感，你在沙欧面前并没有说你在杨柳县有女朋友，所以她对你十分痴情，你们约好了要情定终身，她还答应帮助你调到省里去。因为沙欧的各方面条件都远远高于你原来的女朋友左灵芝，这让你见异思迁，移情别恋。但是，尽管沙欧让你什么都称心如意，可你知道左灵芝不一定会让你一切都随心所愿。如果沙欧再知道了这些，你非常明白这个结果会怎么样，于是解决你与左灵芝的恋爱关系就成了你最大的难题，是不是这样?"彭志民问房子明。

听了后的房子明仍然没有抬头，但他已明显心里特别矛盾，手脚都在烦躁中动弹。

彭志民接着说:"于是你想了个两全其美的办法，即让左灵芝含羞自退，又对你无怨无恨，要怪也只能怪她自己，要说负心也是她有负于你，你就找了个替罪羊，他就是对你深信不疑、从小玩到大的好朋友沈佳志，于是你就制造了这样一起嫁祸于人的事件。"

"你们喝的那顿酒沈佳志做梦也没有想到是你事先给他挖好的一个陷阱，而你自己也没有想到此时的左灵芝已有孕在身，同样你的女朋友左灵芝更没有想到她一直痴心等待的男朋友会对她做出这样的事。还有在我们杨柳县能有这种药的只有那个曹大夫，你在那里当过书记，弄到药轻而易举。

我们的人已去了东方红老曹大夫那里,一查便知。你的陷阱就是在酒里放上大量的兴奋药,让他们两个不能把持自己,你是知道的服下这种药的人是没有办法控制自己的。你在他们两个喝下你放的药酒后,谎称肚子疼去了厕所,其实你并没有去厕所,你出去有两个原因,一是给他们两个性欲发作的空间,让他们尽情放纵;二是找一个人一起证明这件事,于是你去了西街派出所找了我们的民警。有什么人比警察让人觉得更可靠的?"

"而你恰恰错了,警察是世界上疑心最重的人,一点蛛丝马迹都会让我们想到犯罪,所以出事后你连自由处理这件事的时间都没有,而一下子把事情弄大了,并一发不可收拾。"

他的话像针一样把房子明扎了一下,他的身体颤抖着,头上出满了汗,但是他的头仍然低着不肯回话。

"房子明!"彭志民大吼一声:"抬起头来看看你面前的人是谁?你还想侥幸过关吗?"

房子明闻讯抬起了头,眼前的审问桌后明明站着他日思夜想的沙欧。

说不清此时的沙欧是一种什么样的心境,她只呆呆地立在那,泪含眼中,心如刀绞。

房子明那双疑惑不解的眼睛在她的身上停留了好半天,才颤动着嘴唇问她也像是问自己:"真是你?"他想站起来可又站不稳。"你怎么来了这里?你来干什么?你什么都知道了?"

问完扑通一声坐在了地上,随即大哭接着又是一阵大笑,最后他绝望地抬起了他低下的头,他们看见他这时满脸是泪,悔恨占据了他整个身心,暴露在脸面上。

"哎!"他一声长叹,闭上两眼边哭边说:"真是成也萧何败也萧何,我的美梦因你而做,现在也因你站在这里而破灭。彭志民,我真没想到会是这个结果,我也没有想害死左灵芝,真的,我只想让她哑口无言地离开我,因为我爱沙欧。对不起了左灵芝,对不起了沈佳志,对不起了沙欧。"说完仰头大笑继而又大哭失声,他快要疯了。

后边的沙欧流着泪悄悄地走了,她默默地说了句:"你这种人也配说爱。"之后她一刻也不停留地离开了这个让她万分伤心又曾万分思恋过的杨柳县。

不过有一个人的名字却被她牢牢地记住了,他就是沈佳志。

"世界上怎么会有和我一样傻的人。"她想,"傻的可笑又可怜。"

当老局长问彭志民:"你是怎么想到案情会是这样的?"

彭志民说:"我一开始就怀疑房子明,在杨柳县谁不知道他和左灵芝谈恋爱的事? 谁不知道他即将被提拔重用? 还有他和沈佳志两个人在本质上、性格上都有根本上的区别,房子明太聪明,太奸诈,而另一个太善良,太义气。这样两个人在一起,一定有一个被算计,当然聪明奸诈的一定算计善良义气的,只是看他需不需要或者什么时候需要而已。"

老局长孟宪文也长叹一声说:"真是人善被人欺,马善被人骑,一点没错。善良的人往往都是这些阴险人的人生之河里的纤夫,但最先到达彼岸的又是这些纤夫们。因为从一开始他们就走在岸上。"

人还是善良的好。

恶总会有报应的。

三十二　天降大任

家中出了这么大的事,马昌平和沈佳慧两个人急匆匆地从马家围子赶回了县里的娘家。

陈红静一直没有上班并天天在哭,她说:"那天我正好值班,看到佳志抱着血淋淋的左灵芝来到医院的时候把我快要吓死了,我不知道他们出了什么事,可看见佳志倒在医院的走廊里我的心都碎了。"她说完又哭着说:"真要出了什么事这个家可怎么过呀!"

马昌平和沈佳慧一直在劝她,沈佳慧也一直在哭。她说:"妈,你先别着急,事情还没弄清楚,我知道我哥是什么样的人,他一定不会做那种事的,倒是那个房子明从小就一肚子坏水,这些年我哥和他走得太近了,形影不离的。"

陈红静又说:"你们当时没在场,左灵芝死的时候一双眼睛一直睁着,浑身是血,好可怜,好吓人,她才二十六岁,一朵花还没开啊!"

沈为民坐在那里一支接一支地吸烟,一次次地抄起电话打给公安局长孟宪文催问案子的进展情况,他也不相信自己的儿子会做出什么伤天害理违法的事,可事到如今他又能说什么呢?

马昌平则安慰沈佳慧说:"佳慧不要哭了,小心肚子里的孩子,事情一定会弄清楚的。以我对他的了解,太过格的事他做不出来,他没有那么多坏心眼,现在我们只能等。"

事情终于真相大白,当沈佳志从拘留所出来的时候,他简直成了另外一个人,形同一个街头乞丐,但在他的心里,他怎么都不相信会是房子明刻意陷害他,他想不通,但事实就摆在了他面前,不由他不相信。

痛苦像一条疯了的狗撕咬着他的心,回到家后他把自己关在屋里几天没有出门,倒是马昌平与他一次推心置腹的交流让他振作了一些,但上班后他也很少回家,一直住在单位的办公室里,很少与人说话,原来那个整天一脸朝气蓬勃的沈佳志不见了。

外面的秋雨很大,一阵紧过一阵,风吹雨点打的办公室窗户啪啪的响。沈为民站在自己办公室的窗户前望着雨中朦胧的天空,遥想起自己这许多年一路走来的艰辛。再有两个月自己就要退休了,本来这是每个人必然的结局,自己也做好了充分的思想准备,可那是很久以前的想法,当事实真要到来时那心情也是截然不同的。以往当其他的同事退下去心情灰暗时,他也曾想过有什么呀,退了更好,回家想做什么就做什么,再不用担惊受怕操心费力了,真是看花容易绣花难,轮到自己了才真正了解了当时他们每个人的心境。

要不人说,嘴上说不怕死的人其实都是些离死亡比较遥远的人,近了比谁都怕。

那一年自己二十四岁从天津的南开大学毕业,本来安排好的去向因为父亲沈一夫被打成了"右派"分子而成了泡影,他不得不随着父母亲搬离那座城市下放到这偏远贫穷的东北小城杨柳县。他的女朋友也是他的高中同学这时也从天津医学院毕业了,曾经对他欣赏热情有加的陈红静父母突然变脸绝不允许他们的女儿走近他一步,并让女儿马上断绝与他的恋爱关系,那时他自己是痛苦的,对她的父母是理解的,自己这个样子还要远去异地他乡,谁还愿意跟着他去受这份罪,去吃这份苦,去走一条毫无目标的路呢?

他流着眼泪跟着父母登上了北去拥挤脏乱的火车,然而令他没有想到的是女朋友陈红静早已等候在车厢里,她笑着对他说:"是苦是难跟着你,这一辈子嫁鸡随鸡嫁狗随狗不后悔。"

那一刻他是多么的感动啊!他下决心这一辈子不负她。

她是背着她的父母偷着跑出来的。这需要多么大的勇气和决心,这是她对他爱的驱使。

他们在这座小城里结了婚,生了一双儿女。他从一个送报纸的勤务员干到了今天的县委书记位置,这一路的风雨跋涉也只有他自己知道,某种程度他是为了她,为了她对他的那份情而拼搏努力的结果。

这是1983年的秋天,这一年他面临退休,妻子已经先退休了。退休后干什么呢? 他想:"女儿就要临产,和妻子一起为他们看教孩子,享受那份所谓的天伦之乐。"可是他心里现在想的更多是儿子沈佳志,到现在连个女朋友也没有。那次被房子明诬陷的打击让他一蹶不振,精神颓废,每天闷闷不乐,很少回家,总住在地委的办公室。时间长了哪能行?

女儿过得很幸福,女婿马昌平虽说如今在农村种地养鸡可他们快乐比什么都强,对于这个女婿他还是特别满意的,无论从哪个方面讲他都是优秀的,这也让他稍许欣慰。

后天省委书记古明田就要来杨柳县,这也可能是他退休前要做的最后一件大事,省委书记来这个贫困小县新中国成立以来还是头一回。书记点名要去马家围子是什么意思呢? 地委的陈书记也曾跟他放过风,他说:"古.书记实际上是要见一见你的那个女婿,当年他当副书记时就曾建议破格提拔过他,这次去杨柳也不排除对这小子还有大用。毕竟他以前的做法现在来看都是正确的。"

杨柳县目前的班子是配齐配全的,完全按照老中青三结合配备的。县长罗玉青四十六岁,是接替他呼声最高的人,这个人文化水平并不太高,但上进心强,作风扎实,人品也不错,群众当中威望也很好。倒是那个常务副县长李宝玉跃跃欲试,这个人善于察言观色,野心勃勃,上边又有人托底,接替罗玉青也极有可能。

关于谁来接替自己,他已向地委陈书记做过建议,他说:"罗玉青接管杨柳从哪方面对杨柳都十分有利,用与不用那就是上边的事了,一起共事五年多,该说的也说了,该做的也做了,也算是对他这几年的全力配合有了一个心理上的交代。"

"古书记这次来杨柳,地委领导也一定会陪同,到时跟地委的陈书记和地委组织部的刘部长说一说也算走个后门,让儿子沈佳志出去学习一年二年的,换个环境兴许能改变他目前的心态和状况。"

外面的雨还在下,他就站在窗前,手里的烟也是一支接一支的。"吸吧。"他想,自己已经答应了妻子陈红静,退休后把烟戒了。

1983 年之后,人民公社制度被取消,在人民公社的基础上重建乡体制,乡重新被确立为农村基层行政单位。

松江地委也改成了松江市委,马家围子也变成了东方红乡马家围子村。

中央已经意识到了三农问题已是各级政府的头等大事。

古明田这次来杨柳就是针对三农问题来的。一个中央领导的话在他耳边回响,他说:"人民公社到底怎么样呢?从小受的教育就说人民公社怎么好怎么好,还有一些人说怎么不好怎么不好,说法不一,争论不休,现在回过来看,人民公社怕是以前的说法就一定对头了,大家都知道现在的三农问题严重,三农问题也是我们政府的最大难题。我们有八亿农民,农民发烧了全国都感冒。为什么农业现在不能发展?为什么这么多农民贫苦?就是农业政策,农业制度不是很对头。为什么清朝以后我们一直受外国人的欺负?就是人家都已经是大生产大协作了,我们还是小农制度各顾各的,以吃饱饭为目标,一盘散沙,能对付得了人家才怪呢?"

作为农业大省,他这个省委书记深感责任重大。

这一天秋高气爽,北雁南回,成群结队,凌空鸣叫。

在通往马家围子的柏油路上,一个车队正驶出县城,向马家围子奔去。

前面是一台警车开道,中间一辆黄色大客车,后面跟着一辆新闻宣传车。

正在秋收的农民都驻足停手观望,大伙早就听说省委书记要来,这车队一定是他。

车队在马家围子三队生产队的原来队部大院前停了下来,一行人下了车,市委、县委的领导都站在省委书记古明田的身后边。他叉着腰站在路边看了一眼这座土墙大院深有感触地说:"生产队不存在了,这个当年大地主的院子也失去了它的意义,留作历史遗迹吧,留着它教育后人们。现在我们到老百姓的家里面去看一看,看看联产承包责任制度落实后,他们的生活有了多大的变化。"

这时,一群大雁啊啊地叫着从北边豆地里飞起,排成个人字,毫无眷恋地向南飞去,古明田见后,诗兴大发,随口把范仲淹的词改念道:

乡下秋来风景异,
北雁南归无留意,
秋风卷草四处起,
来村里……

吟完自己一阵大笑,随行的人也笑称古书记改得好。

一行人一连走了十几户,马家围子的村民每家每户还是很富裕的,这让古明田很高兴。

他回头对跟在后面的县委书记沈为民说:"不看了,走,去你那个女婿家看看,我是只听其名未见其人,早想一见这个年轻人了,你有一个好女婿呀!你的女儿眼力不错呀!"

他的话让沈为民十分高兴。

沈为民说:"谢谢古书记夸奖。"

一行人在村委会主任潘永德的带领下来到了屯子东头的马昌平家。

事先接到了通知,马昌平正等在那里,今天他穿了一身半新的中山装,一副干部模样,见领导们来到,赶忙迎上前去。

接替了房子明的乡党委书记邹明涛向古明田他们介绍说:"领导,这就是马昌平。"

古明田握着马昌平的手上下仔细打量他,手一直握着,他点点头说:"好哇!比我想象的还要英武,果然气宇轩昂,仪表不凡,你看我和你的岳父都来了,为什么不让我们进你的屋里坐坐。"

马昌平脸一红赶忙说道:"屋里简陋,快请领导们屋里喝口茶水吧。"

他们一起进了马昌平的家中，屋子小装不下太多人，其他人就在院子里站住，边看院子周围的各种花草边闲聊等待。

陪同古明田进屋的只有两个人，市委书记陈明生和县委书记沈为民。

古明田进屋后先转了一圈，把屋里的陈设看了一遍。

沈佳慧这时来倒水，古明田问沈为民："老沈，这就是你的女儿吧？"

沈佳慧把倒好的茶水递过去说："是，我叫沈佳慧。古书记请喝水。"

古明田点点头，接过来，喝了一口茶水说："你真是一个有个性有胆略的姑娘，有一个县委书记的爸爸，确要嫁给一个农村地主的儿子，这爱情的力量可真大，当初是不是把你爸妈给气坏了？"

沈佳慧脸红了，她说："当初爸妈是既不赞成也不反对。我理解做父母的，他们都是为自己的儿女着想。"

古明田问沈为民说："是这样吗老沈？"

沈为民这时也点了点头，坦诚地说："说实在的，那时我也很矛盾，但她的母亲是坚决反对的。"

"哈哈哈，"古明田大笑了起来说："老沈，看来我们都落伍了，我们的眼光和思想跟不上这些年轻人，跟不上时代的步伐了。你的女儿她很了不起。"

"所以我要退休了。"沈为民这样说，"回家陪老伴、抱外孙。"

"来，"古明田向站在一边略有紧张的马昌平招招手，"坐过来，咱们聊聊，有些问题我想问一问你。"

马昌平走近两步坐在沈佳慧搬来的凳子上，三个书记都坐在了炕沿上。

"你这小家很温馨，妻子很漂亮，看样子你要当爹了。"古明田这回收敛了笑容，很关心很认真地问马昌平。

"是的，我很知足，每一天都很开心，为我的小家庭，为我能有这样一位好妻子。"马昌平说得十分诚恳，没有半点虚假的成分。

"那你有没有想过还许多家庭不温馨，他们还很贫穷，很落后，他们需要改变这种状况，这也是我们党正在努力做的，也是我们每个党员干部应该肩负的责任。"

马昌平听省委书记这么一说,浑身的血液立即沸腾起来,他说:"不瞒领导,我无数次这样想过。"

古明田看着他点了点头说:"我猜也是这样,我倒很想问一问你,我看了有关你的一些材料和新闻报道,你二十岁的时候就当上了小队会计,二十二岁的时候就当了生产队长,你在当小队会计的时候就向你的队长建议抓经济,种经济作物,还建议大车外出拉脚挣钱,当了队长后步子就更大了,胆子也大得出奇,这和你的年龄、出身完全不符合,在那种形势和环境下,是什么促使你这么干的?你就不怕吗?你当时又是怎么想的?"

马昌平长叹了一声,看了一眼省委书记,看了一眼市委书记和岳父,他摸了一下自己的脑袋,沉思了一下说:"向队长建议的时候我是不太怕的,因为出了什么事也不是我做的主,我怕的是队长不一定听我的,而恰恰相反,队长姜大主意真听了我的建议,而且当年就见到了非常明显的效果。"

"等到我自己当了这个小队长,我是真有点害怕的,怕这种做法上边不让,怕我的地主成分再被戴上个帽子。但是社员们都乐意的事,这么干也真的让家家的日子都变得好了,所以我的胆子也就一天比一天大起来。我当时想,社会主义也好,资本主义也罢,两种主义只是理念不同,制度不同而已,但有一点都是相同的,就是国富民强,哪种主义哪个制度都不希望老百姓日子穷,而当时更重要的一个原因就是穷怕了,我们也太穷了,各家各户穷得可怜,我想怎么样也比穷好!"

古明田看着面前这个青年人听着他的讲述,心里面很感慨也很兴奋,他接着又问他说:"你当了公社书记之后胆子可就更大了,你搞得那个扩大自留地到各户,其实已经类似了今天的包产到户了,这个步子可大了,那说你是在搞资本主义是一点不过分,说你挖社会主义墙脚也符合当时的形势,这个险你冒得可不小。"

"我是几天几夜睡不着觉啊!我反复琢磨反复思考,只有这样才能调动广大社员的积极性,只有这样才能让大伙多分点多得点,日子好过点,我在走了我们乡几个村之后就走不下去了,走有用吗?看了没办法更没有用,走形式老百姓更生气,重要的是怎么解决,我下定决心这么干的时候我什么都想好了。豁出去了,当时真有当官不为民做主不如回家卖红薯的意思。我心一软一松劲儿的时候就想起那个老社员临死前求我的事,我就激动。再想一想那些个上不起学的孩子,那些因为治不起病死在家里的社员们,那个因为娶不上媳妇而强奸了自己妹妹的人,想到这些我的决心就坚定得不顾一切了。"

"你被撤了这个书记委屈吗?"古明田又问。

"说不明白,心里不好受,可我也知道这一天很可能到来,被撤时心里有准备。"马昌平这么说。

"你当时真没有把这个想法告诉过你岳父?"古明田说着笑着去看沈为民。

"真没有,当时是这么想的,以我爸爸的性格他知道了未必同意,而我还要坚持这么做,假如真出了事,他知道了一定会受到牵连,所以干脆不说瞒着他,出了事也只是我一个人承担,后来事实也是这样。"马昌平说着红了脸并不好意思地看了一眼岳父。

"哈,哈,哈,"古明田笑了,说:"我真佩服你的勇气和决心,还有你为老百姓设身处地着想的责任心。你是党的一名好干部,一名优秀又有智慧的干部,我也为我当初的建议而自豪。你回到马家围子这段日子里在干什么?"

"一边劳动一边调研,我骑自行车走了附近的几个县,我算全弄明白了,大家都一样,这不是地域问题,是政策和制度问题。周边各县的那么多生产大小队,没有一个能赶上我们马家围子的,说明我们干对了,说明只有这样老百姓的日子才能富起来。"

"中央的联产承包责任制让我三天三夜没有睡着觉,这是解决农村问题最有力的一把钥匙。好的政策才是改变农村现象、农民问题的根本所在。"

"你在搞调研?说说你的调研成果。"古明田对他的调研感了兴趣。

"谈不上成果只是一种感受。我认为我们现在仍然是小农经济思想,在走农业生产的小路径,步子还小,我们应该从大农业方向出发去着想,三农问题不解决,国家难稳定,人民难富裕。"

"接着说下去。"古明田鼓励他。

马昌平已经收不住了,他兴奋的脸色涨红,接着说道:"调整种植结构,把农业和各行各业结合在一起,走大农业道路,农民不是因为没有土地,而是离不了土地,离不开土地,实现农业现代化必须让一部分农民离开土地,否则四个现代化中的农业机械化就实现不了。"

三个多小时的谈话一直是两个人在对话,两个人在旁听。

最后,古明田站了起来,他说:"古人说,天将降大任于斯人,必先苦其心志,劳其筋骨,饿其体肤,空乏其身。年轻人,好好地干吧。毛泽东主席说,世界是你们的,也是我们的,但归根结底还是你们的。你们是八九点钟的太阳,希望寄托在你们身上,有志者事竟成,要做好担当重任的准备,时代会给你一个大展宏图的机会。"

他们离开马家围子时天已经黑了,古明田拒绝了沈为民让他们在县里吃完饭再走的要求,他让他们把饭拿到车上来吃,贪黑赶回省里,明天还有一个非常重要的会要开。

两个月后,沈为民正式退了休。省委直接做出决定,由三十岁的马昌平接任杨柳县委书记,这一决定真是一石激起千层浪,杨柳县又迎来了一次不小的地震。

三十三　县委书记

杨柳县原有的格局被打乱,想接任书记、县长的人一下子梦成泡影,这在一些人的心里造成了一种压抑,一种很难接受的心里不服。

但组织决定必须服从。

按照惯例,第一个的县委常委扩大会,也叫新书记见面会、表态会,就开出了一股火药味。

杨柳县的小会议室依然还是老模样,但今天坐满了人,全县的科级以上干部都参加了这个会。

县委、县政府、人大、政协、纪委及武装部的领导都在前面的方桌前就座,其他人在后边。

会议一直由县长罗玉青主持,县直各单位、各乡镇、各团体都按照会议程序一个个地向会议汇报各自单位的基本情况、工作中存在的问题并提出切实有效的解决办法。单位领导汇报完后,分管这项工作的县领导再做强调或补充。这种会多少年来一直都是这样开,这也是新领导了解情况会。

会议从上午八点开始一直开到了下午五点多还没有结束。

因为会议时间长,人又多,会议室里烟雾弥漫,人员也进进出出。

第一次这样的会,每个人存在的心理都是要给新书记一个好的印象,同时把自己干的工作在这样的会上做个报告,这对每个单位也是个很好的表现机会,毕竟领导、单位这么全的时候并不多。

对于马昌平当这个县委书记,全县上下呼声是不同的,说法是不一的,干部群众背后也是议论纷纷的,升得太快,年纪太轻。

对于县长罗玉青来说,他的心里是不舒服的,甚至是非常尴尬的,在省委没有最后宣布前,他当这个县委书记已被传是板上钉钉的事。

尽管如此,他还是让自己把情绪稳定了,不让与会的人看出他一点点的破绽。他在领导岗位上这么多年这点自制力还是有的,不管自己如何的不痛快但组织就是组织,个人对组织的决定只有无条件地服从,现在木已成舟,所有的不正常表现和情绪只能说明自己不够成熟。话再说回来,党性和原则,事业和个人他还是分得清的,所以在主持这个会,在对各个单位进行讲评时他一直都非常的冷静,批评和指导也十分切合那个单位的实际情况。怎么说马昌平也不如他了解情况,怎么说他也是刚刚走上了这个领导岗位,今后两个人还要在一起搭班子,处理好与书记的关系其实也关系到全县的各项事业。

书记、县长不合,全县的干部就会分成两派,最后不但对事业不利,对个人也不利,这样的例子他也不是没有见过,最后的结局都是两败俱伤。再者说对于这个年轻人的许多做法他从心里还是佩服的,他在大队也好,公社也好,做的那些个事,他罗玉青还真未必能够做得出来,组织自有组织的道理。

其实这么一想,自己的心里也畅快多了,在主持会议的时候,他都先说在前面,让马昌平尽可能地多了解一些情况,他这么做是想让所有参加会议的人感到他罗玉青真是大度的,对任何事他是拿得起来放得下的。

而常务副县长李宝玉就不一样了,一天的会议他几乎一言不发,谁都看得出来,他是一肚子的气没处撒。他眯着眼,一会把头靠在椅子背上,一会又坐起来,手中的笔在手指间打着转,翻滚着,这种玩法是对整个会议一种极度不耐烦,是心情浮躁的一种明显表现。

对于省委这次对杨柳县的人事安排,他是一百个不服气的。凭什么?他有何德何能? 自己十拿九稳的县长位子就这么没了。这个三起三落饱受争议的马昌平才多大年龄,一下子就成了县委书记,这不是开玩笑吗? 要不是他老丈人在后面活动找人拉关系他是个什么? 这不是典型的任人唯亲吗?

取消成分才几天,在过去他还是剥削阶级,是四类分子。省委那些常委们开会时一定是睡着了。

用脸色铁青、生气冒烟来说他再合适不过,心有所想自会有所表现,他那对这次会议、对新县委书记马昌平的不服气和不屑一顾谁都看得出来。

当他分管的城建科长汇报到去年城里因为下雨地势低洼淹死了一个小学生时,他不愿意听了,憋在那里的一肚子火气终于爆发出来,他表面上是在批评城建科长,矛头实际对向谁大家心里都明白。

他说:"你别老是检讨检讨的,你一个小科长能担得起多大的责任,你担得起吗?这城里夏天成河,冬天成冰的局面也不是你造成的,要说负责任也应该是该负责任的人负,人家洁身而退,你却老是检讨,你检讨什么?改造也好,治理也好,一把手不拍板你算老几?话又说回来了,什么党的事业、人民疾苦的,拉关系走后门坐火箭平步青云那才是真本事。我主管这一块不假,可要解决这些事得需要钱,钱呢?给我呀!有钱好办事,有钱什么事办不了?有钱鬼都推磨还什么事做不到?你们城建部门揽责任说空话想在新领导面前表现我可不想担这份责任。"

李宝玉的话外之音已经说得很明白了,要负责也得县主要领导来负,上任县委书记可是新任书记的老丈人,两个人谁负这个责都行。

他不能负。

这种话在这种场合这个时候说出来,让参加会议的人都大吃一惊。

"这话说得也太直接了吧?"公安局长老孟趴在法院院长老候的耳边说。

老候笑了笑,小声说:"他这是敲山震虎外带吓唬猴子呢。没当上县长心里不好受,找茬呗。"

孟宪文说:"我看他是在找死,一点领导素质都没有。"

税务科长也小声地对身边的邮电科长说:"什么水平这是?"

邮电科长也小声说:"没当上县长气的。"

会场一下子出现了短暂的沉静。

罗玉青瞪了一眼李宝玉，敲了一下面前的桌子说："这件事会后再议，财政部门汇报一下今年的财政情况，还有大家尽可能的简短一些，不要拖泥带水车轱辘话反复讲，挑干的，说实的，抓紧时间。更不要胡诌乱扯，发牢骚，我们这是常委扩大会。"

罗玉青是打破这种让李宝玉造成的会场冷寂，他对李宝玉说的话十分讨厌。他说完这些又拿眼去看一直在笔记本上记录的马昌平。

他发现，此时的马昌平一直在记录，表情仍然带着微笑。

七点整，会议汇报全部结束，按照会议程序下面该县委书记讲话了。

罗玉青也做了简短的总结表述。他说："今天的会议很重要，各部门，各单位，各分管口的领导都做了汇报，并对自己单位存在的问题和解决的办法做了很好的表态，提出了不少好的建议。会后办公室要对这些做好记录梳理，整理出来后备案并报送各个常委。由于时间的关系，我也不对会议做过多的总结，下面就有请咱们的县委书记马昌平同志做重要指示，大家欢迎。"

会议气氛一下子活跃起来，掌声也十分热烈。

马昌平合上笔记本，轻轻地咳了一下，他平静地说："谈不上什么重要指示，我坐在这个位子上，在这样一个场合跟大家讲话还是大姑娘坐轿头一回，心情既激动又忐忑，有好多话想跟同志们说又怕说不好。"

"我从来没有想到能当这个县委书记，可组织上安排了，我虽然党龄不长，但我知道党的组织纪律性，组织安排不由我们个人来选择，所以从组织跟我谈话的那天起我就感到自己今后的担子重，责任大，但我有信心，更有决心当好这个县委书记，因为我的背后有党、有组织、有全县人民，还有各位的支持。我还怕什么？我什么都不怕，要说怕唯一害怕的就是工作没有做好，有负于党的重托，有负于全县人民和在座各位的期望。"

"我生在这里长在这里，大家了解我，我也了解大家，谁有半斤八两都各自清楚，我想也这更有利于工作的开展，兵法上不是讲知己知彼百战百胜吗？我想也是这样。"

"我们杨柳有我们自己的优势也面临许多困难。"

"困难不可怕,怕的是我们干部不团结,人心不齐百事难成。我这个县委书记怎么样,称不称职你也不要着急,也不要不服气,有句老话不是叫是骡子是马牵出来遛遛吗？大家放心,我若不称职,若不能为杨柳的发展和人民的生活改善做出什么,若带不好这支干部队伍,那我就没有完成党交给我的任务,各位放心,我自会给组织一个交代,也会给好人倒地方。"

"从今天开始,我们杨柳的发展目标是农业大发展,畜牧大发展,城市大改变,工厂大招进,干部大考试,全县人民生活水平大提高。我说的干部考试是指在这几个大发展中的考试。伟人说过,正确的路线决定之后,干部就是决定的因素。在这场大发展、大改变中,能者上,无能者下,有功者奖,对事业造成损害者罚,奖惩政策要以文件形式出台,并保证兑现,从我做起,从今天做起。我想口号人人会喊,可我们听的不是口号而是要看实际行动,要的是实实在在的东西。今天的会我就讲这么多,也算是我当这个书记后对大家的一个表态。"

"顺便说一声,李县长刚才提到的那个淹死学生的城建问题,今年一定要解决,决不能再让这样的事情发生。如果再发生这样的事情,我会第一个辞职,向全县人民谢罪。"

马昌平的讲话让所有参加会议的干部领导为之一震、一惊、一喜。

散会后,县长罗玉青拿着笔记本回到了自己的办公室,刚把本子放在桌子上,副县长李宝玉就跟了进来,两个人的办公室紧挨着。

回头看看走廊里没有人,李宝玉牢骚满腹地对罗玉青说:"什么意思啊？叫板哪？吓唬小孩哪？谁有多大能耐谁不知道谁呀？这今后咱还真得防着点。"

罗玉青这时看了一眼李宝玉,口气严厉地说:"李县长,我罗玉青虽说不上是光明磊落,但是非曲直我还是分得清的,党的原则和组织纪律性还是知道的,不要拉帮结伙,不要背后说小话,今后你要说什么,干什么也别拉上我。"说完转身走了。

碰了一鼻子灰的李宝玉在他背后嘟嘟囔囔地说了句："今天这是怎么了,吃了枪药了?没当上书记也不是我整的,我还没有当上县长呢?跟谁说去?"

马昌平和沈佳慧把家搬进了城里,但马家围子的小房小院还保留着,马昌平开玩笑似的说:"等哪天再犯了错误,咱再回来,这是咱的根据地。"

他们也没有住到县委给他们安排的家属房里,而是搬进了岳父沈为民家中。一是让两个老人帮助看护孩子;二也是让两个退休的老人有个乐趣。他们的孩子已经出生了,是个非常可爱的小女孩,她的舅舅沈佳志还给她起了个非常好听的名字叫马特。

沈佳志很少回家来,那个屋子正好他们一家三口住。

水利设计队有两个十年前水利专科学院毕业分到杨柳的大学生夫妻一直为没有房子发愁。马昌平知道后,告诉办公室主任李晓东说:"把县里分给我的房子分给他们住,有人问就说是我决定的。"

俗话讲:"重赏之下必有勇夫,众唤之下必有人醒。"

县委对干部的鼓励政策很快就有了响应。红旗镇有名普通的干部叫冯玉杰,过去因为有海外关系一直不能得到重用,他也因此放弃了对政治前途的追求,对工作也失去了信心。

县里这次鼓励政策让他动了心,他找到镇党委书记崔文兴说,他的姨夫在香港专门做食品生意,听从香港回来的母亲说他的姨夫对我们这儿的大豆很感兴趣,就是对政策还不托底。他问崔文兴如果他能引进这个企业会有什么样的奖励?

崔文兴立刻把这一情况向马昌平做了汇报,马昌平听后非常重视,他说:"马上把他带到我的办公室。"

冯玉杰三十七八岁的年纪,一副知识分子的神态,坐在县委书记的办公室里,他显得十分拘谨不自然,甚至连头都不敢抬。

马昌平对他说:"我们县盛产大豆却没有加工厂,如果你能把你姨夫的企业引进来你就是全县人民的功臣,对于你个人来讲,职务上提拔,资金上奖励,绝不食言,你马上回去带上你的母亲去香港,让你们的党委书记和主管招商的胡副县长一起陪你去,所有费用由县里承担。"

冯玉杰马上带上他的母亲和副县长胡志春、党委书记崔文兴马不停蹄地去了香港,这次招商是成功的。

在亲情的感召下,在利益的驱使下,香港泰和食品有限公司进入杨柳投资两个多亿建立了全东北最大的一家豆油加工生产企业。杨柳的所有大豆还满足不了这个厂一年的生产需求,为此杨柳在农业上扩大了大豆的种植数量,农民生产后的大豆价格也在原来的基础上每公斤提高了六毛钱。

这个厂每年向杨柳地方财政纳税一千二百万元,还解决了一千多人的就业问题。

当然,县委没有食言,冯玉杰被提拔为县农业生产科的副科长,全家随调进城,政府还另外给予他两万元的奖金。

这次引资成功和对当事人的奖励,也在全县干部中引起极大的反响。全县干部群众都跃跃欲试,走亲访友的想去做个引进人。

这段时间马昌平忙得很少回家。沈佳慧有了马特后肚子一直不舒服,常常流血,月经半个月不走,为了不影响马昌平的工作,她一直没有对他讲起。

这天,县委书记马昌平的办公室来了两个特殊的约见人,他们的手里拎着一盒子茶叶,神情紧张地坐在马昌平办公桌的对面。看上去这是一对夫妻,两个人都戴着一副高度近视眼镜,知识分子的外在表现在他们身上显露无遗。

办公室主任李晓东给他们倒上水,两个人你看我,我看你的谁也不敢先说话。

李晓东倒完了水退了出去,在门口他对马昌平说:"马书记,他们是水利科设计队的那两个水利专家,就是你安排房子的那对夫妻。"

马昌平一下子想了起来,他赶紧笑着说:"是你们俩啊! 咱们这是第一次见面,怎么样? 还好吧?"

"好!"女的先说话了,她说:"自从有了房子也才真正有了家,日子也过得踏实了,感谢马书记的帮忙。"说完向男的递了一个眼色。那男的马上站起身还警惕地向门外看了一眼,从裤子口袋里掏出一个信封,压在了马昌平办公桌的报纸下面,女的也把茶叶放在了一边。

马昌平笑着翻开报纸拿出那个信封看了看,里面一沓十元的人民币,估计有两千元左右。

"你们都是知识分子,怎么也想起搞这个不正之风了,这些钱应该是你们两个人半年的工资吧,这么舍得给我呀?"他开着他们的玩笑。

"这是我们俩的一点心意,早该来感谢马书记了,他就是不敢来。"女的说着推了推鼻子上方的眼镜。

"马上把钱拿回去,不然我会生气的,你们拿来的茶叶我留下喝了。"马昌平说得十分严肃。"安排你们房子是应该的,你们毕业来到这么穷困的地方说明你们的心里是首先想到事业的,我倒觉得我们做得还不够,但是你们今天的行为我是生气的,不允许的,赶快收起来,不然我要给纪委送去,让他们还给你们,这样就不好了。"

见马昌平这么一说,男的头上吓出了汗,他看了女的一眼,起身收回了信封。

"这就好!"马昌平说:"咱知识分子怎么也想起整这个来了,你们商量了多少次才下了这个决心的?"

马昌平的话把两个人都说得乐了,他们不好意思地都低下了头。

这时候马昌平才认真地去看两个人。

看上去两个人都在四十岁左右,女的明显个子比男的高,也看得出女的肤白肌嫩,年轻时十分漂亮,鼻子上的近视镜让她显得更加文质典雅。男的则秃了头顶,面容沉稳,典型的知识分子,老诚稳重,他的近视程度要比女的高出很多。

"老家是哪里的?"马昌平对知识分子天生一副好感和尊敬。

"我是山西,他是河北。"女的说。

"哪个学校毕业的?"马昌平又问。

"我是南京水校大专,他是南京水学院的研究生。"女的说这话时特别强调了这一点,还很羞怯地、深情地看了男的一眼。

"那你们是一起分配来这杨柳的?"马昌平更加感了兴趣。

"他是随我来的,因为我学的是农业水利专业,分到这里来的,他也追来了。"女的红了脸,但显得十分自豪。

"一定有一段非常浪漫的爱情故事,这个世界里人人都有故事讲。"马昌平这样想。

他看出来两个人还有话要跟他说,于是他主动问他们:"你们是不是还有话要对我说? 有什么要求你们尽管讲,只要我能做的。"

两个人又相互看了一眼,男的从怀里掏出了一卷子纸,很厚,上面密密麻麻地写满了数字。

他说:"我们来到这杨柳县一晃也十多年了,我们也算是半个杨柳人了,我们商量过为杨柳做点什么。于是我们两个就利用业余时间对咱杨柳的大街小巷、地理走向进行了实地勘测,我们杨柳的地理走势总的是东高西低,每三千米落差一米,我们的县城却建在了全县最低点处,所以水情一大城里必灌水无疑。县城搬迁不了,要想解决这一问题,只有修通上下排水,我们根据这个实际情况进行了详细地测算和规划,这里就是数据和图纸,反复算计过了,应该是这样。还有一份农田水利规划图也一并送给书记看看能不能为之所用。"男的在说这些话时一改平时的畏畏缩缩,言如流水,十分专业。

接过这些图纸,马昌平的眼睛湿润了。

这说起来这人心都是肉长的,你敬他一尺,他会反过来敬你一丈。

马昌平从办公桌后面走过来,伸出双手握住他们一个人的一只手激动地说:"谢谢你们夫妻二人,我代表全县人民谢谢你们。"

女的说:"我们也是杨柳人,应该做的。"

男的说:"我们的资质不够,还不能作为工程的正式设计使用,我们俩也商量过了,回学校找我的老师去,他是全国著名的水利专家。这样也能为县里省一些设计经费,我们也知道我们县是贫困县,资金格外紧,需要钱的地方太多,能做的只有这些了。"

马昌平长舒了一口气,他还能说什么呢? 只是一个劲儿摇着他们两个人的手,不住地点头。

女的说:"他计算过了,工程总造价大约需要三千多万,钱太多,如果不能一次完成可分为东城西城四个方块逐年进行。"

"该做的你们已经做了,钱的事交给我们吧!"此刻,马昌平非常激动。

送走了夫妻二人,马昌平手拿图纸又是一阵激动,他马上来到走廊西头的县长罗玉青办公室。

原来这办公室书记在东头、县长在西头,北方的老规矩是东大西小,一般请示工作都是县长去书记的办公室,自从马昌平当了这个县委书记,他总是主动来县长罗玉青的办公室商量工作,这些罗玉青心中都有数,对于这个比自己小了快二十岁的书记他是越来越尊重。

当马昌平把这些图纸放在了他的办公桌上面并把夫妻二人来到县里的经过学说了一遍后,罗玉青也是感叹不已。他说:"这对于我们杨柳县来说可谓是一笔巨款,可这笔钱早晚得花,早花要比晚花强,我去省里找领导想想办法,看能不能争取一些。昌平你放心,这项工作无论是县政府还是我本人都会全力以赴地去支持你,你心里想的什么我都知道。"

马昌平说:"有您这句话我就心里有底了,但省里是指望不上的,现在全国百废待兴,国家那点钱都给了一二线城市,哪还轮得上我们这种县城,我倒有个主意,不知您怎么看。"

罗玉青说:"你说说看。"

"香港在我们县的浸油加工厂每年向我们缴纳一千二百多万的利税,这也是我们地方留成部分,我们可不可以与港方商量提前三年把三年的利税缴了,毕竟我们的城区上下排水工程对他们也是有利的。"

罗玉青想了想点点头说:"这倒也是办法,明天我就和管企业的程副县长去找港方商量,如果不通你再出头。这样也充分留有余地,我唱白脸你唱红脸。"

马昌平点点头,他对县长罗玉青在工作中的有力配合很满意。

后来,港方在召开了董事会后也同意了县里的想法,预借杨柳县财政三千万作为提前缴纳的利税。一是企业的发展离不开当地政府的支持;二是一旦城区上下排水修通,对企业本身也是十分有利的一件事,仅是企业自排水这一项他们每年也要付出上百万的成本。这真是一举两得。

三十四　缘分天空

父亲沈为民临退休前跟市委领导提出的要求得到了落实,儿子沈佳志去省委党校脱职学习一年。

沈佳志交代完了手头上的工作,收拾好了宿舍的东西,他准备不回家直接去省委党委报到,昨天下午他接到了市委组织部的通知,通知他离职去省委党校学习进修。

自从房子明事件后,他一直打不起精神,对任何事都不大感兴趣,过去那种晚盼日落、早盼日出的劲头一下子消失了。

说句心里话,他怎么都想不明白从小到大一直称兄道弟的房子明为了自己的一己之利竟陷他于死地,现在即使房子明进了监狱被判了七年有期徒刑,他还是恍若梦中。他有一个想法一定要找机会当面问问房子明:"你是怎么想的? 为什么天下那么多人你不找非害我? 我可是你最贴心的好朋友啊!"

这种想法成了他的一块心病,让他寝食不安、心神不宁。

这次进修学习他也十分愿意。

他也想换一下环境,改变一下自己,这日子太压抑太沉闷了,都快把人憋死了。他知道他去党校学习进修也是父亲在临退休前跟市委领导做工作的结果,他也很珍惜。

来到党校后,沈佳志学得特别专心,他也想多学习些知识,专心学知识就会忘了很多不愉快的事。

有人把干部在党校学习比作织一张关系网,在行一条进步船。党校老师也在讲课时告诉他们这些在职学员,在党校学习是学知识、长见识、交朋友、养身体,为未来加油充电。

　　学校的小树林很幽静,这些个在职学员们大多有了家有事业有职位,没有其他学校那么天真闲情和浪漫,他们更注重实际。下了课去睡觉,下了学去喝酒,放假就回家。像沈佳志这样心情、这样状况的几乎没有,所以这里的树林石桌石凳成了他一个人的专门领地,平日里也没有人来。

　　他一个人在树林中散步,海阔天空的乱想,有时坐在石桌前唉声叹气,有时也带来一本小说刊物看一会,总之他用这里来打发他寂寞难耐时的时间。

　　他不会想到这时候有一个人正密切地关注着他,这个人就是省委党校的法学课老师沙欧,好友房子明当初专训班学习时的校中恋人。

　　沈佳志的这个名字对于沙欧是刻骨铭心的一个记忆,他同自己被卷入一个事件里,同被一个人所欺骗又差一点被同一个人所害。当这个名字出现在党校学员的名单上时,她的心凌然一颤,这不能不说是一种天缘巧合。

　　上天捉弄人也成全人。所以从他出现在学校的第一天起,她就对他十分关注,这一点沈佳志当然是一无所知。

　　沙欧给他们上法律课时,对亭亭玉立、美若明星的沙欧,其他学员都目不转睛,他们不看黑板专看她,她讲的课这些个来自不同岗位的领导干部们是最愿意听的,谁都不缺课。真是爱美之心人皆有之。

　　这个美丽的女老师让他们一饱眼福,而沙欧却特别关注沈佳志,她发现那个叫沈佳志的学员很少看她,听课时低头,记录时低头,看黑板时也有意绕过她的身影,好像对这个女老师一点感觉也没有。

　　这在沙欧的眼里出乎她的想象。她看他是一米八的大个头,浓发乌黑,方脸长眼,鼻直方口,一副男子汉形象,有点像电影里的某个男明星。她在心中自问:“这个人为什么这么冷漠沉静甚至伤感呢? 一个大男人是什么东西让他如此心灰意冷?”沙欧马上想到了房子明事件,他应该还没有走出那个阴影,可能还沉浸在悲愤之中。

　　这个她一向认为太傻的男人一定是受到了这次事件的沉重打击和刺激。这让她更加注意起他来。

　　这是一个星期六的下午,附近的学员都回家了,只有少数家远的人还留在学校里,沙欧发现沈佳志又去了学校院子中心那片小树林中,那是学校的花园。

　　她略一思考,决定跟过去跟他好好聊一聊。有什么呢? 毕竟同是受害人,她想。

　　沙欧突然出现在沈佳志的面前时让他多少吃了一惊,说真的他对面前这个美女老师也不是没有感觉,他是没有去想,他也没有心思去多想,甚至不敢想。因为一见到女人他就自然不自觉地想起了死在他怀里的左灵芝,那血淋淋的场面他承受不了。

　　见到她来,他很客气地让她坐下,并把一张报纸放在了石凳上。

　　他说:"沙老师怎么是你? 这么得闲? 请坐。"

　　既来之则安之,她也毫不客气地坐在了石凳上。看了一眼他说:"我发现你一个人经常在这里走来走去,难道有什么心事? 莫不是失恋不成?"

　　"从未恋爱哪来失恋。"他笑了笑坐在了她的对面,这样对她说。

　　这句话让沙欧的身体冷然一抖,这句话房子明当初也好像是这样对她说过。

　　她说:"学员们的登记表我都看过了,你年龄不算小了,是不想找还是在等什么人?"沙欧的话直逼沈佳志的痛处。

　　沈佳志不明白这个女老师怎么这么说话?

　　他说:"倒是想找可没人跟我,再等也是枉然,就我这条件谁看得上我? 不过也好,落个清净自在。"沈佳志说得十分轻松幽默。

　　"按照我的经验和教训,你这种心态的人,一定是有什么解不开的心结,所以对许多事都看得淡然了。"她说,"或者是漠然了。"

　　"是看得开了。"沈佳志说。

"不，"她说，"世界上只有看开的事没有看开的人，说看开其实是看不开，是对所看的事无能为力而已。"

她的话倒真让沈佳志有了兴致，他轻笑了一下，禁不住正眼去看她，觉得这个老师还真有点意思。

"不愧是老师，"他说，"说出来的话很有哲理，如果老师有时间我倒也想再多听一节课外课。"

沈佳志的话也让沙欧笑了一下，她觉得面前这个男人也没有她原来想象的那么傻，挺有意思的，充其量也只是个实在人罢了。跟这样的人好交往，相对安全。不怕人实在，就怕心不实。

于是，她又说："比如你我原来并不了解，后来了解了，发现这个人不怎么样，但因为是半路相识也无所谓，大不了不来往也就算了。如果你从小就对一个人有一个深刻的不变的想法或者是烙印，有时是深深烙在心上的，突然有一天他变了，变得让你不认识了，再或者他做的尤其是对你做的，完全是出乎了你想象，因为在你原来的想象里他绝不是这个样子，他说什么也做不出这样的事来，尤其对不起你的事。有些人本来很坏，但有人说，他谁都去坏但没有坏我，所以这也够了，他仍然是我的朋友。但有一天你知道了他不是这么做的，他谁都没有去害却偏偏害了你，一个自认为说什么也不会害你的人，那样你的心结就产生了，你自己解不开这个疙瘩，你就在自我徘徊中寻找，找也找不到，心情烦闷中你抑郁了，心里有病了，甚至得了妄想症、恐惧症，对世界的很多事物产生了偏见，不能自拔。"

在这里我们顺便交代一下，沈佳志从始至终也不知道房子明与沙欧的过往，在他的心里沙欧的名字是陌生的，她只是党校的一名老师。

她的话让沈佳志心头一亮，他想她这明明不是在说自己吗？自己现在的心情完全如她所言。

"老师你不是教法律的吗？我怎么听起来像是在讲心理学。"沈佳志心情突然开朗起来，对面前的这位女老师一下子有了好感。他说："你说得十分有道理。"

"我也只是就事论事,随口一说,没有针对性,但你说是不是这个道理呢?"沙欧问他。

"太精辟了,太有道理了,人其实是自己走不出自己给自己挖的坑,非要走吗?跳出来不就得了吗?可有时偏偏不跳,非一条道走下去,直到黑……"

他们在这片小树林里聊了很久,越聊越投机,越聊越开心,大有相见恨晚之意。

要不说人哪有福不用忙,无福跑断肠,这万事有宗,万水有源,一切皆有定数,是你的拐弯抹角找你来,不是你的费尽心思也枉然。

沙欧自从那件事后也痛苦沉寂了很长一段时间,虽说对房子明她很投入很用心但毕竟是交往的时间短,知道的人也不多,虽然心伤得重,但慢慢地也就放下了。后来她又处了几个男朋友,都不称心,一天天地拖到了今天,仍然孑然一身,对去不去北京工作也失去兴趣,党校清静而又单调,她倒觉得这个环境目前很适合自己。

明天又是星期天,一个大学同学给她介绍了一个男朋友,说好了明天在市百货大楼下的珍珠咖啡馆见面。同学说这个人家庭条件十分优越,人也风流倜傥的,无论是从哪一方面都与你很合适,尤其是在社会上他交往面很宽、很广,人家就是要找一个有文化、有学识的人当媳妇,于是她就想到了她。

本不想见,但犟不过同学的一再劝说,又碍于情面,她决定明天去一下,这一家女百家求,一家男百人相看,成不成看缘分,反正也不搭什么。

和沈佳志分别后,她坐车回了家准备明天去见见同学介绍的那个人。具体位置和方式同学都告诉了她,并一再嘱咐她千万不要失约,不然大家都不好意思。

几天后的一节法律课后,学员们都向外走,休息十分钟就到午饭的时间了。沙欧夹起了书,也顺着人流下了楼,她刚到外面的大门口,就被四个流里流气,上身穿花格子衬衣,下身穿喇叭裤的青年人堵在了那里,刚走出的学员们也禁不住驻足观看,他们不知道女老师和这几个人将要发生什么事情。

这时,一个嘴里叼着香烟,腋下夹着一个黑色皮夹子的青年把嘴里的烟吐出了一串子烟圈,又向沙欧斜视了一眼说:"我明三这半辈子处了好多女朋友,可都是我甩她们,哥们还头一回见到你这样的主,不但抹了哥们的面子,还伤了哥们的自尊,今天你得给哥们我一个说法,否则有你的好看。"

沙欧想起来了,这个自称明三的人就是上个星期天同学林志梅给她介绍的那个男朋友。那天他们在市百货大楼下的咖啡馆刚见面,这个明三就不怀好意地在她身上瞄来瞄去的,三句话没说完就对她动手动脚,气得沙欧泼了他一脸茶水站起来转身走了,临走时还骂了他一句:"臭流氓,滚远点。"

本来生了一肚子气,回家后她把那个同学一顿贬损,责怪她不该给自己介绍这样一个人。本以为这件事也就过去了,没想到今天这个人竟找到单位来。她心里头是既害怕又恼怒,还觉得羞臊不堪。"这别人会怎么看？怎么想?"她心里这样说。

谁能看不出来这纯粹是一帮流氓阿飞。

这些人怎么会跟美女老师有牵扯,众人在议论。

一个男老师上前想劝阻被其中一个踢了一脚,骂了一句,吓得这个老师声也不敢再吱,低头走开了。

学员们深知这些人不好惹,自己又是一种特殊的身份,谁愿意找这份麻烦呢？人家又说是搞对象,这种流氓混混一般又都有些复杂的家庭背景,惹了他们还不知道会引来什么麻烦事呢？于是一个个悄声轻脚地溜走了,门口只留下了沙欧和几个流氓在那里。

这更让沙欧的心吓得怦怦乱跳,一时不知怎么办好。

沈佳志今天肚子难受,下课后上完了厕所最后才走下楼来,看见这个阵势一时也摸不着头脑。

这时候那个嘴里叼着烟卷的青年吐掉了嘴里的烟头,上前一只手抓住了沙欧的一只胳膊,另一只手直接伸向了她的前胸,嘴里边还淫笑着说:"咱俩也算处过一回,我有个习惯,见过我的女孩子,我都要摸摸奶子大小,是软还是硬,你也别特殊了,让三哥我摸一摸,哥们一高兴,咱这事就算了了。"

沙欧慌忙向后一躲,情急之下伸出一个巴掌抽向了他,啪的一声响,把那个明三打了个趔趄。

这下坏了,跟来的三个流氓一起向沙欧扑上来,嘴里还不停地直骂:"臭婊子,反了你了,敢打道里我三哥。"

一个女孩子哪见过这个阵势,她惊恐万状地向后一退又绊倒在台阶上,几个青年扑上去,那个被打的明三这时也醒过神来,他推开了那三个人说:"你们闪开,我倒要看看这小娘儿们是吃什么熊心豹子胆了,看我给你们来个黄色表演。"

明三说着就上前去扒沙欧的衣服,沙欧嘴里边哭着边骂他:"臭流氓,我跟你们拼了。"

沈佳志明白了,他毫不犹豫地冲了过去一脚踢在了明三腰上,随即伸开两臂护住沙欧。

"四个人打一个女孩子算什么本事,有种冲我来。"他说,"你们知不知道这是什么地方? 你们不知道自己在犯法吗?"

这下好了,四个流氓不由分说一起扑向了沈佳志,把沈佳志立时打倒在地上。

沙欧要冲上去被其中一个人死死地拉住动不了。

这顿打持续了十多分钟,见沈佳志不动了,他们也出了气,心里多少也有点害怕,于是,在漫骂声中扬长而去。

被松开的沙欧扑到了沈佳志身上,边哭边问他:"你怎么样了? 你说话呀? 别吓我,都怪我不好,让你跟着受罪。"

被打得昏头脑胀的沈佳志这时在她的叫声中清醒过来。再看这时的沈佳志是一头的血,一脸的包,不过他摇摇头说:"没事,死不了。"

　　打得可不轻,沈佳志三天上不了课。这三天里沙欧也一直陪护着他。她觉得这个男人是挺傻,但关键时刻他敢挺身而出,豁出命来保护你,女人跟着这样的男人在一起觉得安全又可靠。

　　这样的男人不好找,一旦失去了会后悔一辈子。

　　沙欧不想让自己后悔,更不想失去。

　　这可能就是缘分。

三十五　弄巧成拙

1986年的第一场雪下得特别大,来得也特别的早,雪盖江山,大地一片银白。

雪不停地下着,也不停地化着,低洼不平的路面上积满了雪水,人走上去深一脚浅一脚,不时有骑自行车的人滑倒在大街上,摔得一身泥雪,爬起来后一边咒骂这鬼天气一边埋怨县城里的路太不平,管理得也太差,到处是泥水。

而此刻,常务副县长李宝玉就坐在自己的办公室里喝着热茶,天气刚冷,锅炉还没有送暖气,这杯热茶让他身上暖和了不少。

自从那次常委扩大会议之后,他也曾后悔自己不该在那样的会上发那样的牢骚,把自己弄得里外不是人,不管心里怎么想,愿意不愿意马昌平现在终究是县委书记,他是一把手,大多数人还是向他那边靠拢,想和他叫板,吃亏的一定会是自己。如今自己是被全县的干部们敬而远之了,原本想让县长罗玉青跟自己一起对抗这个年轻的书记,可罗玉青一翻脸,不但不买他的账还故意跟他保持着一定的距离,最近更明显的完全站在了马昌平那一边,凡事对这个小书记不单单是嘴上支持,行动上也支持,自己完全被孤立。这让他既恼火又恐惧,书记、县长这么合,这么合拍合套说不定哪一天自己就会被挤出杨柳,那时可就惨了,别说这县长再没了希望,弄不好调回市里给个闲地方搁起来,还有可能过渡到人大、政协,那么一来自己的政治前途就算结束,所有的梦想都会随之破灭。越这么想身子越发冷,赶紧喝口茶稳一下心神,让这冷冰冰的心情温暖一些。

好在自己那个亲属,弟妹的那个大表哥刚从省政府秘书长升上了副省长的位子,这棵大树就是他今后的救命草。当初要不是他帮忙,自己也坐不到这把常务副县长的位子上,虽说搭进去三年的工资可毕竟是付出有了回报,以后有的是机会捞回来。

这样一想心情稍安了些,可这今后的路怎么走呢?

现在机会来了。

马昌平他们从香港投资的那个浸油厂预借了三年的利税用来修通城区上下排水,工程造价近三千二百多万。他是常务副县长分管城建这一块,虽说在大的决定上他说了不算,可工程这么大,边边角角也够他回本的了。

他在办公室里来回地走着,手里的茶杯盖敲着茶杯噹噹的响,像是在给自己的走步伴奏一般,也像是在时刻提醒自己。

他不能不承认,这两年杨柳县的城乡确实有了很大的改善。

心里说他在某些方面也不能不服这个年轻的县委书记,他作风扎实,敢说敢干,没私心,有主见,有方法,老百姓敬他,市里认可他,县里干部服他,这让他不服也得服,他明白在这样一个态势下与他再叫板那是拿鸡蛋往石头上碰。

他更明白,以他现在的做派,这项重大的城建工程一定会公开又透明,想从中做些手脚也可能性不大。

突然一个闪念在心头出现,有了一个主意。他想起来省里帮自己的那个弟妹大表哥小舅子有个个体施工队,说是小舅子的个体工程队其实还不是他在后边撑着,这市县里的工程他也没少说话。

杨柳县这次上下排水工程可是个大活计,资金又有保证,如果把这个信透给那位刚当上副省长的亲属,他心里一定会十分高兴,他往口袋里揣钱时也一定会想到他这个搭桥人,他不想去要他口袋里的钱,他知道他这样的领导进了口袋里的钱再拿出来就如同放了他们身上的血一样。他只需要他真心实意为他说句话,设身处地地为他办点事,这一点他还是不怀疑的。因为这种人也是不会断空的,你给了他们好处,他们自会拿块抹布把你的嘴给堵上,让你说不出话。再换句话说这件事即使不成,那也给马昌平下了个绊,也让他跟这个副省长从此结下梁子,今后的日子马昌平也不会好过。这也叫一箭双雕。他为自己能想出这样的高招而高兴万分。

如今想来,那天常委扩大会上马昌平说的那些话现在还让他的后背一阵阵冒凉风,有了这个主意他的后背终于有了一丝热乎气。

说干就干,说走就走,他立即抄起电话打给县长罗玉青,说自己有点私事请两天事假去趟省城。

放下电话他就联系了客运公司的王经理,要他弄一张今天下午去省城的客车前座票。王经理跟他是好哥们,票半小时就送到了他的办公室。

省政府的大楼他早已是轻车熟路了,当副省长的秘书带着他站在副省长的办公桌前时,正在低头看材料的副省长头也没有抬的说了句:"你来了,坐吧。"看得出这位副省长对他的到来并不怎么欢迎。

秘书退了出去,他也没有坐下,而是伸长了脖子小声讨好般地对副省长说:"我今天来是有一件好事跟领导汇报的。"

听到是好事,副省长放下了手里的材料,把身子向椅子后边一靠,抬起头来问他:"好事? 什么好事?"

李宝玉又向前一步,笑眯眯地说:"我们县今年有项大工程,造价三千多万,钱已经入了财政账,我想咱家弟弟一直不是在干这样的活吗? 如果他能去我们那里干的话我也可以帮些忙的,提供一些方便。"

"什么工程?"显然副省长对他说的有了兴趣。

"整个县城城区的上下排水管网工程。"他套近乎地赶忙说。

"城区排水,"副省长重复了一句,不相信地说:"三千多万,你们哪里来的这么多钱? 省里可是一分钱没给你们,也没有这笔钱。"

"借的,向企业预借的,钱都入了财政账户了。"李宝玉又进一步说。

"好事是好事,可他们那个队伍小打小闹还行,这么一项大工程?"副省长犹豫了,眉头皱起老高。

"那有什么呀！"李宝玉极献殷勤地出主意说："可以挂靠有高资质的单位呀！过去有些工程也是这么做的。长明乡那些水利工程不就是挂靠了一家大企业干的吗？"李宝玉提醒副省长。"这也叫拼缝，您说话，他们干活，利润平分，您不说话他们哪找活去？"

副省长拿起桌上的一支笔边敲桌面边思考着，嘴里边自言自语又像是对李宝玉在说："挂靠倒是个办法，但不知道你们的工程在这方面有没有落实到位。"

"没有，到现在还没有，马昌平他们正在研究。"李宝玉赶紧说，"正在挑选，不知用哪家好。"

"他们会同意这么做吗？"副省长问他，"我是说挂靠。"

"只要您说一句话，我想他一定会同意的。他年轻奔前途，杨柳的今后哪离得开您的照应啊！这些他们不能不考虑。"李宝玉把话说得相当认真，相当肯定。

副省长没再说什么，这一次他拿正眼看了一下李宝玉，口气也亲切多了。他说："这样吧，你先回去，我还有个会要开，成与不成我都知道你有这份心思。"说完副省长又低下头去看材料，随口又说："谢谢，让你专程跑来一趟。"

离开了副省长的办公室，李宝玉心里很高兴，但也对副省长的带搭不理、不冷不热有一些懊恼，自己大老远跑来，连句留吃顿饭的话都没有，真是官升脾气长，位子高真吓人，自己好歹也是副县长，再说还有那么点亲属关系。

哎！他长叹一声，自己有求于人，心里也别想那么多了，还是去老地方松松筋骨吧。

一想到要见的人，什么不快都忘记了。

李宝玉从省里还没回来，副省长的电话就打到了马昌平的办公室。

听到副省长的电话，马昌平也赶紧重视起来，他说："领导您好！有什么指示您吩咐！"

"也没有什么大事情,现在刚刚入冬,城里的供暖,城外的一些敬老院煤气安全要十分重视,前几天,平安县就有家敬老院十多个老人煤气中了毒,幸亏抢救的及时才没出什么大事,你们那里情况怎么样啊?"副省长电话里既和睦又关心让马昌平感到很温暖。

"领导请放心,我们已经就这项工作成立了一个专门检查小组,由一名副县长带队对全县的敬老院和城内用煤居民进行挨家挨户的检查,保证大家安全过冬。"马昌平在电话里向副省长汇报,在省领导分工上,这名副省长分管这项工作。

"好,好哇!工作落实得又快又细,这我就放心了。"副省长的赞扬让马昌平感到很欣慰。

"领导还有什么指示吗?"他问。

"哎,你不说我都忘了。"那边的副省长好像突然想起了什么事,说:"我听说你们今年要上一项很大的城区排水工程,这很好哇,解决城区的排水是项民生工程,也是我们政府义不容辞的责任,老百姓都盼着哪!我对这种民生工程是持坚决支持态度的。"副省长说得十分严肃。

马昌平略略一震,心里想:"省里怎么这么快就知道了这件事,"嘴上赶紧说:"谢谢领导关心支持,这件事我们正在研究,还没有具体落实。我们也正准备报上级批准,报人大通过。"

"哦!原来是这样,那就好,我现在说看来还来得及啊!是这样小马,你们的施工也是需要工程队伍的,我那正好有个远房亲戚从事这种工程业务,一天到晚地跟我唠叨要我帮他介绍点活干,工程资质队伍什么的应该没什么问题,你看看跟老罗商量一下可不可以让他干,我是可以保证他一定干好的,百年大计嘛,但有一点我有言在先,我只是帮你们介绍,不大包大揽,你们也不要因为我说了话就有心理压力,要以大局为重,要是不用,我也不会对你们有其他的想法,更不会给你们小鞋穿。"说完哈哈大笑了一阵又接着说:"小马,你是全省最年轻的县委书记,前途无量啊!好好干,有事尽管到省里来找我,我一定不遗余力地给予支持和帮助。"说完就挂了电话。

这边的马昌平听得愣在那里,副省长的话左右逢源,前突后堵,有退有进,有捧有打,叫他一时不知如何是好。

半天他才放下电话,禁不住吸了口冷气,这项工程关乎全县人民的生产生活,关乎子孙后代,说是百年大计一点不过,在工程施工上他是下了决心要找一家大企业的,质量问题是工程最关键的地方,这全县上下可都盼了许多年,也都睁眼看着哪! 可刚才副省长的话叫他无所适从,十分为难,他决定先跟县长罗玉青商量一下再说。

当马昌平把副省长打电话的事说给罗玉青,他好像突然想起了什么似的说:"这就对了,昨天李宝玉请假去了省里,这个信息一定是他透出去的,他这也是用心良苦,那个副省长是他的一个远房亲戚,当年他能当上这个常务副县长也是当时那个副省长当秘书长时说的话找的人,现在李宝玉是投桃报李去了。"

"怎么能这样? 什么领导素质? 还有没有点组织纪律性?"马昌平生气地说,"他这是在给我们找麻烦,他也是政府副县长啊!"

"这个人野心太大,为达目的不择手段,有这样的人在身边还真得防着点,我倒建议你去找市委陈书记和组织部是不是把他调整一下。"罗玉青说。

"现在还顾不上这些,"马昌平说:"这种事以后再说,我也准备有机会找他谈谈,现在重要的是工程。"

"你打算怎么处理这件事? 他终究是副省长,还分管我们县。"罗玉青担心地说。

"你说呢? 你说我们应该怎么办?"马昌平反问道。

"我们已经和上海的一家大企业谈过了,他们不但降低了成本,还保证三年内出现任何工程质量上的问题全部由他们承担。这家公司也是国内同行内前十名的,也是市水利部门建议的,可现在副省长插了这么一杠子。我知道你为难,可不可以考虑分一块给他的亲属呢?"罗玉青说,看得出他也是在为马昌平着想。

"不行,这是原则问题。"马昌平说,"我可以不当这个官,但我不能拿它来做什么交易,这项工程事关我们杨柳县子孙后代,百年大计千年大计。我们必须保证工程质量,在这一点上我们不管谁都不能妥协,有什么后果我担着,你们继续进行不去管他。"

"也好! 那我心里有底了,"罗玉青说:"他说的那个亲戚就是他小舅子,一个个体工程分包公司,他也确实干不了这么大的工程,包下了就会挂靠一个企业从中分一部分利润,这也叫拼缝,现在有不少领导利用手中的权力和影响专门说话挣这种便宜钱,结果是工程层层抽条,偷工减料,哪里会有好质量。去年的农田水利工程就有省里的人说话,结果干得一塌糊涂。"罗玉青说时很生气。

"这些个领导们真不知是怎么想的,这样的事今后在我们杨柳绝不能再出现,今后再有这样的项目必须上党政联席会集体研究决定。"马昌平说。

罗玉青看了看眼前这位年轻的县委书记,心里边由衷地佩服。他说:"昌平,说句良心话,一开始你来当这个县委书记我还多少有些不服气,心想你太年轻,挡了我的路。但在工作中我体会到你真是一个不错的书记,这是我罗玉青的幸运,也是杨柳人的福气。"罗玉青说得很真诚。

"别夸我了,您这么支持我,我心里很感动,这些日子您也忙坏了,不过您还得再忙几天,我爱人沈佳慧一直肚子疼不见好转,我准备带她去省里看看病,忙得都顾不上他们娘俩了,多亏了我岳父岳母。她是我的一切可千万不要出问题,我怎么样都行,她不行,她是我的天。"

听马昌平这么一说罗玉青也非常关心地对他说:"那可大意不得,你马上去省里,家里的事放心交给我吧,我省医大二院有个朋友用不用我跟他联系一下。"

马昌平说:"不用,我已经找好了省委宣传部的林中雁,她姐姐正好是省医大的妇科医生叫林中鹊,听说在妇产科方面很权威。"

三十六　河水潺潺

接到了马昌平的电话,林中雁很用心。她马上跟在省医大的姐姐林中鹊联系好,马昌平他们一下火车她就接到了他们,一行人直奔省医大。

林中鹊本身就是省医大妇产科的副主任医师,有了她的帮忙,沈佳慧在各项检查中都非常顺利。林中鹊不但自己为沈佳慧做了检查还请来了省内最有名的妇产科专家为沈佳慧会诊。医生的职业道德和习惯是在确诊前从不把病人的病情做绝对性的说明。各项检查完了之后专家告诉林中鹊,进行病灶切片去做病理检查,血液化验,化验结果出来之后最好到北京最权威的协和医院去进一步确诊,其实这种说法是对病情诊断未完全的一个说明,但有一点已让人生疑,那就是沈佳慧的病很可能有大问题存在。

看到马昌平焦急的神态,一直陪着检查的林中雁转达了姐姐告诉她的这个说法。她说:"医生说,检查和化验咱们这里也是有局限性的,这种妇科病最权威的地方是北京协和医院,她们建议我们结果出来后去北京,是为了更稳妥。"

尽管林中雁说得很委婉,很轻松,但马昌平已粗略感觉到了沈佳慧的病情存在极大的隐患,他的心里很难过,万分紧张。

但在沈佳慧面前他还是极力地让她感觉不到这些,他说:"医生说了,问题不大,但既然来了就做个化验,化验结果出来后她们会告诉咱们的,我倒想,结果一出来咱再去趟北京。这些年我还没真正陪你出去过,这次也算是次机会,那就请夫人给我这次机会吧,要不我还真下不了这个决心。你别忘了,你丈夫现在是县委书记,工作忙着呢!"

沈佳慧说:"我也感觉没那么严重,去什么北京啊! 咱还是赶快回去,孩子在家我一天也离不了,这出来两天了我这心里就想得不行,咱今天就回家去。"

马昌平说:"还有一上午的时间,反正也出来了,孩子有咱爸妈看着你还不放心吗?去秋林商场逛逛,你不是一直要买件毛绒大衣吗?正好我今年的奖金马上就发了,也算我为你在工作中给予的大力支持后院稳定略表心意。"

但不管马昌平如何轻描淡写,怎么劝导沈佳慧都执意要回家,那种归心似箭的样子让马昌平无法再劝。

于是两个人告别了林中雁当天上午返回了杨柳县。

马昌平十分感激林中雁的全力帮忙。

而林中雁的心中却在隐隐作痛,姐姐说过一句这样的话,她的病不太好,要有坏的心理准备,医生们说出这话时那就预示着一种非常危险的信号。

化验的结果还要等十多天,马昌平上班后决定结果一出来不管怎样忙都要带沈佳慧去北京做个全面检查,这些年欠妻子的太多了。

杨柳县对干部群众在招商引厂方面给予的奖励和成功后的承诺兑现让干部们有了信心,更有了动力。

这天办公室主任李晓东带来了一名刚刚从北京武警部队复员回来的农村小伙子,他叫于志刚,小伙子虽然退了伍但仍然一副军人的神态仪表,说话干脆利落,行动雷厉风行,坐立走也保持着当兵时的习惯,他找李晓东其实也是通过熟人介绍的,小伙子退伍后因为是农村户口安排不了工作,但他不想留在农村种地,他听说到了县里有关招商引厂的政策就托人找到了办公室主任李晓东声称自己有这个能力和条件为县里做成一件大事。

他说:"李主任,提供信息算不算。"

李晓东说:"这我还是头一回听到,不过我觉得这要看你的信息有没有价值,我是做不了这个主,我可以带你去见马书记。"

在马昌平的办公室,马昌平看了看这个虎头虎脑的小伙子,大眼高鼻,肤黑嘴阔,给人一种很实在的感觉。

听了他说的事,他笑了,说:"你能提供什么样的信息呢? 如果你提供的信息对于我们县域经济发展有帮助那也是算的。"

于志刚说:"我在北京当兵,我给一名首长当警卫员,临复员的时候几个战友聚会欢送我,其中一个是在国家石油老总身边工作的,因为他听说我是杨柳县人,就向我说了一件事。"

"什么事? 说说看。"马昌平说。

"大庆油田要修一条人工河,全长几百公里,要把江水引入大庆去,河的经由地现在还没有最后确定,但准备工程早就结束了。听说领导们意见并不统一,有三个县可以选择,到底从哪个县经过还没有最后决定。我想如果咱们争取,这条河能从咱们县经过,这算不算到招商引厂的奖励里面。"

他的话让马昌平心头猛然一惊,这真是一条十分珍贵的信息,如果这条河真能从杨柳县经过,那将给杨柳县带来什么? 几百万亩土地年年全靠老天爷赏饭吃,打的那几眼井也是杯水车薪,这比一个厂两个厂的更有价值,他的潜能可以用无限来形容。

他又认真地看了看于志刚,发现他是认真的,不像在说谎。这时于志刚也正抬着脑袋等在那里等着县委书记做鉴定,因为是给北京首长当过警卫员的兵,见过大世面,他在马昌平面前并不显得紧张。

你的那个战友现在还在北京吗? 马昌平问他。

"在,他还有一年的服役期。"于志刚回答。

"他服务的真是石油老总?"马昌平仍不相信。

"一把手,绝对是,我们都在一个小区里。"于志刚更加确定。

"石油老总是地方领导而你们是武警战士?"马昌平提出了疑问。

"在北京大领导都是由我们武警服务的,在这方面不分部队和地方。"于志刚解释说。

"那你能不能把你的战友找出来见一见我,我是说在北京,他有没有可能让我见到那位石油老总?"马昌平问他时全神贯注地盯着于志刚的脸,显然他也是非常认真重视的。

"那倒不太敢说,"于志刚说:"领导也不一样,有的平易近人,有的架子很大,不过我听我的那个战友说过,他服务的这个首长人很好,全家人都很好,我可以试试。"

"好!那我们去北京,你只要让我见到那位石油首长,你就算招商成功。"马昌平十分兴奋,他从办公桌后面站起来,有马上出发的意思。

"那要怎么奖励我?"于志刚问县委书记。

"你想要什么?"马昌平问他。

"我什么都不要,只要让我去公安局当民警就行。"他说这话时脸都红了,当民警是他的理想和愿望。

"好!一言为定,如果你能做到我亲自送你去公安局上班,咱们现在就走。"马昌平边说边去衣服架上拿衣服并对办公室主任李晓东说:"你马上去找主管招商的姜副县长,咱们今天下午就去北京。"

这就是马昌平雷厉风行的工作作风。

北京的十月还温暖如春,花虽略败但绿枝还在,天气只在早晚间有一丝丝凉意。

四个人坐了一夜的火车,下了车就马不停蹄地在于志刚的带领下直奔前门东侧的一个居住小区,那个石油领导的家就在这一地区。

早晨刚六点,四个人在小区外的一个小饭馆里胡乱吃了一口就来到小区外面的一个小广场边等。

广场上还有不少晨起锻炼身体的人,广场不太大,但鲜花绿草的十分幽静。

等待是件让人心烦的事情,马昌平点起一支烟刚吸了两口,一个右臂上戴着一个红色胳膊箍的老太太就走了过来,黑着一张老脸说:"掐灭了,掐灭了,罚款五毛。"说完伸手要钱,马昌平这时看到老太太的手上还拿着一沓罚来的零钱,看来在北京挨罚也不是他一个人。

哪敢分辨,赶紧掐灭了烟,交了钱,老太太边走边说:"外地人没素质。"

几个人相视一笑,马昌平向三个人做了一个鬼脸说:"到底是首都啊!老太太都这么厉害。"

姜副县长说:"要不人家说不到北京不知道官小呢,要是在杨柳我看谁敢罚你。"说完几个人都不约而同地笑了起来。

马昌平一遍遍地看着腕上的手表,终于等到八点了,他跟于志刚说:"小于,你马上去,我们在这里等你,记住了一定要把你的那个战友想办法约出来。"

于志刚说:"领导放心,平日我俩便最要好,他老家也是咱东北吉林的,说来也是老乡,我想应该没问题。"

说完跑步直奔小区里的一栋灰色小楼去了,马昌平他们仍旧等在了小广场上。

九点了,于志刚没有回来。九点半了,他还没有过来。马昌平他们焦急万分,他在广场上一圈圈地走,查着数着自己走了多少步,心里时不时地想起有病在家的沈佳慧。

李晓东说:"马书记你都走了二十七圈了。"

十点半了,终于盼来了于志刚。他跳过了花墙中间的铁栅栏,后边还跟着一个跟他一般年龄的小伙子,他也没穿军装,一身的旧军衣,两个人气喘吁吁地来到了马昌平他们面前。

于志刚说:"首长刚走,他忙完了我们就过来了,等急了吧?"

"没事,只要能把你们等来就算没有白等。"马昌平说。

于志刚把他的战友推到了马昌平面前介绍说:"他叫孙宏伟,吉林人,我的好战友。这是我们县委马书记。"

孙宏伟给马昌平敬了个军礼,说:"事情的经过小于子都跟我讲过了,你一个县委书记为了老百姓的事亲自来北京我也很受感动,我们老家的县委书记能像您一样就好了。我能帮上的我一定尽全力,可是,你们要见领导那也不是一下子就能见到的。我家这个领导很忙,经常不在北京,这几天还真在,那你们得等着,我找机会想办法也许能让你们见上一面。"

马昌平热情地握住了孙宏伟的手,一再表示谢意,并向他介绍了身边的姜副县长和李晓东。

孙宏伟说:"我家这个领导一家子人都很好,对我们也不像有些领导那么高高在上,我想过了,等领导回来我就说我老家的表哥来了,他还是个县委书记,这样说他极有可能见一见你,留你在家吃饭。司机小徐的父母来北京看病,领导就专门请到了家里来。"

"那太好了,感激的话我们也不多说了,麻烦你想办法一定要让我们见到领导,这件事对于我们县来说关系十分重大,到时一定好好感谢你。"

"谢就不用了,"孙宏伟说:"我就是不敢说定什么时候,如果你们一定要见,那就得等。"

"一定等,什么时候能见到领导我们就等到什么时候。"马昌平坚定地说。

孙宏伟点了点头说:"我不能在外久留,这是纪律,我得赶快回去,有了机会我马上告诉小于子,你们千万别住得太远。"说完就急匆匆地走了。

马昌平说:"就在附近找个地方住下,一定要见到领导,不见到不回去。"

当晚他们四个人在附近的一家地下小旅店里住了下来,每晚每人二十块钱,吃的清一色面包喝开水,县委书记都这样吃谁还敢说别的。

这一等就是三天过去了,于志刚充当联络官来回联系,这天孙宏伟告诉他,星期六可能有希望,领导一般周六晚上回家吃饭。

星期六的晚上五点半左右,一辆黑色红旗牌轿车停在了一座灰色的三层小楼前面,喇叭声后,孙宏伟连忙跑去开了大门,车子缓缓地沿着甬道驶进了院子。在楼下孙宏伟伸手开了后车门,一个高大的身影从车子里面钻了出来,他就是国家石油总公司的总经理马汉青。

马汉青今年大约五十七八岁,石油工人出身,河南洛阳人,他是去年才接任总经理的。

孙宏伟接过司机递过来的公文包,跟随着马经理上了楼,在门口他又把公文包递给了马经理,这是他每天的工作。

当马经理正要转身时孙宏伟犹豫了一下说:"首长,我想请会假,我表哥从东北来了,我想出去见一见他。"

"你表哥?"马经理回转过身来问他,"人在哪里呀?要吃晚饭了,大老远来的,要不就请到家里一起吃顿便饭吧。"

"那倒很好,只怕给首长添麻烦,我表哥还是我们那个县的县委书记呢!他就住在附近。"

"那更得见了,快,你去把他们给我请过来。"说完,马经理转身进了屋子。

孙宏伟心里一阵高兴,他向马经理的身影敬了个礼,说了声:"是。"转身跑下楼去又迅速地跑到大门外,把这个情况马上告诉了一直等在大门外的于志刚。

说是星期六有可能,马昌平他们就等在了院外大墙下,那个小小地下旅店也太闷了,一股子潮湿味。

几个人跟着孙宏伟鱼贯进了院子,上楼时马昌平吩咐李晓东和于志刚等在楼下的花廊里,他和姜副县长先上去。

听说是公务员的表哥又是当地的县委书记,马经理十分热情,把他们让进了二楼的客厅,告诉孙宏伟泡点好茶,几个人就围坐在了客厅的沙发上。

"来北京几天了?"马经理点上一支烟并把烟盒推向了马昌平问他们。

"快一星期了。"马昌平略感拘谨的说。

"办事?"马经理问他。

"算是。"马昌平回答。

"以后过来别住旅店,就住家里来,小孙的亲属说来也不是外人,这楼上楼下的闲着也是闲着。"马经理人很和蔼可亲可敬的。

"哪好打扰领导,我们住在外边也很方便。"马昌平这样说,"不给领导添麻烦。"

"听小孙说你是那里的县委书记。"马经理的家乡口音很浓,马昌平得使劲地听,用力地分析。

"是的,才当两年。"他说。

"多大年纪?"马经理可能看出他太年轻有点疑惑不信地问:"正的副的?"

"正的,三十二岁。"马昌平说。

"黄金一样的年龄,我像你这个年龄还在胜利油田当工程师呢。"马经理吸了一口烟像是在回忆过去。

"你们那里是平原地区吧?"过了会他又问。

"平原,著名的松嫩大平原,典型的半农半牧县份。"马昌平觉得要进入主题了。

"什么县?"马经理又问了一句。

"松江市杨柳县。"马昌平说。

"哦,"马经理点了点头,略一思考又问道:"你们那里水源情况怎么样?水质好吗?离大庆油田不远吧?"

机会来了,马昌平赶紧说道:"我们那里严重的缺水,水质含亚硝十分严重,我们和大庆油田水土相连,唇齿相依,我们县与油田的几个矿厂都有很好的合作关系,建设油田保油田我们也有责任。"

领导就是领导,他有着过人的敏锐性,听着马昌平的回答和他急不可耐的样子,他马上就意识到了什么,皱起眉头思考了片刻,把手里的烟按灭在烟灰缸里说:"我看你今天是有备而来吧? 你真是小孙的表哥?"

听马经理这么一问,马昌平觉得不能装下去了,这样等于是欺骗领导。

他拉了一下身边的姜副县长,两个人同时站了起来,向坐在沙发上的马经理深深地鞠了一躬,马昌平说:"领导英明,实在是对不起领导,我确实是杨柳县的县委书记,这是我们的副县长,但我们确实不是小孙的表哥,我们今天来真是有事想向领导汇报,因为这件事关系到我们全县几十万人民的生产生活,甚至于我们的子孙后代,请领导原谅我们的做法,我们别无他意,只想能面见领导汇报工作。"

马经理笑了,他用手点了点马昌平说:"坐下,快坐下,如果你们是为了老百姓,那怎么做都不为过,我们都是共产党的干部,为群众着想何错之有,快坐下说。"

见领导如此真挚,马昌平松了一口气,两个人又坐回了沙发上。

"说吧,想让我为你们做什么?"马经理看着马昌平问他。

"领导,"马昌平咽了一口唾沫真挚地说:"我们知道了大庆油田有一条人工河流要从嫩江引入大庆市区,经由地还没确定,所以我们见领导就是想请领导帮助我们,让这条河从我们县境内穿过,我们有那么多的土地因缺少水源而无法种上庄稼,这河水对于我们来说太重要了。"

马经理听后略一沉吟,他说:"你们的想法倒是不错,我也理解,可这河水可不是用来种庄稼的,它是用来供给油井回灌和城市饮水的。"

"它使用剩下的我们就够了,再说它从那流过去就能浸泡我们许多土地,我们可以无偿地出人工,出车马,只要能从我们那里经过。"马昌平的两只手在抖,他焦灼万分地看着马经理的脸。

可马经理不说话了,好半天才长吁了一口气。他说:"难得你们一片为民着想之心,我感觉到你也是像焦裕禄一样的好干部,不过这经不经过你们县我一个人也说了不算,但我有建议权,到时候成了你们也别高兴,不成了也别怪我。"

听马经理这么一说,马昌平和姜副县长一起站了起来,又一次向他深深地鞠了一躬。这让马经理很高兴,马经理这晚留下他们吃了晚饭,几个人还喝了不少的酒。

据后来传说,在这条河流的走向决定会上,总经理马汉青力主经由松江市的杨柳县境内。他提出了经由的很多理由和有利条件,他还说那个县还有一个为民着想的年轻县委书记,最后他还要求在文件上加注了支持周边地区农业生产的字样。

这条人工大河河宽百米,从杨柳县全境通过,全长一百二十多公里,多少年来浇灌着杨柳县几百万亩良田。马昌平亲切地称它为母亲河。

河水富裕了杨柳县人,至今仍在奔流不息地流淌,河的两岸十里稻花百里米香。

当然,马昌平他们也没有食言,他在常委会上力主为这条人工河能流经杨柳县立下功劳的退伍军人于志刚转为正式民警,并亲自送他到县公安局去上班。

后来于志刚还当上了公安局主管治安的副局长,为杨柳县的公共治安环境稳定好转做出了很大的贡献。

这是后话。

三十七　半生悲情

县委书记马昌平对常务副县长李宝玉工作中的拆台设障非常反感，他决定找他好好谈一谈，领导班子中的不团结现象最不利于事业的发展，况且他这个班长统班子带队伍也有责任。而在这个时候李宝玉却出了事，这也让当县委书记的马昌平十分痛心。

副县长李宝玉要去的老地方就是省物资供应总公司的招待所，每次到省里来他都会住在这里，这里有他的一个师范同学张国庆当经理。原来张国庆学校毕业后分配到省一所中学管后勤，在工作中他厌倦了学校的工作，正赶上当时实行的下海潮，于是干脆下岗经商承包了这个招待所。李宝玉来他这里住一是给他创收，二是因为他在学校时所有的事张国庆都知道。他们是好同学，好哥们。

四楼的401房间差不多已成了李宝玉的专属房，每次住这里只要没有其他客人，张国庆都会安排他住这个房间，这间房在招待房的最顶层，紧靠东侧僻静又安全。

他来之前就给女同学胡晓月打了电话，他知道她用不了多长时间一定会找机会来这里见他。

躺在招待所的床上，他头枕双手眼望棚板，那悠悠往事便一幕幕浮上心头。

李宝玉的家在省城东的松江市，父母都是普通的工人，家中只有一个姐姐，父母对于这个儿子既娇宠又寄予厚望。那对勤劳节俭而又朴实的老人用他们的一双手托起了两个孩子的大学之梦，要知道一个普通工人家庭两个孩子都上大学生活何其艰辛。

姐姐在辽宁医学院毕业后李宝玉就考上了省师范大学，说起来李宝玉不仅一表人才还是学校里学习成绩相当优秀的学生，在学校他从来没有考下过前十名。

他和胡晓月、张国庆都是省师范大学的同班同学，他和胡晓月的爱情故事只有张国庆能讲得清，他也没少帮李宝玉的忙，说他是他们俩的月老媒人也不为过。

两个人经历了一场轰轰烈烈的爱情之后最后劳燕分飞，张国庆也非常遗憾，他曾仰天长叹道："有情人未必终成眷属，因为这个社会太复杂，人心太现实。"

那一年他们都才二十三岁，人生最美好的年华。

在班级三十九名同学里，胡晓月最漂亮，李宝玉学习最好，两个人自然而然成了同学们羡慕的对象。有人说大学是恋爱时代，这也不假，人在此时成熟，事业由此初始。

而促成两个人尽快走近的却是张国庆的一句戏言，他和李宝玉是同桌，胡晓月在他们的前面，她的背影成了两个人的谈资。张国庆生性不老实，爱动，爱说又爱开玩笑。一天老师讲完课走了，大学里的老师多半都这样，讲完课夹书就走，留下课题让学生自己去思考，这也给学生们创造了另外一个空间。

张国庆拍了拍李宝玉的肩小声说："你看看胡晓月那乌黑的长发，雪白细嫩的脖子，还有那婀娜苗条的背影，能娶这样一个老婆真是三生有幸，不过我是不行啊！你没看她那眼神只看你不看我。"

李宝玉碰了一下张国庆的手小声说："少说些吧，让她听见就坏了。"

可是他们的话胡晓月还是听见了，她回转过头红着一张瓜子脸瞪了一眼张国庆又妩媚地看了一眼李宝玉，吓得张国庆一伸舌头赶紧低下了头去翻手里的书。

李宝玉的脸也红了，他不好意思地冲她一笑，当然她也还了他一个微笑。

这是心灵的碰撞也是心灵的一种沟通。他们的这种表现又如何逃得出张国庆的眼睛，他向李宝玉挤了一下眼皮，伏在李宝玉的耳边悄悄地说："我敢保她对你有意思，抓住机会别让大刘他们先下手，那时说什么都晚了。"

大刘是他们班的班长，叫刘春阳。他的父亲是省里的一个领导，具体是什么他们不清楚，反正连校长见了大刘都热情得不行，这让他们感觉大刘父亲的官肯定不小。

大刘人高马大，说话粗俗，他是班上学习成绩最不好的一个学生，按照他的学习基础考上这样的学校是不可能的，这又让人想到了他的家庭背景和他那当大官的父亲。

大刘学习不行，社会上那一套确是全班谁也比不了的。他时常请班里的同学去外面吃馆子，看电影，逛公园，当然全部花销都由大刘负责。班里的女同学都想追他，可大刘对别人都不屑一顾，他眼里只有胡晓月，大家都明白大刘很多举动都是为了做给胡晓月看的，其他人只不过是借了胡晓月的光。

因为是师范大学，在学习中有一个课题就是实践课，学生们要按照学校的安排到各学校去上实践课。李宝玉给班主任送了一条上海牌香烟，他也就如愿以偿地同胡晓月分到了一起去省二十三中做教学实验课。

二十三中在全省是有名的初中，李宝玉和胡晓月在这里进行了半个月的教学实践，李宝玉的讲课水平和他张扬善于表达的性格结合在了一起，受到了校方和学生们的好评，这也更让胡晓月对他刮目相看。

实践课结束后，李宝玉请胡晓月吃了一顿非常简单的便饭，这里几乎没人，是学校一处小吃部的一角，李宝玉向胡晓月坦明了自己的心迹。

他动情地对胡晓月说："晓月，再有半年我们就要毕业了，我没人没势只能回到家乡去教学，但请你相信我我一定会努力让你过上好日子，你相信我不是人下人，我家庭条件虽然先天不足，但我后天的努力一定会证明给你看我是一个优秀的男人,我会成为校长、局长、市长,让你一辈子荣光,你信我吗?"

胡晓月这时候的心态也是纯洁的,她听了李宝玉信誓旦旦的表达也是感动的,她说:"我相信你!即便你今后只是一名普通老师又有什么关系呢?如果可能毕业后我随你到你的家乡松江去。"

胡晓月的话让李宝玉十分感动,他握住了她的手,眼睛里流出了幸福的泪水,他说:"刘春阳对你穷追不舍,他的家庭和社会关系真让我担心,你能这样看得起我,我一辈子对你好!上有天下有地,如果我李宝玉今后有负于你就让我天诛地灭。"

胡晓月感动地扑过去用手捂住了他的嘴李宝玉乘势拥抱她在怀里,他闻到了她诱人的发香。

胡晓月说:"你放心,我说到做到,刘春阳家庭再好我也不会动心,我心里也只有你,家庭再好也不如人好。"

李宝玉拥抱着胡晓月,他说:"昨天听张国庆说,如果你答应和他好,他会把你留在省教育厅工作,还说谁要和他争你就给谁好看。"

她问他:"那你担心吗?你害怕他吗?"

他仗着胆子说:"有点怕,大刘很凶,但为了你我不能怕他,他每次的考试都是我替他答的卷子,我想他应该有良心,不会把我怎么样。"

胡晓月依偎在他的怀抱里,没有再说什么,说什么呢?她确实很爱他,可话可以这么说,但在她的心里多少是有些矛盾的,毕竟留在省里对于任何一个外地学生都是有极大诱惑力的,爱情与现实总是矛盾的。

半天,她长叹了一口气说:"大刘的人品实在让人厌恶,我不会选择他的,你放心吧。"

她的话让李宝玉非常高兴,从那一天开始,他们的关系就明朗化了。

大学的生活是丰富多彩又十分浪漫的,越是临近毕业越是让人热血沸腾。但是,当人正式面对现实的时候,心里的压力和过去的豪言壮语就有了冲突。

这个大学对于刘春阳来说只不过是个跳板,他从小到大最厌烦的就是学习,以他的心思和社会背景他都不把校长放在眼里,但对于李宝玉竟敢跟他横刀夺爱他是决不能容忍的。

"你李宝玉有什么条件和资格和我刘春阳争对象。"他更不相信胡晓月会放弃他去选择李宝玉。

他决定跟胡晓月谈一次。

在全班三十多名同学中,大多数人都去巴结刘春阳,只有张国庆一个人除外。

这也给张国庆引来一场挨揍的祸。

全班谁都知道李宝玉和胡晓月的恋爱关系,也知道张国庆是充当了牵线人的。

在班级里刘春阳是班长,体育委员宋学成跟他关系最近,两个人形影不离,刘春阳要和胡晓月谈话自然是宋学成来做这个说客。

大家都是同学,省去了许多客套和麻烦,见面说话也直截了当。

在一天下课后的教室里,只剩下他们两个人的时候,宋学成对胡晓月说:"胡晓月,我今天跟你说这些话既是班长刘春阳的意思也是我作为同学的意思,我完全是为了你好。你看看咱们班二十多名女同学哪个不想跟大刘好?还有那些班外的。可他谁都看不上,偏偏看上了你,你可能不知道大刘的父亲就是咱们省公安厅的刘厅长,他母亲也是省委组织部的领导,他们家就他这么一个宝贝儿子,你想没想过你要走进这个家庭你的一辈子会是什么样?我也承认李宝玉很优秀,可他能和大刘比吗?有可比性吗?什么爱情?爱情值多少钱一斤?大刘这么爱你难道不是爱情吗?人要活得现实一点,真金白银才是最重要的,其他都不重要,你想想你会留在省里工作,会进入高干家庭。你的家人,你未来的孩子都一步登天,你是真傻还是脑袋有了毛病?让我替你高兴,别让我替你惋惜好不好?胡晓月我们马上就要毕业了,分配的去向如果没有人说话肯定都会哪来哪去,你连和李宝玉分到一起的可能都没有,你可千万别拿错了主意,毁了自己的一辈子,后悔一生啊!"

宋学成的话让胡晓月心动也让她为难,说实在的,即使宋学成不说她也明白这其中的利害关系,可她对李宝玉是真有了感情的,况且那天在小吃部她也是答应了李宝玉一起回他的家乡去。

想离开李宝玉,如果说能为自己辩解的唯一理由就是他们不可能分到一个地区,将来面临的是两地生活。

眼泪顺着胡晓月俊美的脸上流了下来,她惆怅纠结地望着宋学成不知说什么好,最后她说:"让我想想。"

这句话等于告诉宋学成胡晓月已经开始动心了,离成功只差一步,完成刘春阳交代的事不远了。他心中一阵欢喜他更没有忘了刘春阳的许诺,事成之后他会帮他留在学校任教。

自从宋学成和胡晓月谈话过后,李宝玉看到也感觉到了胡晓月的一些微妙变化,她的面容憔悴忧虑,对他的态度也木讷和冷漠。

这让李宝玉十分痛苦和焦急,当然他第一个想到的就是好朋友张国庆,还得找他来帮自己这个忙,常言道:"自己的刀削不了自己的把。"

当他把自己的担忧和想法告诉了张国庆后,张国庆满口答应帮他去劝说和了解胡晓月心里的真实想法。

三个人原本关系就较密切,胡晓月此时也正想去跟一个知心知情的人去倾诉自己心中的愁恼,张国庆就来了。

在学校小花园里的石桌旁,张国庆问胡晓月:"你答应大刘了?你难道不知道他是什么样的人吗?你和这样的人一辈子有安全感吗?踏实吗?难道这四年来你和李宝玉之间的爱情就那么脆弱?那么经不起风雨吗?人的一生有什么比和自己爱和爱自己的人在一起更重要的呢?我知道宋学成找过你,他和大刘是一丘之貉,这些天你对李宝玉不冷不热的你知道他有多难过多伤心吗？他是爱你的。世事风雨无常，人生变幻莫测。你为什么不相信李宝玉对你的承诺呢？他会有发展有前途的，他绝不是一个自甘沉落的人，难道你看不出来吗？你应该相信他。作为同学中的好朋友我看到你们走到了今天这一步我很替你们难过。晓月，别辜负了李宝玉的一片良苦用心，还有他对你真诚的爱。记住，钱一花就没了，官也不能当一辈子，人一生最重要的是情谊。"

此时的胡晓月被他说得泪如泉涌，她又开始恨自己怎么这么犹疑不定，这么左右为难。

她说："你说的这些我都知道，可现实马上就会摆在我们面前，现实是残酷无情的，我希望把我的爱情进行到底，我又希望我的爱情也应该有个好的结局。毕竟有许多事，不仅是爱能解决的。"

"你让我好好想想。"

张国庆找胡晓月谈了什么，刘春阳不问也知道，他早就恨透了这个穿梭在他们之间的这个人，他告诉宋学成，放学后狠狠收拾一顿张国庆，让他知道和他刘春阳作对的下场。

张国庆的家也住在本市区，星期天他在回家的路上就被几个人拦了下来，不分青红皂白就是一顿胖揍，当那几个打完他的人离去的时候，一个小个子告诉他说："我们明人不做暗事，今天揍你就是让你长个记性，管好自己那张嘴少管点闲事，别老是在人家中间插一杠子，对你没好处。下一次可没这么幸运了，兴许胳膊腿折了什么的也不一定。"

张国庆知道这是谁干的，可他又能把公安厅长的儿子怎么样呢，干吃了哑巴亏。

李宝玉也明白张国庆是替他挨得这顿打。他抱着张国庆的肩说："好兄弟，哥一辈子记着你这份情。"

张国庆也苦笑着说："我也会记得，如果这顿打能让胡晓月回心转意我倒觉得值。怕只怕这顿打是白挨了，什么事也解决不了，我感到胡晓月要变心。"

张国庆的话成了事实,在几番的比较考虑权衡之后,胡晓月最后还是选择了刘春阳,流泪放弃了李宝玉。爱与现实中,她选择了现实。

毕业了,大家结束了四年的大学生活各奔前程,自然胡晓月如愿以偿地留在了省教育厅小教处,李宝玉怀着一颗受伤的心离开了学校回到了松江,在一所中学当老师。

但是,他在心中暗暗发誓一定要出人头地,让刘春阳看看,让同学们看看,让胡晓月后悔。他也正是怀着这种心态奋发工作,甚至投机取巧不择手段,功夫不负有心人,他也由中学的副校长到校长再到教委主任,又成了常务副县长,一路高歌猛进。

毕业后的胡晓月不久就跟刘春阳结了婚,一年后有了一个可爱的女儿。

随着改革开放和市场经济的运行,刘春阳开始经商,他投机倒把买空卖空,在他父亲的帮助下转眼成了全省有名的百万富翁,原本性情就翻手为云覆手为雨的他怎么会守着胡晓月一个人,对胡晓月那一时的新鲜很快就成了讨厌。

俗话说男人有钱就学坏,况且刘春阳原先就不是一个好人。

胡晓月的噩梦也开始了。他一两个月的不回家,整天的泡在酒店洗浴场所,日日新婚,夜夜新郎,胡晓月的吵闹换来的是刘春阳的一顿拳打脚踢。这时候她自然会想到李宝玉,悔恨的泪水也不知道流淌了多少,可现在说什么都晚了。

一次同学聚会,她偶然遇到了同学张国庆,在他那里她了解了李宝玉的一些情况也要来了他的电话。

这时候的李宝玉已是杨柳县的常务副县长了。

俗话说衣不如新人不如旧,一个人一生最难忘最留恋的还是初次的爱情。

当电话里胡晓月哭着跟李宝玉诉说自己的境遇时,李宝玉也流了泪,旧情之火迅速燃起,两个人几次电话之后决定在省城偷偷地约会。

张国庆为他们提供了场所,因为这时候的张国庆已经承包了招待所对外经营,生意相当的不错,他不但念及同学情怀还一直没忘了刘春阳对他的那顿打,也有报复心理。

有了第一次自然就会有第二次。

李宝玉常常借故出差开会,刻意创造机会来这里与胡晓月相会。

在胡晓月身上他又找回了当年的爱情,也体会到了婚外情的惶恐与甜蜜。

每一次他都下决心这是最后一次,他明白一旦让刘春阳发现了会是什么样的后果,可是这每一次最后之后的最后都是最后一次。欲壑难填,为情所困。

胡晓月和来省城成了他的精神寄托,他怎么也放不下离不开。

这是一种不计后果的刺激与享受,有人说恐惧中的欢愉最有味道。但也站在了悬崖边上,随时都有可能粉身碎骨。侥幸变成了自我安慰,但忘记了,人不是总是幸运的。

外面传来了敲门声,打断了李宝玉的回忆。他知道胡晓月来了,他猛地从床上跳起来,怀着一颗激动万分的心去开房间的门。

当胡晓月出现在他面前时他迫不及待地把她一把拥抱在怀里,房门关上,两个人就滚倒在床上,熊熊欲火在他们之间烈烈燃烧,情感的宣泄让他们霎时灵肉合一。

然而他们做梦也不会想到这个时候的刘春阳已经站在了招待所的门外。

人是自私的,尤其是男人,他们可以让自己花天酒地三宫六院而绝不容忍女人有一点点的出轨,刘春阳更是如此。他虽然早已厌倦了妻子胡晓月但他在她的突然变化中感觉到了一点什么,包括一年只有那么一两次应付性的夫妻性生活,他断定妻子胡晓月身外有事,心里有人,而那个人十有八九就是他的同学李宝玉。常年混迹于黑白两道之间,李宝玉当了副县长,张国庆承包了招待所,他都是一清二楚。而这个时候的他却日落西山,父母退了休,往日的荣光已黯然褪色,随着他不务正业,酒色沉迷,经营的生意也是赔得所剩无几,没人再给他面子,过去称兄道弟的那些人都开始躲着他走,没钱的日子他是一天也过不下去,围在他身边的女人渐渐离去,他切身感受到了什么叫世态炎凉,什么叫人心不古。而在这个时候李宝玉出现了,他在一阵酸楚之后冷笑半声,心里说:"好,天堂有路你不走,地狱无门你偏来投,你不仁别怪我不义,就在你身上榨榨油吧,看你能流出多少来。"

偷听胡晓月的电话,跟踪胡晓月的行踪已经很久了,今天机会终于来到了。

他一脚踹开了招待所的门,刘春阳把随身带着的尖刀使劲地扎在招待所的茶桌子上,伸手拽开了床上的被,当两个男女赤条条的躯体暴露在外面时,他拿出了事先准备好的照相机咔咔一顿乱照。

床上的李宝玉和胡晓月吓得浑身发抖,面无人色,用天塌地陷、末日来临形容此时的他们一点不过。

照完相再看一眼床上抖成一团的两个人,刘春阳冷笑一声说:"给你们这对狗男女十分钟时间穿好衣服。"说完用脚踹开房门走了出去。

屋里的两个人连滚带爬地赶紧穿衣服。

十分钟后,当刘春阳再次走进屋里来时,两个人不约而同地跪在了他面前。

胡晓月在哭。

李宝玉在磕头求饶。

他说:"春阳,我知道错了,我对不起你,放过我这一回,你要怎么处理我都行。"

此时的刘春阳却心平气和大模大样地拉过椅子坐在了两个人的面前说:"你们真可以,旧情复燃,好啊,我是什么?是王八。可李宝玉你不要忘了,你是副县长啊!我光脚的还怕你个穿鞋的吗?我把这些照片洗完了送到省委和你们县委、市委大楼去,我想这个新闻在全省一定会让人非常感兴趣。"

李宝玉听了吓得连连磕头带血,他哽咽着央求道:"春阳,我知道我对不起你,你放过我吧,你叫我干什么都行,就是别把照片传出去,那样我一辈子就完了。春阳,求求你……"

刘春阳要的就是李宝玉这句话。

他不怀好意地在嗓子里哼了一声,一副救世主的姿态,跷着二郎腿,长吁了一口气说:"李宝玉、胡晓月你们两个给我听好了,今天的事可是你们做的,今天的话也是你李宝玉自己说的,这两头总得着一头,我丢了人你也得付出代价,我也不为难你,要想这桩丑事不外漏保住你的乌纱帽也可以,给我出张三十万元的借条,给你一个月的时间一手交钱一手交照片,从此咱们两清,就当什么也没发生,再不见面,你看这可以吧?"

"三十万?"李宝玉哭腔着重复了一句,"三十万太多了,你叫我哪里弄去?少一点吧,十万行吗?"

"你还有资格跟我讲价钱吗?"刘春阳在手里摆弄着那把尖刀,说:"三十万我已经算便宜你了,让你老婆跟我睡上一年,我给你五十万怎么样?三十万对于你个管常务的副县长来说也算不了什么大数目,这些年估计你也没少捞,否则这一趟趟省里来市里去地睡女人住旅店哪来的钱?常言道,这不义之财大家取,况且我这还是拿自己老婆换的,是不是胡晓月?"刘春阳把牙咬得嘎嘎地响,斜着一双三角眼问胡晓月。

此时的胡晓月哪敢说话只有哭的份。

李宝玉再一次地哀求刘春阳说:"少一点吧,我真没处弄这么多的钱,要不多给我点时间也行,春阳求求你。"

"求我?"刘春阳阴笑了两声,他又长叹了一口气说:"我去求谁呢?我缺钱吗?算了,也别为难你了,你一分钱也不用拿了,但你这个道德败坏、思想肮脏的干部,组织上还是要掌握的,我这也是为党为人民除了你这害群之马。"说完站起身要走。

李宝玉见状赶忙站起身拉住了刘春阳的衣襟说:"我签,我签,我一定想办法在一个月内筹到这笔钱。"说完又狼狈不堪地跪在了地上。

刘春阳又坐回到椅子上,从上衣口袋里掏出事先准备好的纸笔和油印盒放在桌子上,用手敲着桌面说:"这可是你说的,我可没有逼你,既然如此你就写吧,完了别忘了按上手印。"

战战兢兢的李宝玉颤抖着一双手写下了三十万的借据并按上了鲜红的手指印。

刘春阳收起借据关上油印盒说:"我走了,你们继续进行。我这个人是非常懂人情世故的,这爱情啊也真折磨人,看看你们今天这个样子也真可怜,想想当初你们在学校里还真是爱得不浅。胡晓月你放心,我会成全你,不过孩子不会给你,那是我刘家的骨肉,我怕你把她带坏了。李宝玉李县长记住了一个月。"

说完这些推门走了。

剩下了屋里两个人抱在了一起痛哭失声,他们都明白今天过后一切都会变了。他们的噩梦将从此开始,终生无法安宁。

回到县里的李宝玉一下子像变个人似的,他每天烦躁不安,胆战心惊。他是了解刘春阳的,他实在不是一个守信的人,他真害怕他出尔反尔说不定什么时候把这件事捅出去,那自己必将身败名裂,前途尽毁,有何脸面还在这世上生存,真是死无葬身之地。

现在唯一的办法就是尽快筹到那三十万元,可三十万哪! 上哪去弄这么多的钱? 自己每个月的工资还不足三百元。

吃不下睡不着,常常在噩梦中醒来,大祸临头的感觉让他几近崩溃。

实在无路可走了,他决定铤而走险在民政救济款上做手脚。县里虽然正在实施上下排水工程,可县委书记马昌平紧盯着这项工程不说,承建的单位他也插不进手去，只有这民政救济款不被人关注，也没人想到他会敢在这方面下手。

这期间，县委常委、组织部长于长江两次找过副县长李宝玉，告诉他县委马书记要和他谈谈心，他都以工作太忙没有时间推脱了，现在他哪还有这个心思。

真应了那句话：狗急了会跳墙，兔子急了会咬手。现在的李宝玉急了，他也顾不上许多。

他想："民政局长梁国富是我一手提拔上来的，他不是一直喊着知恩图报吗，现在是他兑现承诺的时候了。"

养兵千日用兵一时，他相信梁国富会帮助他渡过这道难关。

外面的天雨雪交加，黑云低得像是要从人的头顶飘过去似的，这该死的天气让人的心情感到更加压抑，甚至喘不过气来。

民政局长梁国富接到李宝玉的电话后，小跑着进了他的办公室。

梁国富原是光明乡的一名副书记，他能一下子当上民政局长也确实是李宝玉多次在老书记沈为民面前举荐的结果。这一点梁国富心知肚明，所以他常在李宝玉面前表忠心说："我是你的人，我的官也是你给的，你就是让我上刀山下火海国富也在所不辞。"

梁国富三十四岁，个子不高，大眼睛小鼻子，看上去就有一个机灵劲儿，他的嘴能言善语，会说话会看事在县里科级干部中是出了名的。

"李县长，放下您的电话我就跑来了，一刻也没敢耽误，有什么指示请吩咐？"梁国富一副毕恭毕敬坚决执行的语气和态度。

"先坐下，"李宝玉先把一杯热茶递过去，又为他点起了一支烟，并示意他说："别着急，坐下慢慢说，我今天真有大事与你商量。"口气温和亲切让梁国富受宠若惊，李县长对他这个态度他还是第一次领受到。

坐在椅子上，轻轻喝了口热茶，烟夹在手指间，禁不住抬头再去看李县长，他正去关办公室的门，又神神秘秘地坐在了他的身旁。

"我遇到了一件难事，"他脸色铁青口气严肃又小声谨慎地说道："我思来想去这件事也只有你能帮我，我一直把你当自己兄弟对待，在我心里面你比我亲兄弟还亲，所以今天的事只能你知我知天知地知。"

一席话把梁国富说得心里热乎乎的，也说得他懵了头脑，但理智告诉他领导今天说的事一定很难办。

果然当李宝玉说完事情后他吓出了一身冷汗。

他说："国富，我现在急需一笔钱，干什么你就别问了，没有这笔钱我过不了这道坎，我想省里今年给咱们县的救灾款、建敬老院的房屋款比每年都多，多报一些受灾人数，增大点建筑面积，套回这些钱还是完全可能的。这种事别人想不到，上边也不会查，再说就算来了还有我挡着，过了一年半载的就什么事都没有了，当然我也不会忘记你的，这次县里副处级后备干部我保你没问题。"

听了李宝玉的话，梁国富禁不住倒吸一口凉气，紧张地咽了口唾沫，他张了张嘴一时不知怎么回答他好。

动用民政救济款一旦被发现他知道那将是一个什么样的后果。

可是他曾无数次在李宝玉面前信誓旦旦地表过决心为他不惜上刀山下火海，那么今天这件事还远远没有刀山火海那么严重，况且如果这件事他不答应，今后自己与这位常委副县长的关系就算断了，等待他的也不是好果子。

也许就没有人发现，也许就什么事情也不会发生，发生了李宝玉也会想办法摆平了，正是在这种矛盾和侥幸的心理状态下让这位三十四岁的民政局长梁国富终于打起了精神。

他说："正好上报给省里救灾的人数和追加的建筑工程款报表文件还没有送到省里，我马上回去进行调整，再加一些人数，扩大建筑面积，省民政厅的柴处长正打电话追要呢，报表一到，钱马上就能拨下来。领导请放心，我一定办好这件事。"

他的话和他要采取的行动,让李宝玉很是感动,他禁不住上前拍了拍梁国富的肩说:"好兄弟,哥不会亏待你的。"

半个月后,省里的各项救灾款如期分拨了下来,李宝玉又让梁国富私刻了些领款人名章,连同工程款分三次提了出来。

当李宝玉提着一大包现金放在刘春阳的面前时,刘春阳不怀好意地笑了,他阴阳怪气的说:"到底是县长,三十万如期拿到手,权力真是好东西,想有什么就有什么,放心,你讲信用我也讲信用。"他从上衣口袋里掏出李宝玉写的借据递给了他,又从裤子口袋里掏出胶卷放在了桌子上接着说:"咱们从现在开始互不相欠,从今以后你走你的阳关道,我过我的独木桥,井水不犯河水。"

见李宝玉用眼睛一直看着桌子上的胶卷他又说:"不用担心,我不会把这些曝光的,胡晓月怎么说过去也是我的老婆,这件事真传出去,对我也没有什么好处。"

"再见大县长,祝你官运亨通前程似锦,同时收获你的爱情。"他边说边拎起装钱的兜子走了出去,走廊里传来了一阵脚步声也传来了一阵狂喜的笑声,这笑声让李宝玉浑身起了一层鸡皮疙瘩。

按理说这件事应该算是过去了,可李宝玉忘了刘春阳是个什么人,他从小就是个无赖,哪讲什么信用? 他根本不会想到噩梦并没有结束而是刚刚开始。

自古杀父之仇夺妻之恨是人世间最大的仇恨,刘春阳岂能就这么过去?他早就在心里打好了算盘,他要给李宝玉来个一枪两眼,让他既丢了钱又没了官。一个月之后,一封举报李宝玉贪占公款的信放在了省纪委书记吕云山的办公桌上。

信写得如此翔实又有理有据,省纪委高度重视,立即派出调查组赶赴杨柳县调查。

三天时间一切大白于天下,在铁的证据面前,李宝玉和梁国富也无法抵赖,他们向组织如实交代了犯罪经过。

这件事轰动了全省。

李宝玉被开除了公职和党籍,被判了十二年有期徒刑。在调查组找他谈话的第二天发现他一夜白头,那种悔恨和痛苦又有谁能替他说得清楚呢?可这些又怨得了谁呢?

梁国富也被开除了党籍和公职,判刑三年零三个月,大好的政治前途也就此断绝。

自以为得意的刘春阳也没有逃脱法律的制裁。他作茧自缚,弄巧成拙,公安机关以诈骗罪逮捕了他,收缴了那三十万元,他也被判了五年零四个月的有期徒刑。

胡晓月在没有了刘春阳的情况下获得了孩子的抚养权,不过她已经没有办法再在这个城市待下去,在与刘春阳办完了离婚手续后带着自己的女儿和那颗破碎的心去了南方某城市,再未嫁人,直到终老。

临行前她原本想去监狱看看李宝玉,后来又放弃了,看了又怎样? 见了说什么?

也许相见不如不见,也许这一切都是命中注定。如果时光可以倒流,如果生命可以重来,人一定会换个活法,这一切也一定不会发生。

人生苦短,都该好好活着。

三十八　友谊万岁

听说妹妹生了病,哥哥沈佳志特意从省里回家来看妹妹,随他同来的还有一个人,他的女朋友沙欧。

当沙欧站在母亲陈红静面前时可把她高兴坏了,天上掉下来个俊媳妇。"我儿子真有福。"她对老伴沈为民说。这人也真是有福不用忙,无福跑断肠。

沈为民当然也十分高兴,他今天亲自进厨房要做这顿饭。

看着妹妹沈佳慧面色苍白憔悴,沈佳志很心痛,从小到大对这个与自己一胞同胎的妹妹她从来都是让着宠着的。抱起外甥女马特,他亲了又亲,这孩子简直就是小时候的妹妹,太像了。

现在的马特已上了小学,乖巧伶俐学习又好,是这一家人的宝贝疙瘩。

她也给这个家增添了无穷的乐趣。

沈佳志告诉父母亲他已见过未来的岳父母了,他和沙欧也商定过了,今年的春节他们就要结婚,下个月党校毕业后他也要到省劳动部门去工作,这是岳母托人办好的。

儿子终于有了结果,儿媳妇又这么称心,作为父母哪能不高兴,吃过饭后,母亲陈红静把沙欧叫了过来,把自己早准备好的一块瑞士欧米茄女表戴在了沙欧的手腕上。

她说:"这是我和你爸退休后就准备好的,今天它终于有了主人了。"

沙欧说:"谢谢叔叔婶婶,我一定能当好这个儿媳妇。"她从背包里拿出两套她和沈佳志去杭州时买的丝绸睡衣送到陈红静面前说:"这睡衣是我俩的一点心意,二老先用着吧。"

沙欧也非常喜欢马特,她抱起她来把自己脖子上的一个小金锁项链摘了下来挂在了马特的脖子上,亲了一下她说:"这个项链陪着我读完了大学,姑姑没有给你买什么礼物,把它送给你希望它也陪着你一起上大学。"

这一天是沈家特别热闹开心的一天。晚上,沈佳志坚持不住在家里,马昌平就把他们安排在了政府招待所。沈佳志说:"我要陪沙欧去看一看我们杨柳县城的夜景,如今杨柳已今非昔比了,这也是妹夫马昌平的功劳。"

两个人在初冬的夜里漫步在杨柳街头,昏黄的路灯光在寒风下轻轻地摇曳。沈佳志为身边的沙欧披了披棉大衣,自己也竖起棉衣的衣领,天竟下起了雪,雪花潇潇洒洒地落满了他们前面的路。

沈佳志说:"这雪突然让我想起小时候和房子明在雪里打雪仗玩雪球的情景。沙欧,人这一辈子很奇怪,比如你就注定与我们杨柳县有缘分。"

沙欧也很感慨地长叹了一声说:"是啊!不但是有缘而且还缘分不浅,你看我这不是已经是杨柳的儿媳妇了吗?我现在也是杨柳人了。"

沈佳志说:"其实我们杨柳民风淳朴,黑土生金,四季分明,是一个好地方。"

"那当然,"沙欧说:"更重要的还是人杰地灵,上天送给我这么好的一个男人。"

听沙欧这么一说,沈佳志很激动,他停住了脚步,转身看着她,雪花轻飘飘地落在了她的身上,雪中的她是那么的美,沈佳志情不自禁地把她拥抱在怀里,在她的耳边小声地说:"沙欧,我想和你商量点事,不知道你同不同意?"

沙欧偎在他的怀里,听到了这个男人怦怦急跳的那颗心。她说:"什么事?说来听听,不用那么神神秘秘的。"

"我想明天去看看房子明。"他说这话时两只胳膊把沙欧抱得更紧一些。

沙欧听到后心一颤,但她并没有动,依然偎在他怀中,半天她才问:"为什么?为什么会有这样的想法?你还想他?"

"从他被正式关进监狱的那天起我就想去看看他,原来是想当面问一问他为什么要害我,现在不了,我想我应该去看看他。我们从小到大一起玩耍,一起上学,后来一起上大学,一起参加工作。我们也曾在这冬天里一起在雪里跑,夏天在水里游,这杨柳县城过去也是冬天雪成堆,夏天水成河的,全不是今天这个样儿,环境不好倒成了我们儿时的乐园。"他长出了一口气,放开了沙欧,扶着她的两肩像是第一次见到她似的。

他说:"那件事刚刚发生的时候,我一边不相信一边恨他,恨不能见到他冲上去揍死他,可我现在一点那样的想法都没有,我经常在梦里见到他,想起我们过去的友谊。我们曾无话不谈,无事不说,但那是小时候,你说这人长大了心也复杂了,简单一点多好,简单省去了多少忧愁和烦恼。"

也像是第一次见到沈佳志一样,沙欧也看了他好一会,她突然伸开双臂把他拥抱在自己的怀里,她很幸福很满足,她对面前的这个男人更加有信心,他让她感觉到他更加值得托付,值得信赖。她说:"你要去,我陪你。"

房子明判了刑后就在劳改农场里服刑,劳改农场离杨柳县只有五十多公里。

沈佳志一个大学同学的父亲是监狱的政委,在他的安排下他们很快就见到了服刑中的房子明。

森严的大院子,高墙电网,黑门厚重,荷枪实弹的哨兵在岗楼上走动,警惕地注视着四周,这一切都告诉人们,不要犯法,不要走进来。

在一间不大的会客室里,在一个民警的看押下,犯人房子明被带了进来,一见到沈佳志再看看沙欧,房子明简直不相信自己的眼睛,不是在做梦吧,他想。他使劲地摇摇头,闭闭眼,而这一切都是真实的。他在万分惊愕中让自己冷静下来,无法面对的两个人今天同时出现在这里,以往他们只出现在梦里,还有那个永远都来不了的左灵芝。

坐在了会客桌子的另一边,桌子上放着他们带来的一大包东西。

房子明光着头,人瘦了许多,黑了许多,老了许多,变了许多,与过去的他完全判若两人。

他们对视了一会，好像都有许多话要说，又都一下子不知道从哪说起。最后还是房子明先开了口，他说："怎么想到这来了，是想羞辱我呢？还是要算算过去的账？"口里充满了敌意也透着满腹的酸楚，说完眼泪含在眼眶里。

"都不是，"沈佳志说："我今天是来看我从小到大的好朋友。"

沙欧却在一边擦着眼泪。

"怎么样？我今天的样子你满意吗？好笑吗？你也非常得意是不是？"房子明扭过脸去不看他们，眼泪却流了下来。

"子明，"沈佳志说："不来看你我睡不好觉，不管过去发生了什么，过去的也就过去了，你今天的样子很难看，可这也怨不得别人。我们不去说这些了，我和沙欧来就是想告诉你几年一晃就过去了，你好好地反思自己，出去后一切可以重来，我们都还年轻。"

这一次房子明什么都没有说，一直在流泪。

半天他仰起头，抑制了一下自己的情绪，仰头看向天花板，长叹一声说："真是很对不起你沈佳志，我看出来了，我的坏成全了你，如果没有我的坏，可能你也不能认识沙欧，在这一点上我们算是扯平了。"

听房子明这么说，沈佳志苦笑了一下，他说："子明，我和沙欧确实要结婚了，尽管你说的都是事实，可我也不愿意这种事如此的发生。我们今天来除了看朋友绝对没有其他意思，人可以不顾眼前但不能忘了过去。"

房子明擦了擦脸上的泪水，他苦笑了一下，转头对着沈佳志看了他好半天才说："佳志，你是什么样的人我还不清楚吗？你是个大好人，心地善良，今天我更加确信善有善报恶有恶报这句话，你猜我在梦里常常梦见谁？"

沈佳志瞪眼望着房子明疑惑地摇摇头。

"我梦见最多的是左灵芝，我最对不起的人其实是她。"说完这句话房子明又掉下眼泪来，他猛地站起身向民警喊道："警察，送我回去。"在门口他停住了脚步，回转头认真地看了看一直站在那里流泪的沙欧，长舒了一口气说:"对不起了沙老师,但我告诉你,你很幸运,跟沈佳志在一起你一辈子都会很安全。"说完一阵哈哈大笑走出了门,头也没回一下。

后来房子明刑满释放后开始做生意,日子过得很平静,逢年过节他还经常去县殡仪馆的骨灰安乐堂送花扫墓。因为左灵芝的骨灰家人并没有带回老家去一直寄存在那里。

四十五岁的时候他和一个老师结了婚,但并没有孩子。

沈佳志很少与他见面,却在背地里帮助了他很多。

这才是真朋友。

友谊万岁!

三十九　魂归花园

省里的化验结果出来了,是林中雁代替马昌平取出来的。

看了化验结果后的林中雁心里很痛,那上面明明写着宫颈癌晚期。

她手里拿着化验单不知道怎么跟马昌平去说。当她拿起办公桌上的电话打通了马昌平的电话时,眼泪落在了电话机的听筒上。

一听到林中雁的电话,马昌平的心狂跳不停,他拿着话筒的手一直在颤抖,他盼着这个结果早些出来,可又怕这个结果出来,这些日子似有一块千斤重石压在他的心头。

"昌平,"林中雁强忍悲痛说:"化验结果出来了,很不理想,初步确定是宫颈癌,医院建议去北京再进一步确诊。"

马昌平听到了林中雁的话后如五雷轰顶,他僵持在那里,话筒里不断传来林中雁"喂,喂"的呼叫声。

"谢谢你林中雁,谢谢。"半天他才从痛苦的惊悸里醒过神来,对着话筒说完后就轻轻地放下了。

坐在办公桌后的椅子上,他就痴呆呆地一动不动,一言不发,这最大的坏消息还是来了。

"怎么跟家里人说呢? 更不能让妻子知道,去北京,我要带她去北京,兴许省里的诊断并不准确。"他这样劝告自己。

回到家已经很晚了,沈佳慧和女儿马特都睡着了。

马昌平怀着一颗复杂的心看着睡在床上的母女俩。沈佳慧还是那么漂亮,长长的睫毛盖住了她那双大眼睛,身旁的女儿犹如她的重生。

马昌平就这么看着,他在想一个人一生都在追求什么呢? 奋斗什么呢?

为谁在追求？自从上中学的第一天起，自从第一次见到她，他知道自己这辈子不管怎么样，不管未来如何都会为这个女人去努力，去追求。有人说男人的努力是为了女人，是的，他马昌平的所有努力和奋斗就是为了这个沈佳慧。

人盼的是相聚怕的是离别。

"佳慧呀！你可千万不要出事，如果真的没有了你，我哪还有生活的勇气和奋斗的精神，一切都将没有意义。"很少流泪的他第一次泪流满面。

泪水滴落在她盖着的蓝花被单上。

沈佳慧醒了，她睁开眼睛发现丈夫正痴情地看着她，脸上泪痕犹在。她伸出一只手爱怜地抚摸着他的脸说："大老爷们怎么还哭了？这可不像你。"

"看着你们母女俩我是激动的。"马昌平这样解释。

"咱们的女儿好看吗？"沈佳慧问他。

"当然，不看看她妈是谁？"马昌平说。

"快进被窝里来，没有你在被窝里多亏了女儿否则我睡不着。"沈佳慧说着掀起被来让马昌平躺在身边。

马昌平双手枕在脑后，眼望天棚自然地说："佳慧，今天林中雁把你在省医大的化验结果告诉我了，没有什么大事，但为了稳妥起见，建议咱们再到北京查一下，毕竟省里不如北京医疗水平高。"

"不去，"沈佳慧肯定又干脆地回到道："没有什么大事还去看什么？花钱又遭罪，再说我一天也舍不得离开女儿。"

"听话，你不到北京做进一步地确诊我这心里头老是没底，像长了草一样，干什么都干不下去，你也不希望我有这样一个工作状态吧，再说你还从来没去过北京，不也正好借机看看咱们伟大的首都。"

听马昌平这么一说她不吱声了，她最怕什么事影响他的工作。

过一会她问马昌平："昌平，听说省里正在考核，你有可能被提拔这事有吗？"

"考核是真的,提不提拔的我不知道,我也不在乎这些,现在最重要的事情是你没有病。"

"那好,咱去趟北京,回来后你也安心。"沈佳慧说完把身子扑进他的怀里,偎在他温暖的胸前。

第二天他们就坐火车去了北京。

有了省里的化验结果,北京的检查也是明确而又迅速的,医院告诉马昌平手术已没有了意义。

这个结果让马昌平那颗侥幸的心再次破碎。

揣好诊断书,他强忍着心痛对沈佳慧说:"和省里的检查差不多,没大事但有炎症,医生建议咱们回去点消炎药,你不是一直想去故宫吗? 正好我也没去过。"

于是他们去了故宫。

在故宫马昌平若无其事地向沈佳慧解释说:"这是明清两朝的皇宫,历时五百多年,在这座紫禁城里先后有十多万人死去,至今还有许多房子空着,没人敢住,听说老是闹鬼。古往今来,这世上也不知有多少的冤魂怨鬼枉度一生。"

沈佳慧被丈夫的历史知识所折服,她更为有这样一个丈夫而感到自豪。

他们又游览了香山、长城、圆明园,第二天坐火车连夜回到了家,马昌平想工作,沈佳慧想孩子。

回家之后马昌平对所有人隐瞒了妻子沈佳慧的病情,他在忧心忡忡中度过了 1986 年。

沈佳慧则边照看孩子边上班边服药治疗。这期间马昌平每天不管工作多忙必回家中悉心照看沈佳慧。

时间到了 1987 年的 4 月,沈佳慧的病情突然加重,她变得呼吸困难,面色苍白,浑身无力,生命对于她已经到了弥留之际。

在县医院一间病房里,她躺在病床上,三四个药瓶吊挂在床头。医院的走廊里院子里站满了亲友和同事。

屋里的沈佳慧这时挣扎着要自己坐起来,此时的她已是有气无力,像是拼尽了生命中的最后一点力量哽咽着对马昌平说:"昌平,谢谢这辈子有你爱我,我也爱你呀!爱得那么刻骨铭心,我多想和你一起慢慢地变老,退休了回到马家围子去,在我们的小院子里养上很多猪啊、鸡啊,等着我们的女儿和她的孩子回家来吃。我陪着你一起看太阳升起,看太阳落山,我不想死啊!我不甘心,我舍不下你和咱们的女儿,我拼命地挣扎想要活下去,可是我不行了,我实在坚持不下去了,我要走了⋯⋯"

两滴混浊的眼泪缓缓地从沈佳慧苍白瘦弱的脸上流下来,同马昌平的泪交汇在一起。马昌平紧紧地抱着她,把自己的脸贴在她的脸上,他的整个身体都在极度的痛苦中颤抖。这时的沈佳慧出现了回光返照,红润涌上了她的脸,她似乎又有了一点精神,流着泪微笑着对马昌平说:"昌平,你快点让人回咱家去,把咱们结婚时爸妈送给咱的小皮箱打开,有一个用红绸子包着的包给我拿来,快点。"

马昌平流着泪让哥哥沈佳志回家取来了东西。

沈佳慧已经没有了打开的力气,马昌平是在她的注视下一层层地打开了那个红绸小包。

出现在他和众人眼前的是两样东西,那是一条当年他给她买的那条红纱巾,还有一张被他撕成两半的入学通知书。

这两样东西这么多年沈佳慧一直精心地保存着,把它们视为珍宝。

沈佳慧看着这两样东西,又看看马昌平,深情无限地说:"昌平,我求你两件事,一是我死后把我埋在马家围子咱们家的祖坟地里,把这两样东西和我埋在一起;二是我死后你再娶任何人都要照顾好我们的宝贝女儿。你能答应我吗?"

说完泪如雨下,气喘连声,几欲昏迷。

也是说完了这两句话她就再也没有说什么。

此时马昌平双手握着她的双手,泪水滴落在沈佳慧苍白憔悴的脸上,他说:"佳慧,你听好了,我马昌平自从认识了你才知道生活原来这么美好,人生这么光明,这一路走来,我其实一直是在为你而努力着,我只想让我的妻子知道她选择和为之付出的男人是爱她的,她的付出是值得的,你说的我都答应你。放心吧,马昌平此生只有沈佳慧不知有其他人,你若离去我会终身不娶直至终老与你同埋一穴,这也是我们早就说好了的,你相信我。"

沈佳慧听后面带微笑闭眼辞世。此情此景让周围的人无一不潸然泪下。

在极度的悲痛中马昌平按照沈佳慧的遗愿把她埋葬在了马家围子南面的父母坟墓旁,坟前立一石碑,上写着:爱妻沈佳慧之墓,丈夫马昌平立,1987 年 4 月 4 日。

自此后,他每周必去一次沈佳慧的坟前,冬铲雪夏送花,从不间断。他还常常在她的坟前自言自语地说:"佳慧,女儿长大了,要上大学了,好好地等着我,有一天我一定会来陪着你。"

四十　人间正道

失去了沈佳慧的马昌平就像一棵没有了根的草,过去他无论干什么,人在哪里,他都知道家中的沈佳慧在等着他回去。这一天,他一个人独站在办公室的窗前,举头遥望窗外广阔无垠的蓝天。在那一片片浮云之上,他似乎看见了妻子沈佳慧在那里向他微笑。这时县政法委书记宋学文敲门走进了他的办公室,他头也没回,依然看着外面的天。

"说吧,什么事?"他说。

"马书记,"宋学文向他汇报说:"这些年我们杨柳县的经济和社会都发生了翻天覆地的变化,人民的生活水平有了大幅度的提高,可是社会治安却十分恶劣,一些不法之徒组成了团伙,他们巧取豪夺,强买强卖,横行霸道,伤及人命,很猖獗。百姓又恨又怕,人们的正常生活被他们打乱,大家都盼着政府能给他们一个平安的生活秩序。"

马昌平听后转过身来。宋学文看见他的脸上流有泪水,他明白书记的心里,叹了口气说:"马书记,人死不能复生,请您节哀。"

马昌平看了他一眼说:"谢谢。"继而又严肃地说道:"共产党领导下的社会岂容这些个不法之徒横行,我们是干什么的,恐怕老百姓早就骂我们了,你马上把公安局局长彭志民找来,咱们开会研究一下,开展一次大行动,还全县人民一片宁静的天空。"

杨柳县这地方地处松嫩平原腹地,土地肥美,盛产皮草、中药材。

自从马昌平在马家围子成立了第一个中草药收购站之后,各地药商纷纷到来,这使杨柳县也更加的繁荣。

俗话说:"盛世唱青歌,华地养妓女。"但那是过去,新时代新社会倡导的是文明经商礼貌待客,公正公平的在法律的框架内发展市场经济。但是,总是那么一些人想歪点子,做空手发财梦,利用不正当的手段不劳而获。

社会治安也因这些人而出现混乱,人们的日常生活受到威胁。

这也是经济发展的一个正常现象,也是任何地区繁荣中的一个过程,但政府岂能容忍。

县委书记马昌平听完了公安局长彭志民的汇报,拍案而起指示公安局马上采取行动,干净彻底地清除存在于杨柳县内的各种黑恶势力团伙。

在杨柳县有三股类似黑社会的势力,搅乱社会正常秩序。一股是大庆三胖子,一股是齐市大财主,还有一股是当地的胡四少。

大庆三胖子霸占的是中草药材、草原的草运和大庆一带的黑石油窝点。

齐市大财主霸占的是牛马羊的皮张铁道的运输。

胡四少则以米业为主,但因为是当地霸主,较比其他两个更有优势。俗话说得好,当地流氓赛铁箍,所以他时不时地各处伸手,各项通吃。

这也让其他两股不满,但又没有办法,大家都是道上的人,尽量睁只眼闭只眼地让一让,他们知道一旦撕破了这张脸就会两败俱伤,你死我活。

他们是争食的鸟,而政府是则是网,他们其实是在政府的网边上偷偷生存,一旦大网张开,他们只是那网中的猎物,不堪一击,所以这些个伤人越货的主也有他们胆寒心怵的时候,他们更知道什么该碰什么不该碰。

但这只是他们冷静时的想象,一旦一方利益受到了大的损害,这一切就忘在了脑后。

引发这场大扫除运动的导火索,还是马家围子村的妇女主任苗小梅和民兵连长栓子两个人。

马家围子草原上盛产防风、龙胆草、桔梗、黄芪、蒲公英。蒲公英则到处都是,最稀少珍贵的要属黄芪了。

马昌平在马家围子的时候就把黄芪做搭配批发,其他中草药十斤搭配一斤黄芪,单项不卖,这样就使整个中药产业形成了整体配货,效果相当不错。

这种做法,药商们可以接受,这些个黑势力要的是暴利,他们早对马家围子的这种做法心怀不满了,在共同的利益驱使下让他们拧成了一股绳,他们在一起秘密商量后,觉得正面不行,就从另一面在外地药商上下手。

没人买你的药材,看你怎么办? 这么多中草药一过夏就会霉、焐,甚至扔都没地扔,太多。这样一来就只能压价卖给他们,他们有渠道。

于是,他们采取了分股盯梢药商的办法,看外地药商谁住在哪个旅店,晚上便悄悄地进去,威胁恐吓,甚至痛打、抢劫什么阴损的招都使上了,吓得这些个外地商人四散奔逃,不敢再来杨柳这地方。来了也只能从他们手里接货。

马家围子每年都坐等药商们上门来村上谈生意,今年却久等不来,这可急坏了村委会主任潘永德。他叫来村妇女主任苗小梅,告诉她马上跟民兵连长栓子去县里探听一下具体情况。

他说:“今年到底怎么了? 再过一个月这收到手的中草药材就会变成肥料扔到大坑里面去,那损失可就大了。你们快去快回,时间不等人,货物不等天。”

才上任三个月的公安局长彭志民连夜召开了局党委会,研究部署和落实县委县政府关于严厉打击干扰经济发展、破坏社会稳定的非法强买强卖、欺行霸市以及黄、赌、毒专项活动。

他在会上反复强调了县委书记马昌平的讲话。他说:“县委马书记非常重视此次行动,马书记在讲话中说,这些年,我们杨柳县的经济取得了突飞猛进的发展,人民的生活水平得到很大的提高,县域经济也随之壮大,各项公共事业明显改善,但是正如一间沉闷的屋子,打开窗户后新鲜的空气流通中,苍蝇也跟着钻了进来。"

"马书记还说,这几年我们过分注重了经济发展,注重了人民生活的改善,却在某种程度上忽略了治安环境,给了一些不法之徒、投机买卖分子可乘之机。他们采取了各种违法行为和手段牟取暴利,伤及人命,严重地破坏了社会治安环境和社会秩序,给人民的生产生活和经济发展造成极大的影响和破坏,现在该是让这一切都结束的时候了。"

彭志民最后说:"我们县介于全省两大城市之间,这既有利于我们各项事业的发展,也成了犯罪分子违法犯罪藏身蔽影的中转站。所以我们公安部门肩负的任务和使命更加沉重、神圣,县委在看着我们,全县人民也在看着我们,这次行动我们要牢记公安纪律,要不辱使命,要做到敢于冲锋在前,要用敢于牺牲自我的精神完成这次统一行动,还全县人民一片安宁的天空。"

会议结束后,各科、室、所、队立即采取了一系列措施,对本辖区进行了一次拉网式的摸排,为的是尽快掌握有力的证据,为有效打击做准备。

东街派出所所长沈佳奇散会后马上回到了派出所。就局里的会议精神进行布置落实。

于志刚脱去了军装后换上了警装,他因为引资有功,第一天上班是县委书记马昌平亲自送到东街派出所的。一般来讲,新参加工作的民警都要先在派出所工作,这里是公安工作的基层,是第一线,也最能锻炼人。

从头做起,从基层做起,是公安民警的规则,现在于志刚意气风发,一身警服在身让他精神抖擞,他为自己能成为一名人民公安民警而倍加自豪,也十分珍惜。

他的工作表现也让所长沈佳奇特别满意。

沈佳奇喜欢这个每天都雄赳赳的小伙子。他说:"干好一行工作,除了能力和水平外更重要的是对这一行的喜欢,喜欢才能干好,于志刚未来一定是个好警察。"

大庆的三胖手下有一伙人,专门控制倒卖到各个小炼油厂的地下落地石油。把住大庆通往各处的黑油车就等于掐住了银行开箱子的锁,所以三胖的手下各个心狠手辣。三胖这些年也发了横财。

而齐市的大财主则控制着齐市的铁道线,杨柳的各种皮毛草药粮食等等都要送往齐市的火车站台,杨柳从建县就没有火车运输,全部是陆路汽运。

但是介于大庆与齐市之间的胡四少是杨柳的坐地炮,两个人虽然各自为大,但也离不开他。杨柳是两人两地之间的中转站。

三伙子人各自为道,既相互撕咬又彼此依托,盘踞在这一地区成了黑势力团伙很多年了。

这里的人们受害不浅。

国家为了发展电力电网在嫩江流域的大草原上建设一座大型的风力发电厂。建设当然需要大量的红砖,地点离大庆近,齐市远,但齐市的大财主因为知道信息早就首先签到了电厂送砖的合同,他们在当地的各个砖厂廉价购买红砖后再送到电厂工地,此次机会利润不小,这让处在近处的三胖一伙眼红心热手发痒。

这样的便宜事也不能只让大财主一个人得了,见面分一半这是江湖规矩。于是三胖先给大财主来了个下马威,他让自己的手下半路截住了大财主的送砖车,一阵刀子把三十多台送砖的车车胎全都挑了。

没气的车全都摊在半路上动弹不得。

得了信息的大财主是又气又恨,但地点在三胖的地盘上,一时也奈何他不得,于是他决定组织一场战役来对付三胖,否则这面子没了不说,以后也没法在这一片混了,砖也不能再送了。

怎么个打法呢?

大财主的军师黄志有说:"首先得有枪,否则去多少人也没用,你去了一车人,还没等掏刀子,人家一杆枪支上了,全都傻眼。"

大财主觉得对,他马上派人去河北白沟买回了三把自制的手枪。

枪有了,谁来放,打到什么部位,能判多少年徒刑,坐牢的人家属怎么办?工资怎么办?他们都做了详细的商量和布置,这些他们都还咨询了律师。

真可谓车马未动粮草先行,如同一场真正的战役一样。可黄志有又说了,这仗一打一定会两败俱伤,因为三胖也不是吃素的,他敢动你就一定有准备,况且还在人家的地盘上,谁输谁赢还真说不好,如果我们这次败了,那我们就会被撵出这个局,从此再很难做起,这些年的经营算是白费心血,即使赢了也会大伤血本,弄不好还有牢狱之灾,所以这场仗最好别打。

"那怎么办?这口气怎么咽下不说,这砖还送不送?"大财主问黄志有。

黄志有转了下眼珠子说:"办法有,请杨柳的胡四少出面调停,气以后在铁路线上找机会再出。"

胡四少对这种事当然乐得其成。

于是,胡四少出面为两方和解,一场大酒之后,胡四少收了他们双方各五万的好处费。

但是这五万也不是那么好拿的,这是他们身上放出的血,双方都心疼得不行,都在找机会捞回来。

杨柳县的中草药材和皮张粮食全都要经过齐市的铁路运出去。

河北、河南以及天津的老客们如果不给胡四少交上保护费,他们的货物是出不了杨柳县的。如果不交,半路上不是车翻就是着火,这些个外地商人只能拿钱买平安。

但是,货一到了齐市车站,那说了算的就不是胡四少而是大财主了。

没办法,货到地头死,好虎难敌地头蛇。四少也深知这个道理,他在收取这些老客们的保护费时也加码收了交给大财主的过道钱。

遭罪的当然是这些个客商,这样的层层盘剥严重地影响了杨柳县的名声和经济发展,很多客商一提杨柳就望而生畏,进而止步。

老局长孟宪文时就曾想下决心解决过这些问题,但后来还是放下了。一是因为他个人年纪大了,不愿意太往前赶,大家过得去,不做的出了大格就算了。二是打击过重也会影响当地的经济运行,所以这种思想某种程度上是放纵了这些黑势力的滋长和蔓延。你让一尺,他必进一丈,那些得了好处的个别民警更来了个顺理成章,睁一只眼闭一只眼地装作看不见。他们也不愿意招惹这些个流氓。

还有一些人完全被这些黑势力所收买,成了他们的保护伞,一有行动马上为他们通风报信。

试想又有哪一伙黑势力能与共产党的政府对抗得了,到头来又有哪一伙不是遭到打击后落下一个瞬间覆灭的下场。不是不报只是时候不到,这些个人大多都是聪明的人,但他们往往是聪明反被聪明误,利欲熏心下铤而走险,抱着极度的侥幸心理。一时的得势,腰揣些金钱后就更加自以为是,忘乎所以,视法律为儿戏,视政府为己用,视正义为虚存,最后又有哪一个不落下个断头丧命的可悲下场。只有在这个时候他们才明白,自己其实只是这茫茫世界中威严法律下的一棵无名小草罢了。

胡四少的家就住在杨柳县城的东北街,他的父亲是县食品公司拉牛运马的一个司机。他亲哥八个,一个姐姐,他排行老四,没有正当工作,从小就游手好闲,打仗斗殴在东北街渐渐出了名,开始叫东北街老四,后来做大了,大伙都叫他胡四少。

胡四少最初倒腾牛马羊肉,贩运羊草、皮张。看见中草药材来钱快,就干脆来了个全面发展,四面开花。只要能来钱什么他都干,只要能来钱什么都敢干。

钱越多越想多,钱越多越吃得开,交际得广,这杨柳县快要装不下他了。

膨胀了的心理让他把什么都不放在眼里,就连公安局除了局长他一概不给面子。

在杨柳没有他胡四少办不到的事、摆不平的场。

县生产资料站解体,除残值外最重要的是生产资料站的位置在杨柳县城最繁华的地段。因为是解体拍卖,能一次拿出这样一笔钱的人并没有几个。所以竞争的并不强,但有一个人因为生产资料站的站长是他舅舅,所以他事先得到了信息。在胡四少刚刚知道信息后他就已经拍卖到手,说是拍卖其实也是一个欺上瞒下的过程,这个人也是在杨柳县社会上有点名气的姜凤海。

姜凤海做大酱出身,后来承包了县砖厂发了财。买下生产资料站他准备开一个制鞋厂,在江苏的连云港他有一个亲属开了一家专供北方做棉鞋的毛毡厂。那个亲属跟他达成了一个协议,不但先行提供他做鞋的原材料,鞋卖完后付款,还可以先期预借他一百万建厂费用,条件是他这个厂子生产出的棉鞋全部由他经销,利润各百分之五十。

所以姜凤海为能争到生产资料站这块地皮也给舅舅送了二十万元。亲是亲财是财,见钱谁都眼开。

当然,他也如愿以偿地得到了这块珍贵的地皮。可他忘了胡四少也是想要这块地皮的,谁不知道这块地的价值呢?谁不知道拿到这块地就意味着拿到了一笔大钱呢?

正在姜凤海准备接手时,胡四少手下的一伙流氓手拿尖刀木棍冲进了生产资料站空旷的供货大厅内,把正在那里领着一伙施工人员查看房屋装修结构准备改造的姜凤海打了个头破血流。

胡四少用脚踩着他的头问他:"你凭什么得到这块地?还不是因为你的舅舅是站长,你们这是内外勾结,私吞国有资产,你信不信我连你的那个舅舅一块做了。今天我给你两条道走：一条是你让给我，我讲义气把你交的钱退给你；另一条是打断你的腿再把你扔到大街上，一个钱你也得不到，两条道你自己选。"

胡四少这些年在杨柳县打断了多少人的胳膊和大腿，姜凤海也是知道的，他怕的就是这个胡四少参与。所以来了个先下手为强，可还是逃不过胡四少的手。

没办法，姜凤海只能自认倒霉，拿着胡四少给他退回的钱，自己去医院包扎了事。

从此后胡四少在杨柳这一带更是名声大震。

常言道："天作有雨，人作有祸。"

当彭志民把胡四少的情况汇报给县委书记马昌平时，马昌平一拍桌子，他说："打不掉这伙黑社会团伙，杨柳县不会安宁，老百姓过不好日子不说，败坏的是党的形象，政府的形象，不彻底打掉这个团伙，我这个县委书记，你这个公安局长都别干了，回家种地去。"

彭志民见县委书记如此坚决地态度，他说："马书记您放心，打不掉他们，我就从公安局的房顶上跳下去自个了断。"

自从马家围子村成立药材收购站之后，杨柳县的老百姓几乎都把中药材都卖到了那里，因为马家围子的价格合理，资金兑现快，还有保障，这早就气坏了胡四少。对抗不了这个县委书记曾经工作过的村，咱就来他个迂回包抄，剑走偏锋。

他放出话，"从今年开始，看谁敢去马家围子收购这些中草药材？收了也运不出这杨柳县，运出去了也上不了火车。"弄得这些天南地北的老客们苦不堪言。于是也才有了马家围子没人去的局面。

马家围子村的妇女主任苗小梅和民兵连长栓子商量进城后先到各个旅社去查一下旅客住宿登记册，凡是外地来住店的多半都是这些进货的老客，找到他们自然也会了解到他们今年不去马家围子的原因。

不这样而是满街的找,岂不是大海捞针一般。

于是,他们首先来到了东南街的东风旅社,这也是住宿条件相对好些,又大些的老牌旅社。过去是国营,现在是个体,这里的生意也十分红火。

柜台前他们很快就查到了河北石家庄的一名叫李广才的药商,登记的一共有两个人,他们住在旅社的 303 房间,这个人的名字他们很熟悉,过去他一直在马家围子进货。

服务员在他们查找之后警觉地对他们使了个眼色,并慌慌张张地向楼上看了一眼,想说什么又咽了回去。

栓子感到奇怪,问她:"怎么了? 这两个人有什么不对劲吗?"

女服务员犹豫了一下,向上轻轻地指了指,欲言又止,后来干脆转身进了服务员的休息室不出来了。

栓子和苗小梅感到十分奇怪,他们两个就一前一后的上了楼去找 303 房间。

刚走到三楼的拐角,他们就听到了一阵不是好气的辱骂声,还有南方人求饶时含混不清的口音。

两个人相视对看一眼,不约而同地向声音处走过去。

在 303 房间的门口,房间里的打骂声听得一清二楚。

"南蛮子,听没听明白老子说的话,要是再敢去马家围子进货,这个手指头就没了。"一个粗暴的流里流气的声音在恐吓。

接着是一个南方人哭哭啼啼地求饶声:"不敢了,不敢去了大老爷,我们不去了还不行吗? 哎哟,疼死我了。"

栓子算是听明白了,他的肺霎时气炸了,原来是有人故意不让去村里进货。血顿时涌上头顶,他二话没说一脚踹开了房间的门。

门开后眼前的情景叫他们吃了一惊。

那两个河北客商都满脸是泪满头是汗地撅在房间的床边上,一个人的一个手指下垫着一块本板,几个流氓站在床上脚下正踩着他们放在木板上的手指头。

这伙子流氓一共七八个,把个房间都快挤满了。

门被踹开,几个流氓着实吓了一大跳,定睛看见了一男一女的农村打扮的人站在门口,他们的心马上放下了。

"找死来了,敢在太岁头上动土。"床上一个麻子脸抬起踩着南方人手指的脚跳下床来,不容分说地扑向了栓子和苗小梅,栓子虽然看了这阵势心里头有点发慌,但他毕竟是一个男人,硬挺着站在门口不动声色,苗小梅可吓得眼泪都要流了下来。

扑过来的麻子脸直奔栓子,要是一两个,栓子倒也不惧,可这七八个栓子心里也知道对付不了,他不敢还手,只是闪身一躲,麻子脸由于用力过猛一头撞在了门框上,立时头破血流。

这可坏了,七八个人一起扑向了门口的栓子,楼下的服务员听到了打斗声,赶忙拨打了派出所的电话,电话那头还没说出话,服务员就颤抖着声音说道:"派出所吗? 快点来,这里打起来了,要出人命了。"

当于志刚和另外一名警察出现在 303 门口时,栓子满脸是血地躺在地上,房间里苗小梅被撕破了衣服有三四个流氓正按着她。如果于志刚他们再晚些来到,那后果一定不堪设想。

见到了警察,苗小梅像一下子见到了久别的亲人,万分委屈而又惊恐万分地大哭出声。见只来了两个警察,按着苗小梅的几个流氓并没有松手,他们并没有把他们两个放在眼里,因为他们是胡四少的手下,派出所的民警算什么?

"放开她,"于志刚义愤填膺大吼一声,见他们还不放手,怒火霎时冲破头顶,他飞身冲上前去,挥起一拳把一个大个子打翻在房间的地上,还没等另外两个醒过神来,于志刚又左右挥拳闪电般的把两个流氓击倒。

要知道于志刚的前身是武警,擒拿格斗是他的拿手好戏。

他明白这房间太小,如果其他几个一起上来,他纵有身手也是施展不开的,于是他趁他们还没反应过来之际迅速地退出了房门,旅社的走廊很宽,在这里于志刚并不把几个流氓放在眼里。

流氓们醒过神来,他们叫骂着冲出房间直扑走廊一侧的于志刚。

苗小梅双手捂住被撕开的衣服前襟,披头散发地跑到走廊里,她十分担心那个年轻的警察。然而她看到的是电影里才能看到的精彩一幕。那个年轻的警察正义在胸,拳脚功夫十分了得,把七八个流氓一个个地打倒在走廊里,他们哭爹喊娘地躺在了走廊的地上,那狼狈相让苗小梅破涕为笑,她那双毛茸茸的大眼睛也无限崇拜地看向那个年轻的警察。

此时,他正掏出腰间的手铐把两个支起半身的流氓铐在一起。

这时闻讯赶来支援的民警也正冲上楼来。

然而,也是在这时一个突发情况发生了,那个穷凶极恶被铐着一只手的麻子脸猛地从腰间掏出一把尖刀刺向了毫无防备的于志刚,吓得苗小梅惊恐地大叫了一声。

于志刚见刀刺过来他迅疾一转身,左脚向麻子脸的下档踢过去,这一踢一闪让麻子脸刺向他胸口的刀立刻掉转了方向,只听见咔嚓一声刀尖刺进了于志刚的左臂,鲜血霎时流了下来。

另一名民警见状飞起一脚把麻子脸踢了个仰脸大翻身,重重地摔倒在走廊的水泥地面上,不省人事。

警察们把这些个流氓全铐起来带上了外面的警车。

苗小梅跑到了于志刚的面前,松开捂着前胸衣服的双手把自己脖子上平日系着的白色丝巾拽下来缠在了于志刚受伤的手臂上。于志刚低头时无意间看到了苗小梅展露在他眼前的那对丰满白皙的乳房,他的脸刷地一下子红了。

苗小梅也发现了,她的脸更红,赶忙又一次双手紧紧攥住了前胸的衣服。

接到了沈佳奇报告的情况,公安局长彭志民迅速向全局下达了抓捕胡四少一伙的命令。

这次行动除少数几个歹徒逃脱外,连同胡四少一共有二百一十九人落网。至此盘踞在杨柳县多年的黑势力团伙终于恶贯满盈,寿终正寝。

全县人民无不拍手称快。

半年后胡四少及其骨干成员四人被枪决,其他人都被分别判处了有期徒刑。

杨柳县乌云散尽,阳光普照。

后来,齐市、大庆地区也开展了打黑行动,大财主、三胖也都落了一个可悲的下场。

再说受伤后的于志刚被所长沈佳奇强行留在县医院里养伤,他的表现让全局干警们敬仰。

所里来看他的战友说:"等你好了,也教我们两手,这武警出身就是不一样。"

他们问当时同去的民警陈忠良:"于志刚到底怎么一个人打倒了七八个流氓,给我们讲讲。"

陈忠良说:"讲不好,就像香港电影里的李小龙打那帮外国人一样,可那是电影,我看到的比那还精彩。"

这让战友们对于志刚更加的尊敬。

这件事后,也让回到了马家围子的妇女主任苗小梅得了一场相思病。

苗小梅的心思栓子懂得,他亲历了那个场面,他知道苗小梅的心里想的是什么,于是他赶忙把这个情况向村委会主任潘永德做了汇报。

潘永德听后,大手一挥,大嗓子门说道:"这好说,咱小梅长得这么漂亮,又有能力,配他个小警察也是绰绰有余,我明天去找县委马书记让他出面做媒说合,这事准成。"

栓子说:"我看这点小事不用麻烦昌平哥,于志刚救了苗小梅的命,他现在在县医院住院,我把这个信告诉小梅她准去,如果两个人有情又有缘,那就准能走到一块。这叫千里姻缘一线牵。"

于是,栓子把于志刚住在县医院的情况告诉了苗小梅。

她知道后当天就去了县医院。

苗小梅今年二十七岁了,这在当时的农村已属于大姑娘了。她的长相有人说跟电影《英雄儿女》里的王芳如同一个模子刻出来似的,再加上马家围子村妇女主任的身份以及马家围子特殊的经济发展环境,让她眼光极高,最后成了低不成高不就。

这次东风旅社事件让她见到了于志刚和他勇斗歹徒的风采,她一下子就爱上了这个青年警察,这可能就是所谓的一见钟情。

马家围子是县委书记马昌平的老家,于志刚的领导又是马昌平的大舅哥,了解于志刚那是件极容易的事。她知道于志刚大她一岁,至今没有女朋友,曾经相处过的一个民办教师因为他复员后没有工作也另嫁了别人,这更给了她信心。

苗小梅过去很少来县医院,今天她拎着一大兜子水果罐头,独自推开了县医院住院部的门时竟找不到东南西北。如今的县医院是一座刚刚落成不久的新大楼,清洁明亮而又充满了现代气息。

来来往往看病住院的人很多,她客气地叫住了一个穿白大褂的护士问道:"同志,公安局的于志刚住在哪里?"

护士上下看了她一眼,友好地向左指了一下:"外科二〇二。"说完端着药盘走了。

推开了二〇二房间的门,她看见这个房间里有两张床,于志刚一个人背靠床头,穿着白底蓝格的病号服正在看一本杂志,左臂一条白色的绷带托着一块塑料板挂在他的脖子上。

抬头见到进来的是苗小梅,于志刚由惊变喜,他赶忙放下手里的杂志,说道:"哎哟,怎么是你,快坐下。"

苗小梅把手里的东西放在了床头柜上面,很羞怯地看了一眼病床上的于志刚。她发现他比在旅店里见到的他要帅气,但一想到两个人在走廊里对视时出现的那一幕,她禁不住刷的一下子红了脸,可能是这时的于志刚也想到了那一点,他的脸也一下子红了。

那场景毕竟太让人脸红心跳,浮想联翩了。

一时间房间竟出现了短暂的沉寂。

还是于志刚先开了口,他说:"你是坐客车来的?"

"不是,"她说:"是村里送货的车,早想来看你,就是不知道你住市里医院还是县里医院,还是村里的栓子告诉我,我才知道你住在县医院,那天可多亏了你。"说完深情脉脉地看了他一眼。

"没什么,这也是我们当警察应该做的,"他说:"那天一进屋里看到那个场面,我肺都气炸了,我真想揍死这帮臭流氓。"

"你真英勇。"她说着从她带来的兜子里掏出一个半红的苹果,拿起床头柜上的小刀,准备为他削苹果。她又说:"这些日子,那情景一直浮现在我眼前,印记在我脑海中,铭记在心里面。"说完脸如红霞初染,削苹果的手微微在抖。

于志刚也仔细地看着苗小梅,他这也是第一次这么认真地去看她,最初的印象里她只是娇弱漂亮,在流氓的欺辱下如同一只受伤的羔羊。

原来她这样的美丽漂亮,富有东方女性特有的神韵,他的心也加快了跳动,试探着问她:"你有男朋友吗?"

她轻轻地摇摇头,把削好的一只苹果递到他面前说:"正在找。"

"找到了吗?"他没有去接苹果而是又问她。

"应该是找到了,"她把一双眼睛直直地看向他。

两股火花对撞在一起,激起一团燎原的火焰。

"感觉他怎么样?"他又问她。

"非常好。"她简短的回答后,把苹果直接送到了他的嘴边,他伸出右手接过了她削好的苹果。

她借机站起身说:"我去给你打点水,洗个毛巾给你擦擦脸,你好像早晨没洗脸似的,脏死了。"

他笑了,看着她说:"好哇! 我都好几天没有洗脸了,正愁没人帮忙呢。"

她说:"如果你同意,我可以伺候你一辈子。"说完这句话她的脸更红了,急忙拿着脸盆疾步走出了病房。

他笑了,冲她走出去的背影大声地说道:"那你就给我当老婆吧,保证一辈子对你好!"

走廊里的苗小梅听到了这句话,脚步停住在那里。过来的护士发现她的脸上有两滴晶莹的泪珠流落下来,神情是那么的幸福……

年底他们结了婚,后来有了一个可爱的儿子,生活一直很美满。

四十一　解甲归田

　　马昌平的工作业绩和他的年龄让省委组织部高度重视,他在 1988 年 1 月被省委提拔为松江市委副书记,并同时确定为省级重点后备干部培养。他离开杨柳县时又力荐县长罗玉青接任县委书记。

　　此时的马昌平在沈佳慧去世后不参加任何工作外的场合,不接触任何工作和家庭之外的女性。劝说和追求的人络绎不绝,但都被他一一拒绝,他把自己的感情之门完全封闭起来,只给妻子沈佳慧留着。

　　有人送给他一本书,书名叫《阅尽人间春色》,他读得很专注,因为那里面主人公的经历极似他和妻子沈佳慧。

　　一天门卫打来一个电话,说有一个叫潘永德的人从杨柳县来要看他,马昌平告诉门卫说:"快让他上来。"

　　门卫把潘永德送进他的办公室后转身走了。屋里只剩下两个人,马昌平慌忙上前握住了潘永德的手说:"老排长,你怎么来了?"

　　潘永德说:"昌平,我来跟你说件事,二狗子出事了,看能不能想想办法帮帮他。"

　　二狗子、栓子、大福子、柱子是马昌平在马家围子从小到大的伙伴和朋友。

　　"出了什么事?快点坐下来说。"马昌平把潘永德拉坐在沙发上,面对面地等着他回答。

　　潘永德长出了一口气,开始讲起马家围子二狗子的故事。

　　马家围子在富裕起来前,三队的小伙中能娶上媳妇的没有几个,二狗子算是其中之一,但因为穷娶过来的也都是些残汤剩饭。二狗子娶的媳妇从小得了肺结核,病病快快地嫁给了二狗子,结婚这些年也没怀过孕,更别说生孩子了。

穷的时候还将就,怎么说也还有个媳妇,没打光棍,可这富裕了可就不一样了。

二狗子是小名,大名叫隋有成,二狗子名不好听人可是仪表不俗,大个方脸,眼圆嘴阔,能言会道不说脑子还特别活。他应该是马家围子第一个经商的人,也是联产承包责任制后马家围子最富的,卖草买树,倒粮卖地,渐渐的他成了远近闻名的大老板。这些马昌平也知道。

在他当县委书记时,二狗子也曾多次找他要包县里的工程,马昌平都没有同意。

为这事二狗子背后没少抱怨,这些潘永德也知道。

马家围子也不是过去的马家围子了,马家围子的人也随着社会的进步经济的发展人也在变。二狗子变化最大,但他还算是个有良心的人,不管外面怎么招摇家里那个跟他一起翻跟头打把式走过来的病老婆他还是养着,照顾着,也为了一个面子。

有钱不要老婆那是缺德损寿的事,他不想这么干,可不孝有三无后为大他也心知肚明。

怎么办呢?他对这个事很是犯愁,日子也就这样一点点地在不经意中过去了,再过一个年他就四十三岁了,这件事不能再拖了。他想。

这人有了钱有了地位,帮忙的人就多了。有一天,跟他一起做买卖倒粮食的柳三给出了个主意说:"二哥,你攒下了这么多的钱,连个儿子姑娘的也没有,今后留给谁花呀?得找个人生个一男半女的。"

柳三的话正说到了二狗子的心疼处,他唉声叹气地说:"女人倒是不缺少,可生孩子哪那么容易找,要不你帮二哥找一个,二哥给你买块像样的表。"

柳三一听来了精神,他说:"你还别说,这眼前就有这么一个。"

柳三说的这个人其实就是他的小姨子吴雪莲。

这吴雪莲人长得还算标致,娇声作态很会哄人,她一直想嫁人,但她的心理条件是:人要帅气又有能力,还必须有钱。她的条件只是她自己给自己开出的,她没有想到能有这样条件的人是看不上她的。

在这种想法下,一来二去年龄大了,一天晚上,醉酒后竟跟姐夫柳三上了床。这有了第一次就有第二次,有一天她发现自己怀孕了,左右为难之际柳三碰到了二狗子。

真是正愁没柴烧,天上掉下来个大草包。

把吴雪莲介绍给了二狗子之后,柳三长出了一口气。这真是老天帮忙,甩了包袱还交了哥们,戴着二狗子给他买的名表,他心里就别提多得意了。

但是二狗子也不是傻子,他比柳三还精明,开始吴雪莲怀了孕乐坏了二狗子,他认为这是老天有眼让他二狗子不断后,再加上吴雪莲的前贴后服、撒娇耍贱,把个二狗子弄得神魂颠倒。

可等到孩子一生下来,二狗子一算日子,不对呀!他认识她还不到六个月,这足月的孩子是哪来的?吴雪莲说是早产,可他去问大夫,大夫明明说是足月生的,再看那孩子也不像个早产儿。

二狗子明白了,自己这是让柳三给玩了。

一天喝完酒后,他是越想越窝囊,越想越生气,越气喝得越多,走到外面被风一吹,酒往上涌,火也上来了。

"好你个吴雪莲,好你个柳三子,今天老子就跟你们算一算这笔账,我二狗子聪明一世竟给别人白养活孩子,真是打了一辈子雁最后让雁啄了眼。"二狗子平时在他的吉普车上常带着一把刀,为的是做买卖出来进去的防身用,他火气上来了,开着车拿着刀来找柳三算这笔账。

进了门,柳三一见转身就跑,这事也是这样,要是他不跑,二狗子还真不一定敢扎这一刀。他这一跑,二狗子追上前去随手一刀,这一刀正扎在柳三的肝脏上,送到医院抢救一天一夜后死了。

二狗子酒也醒了,人也进了监狱,扔下个病媳妇和那个抱着孩子找不到主人的吴雪莲。

"这能怪谁呢?"马昌平听了之后不由得一声叹息,过去穷也没有这些事,富了反倒生出许多是非来,这人哪可千万要把握好自己,看护好自己这份心。

潘永德跟马昌平说了这件事灰头丧气地问马昌平:"昌平,你说这二狗子可怎么办? 能不能找找人别把他毙了? 他是咱马家围子的人啊!"

马昌平说:"法律是严肃的,犯了法找谁也没有用,二狗子这也是自作自受,有了几个臭钱不知道怎么花了。"他叹了一口气又说:"有了这些情节他死不了,可下半生要在监狱里头过了,有时间咱们俩去看看他。"

这天马昌平留下潘永德没让他走,吃完饭后他对潘永德说了这么一句话:"老排长,你回马家围子后把我家的小院给我清理一下,还有我家那一亩三分地,也许我会用得上。"

说得潘永德晕头转向的,不知道怎么回事。

松江市的市长到届后,市长位置出现了空缺。省委决定新市长就在松江的副职当中产生,随即省委组织部一行人来到松江对候选人进行划票、谈话,确定最后的候选人交由省常委会决定。

松江这些日子可热闹了,有权参加划票谈话的副处级以上领导的电话快要被打飞了,四个候选人分别是副书记马昌平、纪委书记林志浩、常务副市长邹云锋、人大最年轻的副主任李海明。

过去那种领导架子都一下子放下了,见面客气得都叫人发麻,嘘寒问暖、关心备至得叫人不舒服,有的还封官许愿,极尽讨好之能事,为的就是能在考核时说句好话,划票时划自己一张赞成票。

可马昌平一个电话也没有打,一句讨好的话也没有说,按干部任用排序,副书记应该排在最前面,这个市长他比其他三个都有先决条件。

有人问他怎么想的?

他说:"没想。"

有人劝他赶紧活动活动。

他一笑了之。

他到底是怎么想的呢？只有他自己知道。

再有三天省委就要开常委会了,风早已放了出来,有人传话给马昌平,尽管他没打电话,没拉关系,但这个市长极有可能还是他的。

也就是在这一天,马昌平向省委递交了一份辞职报告。

报告十分简单:

敬爱的党组织:

本人已心竭力悴,身虚体弱,工作下去误党误民,现自愿辞去一切职务回乡务农,安分守己,老守田园。谢谢组织之信任。

马昌平
1989 年 4 月 4 日

这一天也是妻子沈佳慧辞世的日子。

中国最不缺的就是人,共产党最不缺的就是干部,一个人下去,十个人等着。

对于马昌平的辞职申请,省委马上就做了批复。

走出政府的大楼,穿过车水马龙的繁华街道,马昌平心境坦然地又回到生他养他的马家围子。

对于他的突然辞职,外界议论纷纷,有为他惋惜的,有不理解的,也有胡乱猜测的。

对于这些,马昌平都轻轻付之一笑,既不解释又不说明,他认为这一切都毫无意义。

也只有他自己最明白,人最悲哀的是不知道自己的未来,最痛心的是莫过于心死。

作为党的干部,为人民服务是他的宗旨,而家人也是人民中的一员,这许多年他一路走过,自认为无愧于党,无愧于民,无愧于心,但却有愧于家人,更有愧长眠在马家围子地下的妻子沈佳慧,如果他多关心她一些,也许结果不是这样。

回马家围子,他是想离妻子更近一些,谢绝了外部的各种探访尘封自己,他现在不需要别人记起他,而需要忘记他。他也不需要谁理解,有些事自己明白比什么都好。

为什么辞职?没有了沈佳慧,他那颗原本火热的心顿时冷却。再也见不到自己心爱的人,却突然好像看见了自己的明天。一下子没有了斗志,没有了勇气,没有了智慧,没有了信心,有的只是对妻子绵绵无尽的思念,还有早已厌烦的官场尔虞我诈,钩心斗角,你争我夺,更有世事的无常,亲人在转眼间生死别离,他猛然领悟到平平淡淡才是真。

马家围子依然那么欢迎他,记得他,尊敬他。

栓子他们也都老了许多,马家围子已发生翻天覆地的变化,但蓝天依旧,土地依旧,草原依旧,人心依旧,这些永远不会改变。

衣不如新,人不如旧。

他们也常来他的小屋坐坐,陪他聊天喝酒,这些都让他倍觉欣慰,自觉充实。

每天他都必做三件事,一是侍弄他的一亩三分地;二是去父母和沈佳慧的坟上看看;三是到村口的老榆树下读书。

风雨无阻,冬夏不误。

远在城里的女儿马特时常回家来看望父亲,他就会把女儿领到她母亲的坟上去。

女儿发现,母亲的坟前长满了各种鲜艳的野花,坟的周围也杂草不生,十分静谧温馨,如同一个小花园。坟前的一块红砖头也被磨得平整光亮,她知道这是父亲常坐的结果。

父亲曾问她:"在大城市生活能经常想起你的母亲吗?"

女儿马特说:"不是想起而是从未忘记,马家围子也是我的家,母亲的葬身之地就是我的故乡,况且这里还有我的父亲。"

马昌平听后甚觉宽心,他爱怜地抚摸女儿的头,像是告诉地下的沈佳慧:"我们有个好女儿。"

女儿问他说:"爸爸,能跟我去城里住吗? 小住也行。"

他说:"我哪都不去,在我的心里面哪里也没有这里好,因为这里才是我的家,这里还有我永远不了的心愿和幸福,我马昌平的根就在这里。"

倒是远在省城的好朋友林中雁经常打电话来跟他聊天。

他在电话里对林中雁说:"我这辈子是一爱到底,并且无怨无悔。"

林中雁说:"我正在写本书,以你们的爱情故事为背景,书名还没有确定,初步叫作《爱在冬天》或是《雪乡我心》,你帮我选选。"

他说:"都挺好,还是你自己决定吧。"

四十二　梦里雪乡

城里有知识的青年到贫苦的农村去锻炼,政府叫它知识青年上山下乡,这场大运动是毛泽东主席亲自发起的。从 1955 年就开始了,到 1968 年开始形成很大的规模,"文革"结束后,知青开始大批返城,但中央没有正式发文件结束,只是悄悄地停止了下乡安排,到 1980 年才正式结束。

这场知识青年大下乡我们且不去评价它正确与否,我们来讲述发生在这些知识青年身上的一些个故事。

北大荒可能是当年接纳知识青年最多的地方,因为这里天高云淡,土地众多,人烟稀少,环境相对艰苦,知识青年下乡的目的,就是要在一个艰苦的环境下锻炼成长。

所以,这些个从小生长在南方大城市里的青年们,过去眼睛里看到的都是青山绿水,鸟语花香。在这里他们看到的却是另外一番景象,漫天大雪,数九寒冬,牛马犁地,粗粮淡饭。

热血冷却后往往会凝固,高兴过度后往往会悲伤。现实与想象终有距离。

凄婉悲伤的故事便一个个的发生。

林中雁把马昌平和他妻子沈佳慧的生活经历写成了一本书叫《雪乡我心》,初稿写成后她便去了上海一家出版社商谈出版的事。这里有她的一个同学叫黄嫚秋。经她介绍她又见到并认识了一家出版社的编辑于秋风。

这是一个年龄在四十多岁的女人,风韵犹在她身上留存,气质和人生的经历让她在成熟中显得仍旧迷人。

上中等的个子,烫染过的短发,细眉大眼上戴着一副近视眼镜,高挑的鼻子下是一张圆形的嘴,皮肤保养得很好,举手投足间透着一种斯文。

知识女性,贤惠可人的妇女化身。

与林中雁接触后,她极少言笑,不冷漠也不热情,她只用三天多的时间就看完了她写的书的手稿。

这一天她主动约林中雁去了上海一家咖啡厅。在一处僻静的地方坐了下来,她把书稿交还给了她。她说:"故事让我感动,人物让我觉得亲切,修改意见我已写在了书后的意见栏里,改后送我,我愿意为这本书当责任编辑。"

这让林中雁既高兴又吃惊。

她说:"今天约你来是想跟你聊聊杨柳县,因为当年我曾在那里下乡,那里有我的梦,我的情,我的青春,我的热血,有我一生都忘却不了的记忆。"

她的话把林中雁听得呆了,真是天下之大无奇不有,人群之众有缘相逢。

她说:"好幸运,真有缘分,我说什么也不会想到于编辑有这样的经历,说起来我们应是同乡人,我太高兴了。"

她说:"北大荒,我梦里的雪乡,我如何能忘记它,看了你的书稿我好像又回到了那里,又回到了那个年代,又见到了那些人。马家围子我也在那里听说过,马昌平我也知道这个人。杨柳县!黑土地上的杨柳,这个名字真好。我今天约你到这里来就是被你的书所感染,也想给你讲一讲我的故事,或者是我们的故事,兴许你能用得着。"

此时,夜临上海,灯火辉煌灿烂,霓虹闪烁耀眼,长街上车来人往,高楼里万家笑度。

听她的故事林中雁当然求之不得。

于秋风开始讲她的故事,对一个远来的旧乡人。

1969 年的春天,我中学刚毕业,为响应伟大领袖毛主席"知识青年到农村去接受贫下中农再教育"的号召,随同上千上万的同学一腔热血离开了大上海,来到了北大荒,准备在那里扎根农村干一辈子革命。

毛主席说很有必要,我们也做好了在那里开花结果的准备,我们下乡的地方就是杨柳县,我们的青年点就在东方红公社的火箭大队。这里其实也与你书上的马家围子相距不到十里。

火箭大队是杨柳县最贫困最艰苦的地方。那里也曾出现了一个因穷娶不上媳妇而强奸了自己妹妹的哥哥,当时我们正在那里下乡。

你说我对杨柳县,对马家围子和马昌平能不知道吗?只是了解得不深入而已,因为我们当时并不关心那些,可能马昌平那时也只是个学生。

我还算幸运,到了火箭大队,我就被分到了大队的小学教学。

我的故事就发生在这座小学校里。

我在那里待了五年多。

那是我人生最宝贵的一段美好年华。

青年点的房子在生产大队的后院,在一队屯子里,而学校却在四队的屯子东头,这里离我们青年点有六七里地远。

学校是一排十多间的土坯平房,西头两间办公室里边是一间值班宿舍,因为远,我和同去的另一个上海青年刘春芳就住在学校的值班室里。

那里有一铺小土炕和一个火炉子一副锅灶。

那时候,我们要自己生火,自己做饭吃,每天睡在那铺小土炕上。在家时别说生火做饭,就是这些个东西我俩连看都没有看过。头两天还算新鲜,做了几天就烦了,再说我们也不会做这些,生一顿熟一顿的,有时把火生着要一两个小时,呛得鼻涕一把泪一把的,弄不清是真哭还是假哭,其实我俩也不知流了多少眼泪,可有什么办法,火还得生,饭还得做,土炕还得睡。

现在想想那时候还一阵阵的心酸,那是一段什么样的岁月,什么样的生活经历。

我们的小学校有五个班级三百多名小学生,十三名老师和一名校长。

这些学生都是本大队四个生产小队的孩子。

这些农村的孩子穷得可怜,有的连件像样的衣服都没有,天冷了鞋还露着脚趾头。

十三名老师当中有四名男老师,其中有一名男老师和我同龄,是从县里中学毕业回乡的。他的名字叫周同庆,他人长得很帅气,一米七八的个头,长方脸,大眼睛,高鼻梁,方正的嘴角总挂着微笑。

他学教得很好,人又热情,他发现了我俩的难处,于是他不声不响的每天为我们生炉子,抱柴火,掏灰扫地。每天干完活就走从不多言多语,从不拿正眼直视我们,他那是怕我们多想。

其实我俩从心里十分感激他,有了他的帮忙我们的日子也好过多了。

这人都是有感情的,我们又是同事又都同龄,时间一长,开始时的那种别扭生疏渐渐地没有了,我俩发现我们现在已经离不开他。

一天又一天他就这样无怨无悔地帮助着我们,尤其是我们俩这时一天看不见他就好像少了点什么。

这下乡后的第一个中秋节就是在小学校过的,青年点发给了我俩每人两块月饼。

吃不吃的是小事,这个时候我们都非常想家,想念家中的亲人。那天晚上学校的院子里洒满了雪白的月光,屯子里不时传来一阵阵狗叫声。

每天我们一黑天就挂门不敢出屋去,可这中秋的月色实在诱人,我俩一商量仗着胆子来到了院子里。好美呀!原来这乡村的夜晚竟是这样的美丽迷人,可惜过去都让我们浪费了。

这时候周同庆来了,他带来了十六个煮熟的鸡蛋,一把大葱,一碗大酱,一棵大白菜,一个大萝卜。他是怕我们望月想家特地来陪我们过这中秋佳节的。

我们当然非常高兴,他搬到外面一张学生桌,在院子里,我们吃鸡蛋喝白水,过了一个十分开心快乐的八月节。

站在月光下,周同庆举着水碗还为我俩作了一首诗,名叫《月光下的泪光》。

那首诗对于我也是刻骨铭心,迄今依然记得。

> 星下清风冷,
>
> 月圆映泪光。
>
> 伊人独在外,
>
> 思亲心内惶。
>
> 与谁曾相诉,
>
> 句句皆感伤。
>
> 雪压柳枝头,
>
> 惊鸟寒夜凉。
>
> 杯水替红酒,
>
> 语重情义长。
>
> 劝君少烦忧,
>
> 有朋居远方。
>
> 天下同一秋,
>
> 何处无故乡。

这天晚上之后我们好像都拉近了距离,彼此都非常高兴。

他是看着我们进了屋子,熄了灯才回家去的。

彼此的好感虽然没有言明,但相互间都又心知肚明。

我们是知青,这里是农村,我们是要回大城市去的,这里不是我们的长久之地。他是农民是要在这里待一辈子的,我们不可能同他发生特殊关系,那样等于我们毁了自己一辈子,所以我俩与他都刻意保持着一定的距离。

他似乎也明白这一点,从来不越雷池一步,甚至连句过分的玩笑都没有。

他让我们很放心。

这里最美丽的时候是在冬天里的一场大雪过后,任何地方都没有这里雪后的清新和干净。

这是白的世界,是雪的王国,是人间仙境。大雪过后他带我们去野地套兔子,抓野鸡,捕雪鸟。那阵子是我们一生里最快乐的一段时光。

我仍然记得那是一个冬月里的早晨,他早早地来到学校,敲窗叫醒我们,他要带着我们去查看昨晚下在前面一里多远树林里的兔套子。

那是一根银白色非常细的铁丝,后面坠着一块冻了的泥疙瘩。在一趟趟满是野兔脚印的地方支起来等着它们晚上从这里再走过去,它们一走那事先支好的铁丝套就会套住它们的脖子,它们就会向前猛跑,后面的泥疙瘩就会把那根铁丝拉紧,并且越跑越紧,不一会它们就会被铁丝勒死在不远处。寒冬下它们会被冻硬在雪地上。

早去是怕被别人捡走,屯子里很多人都在下这种套子。

我俩要感受这种新鲜,要亲眼看一看兔子是怎样被套住的,所以尽管睡眼惺忪可还是早早地爬起来,穿好棉衣,带好帽子和手套跟着周同庆踩着厚厚的积雪深一脚浅一脚地直奔前面的树林子。脚下是吱吱的踩雪声,很有节奏。

我俩发现到处都是被野兔踩的光光的小道,一条条的横七竖八。

我问他:"真能套住吗?"

他说:"当然,一会你就知道了,今晚我给你们炖兔子肉吃。"

我们被他说的嘴都馋了,好像马上就能吃到一样,禁不住直咽口水,要知道我们好久没吃到肉了。

吱吱的踩雪声在清晨里传出很远,我们看见远处其他的树林里也有影影绰绰的人在走,那应该也是早起看套兔子的人。

早晨的天可真冷啊!北风不大却像刀子一样割人的脸,我们冻得直揉脸蛋,拉着手防止摔倒,小跑着增加体温取暖。

终于到了,我们查遍了他下过的十个铁丝套。没让我们失望,有两个套住了野兔,兔子把套子拖出了二十多米后无力地躺在了那里。当我们拿起它们时它们都冻得硬了,可能这悲惨的一幕发生在半夜里,我们也看见了它们挣扎时在雪地上留下的大片痕迹。

晨风吹乱了它们身上灰色的毛。

我们高兴极了,生平第一次见过雪地套野兔,刘春芳兴奋地大喊大叫,她抱起一只野兔把毛贴在自己的脸上,所有的寒冷和困倦都在此时无影无踪。

这天晚上我们美美地,香香地,饱饱地吃了一顿兔肉。

周同庆给我们做的,他做饭的手艺相当可以,比我们强多了。

早晨起来我们打饱嗝还都是兔肉味。

我们都有点崇拜他了,他好像什么都懂又什么都会。

最有意思的还是抓野鸡。

那是一个星期天,我俩跟着他去东南地里抓野鸡。我们知道兔子套住了,可这会飞的野鸡岂能抓到,我俩不信。他却自信地对我们说:"看我抓一只给你们见识见识,也让你们领教领教我的赛跑功夫。"

"小时候我一次抓到过两只。"他说这话时很自豪。农村的孩子差不多都会一手绝活,踢毽子、打冰猴、捕鸟摸鱼各有本事。

他还告诉我们说:"这野鸡有可能是禽类中最傻最笨重的一种,它体重翅短,飞得不高不远,能抓到它的原因就是因为这些,飞起后不要让它停下来,它的飞行距离一般都在 50 米左右,所以你一定要逼迫它落地后马上飞起,三次后它就会累得不再飞起,而是一下子把脑袋扎进雪堆里,这也可能是"顾头不顾腚"这句话的由来。那时候你想怎么抓就手到擒来了。这野鸡还有一个特点,它们不是一公一母在一起的,公母一般都是分开的,公与公在一起,母与母在一起,很少有一对一对出现的情况。"

我们听来既觉得新鲜又觉得有意思。

果然如他所说我们在学校后面的谷地里冲起了几只，全都是五彩缤纷的公鸡。它们飞起后不足 50 米就落在了地里的雪地上喘息，这时候周同庆让我俩站在那里等着看着，他则摘下了手套和帽子交给我，脱下了棉袄交给了刘春芳拿着，他又弯腰系紧了脚上的鞋带，勒了勒裤腰带，长出了一口气突然向落地的野鸡飞跑过去。他跑得可真快，转眼就到了一只野鸡的近处，那只刚刚落地的野鸡受到了惊吓，赶忙又飞起来向远处飞去，周同庆并不停下，他一直追着那只野鸡，正如他所说，那野鸡飞了一段又要落下时周同庆也差不多跑到了，吓得它赶忙又飞起来，如此三次后，我们远远地看见周同庆弯腰扑倒在茫茫的雪地上不动了。我和刘春芳怀着一颗惊奇的心抱着他的手套、帽子和棉袄向他跑过去。

谷地好大，天空一片蔚蓝色，厚厚的积雪淹没覆盖了收割后的谷荐子。在上面跑好像跑在了无尽的白色沙滩上面，如临仙地，如入圣境，至今想来还如昨天一般。

即便是今天在上海我和刘春芳经常相聚，时常想起并提起这次抓野鸡的事，每一次她都流泪，她回城后分在上海一家制衣厂当了工人。

我俩非常兴奋地跑到了周同庆的跟前，累得我们满身是汗，气喘吁吁，弯腰扶膝但我们看见周同庆也累得通红着一张脸，满头汗水，躺在雪地上，他的怀里抱着那只被他捉住的野鸡，冲着我们胜利的笑。

那只野鸡非常漂亮，羽毛五颜六色，长长的尾羽在冬日的骄阳下闪着绚丽的色彩。

我俩高兴极了，扔了他的帽子、手套和棉袄去抢他怀里的鸡。令我们遗憾终生的事就在此刻发生了，在我们争抢中交换间那只美丽的野鸡乘机挣脱了刘春芳的手飞向了远方。她气得追出了很远，无奈地站在茫茫的雪地上看着它发愣而毫无办法，当我来到她眼前时发现她满脸是泪水。

他说："没事，下星期我们再抓，但今天实在是不行了，我跑不动了，这人怎么着也是跑不过它们的，只是利用我们的智慧，利用它们的弱点抓一次还行,别伤心,这回算作是你放生吧。"

他又说:"你积德行善一定会有好报的。"说得刘春芳破涕为笑。

抓鸡之后我们三个人的关系又密切了一些,对他我俩几乎不再设防,大家成了好朋友,谁也不去想友情之外的事情,可是你不想不等于它不来。感情是潜移默化的,是油然而生的,也是天地撮合的。

有天晚上,我也不知吃了什么吃坏了肚子,半夜里突然高烧,突然上吐下泻,疼痛中我已处于昏迷状态,这把刘春芳吓坏了,她手忙脚乱得不知如何是好。学校在屯子的最东头,这三更半夜的找谁去呢? 况且她也不敢一个人跑出去把我扔在这一大趟房子里面。

正在她焦头烂额不知如何是好的时刻,可能也是我命不该绝,生产队里打更的老马头看见了我们屋子里长时间亮着灯,老人感觉到我们可能有事就来到了小学校,他在窗外冲着屋里喊道:"女老师是不是有什么事? 怎么老是亮着灯啊?"刘春芳听到了老马头的声音如见亲人哇的一声大哭起来,她哽咽着冲着他喊:"大爷,你快点给我们去找周同庆,于老师病了。"

老马头回了一声赶忙回屯去找周同庆。

周同庆来了之后一看见我的样子二话没说,背起我就走,刘春芳小跑着跟在他后边,连学校的门都没锁,灯也没关,好心的老马头在那里一直看守到了天亮。周国庆背着我一路跑向了十里外的公社卫生院。

后来听刘春芳说他放下我时人已累躺在了卫生院的地上不成样子,他的身上全是我吐的脏物。

后来大夫说我这是急性胃肠感冒,很是危险。

我在公社卫生院住了三天。

刘春芳一直在医院陪着我。

她也告诉我:"那些脏的衣服都是周同庆给你洗的,那天你好像是把他推进了厕所,弄得他一身脏乱不堪,臭气熏天的。"

我更加不好意思,不敢见他,见了也脸红心跳不敢抬头,太难为情了。

但是我的心里却是万分感激他,一个人躺在卫生院里想起了家,眼泪就禁不住流。那几天他也经常去看我,告诉我我的那个班他正替我带着,让我放心养病。这让我更加感动。

那时我们学校里的小学生都是十分顽皮的,都是些农村社员家的孩子,他们自己对学习不上心,家里也不重视,有的念了几天就不念了,回去放猪放羊或者干农活,尤其是家里大人有病的就干脆退了学,他们不愿花那一点的学费,有的家庭穷得竟供不起一个上小学的孩子,他们的很多父母因为家里没有钱治不起病就病死在家里。

所以去做这些不上学孩子的家访,让他们重返学校上学也成了我们这些老师的任务。

我和周同庆、刘春芳在一个组去做家访,我俩怕狗。这样一起去他会保护我们,他什么都不怕,狗冲过来了,他叫我们躲在他身后,他说:"千万别跑,这狗仗人势一点不假,你不跑它不敢把你怎么样,你要跑它一定咬你。"

真如他所说,狗冲过来了,他就站在那里一动不动等着,吓得他身后的我俩胆战心惊的,可是奇迹也发生了,那冲过来的狗张牙舞爪的见他不动打着滑停住脚步,灰溜溜地走开了。

这让我俩更加佩服他。

但他们不知道,我生平最害怕的并不是狗而是老鼠,在大城市,老鼠是很少见的,在这里随处可见,且有的大如松鼠。

有一天去三队做一个十多天不去上学的孩子的家访,刚进了他家的院子里突然从他家东边的仓房里跑出一只灰色的大老鼠,那只老鼠并不怕人,冲着我们跑过来。我真的吓坏了,这只老鼠也太大了,太凶了,我嚎叫了一声转身扑进了周同庆的怀里,紧紧地抱住他,那时我是除了害怕脑子里一片的空白。

这一抱把身边的刘春芳弄愣住了,也把周同庆弄懵了,我长时间地抱紧他,闭着两眼,耳边听着他有力的怦怦心跳,那一刻世界仿佛已经大同。

而我并不知道,这时候的刘春芳早已爱上了周同庆,她只是比我矜持而已,所遇之事不同而已。我这一抱把她的心都揉碎了,这是她后来跟我说的。

我们三个人就愣在院子里,我紧抱着周同庆,他两手不知所措,刘春芳流着泪低下头沉默无声。

学生的那一家子人站在门口看热闹。

好半天我才醒过神来,赶忙松开双手,红着脸忍着狂跳的心低下头说了句:"对不起,我吓坏了。"

从那之后我告诉自己,不用再装了,不用再保持什么距离了,心里也没了城里与农村的界限,只有一个模糊的阴影,因为我发现自己深深地爱上了他。

那里的冬天真神秘,夏天真美呀!

在学校的南面有一片无边无际的大草原,每当夏季来到,天空雁叫鸟鸣翅击长空,排列成队,地上百花盛开,香气迷人。那些不知名的花草在暖风里摇曳,他带我到那里去抓蝈蝈找鸟窝,但他找到鸟窝后从来不动,他说:"这是它们的家,蛋是它们的孩子。"

我们正式恋爱了,那时我感到自己很幸福。我也是在这个时候才知道,他的家里只有一个老母亲、三个哥哥、两个姐姐,他在家里最小,哥哥姐姐都有了自己的家,他如今只和老母亲生活在一起。

这些对于那时的我都无所谓,因为恋爱中的人要的不是条件。

刘春芳这时却和我们疏远了,我发现她这时很痛苦,但没有办法,爱情是不能转让的。

世上没有比爱情更自私的事。

人们常说,乐极生悲,幸福与不幸福总是相伴而行。

那时的我已决心不回上海去,陪他在这里过上一辈子,他也是那么爱我,我们一起工作,一起吃饭,一起去大自然中享受上天赐予的世界之美。

当然,我们也在情不自禁中,在激情之火的燃烧下进入了人生最成仙成佛的领地。

上天眷顾我,好多次都没有让我怀孕。

小学校的冬季取暖用的都是红砖砌成的土炉子所用燃料都是每个学生自带的烧柴、黄豆秸或者是葵花杆之类的。

因为多,又怕丢失,或是受潮就堆放在教室里的一角,最多时占了教室的一半。

那时农村的家里往往是锅台连着柴火堆,我们这里其实是炉子连着炉柴堆。

很危险,可我们并没觉得,多少年来都这样。

事故就在这年的冬天发生了。

当时我教四年级,他教五年级。我们那个班有个非常淘气的学生叫陈三娃,那天在我出去上厕所时他把炉钩子烧红了插在一根葵花杆里当爆竹甩。当这根被烧红了的炉钩子点燃了葵花杆冒烟时又被甩出去的风引燃起了火,正好落在了墙脚的柴堆上。

屋里堆着的柴堆放的久了,特别干燥,火势瞬间而起。

学生们吓破了胆,蜂拥奔向教室的门口,因为人多,教室的门竟被堵住了,谁也出不去。教室里浓烟烈火正熊熊而起,孩子们的哭叫声惊动了隔壁五年级正在上课的周同庆,他跑出来,一见这情势毫不犹豫地冲上来一脚踹开了教室的窗户,转身又去了门口连拉带拽地把大部分学生救出了教室。

当班长李春雨发现女生王冬梅没在时大声地喊:"老师,王冬梅还在里边哪。"

这时我也上完了厕所,听到了哭喊声赶了过来,但也被眼前的情景吓呆了。

听到还有学生,周同庆二话没说跳窗扑了进去,这时教室里的火把房顶引燃了,屋子里面已全都是烟火。

屋外学生们急得直哭直叫,我更是心如刀绞,急泪横流,颤抖着身子在喊:"快点出来,快点啊!"

这时只见他一身是火地冲出来了,怀里抱着那个女学生王冬梅,来到了门外扔下她,他自己也扑通一声倒了下去。

我们赶忙上前去用衣服打灭了他身上的火。

然而,他人已昏迷,全身60%烧伤,公社卫生院处理不了,赶紧转到县医院,县医院也处理不了,转到了齐齐哈尔市的第一医院。

医院里的日子我一直陪在他身边。

他受的那个苦痛至今想来我都心似针扎。

半年后,他康复了,但也成了半个残废,手脚僵直,遍体伤疤,头发寥寥几根,面部狰狞吓人。

这时候他竟拒绝再见我。

也是在这个时候我接到了家里返城的通知,我的工作就安排在报社的印刷厂。

我的良知和我对他的爱告诉我,他这个时候非常需要我,我不能走,我要留下来。那天要不是我去上厕所这一切也可能都不会发生,这场大火几乎烧掉了半个学校,幸好除了他之外学生们没有伤亡。但无论我怎么找他,他还是不肯见我,一个人躲到了一个亲属家让我找也找不到。

我决定先回一趟上海安排一下家里的事再回来找他。平心而论,冲天而说,那时候的我是下了决心跟他在一起的,尽管家里万分反对。

我清楚地记得我是十月二十七号回的家,十一月十七号返回了杨柳县。

然而在这二十天中这里竟发生了又一件那么巨大的事情,这件事几乎摧毁了我,让我终生悔恨不得安宁,也让我永远怀念他。

因为在我走后的第三天,周同庆悬梁自尽了。

临死前他给我写了一封信,这封信我一直留着。

于秋风一口气讲到这里,人早已泪流满面,痛苦万分。她苦笑着从随身的黑色挎包里找出那封已经发黄的信纸,颤抖着一双手递给了林中雁。

林中雁心情沉重地接过了那封珍贵的陈年旧信,慢慢地打开来。

万千情怀,人性喷发,悲伤愁苦跃然纸上。

秋风:

我的爱人,当你看到这封信时我已在西去的路上了,人世上已没有了周同庆这个人,只能说他曾经来过,并曾经轰轰烈烈地爱过,爱过一个让他知足满意并永不后悔的人。

我的走就是为了这份爱。

我生在农村,却从小就想离开它。

我有一个不可告人的梦,那就是能娶上一个美丽的媳妇,我的离乡梦被贫穷的家境和孤身老母打破,而另一个梦老天却神不知鬼不觉地送到了我面前。

当我第一天见到你,当你第一天出现在我面前,我身上的血开始沸腾,我的精神之花霎时开放,这让我每天都生活在无比兴奋和喜悦之中。

我无数次地在梦里梦见你,幻想和憧憬着那美好的未来。

有了你这个世界才变得那么美好,有了你我的人生是那样的光辉灿烂。

我的一生注定将为你而活,未来的路将注定为你而行。

鲜花野草、鸟语白云、雪中的野兔、寒风里的野鸡,为你,全都为你而开放,为你而赐予。

你是我的天使,我的一切。

你给予我的让我终生不能忘,你给予我的让我领受尽人间幸福。

于是,我又有了一个梦,我们未来的家,未来的子孙,未来的世界,每一天我浑身都充满了朝气,充满了力量,也充满了希望。

我在这么多的美好中生活着每一天,那是多么的美好啊!

可是一场无情的大火,烧尽了这一切。

当我从医院里第一天走出来,我才知道你为什么一直不让我照镜子,你只一遍又一遍地告诉我你记住的,心里有的是那个从前的我,但你却一直偷偷流泪,你把悲伤和苦痛咽进了肚子里,独自承受,我才明白你也是那么爱我,心疼我,怕我看了自己现在的样子而痛苦。

可我还是偷偷地找了面镜子照看一回自己。

然而,镜子里面出现的还是我吗?

那不是人的脸,分明是黑夜里的鬼。

我把自己都吓坏了,何况是你,我都不知道那么多日子里,尤其是在医院空旷阴森的夜晚你是怎么度过的,怎么忍受的。我真的很感谢你。

我流不出眼泪,我的手和脚已不再是我自己的,它们不听我的指挥,到了此时我才完全明白,我已是一个废人,一个恐怖万分的人。

我怎么配再拥有你的爱,怎么让你在未来的生活里承受和这实际是人其实是鬼的人在一起?

这就是我拒而不见你的原因。

你说的也对,记住从前的我吧。

当听到你可以返城你又决定不返的消息后,我激动万分,感动万分,我的爱人是爱我的,她为我可以放下那么多。

我还求什么呢? 人这一辈子到底求的是什么?

我无数次地在夜深人静中这样问过我自己。

我决心死去,做一件早晚都会出现而自己让它提前出现的事,结束未了的人生。

人的决心有许多,最难下的可能就是这个死去。

没有人能说到做到。

无数次的犹豫、不舍、彷徨、踌躇，所有能形容的词都可以用来形容它。

我选择了家房后的那棵歪着脖子的小榆树。

那棵小树树身虽小，可它也几十年了，我记事时就有。它也是经风沐雨挺立在那里，虽然歪着脖子，似在笑看人间悲苦离别。

它下面的那片草地也每年青草依依，野花烂漫，不知喂活了多少只牛羊。

我嘱咐我的哥哥们，假如有一天我突然死去就把我葬在那里，生产队也会同意的，我是扑火救人的英雄模范，这点要求并不过分。

秋风，我走了，带着我对你全部的爱，我不这样做你一定不忍弃我而去，我不能自私地毁了你的一生，未来的路对于你还很长很长。没有你生命对于我已没有了意义，死是我唯一的选择，这样我的心里就能永远留存下那份美好。希望来生能与你再次相遇，娶你进我的家门，与你白头偕老。

如果有可能希望你在最幸福的时刻想起我，我便知足，我便会微笑，便会在天国里为你祈祷，为你祝福。

永别了秋风。

永别了我的爱人……

周同庆夜笔

看完了这字字带血的遗书，林中雁站起了身，她在咖啡桌上的纸盒里抽出了几张纸来递给对面的于秋风，她一直都在哭。

泪水如悠悠往事浮上她的心头，泪水如无尽的爱恋回到了她们的从前。

天地日月旋转，人间物是人非。

爱能在时间流逝中被说明。

她们不约而同地站起身来，一起来到咖啡厅的高大玻璃窗前，举目眺望外面大上海的万家灯火,千处灯光。

天空弯月如钩,繁星如豆,天河浅浅,浮浮漫漫。

她们都长长地叹了一口气。

于秋风思绪万千又深情地说:"愿我对他的爱永伴他行。我从不后悔与他相识,他是我的一本天书,我会常常在无人时翻看,永难忘记。"

她还说:"从上海回到杨柳县后,我看见了埋他的那座黑色的坟包,他就在那里面长眠。我曾对着他的坟默默地说,你好好的在这里安息吧,我心灵的一角永远给你留着,愿你的伟大纯洁的灵魂在天堂永驻。"

书出版了,林中雁发现编者的后记于秋风是这样写的:

生命是什么? 是一个有思想的旅行过程。生活是什么? 是旅行中的一段挣扎经历。

人与人,贫富与贵贱,渺小与伟大,其实都无所谓。重要的是这一过程,这一段经历中的喜怒哀乐。

人带不走的是追求了一生的一切物质,带走的却是那份并不在意的宁静与安详。

地球是圆的,世界是空的。人是这圆圆地球中、空空世界里的一缕清风,一粒沙土,抑或什么都不是……

四十三　心无距离

书出版了,在社会上引起了不小的轰动与共鸣,林中雁的名气大涨,可此时她的心却乱了。她和于秋风成了好朋友,在她签给于秋风的书上写下了这样一首诗:

求你给我一点情义,

让我在人生的最后路上陪你。

天涯虽远,

人心没有距离。

我要的不多,

心的一角足矣。

大地鲜花盛开,

别让芳草萋萋。

人间虽有冷暖,

但爱是最好的熔器。

爱不怕等待,

怕的是无期。

在一张废旧的纸上,于秋风还发现了这样一段话:"爱不一定是肌肤之亲后的感受,更是一种不死的欲望,是疲惫生活里的英雄梦想,是一颦一笑之处的荡气回肠,别伤了爱你的人,生命很短,转眼便是天涯。"

于秋风不明白平日里阳光灿烂的林中雁怎么会有这样的感慨,难道是因为她成了作家的缘故?

既然是好朋友了,那她想她的心里面一定藏着许多不为人知的故事,她想知道,但她会告诉她吗?

女人特有的好奇和求真欲让她在一个大雪后的冬天里来到了这座北方名城。

会朋友看冰雪世界并听她的故事。

林中雁知道于秋风要来十分高兴,她亲自来火车站接她。

车站的站台上人来人往,火车有的呼啸而过,有的缓缓停下。林中雁脖子上围着一条白色的毛线围巾,穿着一件灰色的毛呢大衣,戴着一副黑色的皮手套,在站台上来回踱步,来缓解焦急的心,抗拒外面的寒冷。

下雪了,雪花轻飘飘的从天而降,不一会就落满了站台。空旷的站台上一下子变成了白色的雪国,晶莹剔透,美轮美奂。

林中雁拍打着身上的落雪,在站台的一根柱子边上躲避。

对于这位新处的朋友,林中雁是满意的。她对于秋风有一种格外的好感。

朋友有的交一时,有的交一世,感觉很重要。

车终于开过来了,在电话里事先说好的,林中雁小跑着来到了第十二节车厢,当于秋风走出车厢的时候,林中雁上前拥抱了她。

两个人都很开心,她们手牵手一起上了天桥,走出车站熙熙攘攘的大厅,上了一辆出租汽车。

林中雁一人独居,她决定让于秋风住在她的家里。

家是接待朋友最好的地方,也是最热情的表现。

菜早就买好了,水果也早已摆好了。林中雁家住七八十平方米的四楼,房间里陈设有序,很温馨。

于秋风在屋里转了一圈,小小的客厅沙发上方有一个模糊的镜框痕迹,这里一定曾经挂过她们的结婚照,可如今没有了,这更让于秋风心生奇想。

林中雁不太会做饭,于秋风脱去衣服帮她。林中雁也不客气,好朋友不用那么外道。

于是两个人就说说笑笑地在小厨房里忙活。

倒是于秋风很会做饭,林中雁夸她。她却说:"这可能是当年上山下乡时小学校里逼出来的。"

饭后两人坐下来喝茶。

林中雁告诉于秋风,自己正在休假,正好她来这里,她可以一边陪她,一边过假期,两全其美。

于秋风客气地说:"不怕给你添麻烦就行,我喜欢这里的冬天,也很想你,我们一见如故,心灵相通,你应该是我人生的知己。"

林中雁也对她说:"我也是这种心情,你长我一岁,以后我就称你为姐吧。"

于秋风爽快答应。

晚上,两个人躺在一张床上,于秋风坦白地告诉林中雁说:"我此次来还有一个愿望,我对你在旅店里等待书出版时的一些文字感兴趣,我在那里面好像发现了你的秘密,不知道可不可以说来听听。"

林中雁说:"当然可以,我也正想找一个知己的人倾诉,否则压抑在心里倒十分的沉重。尘封的东西永远都是灰暗的,撕开来才阳光灿烂,尤其是你当初对我的胸襟坦白,我这也算是投桃报李。"

于是一张床上,两个女人,讲她们自己的故事。

林中雁说:"姐,我今年四十一岁了,有两段破碎的婚姻,一个浪漫,一个现实,但不管是现实还是浪漫都没有长久,追其原因只因一个理由就是不真。"

"真正的爱情是现实中的浪漫,是浪漫中的现实。分了一定是两个人的原因,都有责任。如果说我的责任应该是心里面永远都放不下一人,所以不够投入,有阴影就暗淡,就会有表现,表现了就会让对方生疑,从而产生裂痕。"

"不怕你笑话,那个让我产生这一切的人就是我书中的主人公马昌平。"

于秋风其实早就猜到了,但听到林中雁自己从嘴里说出来还是感到惊叹,她不去打搅她,让她继续讲下去。

她说:"我的第一次恋爱是从中学开始的,他叫冯青春,与我同龄。我到今天仍然会说他是男人中少见的心细心小的那种。"

"上学时他的这种心细与心小,曾让我作为一种爱而被感动,直到婚后才发现这其实是一种自私和变态。"

"我清楚地记得那是一次摸底考试,这次考试将决定我们班的六十多人中前三名去市里参加数学比赛。冯青春在我们年级组八百多人中数学最好,但这次考试他却没能进入前三名,这让我感到十分不理解,在我的心里边这是不可能出现的现象。我便去问他,为什么会考得这么不好,即便不进入前三,也不至于在二十名之后吧。"

"他只是笑,一点没有后悔或不服气的感觉,我仍然奇怪,但他不说我也不再去问,因为那时候我们还只是普通同学,我的心里只是对他学习好有一种敬仰之情。"

"后来我才知道,他不进前三是他故意的,为让他自己的想法更稳妥他才落到二十名之后。他这么做只是因为校长的儿子齐玉民死活要参加这次数学比赛,如果他进了前三,齐玉民有可能进不去,那样他就会得罪了校长,更是因为他的父亲在学校教学,他不能让父亲为难。"

"这种心机当时让我十分感动和佩服。"

"我曾送给他一支新的钢笔,他便去卖笔的商店问了价钱,他说,人情也好,礼物也罢,知道底细做到心中有数,以后好还人情。"

"还有一次同学们一起去看电影,我买了一根冰棍给他,他说,买冰棍最好跟齐玉民他们一起去,你后买往往他花钱。别和吕井云他们去,他们往往买了先走让你花钱,不能让别人占了便宜自己吃亏。"

"这些对于当时的我来说都没有放在心上,毫不影响我对他的追求和爱慕,在我的心里,他聪明,学习成绩好,人也长得相当不错,我喜欢和他在一起,和他在一起,我有许多对未来的憧憬和渴望。那份憧憬和渴望曾是那么的美好,令我痴迷神往。"

"其实我挺怀念那时候的时光,那时候我的心里是那样的单纯,没有任何压力,没有现在做事时的前思后想和左右为难情绪,好像什么都不是问题,什么都不害怕,一切都无所谓,只要有他就行。"

"应该说他对于我也是十分倾心的,我的学习成绩虽没他好,但也相差不多,但我的容貌在当时学校里是相当漂亮的,许多男生都在追求我,而我当时的心里只有他一个人,好像这个世界里只有他最好。"

"现在想来都觉得可笑。"

"我们经常一起去农村野外抓蝈蝈找鸟蛋,一起去烧麦子吃,烧玉米吃,说来有意思,他们几个男生一起去生产队麦地偷麦子被看庄稼的民兵追得四处跑,有一次一个叫胡玉明的男同学把鞋都跑丢了。我们这些女生倒没事,我们从不去麦地玉米地偷,而是在树林里找好杨树的干枯枝条等着点火就行。"

"最有意思的是偷西瓜或者是香瓜,他们顺着垄沟一点点地往里爬,然后再把偷来的西瓜放在地垄沟里,人在后边边爬边推,有点像草原上滚粪球的甲壳虫。"

"每次他们爬出来时都一身的泥土,常笑得我们这些女生前仰后合的,因为害怕我们吃西瓜时更是没鼻子带脸地一顿乱啃,相互看着各自的样子不自觉地笑。"

"冯青春心细,每次去偷东西他都在最后边,被发现时他会第一个逃跑。"

"一次半夜里去很远的农村看电影,我们一行人走在庄稼地中间的羊肠小道上。"

他问班长刘志林:"你害怕吗?"

刘志林说:"害怕。"

冯青春说:"那你走在我前面,我看着你。"

然后又问吕井云:"你害怕吗?"

吕井云说:"我也很害怕。"

冯青春说:"那你走在我后边,我一前一后地看着你们两个。"

于是他们两个一前一后地跟着他走。

事后他告诉我说,其实当时最害怕的人是他,他们两个一前一后地护着他,他心里才不再害怕。

而这件事却让刘志林和吕井云都认为冯青春特仗义,够意思。

他心特别细,每次我两一起去学校小卖部买钢笔水,他都要使劲儿拧一拧钢笔水瓶的盖,看有没有被打开过,买油笔的笔芯他也要在阳光下把几个笔芯对比一下。他说,笔芯里的油有多有少,多一点点就能多使好几天。我真服他的细心劲儿,我们这些女生在这一点上都逊色他许多。

中学毕业后我两一起考入了同一所大学,他学政治经济,我学中文。

人家说大学时代是浪漫的,是恋爱的季节,而我们可能是因为中学恋爱也就少了那种浪漫的激情,大学对于我俩来说是相对平静而低调的。虽有花前月下却没有汹涌奔放的情怀。这时候我隐隐约约地觉得我们之间缺少点什么,但我说不清楚,可能是时间长了,处得久了,了解得多了所以有了这样的一种心理。

毕业前他在我们的感情上是认真的,严肃的,也是苛求的,但我都认为这就是爱,爱本来就是自私的。

大学毕业后,我们顺理成章地结了婚,但并没有要孩子,这是我们两个人婚前的约定。

结婚后我才知道什么叫烦恼,什么叫围城。我们的工作去向分配的都不错,我开始分到日报社后来又调到省委宣传部,而他一直在省政研室。

这其实是许多大学毕业的学生可望而不可即的。

结婚后，他不许我外出吃饭，下班必须回家，如果在街上我碰到了哪个男同事、男同学说的话时间长了他都会嫉妒，我们家里的钱全部都由他管理着，包括我的工资。我家的电话如果有陌生的男人打给我，他一定会追查到底，我甚至发现他竟偷偷地去调查这些电话的来源，打电话人的情况。我娘家的什么人来省里求我办事他一律不允许。我姐姐病了，买了点水果他都嫌钱花得多了。家务事多由我做，他说这是中国人的传统美德，三纲五常古来就有，这让我实在受不了。

可是，婚姻是一个人一生中最大的事，我更不想让别人看笑话说三道四指手画脚，我也常常地劝自己也许家家都是这样，也许以后会好的。

但我的忍耐换来的是他的变本加厉。

而引燃我们之间感情最终破裂的导火索就是这个马昌平。

那年，我接到部里的一项任务，在全省范围内找到一个引领农村致富的先进典型，作为全省农村的榜样。

在杨柳县我采访了马家围子的大队长马昌平。在那里让我看到了一个什么才叫男人的人，也是在那里我找到了也亲眼看到了什么才是真正的爱情。

我被这个人所吸引，被他们之间的爱情故事所打动，当然这里面也有妒忌和羡慕，我甚至在想为什么我碰不到这个人。这才叫爱情，这才叫人生，这才叫美好。

可是，这一切对于我都不过是一场云烟，一场电影，看后在我眼前飘过去。我只能在夜深人静时去向往，去回味，去自个编织一个属于我自己的爱情故事偷偷享受，醒来只是一个梦。

我曾妄想着去涉足，去追寻那个男人，可是他给我讲了他们的爱情故事，那故事比我想象的更精彩，更热烈，让我自愧，让我叹息，也让我望而止步。

我回来后好像得了一场病,病因不明,彻夜难眠,日不思饭,坐立不安。

于是,我在日记里这样写道:

一个女人最大的幸福是她一生找到了一个可靠的男人,而女人最大的不幸却是她遇到了一个一生让她揪心不安的男人。

我便是后者,却又偏偏让我遇到了一个前者,这让我更加不幸。

女人能让男人心慌,男人能让女人心乱。

我心乱如麻。

我一直有一个记日记的习惯,而我却更加不知道,我身边的这个男人也有一个偷看日记的习惯。我的日记一直被他偷看,只是我才发现而已。

你应该想得到那会是一种什么样的场景。我都懒得去和他争吵,我决心离婚,走出我自己构筑的围城,解放我自己。

我什么都不要,只要自由。

开始我住在单位的宿舍,后来租房子,但我很快乐,直到遇见我第二任丈夫。

于姐,你说这算浪漫吗?是悲哀吧?

于秋风说:"这也许就是生活,每个人都有自己的过去,自己的经历,幸福和不幸福是相对的,有些事有些人,有些家庭看似美满,可有谁知道他们到底怎么样呢?鞋好不好穿只有脚知道,初次见你,你阳光灿烂的,又哪里知道你的这些事情。"

林中雁站起来,给于秋风倒了一杯茶放在茶几上,她们关了灯,外面是冬月十五的月亮,月光透过窗户把屋里照得朦胧神秘。

林中雁又躺下来问于秋风:"冷吗?外面月色正好,不如我们出去走走,这个时间街上应该是清静安宁的。"

"好啊!"于秋风听罢坐起,于是两个人穿好衣服下了楼。

寒风轻吹并不刺骨,两个人并行在林荫道上,脚下是吱吱的踩雪声响,偶尔经过的一辆车车灯把街上的一切变幻成了童话世界一般。

"这冰城真美,夜下更美。"于秋风赞叹道。

"比不得大上海,"林中雁说,"但我喜欢这里,上海虽好我却待不习惯,等书的日子我度日如年似的。"

"各有千秋吧,人在哪个环境下时间久了,就会习惯的,就会产生感情,说真的,我时常梦见我下乡时的村子,还有村子里的小学校,当然还有那个让我刻骨铭心的人和他那座黑色的小坟包,也不知如今它还在不?"

于秋风仰头望天,眼含泪光,她说罢长叹了一口气,又说:"说说你的第二次婚姻吧。"

林中雁听后苦笑了一下,她提脚把一块雪块踢出老远,直到雪块散开。

她说:"比起第一次婚姻第二次来得简单,来得突然,犹如它的结束。"

那还是在一次商业活动中,我以记者的身份参加了一个茶话会,在那里我认识了我的第二任丈夫,省里小有名气的企业家丁海涛。

他大我五岁,离异未娶,说实在的我当时被他的豪爽和财大气粗所吸引。

他后来也说对于我也是一见钟情,我的学问,我的容貌,我的温文尔雅正是他半生寻找的。

这时候的我内心其实是空虚的,脆弱的,伤后的心经不起一种热情的召唤,更经不起他凶猛地追捧。

我很快就被他所俘虏,没入了他张开的怀抱,也可以说那时候的我还是幸福的,只是这日子并不长久就像昙花一现,美得可人枯萎得也迅速。

他在物质上完全满足了我,但我并不知道这种成功后的男人要的是新鲜,还不到半年我就发现他变了,我成了他的一个摆设。我陪着他出席各种商业场合,但他已经很少回家来住,他跟我解释说,他这样的企业家应酬太多,希望我理解。

我也信以为真，我并不是一个狭隘和没见过世面的女人。

直到有一天我去洪水灾区采访，说真的他没有想到我会回来这么早，而那天的我也累得筋疲力尽。当我推开门，走进卧室他们还没有发觉，当我看到我平时睡着的床上是他和另外一个女人时我一下子崩溃了，但我已没有了争吵骂闹的力气，一下子躺在了床上，我好像只说了一句，请你们给我让个地方，便昏睡过去。当我再次睁开眼睛，发现自己正躺在医院的病床上，做医生的姐姐陪在我的身边。

他始终没有来医院看我，大概也是他明智，半年的相处并不算长但他也应该了解我的性格。

是他先提出离婚的。

我当然十分乐意。

这套房子他留给了我，我也没有客气，我不但需要也觉得心安理得。

"以后见过他吗?"于秋风问她。

"没有，再也没有见过，我更不想见到他。"林中雁回答。

"哎!"于秋风长叹了一声，感慨无限地说:"人这一辈子真是的，苦辣酸甜都得尝，做人真难，做个好人难上加难。"

"可不是。"林中雁把衣领向上掀了掀，夜深了，夜风很冷，两个人的呼吸已能看见白色的雾气，大街上空旷无人，昏黄的路灯在夜风下摇曳晃动，让人浮想联翩。

这时林中雁停住了脚步，她说:"我之所以还没有对婚姻绝望就是因为我还相信真爱犹在，只是我没有碰到而已。比如那个马昌平和沈佳慧，那份爱就是证明，证明这个世界真爱伟大，真爱无敌，我想马昌平放弃了那么大好的前程回乡务农，就是因为沈佳慧的死。当一个人深爱一个人而这个人独自离去时，他便看透了一切，他的心中装满了那个人，容不下其他万物，当一切都失去意义时他就选择了放弃。许多人为爱出家为僧为尼不就是这个理由和原因吗? 那是怎样的一个透心剔骨无限的悲凉啊?"

"是啊!"于秋风也似有同感,她也竖起了大衣的领子,她这个南方人曾在这个寒冷的北方生活了五年多,对于北方夜的冷还能适应,套兔子抓野鸡时她也领教过北方最寒冷的时刻。

她说:"遗憾的是这些一爱到底永不回头的人最后都以悲剧结束。这爱到底是对是错有谁说个清楚明白?可能现实生活中只有日子没有爱情这才能长远。"

林中雁说:"有爱在心生活才有味道,才不负此生,可真爱在哪呢?"

于秋风说:"爱其实就在身边,就在心里,看你怎么去寻找,怎么去理解。"

两个人都不说话了,她们已不知不觉走出了很远。

"咱们回去吧,"林中雁说,"你看,北方的三星已上挂中天,此时不用看表我觉得应该是夜里一点多了。"她仰头望天自言自语。

于秋风打了个喷嚏,她伸展了一下快冻僵了的身体说:"好吧,咱们回去吧。"

两个人原路返回。

走着,林中雁突发奇想,她用双手捂住耳朵,停住脚步,一双眼睛直视于秋风说:"我有个想法。"

于秋风说:"说来听听。"

林中雁说:"咱俩明天去杨柳县,去马家围子,去看看那个马昌平,你看如何?"

于秋风略一沉吟,脸上霎时升起红润,"好啊!"

她说:"好主意,我也正想去杨柳县看看,这多年来杨柳什么样了,还是不是我心里原来的杨柳?"

"就这么定了,"林中雁高兴得跳了起来,她的脸因兴奋而泛起红潮,转身小跑几步,把于秋风落下很远。

于秋风受其感染,也小跑着追向她。

去杨柳县的客运班车很多，车票并不紧张。第二天两个人吃过早饭就坐上了去杨柳县的大客车。

她们是各自怀着一颗不同激动的心情一路随车行进的，越是车近杨柳，她们的心情越是激动。

于秋风故地重游，心事浮沉，喜忧参半。

林中雁心有所愿，多次往返，难诉其衷。

客车在杨柳站转车，两人下车又上车，直奔马家围子。

坐在车上，于秋风问林中雁："你说这马昌平见了咱们会怎么样？"

林中雁看了看于秋风轻轻地摇摇头说："我也不知道，大概是吃惊不小，不知所措，不知如何是好，哭笑不得也说不定。"

她的话把秋风说笑了，"哎！你这和绕口令似的，我倒觉得我俩是不是有点唐突了点，人家会怎么想？咱们不会吃个闭门羹吧，他会不会避而不见？"

"那不会，有我哪！我时常跟他通电话，他是什么人我还是了解的。"林中雁十分把握地说。

于秋风说："但愿吧。"

县城通向马家围子的路十分平坦，柏油路上压有一层厚厚的积雪，车轮在上面时常打滑，司机很有经验，车开得很慢，很稳。

在这条路的一处拐角，于秋风透过车窗的霜缝看向远方，远处是白茫茫的原野，许多牛羊在无边的庄稼地里慢慢地行走，寻找露在雪外的庄稼叶子吃。一块蓝色的路标矗立在大路的一边，上边是三个白色的大字：火箭村。

她的心禁不住凛然一颤，这个名字她是那么熟悉，

那么陌生，那么亲切，那么悲伤。

泪水在她的眼里转了一圈，她居然没让它落下来，为了不让身边的林中雁看见，她转过头去偷偷地擦掉了。

而这些又怎么能逃过林中雁的眼睛。她把头靠向后背，合上双眼，嘴里

却喃喃地像夜梦里发出的梦呓一般呢喃道:"火箭村就是原来的火箭大队呀! 是你当年下乡的地方,你一定想起了许多往事。"

她的话让于秋风心绪烦乱起来,她也合上了双眼不再看向车的外面,眼不见心不烦,但却不能不去想。

两个人各怀心事默不作声,大客车的轰鸣与卷起的雪沫击打在车身上形成了一个共振,呜呜地作响。这响声淹没了车厢内有人睡着后发出的烦人的呼噜声。

车子停了下来,她们走下车,眼前是那棵老榆树,这里是马家围子的停靠站。

马家围子是这趟车的最后一站,下来的人多,上去的很少,大客车随即原路返回。

她们两个站在这棵古老而又高大的老榆树下,望着前面的村庄。

禁不住犹豫了,此时的她们才真正感觉到,心有想法,实无目的。

相互一笑,茫然转了一圈。于秋风用手抚摸着这棵老树,抬头仰望它,不觉一阵感触,好大一棵树。树身足有两抱粗细,高有三四十米,枝展如巨伞,雄伟壮观,她平生还是第一次见到这么大的老榆树。

林中雁背了背自己身后的背包向她说:"既来之则安之,走,咱们就去他家,村东头的两间平房一座小院,我也算是轻车熟路。"

就这样,两个人一前一后地向屯子里走去。

屯子中间的路已是水泥路面,平坦笔直,因为有雪所以走上去很滑,不小心就会滑到。路两侧的民宅大部分已是红砖瓦房,土坯房已是很少。各家各户都窗明几亮的,一派繁荣乡村景象。

当他们走到那个大院子前,林中雁停下来,她喘息了一下对跟在身后的于秋风介绍道:"这个大院子就是当年的马家大院,也是马家围子的历史。这个大院就是马昌平的前辈大地主的佐证。土地革命后成了公家的办公场所,现在是杨柳县的一级文物。"

于秋风眼望大院不住地点头。"这里比起我们当时下乡的那个火箭大队强多了,起码房齐路整。"她说。

"过去也差不多,可能只多了这个大院子,倒是马昌平当了队长后改变了这里。"林中雁解释道。

两个人离开了大院,来到了屯了东头的马昌平家房后,她们发现房前房后的雪都扫得十分干净,一条一米多宽的小道露出了黑色的地面。雪堆得很整齐,都用铁锨拍打过了,光光的成了四方块。

"真是个有心的人,看这样子马昌平一定在家无疑。"林中雁这样说。

两人又相视一眼,林中雁在前,于秋风在后走进了这个小院子。

院子依然是多年前林中雁看到过的样子,好像主人有意在保留着原有的面貌,树枝扎成的篱笆小院,木钉的角门,东边仓房,西边鸡架,土房用黄泥抹得平平光光。

于秋风长出一口气,"这难道就是那个当过市委副书记的人的家吗?"不禁心中一阵感慨。

可能是听到了外面的响动,屋里的马昌平推门走了出来,见到这两个人,他一下子惊愕在了那里,半天说不出话。

林中雁冲着她笑,于秋风却在上下仔细打量着这个传奇般的人。

中等的个头,中年人的容颜,两眼透着一种精明与睿智。眼光里似有一种茫然与犹疑,果然不俗。

他微笑着打破了这种惊疑的局面,大声说道:"这是哪阵子风把你们吹到了这里,我简直不敢相信,外面冷,快到屋里来。"

进了屋子,地中间一个小小的铁炉子,炉膛里木火正旺,屋里暖如春天。

两个人坐在了炕沿上,马昌平忙去倒开水。

林中雁也不客气,她像常客似的脱下背包,接过马昌平递来的开水,大口地喝着,碗很热,她忙不迭地两手互换着。

于秋风第一次来这里,第一次见到马昌平,自然矜持很多,她又禁不住打量着他的小屋子,屋子里报纸糊的墙面,报纸糊的棚顶,地面用泥抹的很平,北墙立着一对木箱,箱子上有一座黄色的座钟正滴滴答答地走着,地中间一个圆桌,东西南北四把椅子。炕上一张红蓝相间的地板革炕席,席上有一个灰色的被卷,下面放着一大堆书。

她明白,这一定是主人刻意保留着这个样子,这样的房子摆设装饰今天别说在富裕的马家围子,就是在过去最穷的地方也不多见。

于秋风把水碗放在了炕上,顺手拿起一本书,是一本《阅尽人间春色》,她发现书的扉页已磨得飞了,看得出书的主人无数次翻看过它。

马昌平用炉钩子钩开炉盖子,往里面扔了几块木桦然后拉过一把椅子坐在了她们的对面。

这时林中雁赶忙介绍说:"这是我的好朋友,上海出版社的于编辑,我写的那本书她就是责任编辑,"然后又指向马昌平说,"马昌平,马书记,其他的不用我再介绍。"

两个人都站起来握手寒暄,马昌平说:"陋室简单,不好意思,欢迎于编辑到这里来。"

于秋风握着马昌平的手说:"哪里,我倒觉得这小屋子小院子很温馨,很安静,我非常喜欢,倒是马书记能在这里静待实是超出常人,很佩服。"

两个人松开手,马昌平说:"于编辑过奖了,无心之人,不求所以,只求清静,哪里都一样。"

林中雁这时又说:"于编辑以前在你们东方红公社火箭大队下过乡,她对这里并不陌生,说来也是故人。"

"啊呀?"马昌平叹道:"怪不得似曾相识,原来是这样,欢迎你又回到青春始发地,奋斗拼搏过的地方。"

他的话把三个人都说乐了。

看到屋里的情形,林中雁心中油然想起了屋子的女主人沈佳慧,当年初次与她相见,她是那样的美丽贤淑,温柔可人,如今人去屋在,物是人非。想到这,她心头一酸禁不住去看马昌平。

他心有灵犀的微微一笑说:"你是想起了我家佳慧吧?这屋子里的一切都是她生前的模样,什么都没有改变,在我的心里,在这个家里,她依然活着。"马昌平说这话时两眼已是泪光闪闪,几欲落下。

林中雁长叹一声说:"睹物思人,她的音容与笑貌如今想来还历历在目,犹在眼前,可惜好人没长寿,我很怀念她。"

马昌平说:"人的寿命终有长短,其实也无所谓。重要的是活得有价值,活得让人忘不掉,去想念。"说到这里马昌平的泪再也抑制不住地流了下来,他不好意思地擦去,说:"对不起,让你们的心情跟着不好了,真是不好意思。"

"没什么,"于秋风这时接过了话来,她说,"你身为大丈夫,曾经豪情万丈,义薄云天,能为自己的妻子如此披心沥胆,真让人敬服。我为你的妻子感到骄傲,为女人有这样的丈夫而感到万分的幸福。"

马昌平说:"你其实是过奖了,人的思维不同,行为不同,最后的结果也不同,我的做法并不一定正确,但这是我的人生理念,我这样做了,对与错都是我个人的事,话又说回来,人这辈子究竟什么是对与错?有些事情真是缘分所定,我妻子假如不认识我,她也许现在还好好活着,我不生在这样一个家庭和地方也许也不会走到今天,这又是谁的对错呢?"

林中雁这时却说:"别光顾说话了,我们还没有吃中午饭呢,你这家里有什么,给我们弄点来吃。"

"哎呀!"马昌平惊叫一声,一拍大腿,"可不是嘛,我都忘了,慢待慢待,我马上去做饭,你二位坐着喝水聊天,还别说,昨天村书记潘永德家杀年猪给我送来一大块鲜肉,我去和面给你们包饺子,我现在做饭的手艺绝不比你第一次来我家吃饭时我家佳慧做的差。

"既然大家这么投缘,何不一起来包饺子,我俩终究是女人,怎么着也比你一个大老爷们麻利,咱们一起动手。"林中雁边说边脱掉外衣,撸起袖子准备做饭。

"也好!"马昌平说:"人多做得快,大家也就别客气了。"

炉火正旺,包好的饺子就在炉火上用一个黑色的小锅煮熟了。马昌平平时经常这么做饭。

这顿饺子吃得很香,屋子里热气腾腾的,林中雁吃得满头是汗。

饭后,三个人围坐在屋地中间的圆桌边聊天。

于秋风问马昌平说:"马书记,你真准备一直就这样在马家围子待下去?你真能静下这份心来?当初你是何等的叱咤风云,就算是为老百姓你也应该做点什么,毕竟许多事过去也就过去了。"

马昌平听后把她们面前的水碗里又续了些热水,坐下来说:"我这人做什么从不半途而废,我不是一个心血来潮脑袋一热就去做的人,做完了又后悔。我在给组织部的辞职书上写得很明白,再工作下去误党误民。不瞒你们说,我真的已心灰意冷,对仕途毫无追求,人没有了精神做什么也做不好,该做的该努力的我都做了,人之所以能在某一领域成功,除机会和环境外还有对这一领域的喜欢和热爱,自己喜欢的事熟悉的事才能做好。如果我当初算是成功的话,是因为我当初处在一个特殊的环境中,还有一个让我努力的源泉,这个世界是博大的。曹雪芹说过一句话:你才歌罢我登场。我觉得我已完成了我的使命,该退场了,往下的留给那些比我们更年轻的人吧。他们更聪明,比我们更有朝气和思想,也一定比我们做得更好。"

他的话让于秋风心里一阵感叹。她现在还看不懂眼前的这个男人,但她在他的活法和所作所为中能感受到他的独特和坚强执着,尤其是对爱情。

林中雁端起碗来喝了一口热水,她抬起头来用一双充满了复杂情感的眼神望了一下马昌平:"我感觉到马家围子这些年好像变化不大,现在全省的许多地方都超过了它,你有没有觉得呀?"

马昌平点点头很赞同地说道:"是啊! 这也是我正想的,马家围子还守着原来的那点本钱原地走,昨天我还和村党支部书记潘永德说过,他老了,思想落伍了,应该换一换年轻的人了,他也赞成我的观点,今年年底村党支部换届时他就准备下来让给年轻人,可是如今的马家围子还缺少一个有突破性的人才。"

"有你在还愁没有新思想?"于秋风接下说。

"帮腔上不了台,况且我的思想也陈旧了,你们在大城市应该感受更深,这社会和时代真是日新月异。"马昌平边说边站起身往炉子里填了几块木头。

他们聊了很久。最后,林中雁说:"今晚我和于姐就住在你家,麻烦你去外面借一宿吧。"

马昌平说:"这没问题,只是害怕你们住不习惯这土炕,我待会把它烧得热一点,我也正好去潘书记那里,他老伴去年去世了,我也和老排长说说话。"

林中雁又说:"我们这次来只是想看看老朋友,于姐也想回来看一看过去下乡的地方如今成了什么样,真给你添麻烦了。"

马昌平说:"这话说外了,我非常欢迎你们来这里,只是我妻子她不在了,让你们有许多不方便,哪有让客人自己做饭吃的,也只能委屈你们了。"

林中雁说:"明天我想去嫂子的坟上看看,我在城里特意买来了一束插花,我其实一直很尊敬她,羡慕她。"

马昌平说:"我替她谢谢你,她有病的时候多亏你帮忙,要是她现在还在,你来了,她一定高兴得不得了,她是一个知恩图报的人,受不了别人给她的一点好。"

第二天的清晨,太阳升起一丈多高时,三个人沿着马昌平小屋东边一排杨树林向屯子南面的大草原方向走去。

冬日的大雪覆盖着大地,树林里有一条踩光了的小道直通南面的马家围子坟场,她们不会知道这条小道就是马昌平一个人踩出来的。

走在这漫天雪原上别有一番感受,尤其是城里来的两个人。

旷野奇静,冷风刮脸,摇动的树上不时落下一些雪花掉进脖子里,冷冰冰的让人身上打战,走出去好远回头再望屯子,犹如银白世界里的一艘方舟停靠在那里。

于秋风说:"这里真美,真奇妙,让我想起我们当年抓野鸡时的情景,只是时间不同,人物不同。"

林中雁张开双臂夸张地大口呼吸,大声呼叫:"马家围子……"

几只冬天里的雪鸟被她的叫声惊起,鸣叫着飞向远处的天空。

在马昌平的带领下,他们来到沈佳慧的坟前。让她们两个人惊诧不已的是沈佳慧的坟头上早被清扫得干干净净,一米高的墓碑上放着一个冻硬了的苹果,碑的下面有烧过的纸灰痕迹。方方正正的雪块垒叠起一座雪墙如同一座白色的城堡。两个人心中又一阵感叹,这个男人是何等地用心,看得出他是经常来这里的。

林中雁把身后背包里的一束塑料做的黄色菊花轻轻地放在了沈佳慧的墓碑下,退后半步向沈佳慧的坟深深地鞠了一躬,轻声说道:"嫂子,久违了,愿你在那个世界里一切安好。"

于秋风却从自己的头发上摘下了一个别致的发花,花朵很小,如同一枚戒指,她把它放在碑顶上也退后鞠了一躬说:"可惜我们从未谋面,但你的一切我已尽知,我很敬仰你,愿你美丽而纯洁的灵魂之花在天国的后花园中开放。你人生虽短却很幸运很有价值,更有幸的是你遇到了一个好男人。"

马昌平抚摸着碑身,犹如抚摸妻子生前的身体一般说:"佳慧,你看两个这么优秀的女同胞千里迢迢地来看你,我替你谢谢她们了,如果你在天有灵,让她们幸福吧。"

说完眼中闪动泪花,两个女人也是。

要走了。林中雁一直隐藏心里的一句话还没有问马昌平。当于秋风走向前面时,她停住了脚步,深情地向马昌平说:"马昌平,如果你愿意我会来这里陪你走完人生最后的一程。这是我的心里话,并不是我一时冲动,很多年前我就曾问过你,今天我还想问你,可以吗?"这句话不说,她这次等于白来,她想。

马昌平看看她,感激地微微一笑,他说:"不可以,很多年前我就说过,今天也是这样。这对于你也不公平,我的世界里你只是我最好的朋友,这里不适合你,请你原谅。"

林中雁强忍住要流出眼窝的泪水,沉寂了一下,点点头说:"我尊重你,可能这辈子你只能在我心里了,我们永远是朋友,最好的那种……"

于秋风发现林中雁脸上有泪痕,她心里明白了几分,但她并不去问明,有些事不明白更好。

离开了马家围子,坐上了回县城的大客车,马昌平一直目送她们消失在远方的原野里。车上的两个人都在流泪,她们向车下的马昌平挥手告别,而他一直站在那棵老榆树下向远处的车遥望。

两个女人并不知道此时此刻那个男人的心也在澎湃激荡,人心都是肉长的。

当客车又返回到火箭村路牌的时候,于秋风叫住了司机,她说:"师傅,请你停车,我要下去。"

林中雁顿时明白了,她就陪着她一起下了车。她知道,她若不去那个人的坟包而就这么走了,她会内疚后悔一辈子。

车子开走了,两个人站在了前不着村后不着屯的马路上。

这时,一群白色的绵羊咩叫着正穿过马路,一个放羊的老人怀抱一根长鞭跟在羊群的后面不停地吆喊。

于秋风小跑着走上前去,她客气地问放羊老人:"大爷,这里离当年那个为救学生而死的老师的坟远吗?"

老人停下脚,上下打量了一下两个人,他抹了一把胡子上的白霜说:"不远。"转身指了指远处,"也就一里地吧,你们看见屯子后面那棵歪脖小树吗? 就在那下面。"说完又看了看两个人摇摇脑袋追赶他的羊群夫了。

　　两个人跨过路边的壕沟,踩着庄稼地里的积雪抄近道直接朝那棵小树走去。

　　来到近前发现,那棵小树还歪着弯曲的树身,半埋在雪地里,下面有一个被大雪覆盖了的小包,不认真看什么也看不出来。抬头向前望去,前面的一条路的路边是一个错落萧瑟的小屯。炊烟正从一家家的房顶上袅袅升起,很高,很直。

　　望着这棵小树、小包,于秋风眼里的泪水禁不住流淌下来,她从棉衣里面的脖子上拽出一条红色的丝巾,走上前去,把它系在那棵小树上。然后又后退几步双手合十两眼紧闭,默默地说道:"同庆,这许多年过去了,你在那里可好? 我从来没有忘记过我们的从前,我曾说过我一生心中的一角永远给你留着,我不会失言,我会一直这样做的,直到我死去,若是有缘,希望在那个世界里能够再次遇到你……"

　　说完大哭失声。

　　林中雁也陪着她流泪,她走上前去抱住了于秋风因抽泣而抖动的肩。

　　她说:"姐,咱们走吧,你的心他一定懂,你说的话他也一定听得见。"

　　很远处放羊的老人一直看着她们,他的四周散布着雪白的成群的绵羊。

四十四　旭日村庄

　　人的最初命运并不掌握在自己的手里,人可以选择后来的路,却无法选择自己的出身,就像当年马昌平不能选择自己的地主成分一样。

　　但是,后来的路是可以改变的,就看你自己怎么去努力,去奋斗,去争取。

　　马太安的父亲就是那个被二狗子刺死的柳三,他的母亲吴雪莲生下他后把他扔在了百米河的河水里。

　　那是一个炎热的夏天,河面上一个木盒放着一个包袱皮顺流直下,那里面一个刚刚诞生的小生命发出了一声声微弱的啼哭,我们无法知道当时狠心的母亲吴雪莲是一种什么样的心理状态,我们能知道的只是刚从乡林业大队回到马家围子而无所事事的马永太此刻正蹲在河边钓鱼。

　　这天的鱼不知为什么一条也不上钩,弄得他心烦意乱,一个劲儿地咒骂。

　　中午了,太阳照得河面闪闪发亮,水波荡漾缓缓南流,但今天的河水好像比往日加快了不少。他看见远处随水漂来一个橘黄色的木盆,里面似有一个婴儿在微弱的啼哭。马永太感到奇怪,他随手拉起长长的鱼竿,把它搭在那个木盆边上,木盆就漂到了他脚下的岸边。

　　俯身上前去看,盆里竟躺着一个刚出生的孩子。

　　一生无子的马永太欣喜若狂,高兴不已,他扔了鱼竿抱起盆里的孩子,疯了似的跑回了家。他认为这是老天送给了他一个儿子,让他家香火不断。

　　他给他取了个名字叫马太安。

　　太平安康,又有他名字中的一个字。

　　这是他想了半夜才最后决定的。

天上掉下来个儿子,对于马永太夫妻来说生活一下子充满了希望,虽然自己已是土埋半脖子的人了,可一生无儿无女终是遗憾,所以对这个儿子视如己出,倍加呵护。

自从马昌平弃官回到马家围子,马永太的心态也变了,他从心里佩服这个当年他极度看不上眼的大地主的儿子。他曾恨过他,整过他,但如今不是了,他还经常去他的小屋坐坐,跟他说起当年的事,不由得两个人一阵大笑。

他说:"咱一笔写不出两个马字来,当年叔做得不对,你多担待,话又说回来了,要不是我那样刻薄对你,兴许你还没有那么大的劲头呢?这就像油榨挤油一样,越挤越压油越多。"

说完两个人又是一阵开怀大笑。

这世上的事也真是难测难料,谁又能想到两个人如今能坐在一个屋里论家常。

马永太教育这个水中捡来的孩子要以马昌平为榜样,他对那个病歪歪的老伴说:"如果这个孩子长大后能有一半马昌平的能耐咱俩死了都能闭上眼。"

那个当年装孩子的木盆和包袱皮,他都没有舍得扔掉,那封简短的信他都背得下来。

信上说:

　　我不知道你是哪个好心的人,我也不知道这个孩子到底会怎么样,不是我当妈的心狠,我实在是无法把他带大养活,如果你捡到他就把他当成你自己的孩子吧,他没有父母,从此你们就是他的爹娘。如果我活着我会每天为你们祝福,谢你们的恩德,如果我死了,我会在阴曹地府为你们祈祷保你们平安。

　　再次感谢你们的大恩大德。

　　　　　　　　　　　　　　　　　　　一个没脸的母亲敬上

夫妻两个几乎是每天对着孩子的脸看着他一天天长大。

天遂人愿那个孩子竟聪明伶俐,活泼可爱,马永太老两口更是喜欢,两个老人的全部心血几乎都放在了这个孩子身上。

小鸡下的鸡蛋两个老人从不动一口,都给孩子留着。过年杀的一只小鸡他们冻了化,化了冻,直至孩子吃完。他们看着孩子吃比自己吃都香,他们高兴。这个孩子也给他们带来了无穷的乐趣。他虎头虎脑的,大眼浓眉,时常坐在马永太的大腿上伸出一双胖胖的小手去捋他白了的胡子,白了的头发。

他笑,他开心。这让他心情舒畅,也让他年轻不少。

马老客完全换了一个人,因为有了这个孩子。

他也还去百米河边钓鱼,有人说孩子吃鱼最有利于身体生长,吃鱼长大的孩子聪明健康。

一次,为了一条一两重的小鱼,他差点淹死在河里边,自己即便掉下水去,他的手里仍然紧紧地抓着那条小鱼,把它拿回家煮成汤一勺勺地喂到孩子的嘴里。

那一刻他把什么都忘记了。

他心中只有这个孩子。

老伴也发现马老客变了,对她也好了,脾气也没有了,整天忙里忙外笑哈哈的,有时还会唱上几句,虽然很难听。

孩子上完了小学上初中,上完了初中上高中,但他没有去上大学,不是他考不上。他说:"我的父母年龄都大了,等我念完了大学什么力也借不上了,那样我会愧疚一辈子,我要让他们晚年幸福,因为他们有个儿子。"

他的话让两位老人泪流满面,他们知足,这许多年辛劳呵护都在这一句话中得到了回报。

不管两位老人如何劝阻马太安他都心意已决,百折不悔。

他高中回来后开始种地做买卖,挣来的钱全给两位老人买了吃穿。

这时候的马永太已是年届八十的耄耋老人了,到了人生的风中残年。

而这个水中捡来的儿子让他们享受到了晚年幸福,暮年康乐,真是上天有眼。

而这时的马永太却非常后悔自己过去做过的事,所以他便经常去马昌平的家里。在儿子马太安面前他也毫不隐瞒跟他说起他的当年,说起了他和马昌平的恩恩怨怨,而为的是教育他正直做人,坦荡做事。

古来如此,上辈可以做坏事,但他们绝不希望自己的儿女跟他们一样继续坏下去。

十分精神使七分,留下三分给子孙,也是这个道理。

马太安从小娇生惯养但却识大体,明事理,他心中的偶像就是马昌平。他知道了自己的身世后,并不为自己的悲惨身世忧伤,而是更加感激身边的两位老人,他们就是他的亲爹娘。

他也常跟父亲一起去马昌平位于屯子东头的小屋。这时候的他已承包下了乡里的红砖厂,别人不看好,但他坚持,他说:"我断定红砖一定会有热潮的时候。"他求问马昌平,马昌平赞同他的观点,这更让他有了信心。

果然,一年后,上级来了文件,通乡、村的道路全部使用立体红砖铺筑,马太安的红砖厂一下子火热起来,那一年他净赚了八十多万。

在马昌平的小屋里,他问马昌平:"马叔,你说说咱这种地种地的,春种秋收的啥时是个头,这种种地法能有什么大发展?这老农民怎么才能发个大财?"

马昌平喜欢这个孩子,包括他的生身来历,他并没有马上回答他,而是转口问道:"你是怎么想的?你心里有章法了吧?"

"不成熟,"马太安说,"咱这些年水稻数量超过了大田,价格也不错,日子还可以,可这终是个小农小安,我在想为什么我们水稻都被人家拉走了,灌上了人家的口袋,写上了人家的商标就变成了人家的,价钱翻了几倍。咱们自己为什么不建个厂加工?为什么不注册自己的商标?为什么不让它给咱自己翻几番?"

一连串的问号让马昌平心花怒放,他心里的那盏灯一下子亮了,这马家围子的接班人找到了。

谁会想到会是这个顺水漂来的孩子,会是马老客养大的儿子。

马昌平十分赞赏他的观点,他说:"我早想到这一点了,农民要想大富必须离开土地,土地要想大发展必须和工业结合在一起。"

从种到收到加工到市场形成一条链条才能使打下的粮食增值,养殖是过腹增值,加工是过滤增值,两手齐下,还怕不大富?

问题在人才,马太安就是马家围子的人才。他决定跟村支书潘永德谈谈,不要等到年终换届了,尽快地把这个班交给这个马太安。

这年马太安二十三岁,比当年的自己还小。

自从马昌平回到了马家围子之后,潘永德也就成了他家的常客,马昌平仍然称他为老排长,两个人经常在一起喝酒聊天。

这一日,马昌平破例让栓子把潘永德找到了家里。一壶散装的白酒,一盘炒鸡蛋,一盘油炸的花生米放在屋地中间的圆桌上,两个人喝了起来,马昌平的酒量小,早已戒了烟,平日又不喝,所以这一壶老酒差不多都让潘永德自己喝了。

"老排长,"马昌平见酒喝得差不多了,开始引出话题:"你今年多大年纪了?"

"六十大多了。"潘永德的舌头有点发硬。

"你觉得你这个村支部书记干得怎么样?"马昌平拿着一支筷子轻轻地敲着碗边问他。

"累呀!"他说:"我早不想干了,可又找不到一个合适的人。"

"那你有没有想过马太安这个小伙子?"马昌平问他。

"那孩子不错,有脑筋,能挣钱,尤其是对马永太老夫妻两个那个孝顺,真是个好孩子,可他才多大呀?"潘永德睁大一双醉眼看着马昌平。

“当年我多大?”他问他。

“和你不同,”他说,“你是全县的状元。”

“可我还是地主的儿子,我觉得这个年轻人行,你该交班了。”马昌平这样说。

“你说交我就交,我到啥时都听你的。”潘永德说。

“我看也是,”马昌平也不客气,他放下了筷子说,“马家围子现在缺少的就是朝气,马太安不是党员可以慢慢地培养,你继续当支部书记,让他当村委会主任,你帮他把握一下大局,让他发挥他的才能。我看马家围子有希望,现在死气沉沉的,我说这话你别介意,不生气吧?”

“不生气,就是这么回事,我早知道,我有半斤八两你还不清楚,就这么定了,明天就开始。”说完他一歪身子躺在了马昌平的炕上呼呼大睡,这让马昌平想起了老队长姜大主意,他又拉过被来盖在他身上。

走马上任的马太安首先在水稻生产上下手。他把全村的水田生产种子、化肥、农药、棚膜由村委会统一购买,货物全部来源于厂家,省时、省力、省钱,省去了中间环节。质量好,标准高,十分安全,然后是销售渠道。

他说:“掐死那些小买卖,掐死那些利用我们大米他们商标这条道,我们自己加工自己销售。”

在马昌平的协调下,村里引来了一家大米加工生产线。他又让栓子去了趟上海,在编辑于秋风的帮助下设立了东北百米河大米供应店。接着又在北京、天津等地把大米打进了超市。一年下来,马家围子的大米不但有了自己的品牌名气,大米的价格提高了近一倍还多。

“后生可畏,人才难得,现在你该明白了吧?”在一次喝酒时马昌平这样问潘永德。

“可不是,”潘永德感慨地说,“要是我早让三年,这情势就更不一样了。”

“现在也不迟,”马昌平说,“我们马家围子是块宝地,风水好,出人杰,不久的将来一定会成为全省乃至全国最美的乡村,最富裕的村庄。”

潘永德摸了摸已经光秃秃的头顶，晃一晃脑袋说："这还多亏了二狗子那一刀，给我们送来了个马太安，你说这世界上的事真是难说难解。"

马昌平批评他道："不能这么说话，这可不是什么正理。二狗子后来没有了消息，有人在山东一座道观里看见过他。"

"我也是听说，大概是吧。"潘永德说。

原来狱里出来后的二狗子家财散尽更没有了往日的精气神，每天无所事事地蹲守在百米河边打鱼摸虾，虚度时日。这条河水急草深，河边多年生长的垂柳下生养着一种水貂，它们在这河水中游戏玩耍，繁衍生息。

这种水貂毛皮十分的珍贵，既美观又耐寒，一般多为黑灰两色，油光发亮。它们伶俐乖巧十分可爱，一张貂皮能卖几百上千元。

这天二狗子在河边钓鱼时无意间竟抓到了一只也在抓鱼的母貂，他高兴万分，要知道如今的二狗子已非昨日，这只貂能让他喝上半个月的酒。

他掏出随身携带的小刀，麻利地从头到尾扒下一个皮筒来，这种扒法十分专业，毛皮无损会更加值钱。

在母貂的痛苦嚎叫声中他把扒完的、血淋淋的活着的母貂扔进河边的草丛里，然后若无其事地蹲下去在河边清洗那张带血的貂皮，洗完后回头再找那只貂，哪还有它的踪影，只有河边绿色的草丛间留下的许多鲜红血迹。

二狗子不甘心，貂肉也是很可口的。于是他遁迹找去，然而在一棵粗壮的垂柳根下，那让人心碎的一幕出现在二狗子的眼前。

柳根下有一个貂窝，那只被他扒光了毛皮的母貂此刻还血糊糊地趴在貂窝里，三只还未睁眼的小貂正伏在母亲血肉相连的身上吃奶，小貂吸吮一下，母貂便痛苦地轻叫一声。那声音虽小，却如同晴天霹雳在二狗子耳边炸响，母爱如此伟大，也许它知道这也可能是它最后一次喂养它的孩子了。

这情景让二狗子心如刀绞，他顿时良心发现，扑通一声跪在了貂窝前，手里的那张貂皮也从手中滑落，掉进了河水中，那张好看值钱的貂皮在湍急的水中打了个漩随波远去……

　　泪水刹那间从二狗子眼中夺眶而出,他对着那貂窝撕心裂肺一般地哭叫了一声道:"天哪!我二狗子这是做损了,我一定不得好死啊……"

　　二狗子从那后就离开了马家围子,后来有人在青岛崂山的一座道观里看见过出了家的二狗子……

　　马家围子村的村委会办公室坐落在村子的西头道北,村子的铁大门正对着道南的那棵老榆树。这是去年和村广场以及幸福大院一起落成的。办公室是一排红砖蓝瓦的平房,院子是半米高的水泥墩,上边是一米高的铁栅栏。大门八米宽,由两合开的铁艺制成,十分的美观大气。

　　村委会主任马太安站在窗前,两眼望着院外那棵老榆树沉思,此时他的头脑里正筹谋着一个计划。自从村里有了这个大米加工企业,村民们的稻田每亩增值不少,但同时也暴露出了一个问题,一家企业独自为大,没有竞争,村民们的稻子比较市场价格还是低了不少,必须再引入一家企业形成一种竞争机制,公平的竞争不但能使村民收益,更能使其物有所值。

　　现有的这家企业十分害怕村里再引入其他企业,他们不但千方百计地阻挠村里引进,对他这个村委会的小主任也极尽拉拢讨好之能事。

　　昨天,企业的梁厂长就送给了他一块瑞士名表,请他喝酒吃饭,还许诺每年可从企业利润中分一部分红利给他。

　　这更让他坚定了引入其他企业的决心,他不停问自己,他们这么做为什么?说明了什么?说明了他们一家独大获得的利益相当的大,他们多一分,村民们就少一分。自己是村委会主任,不能让村民们一年辛辛苦苦种出来的水稻被企业无故压价。

　　那么自己的这个想法是否成熟呢?他拿不准,引进一家企业也不是一件容易的事,他还在想,水稻是马家围子的主导产业,那么中草药、养殖业怎么发展,怎么结合起来呢?学校、敬老院、幼儿园呢?

　　他想到了马昌平,他是他最崇拜最尊敬的人,从小父亲就教育他向马昌平学习,长大了他更加知道马昌平是一个最了不起的人。

他决定去拜望他,向他讨教自己的这个想法是否可行。

出门时习惯地站在墙脚的一个穿衣镜前照了一下自己。那里出现的是一个中等身材,乌发浓眉,圆脸直鼻的英俊青年,他的嘴角总是自信地挂着微笑。他要让马昌平看到他的英姿飒爽,从而对他充满信心,继而放心。

整理了一下衣领,他大踏步地走出村委会直奔村东头的小屋。

这时马昌平正在同村支书记潘永德谈论这个村委会小主任。

"我对他有信心,"马昌平说,"他不单单是一个有头脑有思想的青年,他还有难得的德行。原本他可以去上大学的,可他却因为年迈的双亲放弃了这个机会,这不是一般人能够做到的,这是一个人的良心道德和仁义决定的,没有道德和良心的人什么也干不好。"

"就像你当初为了沈佳慧和马家围子不去上大学一样。"潘永德说。

"他和我还不同,要知道马永太夫妇只是他的养父母,马家围子对他还形成不了什么责任感。马永太更不会想到这个当年他钓鱼捡来的孩子是一个如此有情有义的人。"马昌平说这些时仰头望向了窗外,此时马太安正雄姿英发地走进了他的院子。

"说曹操曹操就到。"潘永德看着进来的马太安对马昌平说。

马太安几步就进了屋,看看圆桌左右的两个人,他说:"正好,我有件事拿不准主意要跟两位前辈商量请示。"

"你也来得正好,"马昌平说,"把你的想法说出来听听,兴许我们会想到了一起。"

于是,马太安把自己的想法说给了他们二人,包括他对马家围子未来发展的宏观规划和设计。

听完了马太安的一席话,马昌平长长地舒出了一口气。他说:"我回到了马家围子后,原本是想不问其他的,可当我看到了马家围子的情形,我十分担心忧虑,我怕马家围子会被时代甩在后面,现在我放心了,从今以后你不要再来问我什么,你心存这种想法就会产生顾虑,从而影响你的思想正常发挥。我们都老了，你们才是这里未来的主人，我十分庆幸马家围子能有你这样的年轻人出现。我从明天开始会做自己想做的事，过自己想要的生活。"

他的话让年轻的马太安感触颇深。

让年老的潘永德感叹良多。

但他们都熟悉他的脾气，他是一个掷地有声说到做到的人，最好少来打扰他。

岁月如歌，时光如水，马家围子随着时代在前进。

马昌平也过着他自己想要的生活。

后　语

树牢因有根，子孙在地下；人活因有气，未来在天空。

村口那棵先人栽下的老榆树好像年轻了不少，它的枝叶更加繁茂，绿荫更浓，树干也粗壮了许多。

当太阳从马家围子东地冉冉升起，光芒便慢慢地爬上了老榆树的树梢，它变得通体金黄，每片叶子都在闪闪发亮，充满了生机。

这个时候马昌平会早早地站在它的下面，全神贯注地凝望它，也是在这个时候他似乎忘记了时光在流逝，忘记了它只是一棵陈年老树，他感觉到了它拥有了的灵性，闻到了从它身上散发出的一种奇妙的药香味道，看到了它身上记载着的许多浪漫悲伤的故事。

光芒慢慢荡漾开来，笼罩了田野，笼罩了河流，笼罩了整个世界。

再升高一些，便有风来，老榆树随风舞动，颤抖中呈现出不同的风姿，发出一阵阵沙沙私语，像是对人们又像是对树下的马昌平述说些从前的、现在的、今后的事。

这一天如果风和日丽，马昌平就会一整天地坐在这老榆树下，靠着它的身，闻着它的味直到日光朦胧，夜色暗淡，直到风停叶止才悄声独自离去回到他的屯东小屋。

他就这样每天伴着它的阴凉，享受着它的呵护与安详，痴痴遥望树的前面那条曲曲折折让他走出去又走回来的路，他似乎在等待着什么人归来，又等待着什么日子来临……

晚霞映衬的天空下常常五彩斑斓，落日绽放出她最后一抹光辉时是那么地美丽，夕阳真是无限地好。

　　月圆下老榆树更显得宁静，在矜持中安然入睡，但它有一只眼睛一直睁着，像马家围子永远不倒的哨兵，守护着这一方水土和这一方的人们。

　　而又是在这月圆下，万顷月光拥抱着乡村的时刻，马昌平也一定会来到这棵老榆树下，独自享受着它的安宁，倾听它独有的语声。往往他会泪流满面，心中想到要是此时此刻妻子沈佳慧在这里该有多好……

　　那是他对她绵绵无尽的思念，他会在此时举头眺望西南方向的坟地，暗夜里，苍穹下，浮云边，群星中沈佳慧似乎正微笑着向他招手，耳边似曾传来她声声亲切的呼唤……

　　春去秋来，冬去夏往，北雁南归，叶落枝长，岁月无情饶过谁？马昌平的头渐渐地白了，一条条细细的鱼尾纹也在不知不觉间爬满了他的脸，那个雄姿英发的马昌平不见了……

　　但他每天仍然会来到这棵老榆树下，哪怕步履已经蹒跚，每天坐看夕阳，笑看人生，无数次地问自己："人这一辈子到底应该怎样度过？"

　　轰轰烈烈是一辈子，平平淡淡也是一辈子，怎么都是一辈子。做好自己喜欢的事，守护好自己喜欢的人，这一辈子足矣，足矣……

图书在版编目（CIP）数据

雪乡／杨文阁著.—哈尔滨:黑龙江人民出版社,
2018.4

ISBN 978－7－207－11317－7

Ⅰ.①雪…　Ⅱ.①杨…　Ⅲ.①长篇小说—中国—当代
Ⅳ.①I247.5

中国版本图书馆 CIP 数据核字（2018）第 079747 号

责任编辑：付秋婷
封面设计：张　涛

雪　乡

杨文阁　著

出版发行	黑龙江人民出版社
地　　址	哈尔滨市南岗区宣庆小区 1 号楼
邮　　编	150008
电子邮箱	hljrmcbs@ yeah. net
网　　址	www. longpress. com
印　　刷	北京万博诚印刷有限公司
开　　本	787×1092　1/16
印　　张	27. 5
字　　数	380 千字
版　　次	2018 年 4 月第 1 版　2021 年 1 月第 2 次印刷
书　　号	ISBN 978－7－207－11317－7
定　　价	78. 00 元

版权所有　侵权必究　　　　　举报电话：（0451）82308054
法律顾问：北京市大成律师事务所哈尔滨分所律师赵学利、赵景波